D1346219

La Famille De Beers

****

Au fond des bois

Virginia C. Andrews®

La Famille De Beers

****

Au fond des bois

Traduit de l'américain par Françoise Jamoul

ÉDITIONS FRANCE LOISIRS

Titre original : INTO THE WOODS
Pocket Books, New York.

Édition du Club France Loisirs,
avec l'autorisation des Éditions J'ai lu.

Éditions France Loisirs,
123, boulevard de Grenelle, Paris.
www.franceloisirs.com

ISBN : 2-7441-8218-4

Prologue

Au revoir, moussaillon

Mon dernier souvenir de papa est de l'avoir regardé se diriger vers son hélicoptère, à la base navale de Norfolk, devant ses élèves officiers au garde-à-vous, casquette sous le bras.

Ils l'ont salué, il a rendu le salut. Puis il s'est retourné pour me sourire, comme il le faisait toujours quand j'accompagnais maman pour assister à l'un de ses départs. Et cette fois encore ce fut, pour tous les deux, comme un lever de soleil. C'est ainsi que nous appelions ce sourire, lui et moi. Ce sourire qui devait peu à peu s'effacer avec les années, comme une vieille photo pâlit avec le temps, jusqu'à ce que mon imagination me devienne plus utile, pour le retrouver, que ma mémoire défaillante.

Une joyeuse expression de surprise éclairait ses traits chaque fois qu'il m'apercevait aux côtés de maman. Les mouchetures noisette qui pailletaient ses yeux bleus devenaient alors plus visibles. Il m'appelait « moussaillon », et nous échangions le salut réglementaire avec deux doigts tendus. Il le fit pour la dernière fois, ce jour-là. Je le saluai en réponse, et il se retourna vers ses hommes.

Mon regard dériva vers une mouette qui semblait perdue, désorientée, et même presque affolée. Elle vira brusquement pour piquer vers le large, comme si elle avait vu quelque chose qui la terrifiait. Je la suivis des yeux jusqu'à ce que le bruit des moteurs de l'hélicoptère déchire l'air, et reportai mon attention sur papa.

Instantanément, je me rapprochai de maman. Une ombre froide venait de s'abattre sur moi, ce fut comme si des doigts glacés se refermaient sur ma nuque. Mon cœur chavira, la nausée monta en moi. Je me serrai contre maman. Même à quinze ans, j'avais besoin de cela pour me sentir en sécurité. Papa et elle étaient ma forteresse : rien ne pouvait m'arriver quand j'étais avec eux.

— Je ne comprends pas comment il peut supporter ce bruit, me dit-elle en élevant la voix.

Comme elle était belle, avec ses cheveux brun cuivré que le vent faisait voler sur ses joues, et quelle allure elle avait ! Grande, élancée, elle se tenait toujours très droite, avec une assurance quasi royale. Tous ceux qui la voyaient arrêtaient le regard sur elle un peu plus longtemps que nécessaire, comme hypnotisés par sa beauté.

Les yeux de maman étaient presque bleu marine, ce qui – d'après papa – prouvait qu'elle était faite pour lui, un marin. Elle était aussi loyale envers lui qu'il l'était envers le drapeau, et lui vouait une admiration indéfectible. Mes yeux étaient plus clairs que les siens, presque turquoise, et je le regrettais. J'aurais voulu qu'ils ressemblent davantage à ceux de maman. Comme ça, papa aurait trouvé que j'étais faite pour rester toujours à ses côtés, moi aussi.

Maman me poussa légèrement du coude.

— Viens, Grace. J'ai des courses à faire, tu as ton travail de classe et nous avons un invité, ce soir.

Je la suivis à contrecœur : quelque chose me disait que je devais rester le plus longtemps possible. Je ne me retournai qu'une fois vers l'hélicoptère, et fus très déçue de ne pas voir papa. L'appareil pivota et partit vers le large, dans la même direction que la mouette.

Un nuage voilait le soleil, une ombre allongée nous enveloppa tandis que nous marchions vers la voiture.

Un détail dont j'allais me souvenir longtemps.

Très longtemps.

Puis, telle la mouette, tout disparaîtrait dans le lointain et je resterais seule, désirant de tout mon être un dernier sourire, un dernier salut.

1

Ainsi va la vie

Quand j'étais petite, je croyais que tout le monde menait la même vie que nous et déménageait sans cesse d'un endroit à l'autre. À mes yeux, les maisons et les appartements étaient comme des gares, éparpillés non seulement à travers le pays mais à travers le monde entier. Il fallait toujours quitter mon école pour aller dans une autre.

Dès que je m'habituais à un nouvel environnement, et parfois même avant, j'étais transplantée ailleurs et tout recommençait. Les amitiés n'avaient aucune chance de durer, aussi valait-il mieux que je ne noue pas de liens trop solides. Ce qui n'était pas facile du tout, surtout en ce qui concernait les professeurs. Je me souviens de m'être tellement attachée à ma maîtresse, dans une école primaire, que j'avais pleuré toutes les larmes de mon corps quand maman était venue me chercher. J'en avais mal au ventre en montant dans la voiture, déjà chargée de nos bagages et de tout ce à quoi nous tenions le plus.

Papa nous avait parlé pendant des jours de la nouvelle base navale et de nos nouvelles conditions de vie, en s'efforçant de nous persuader que tout serait parfait pour nous tous. En tant que pilote d'hélicoptère dans l'Aéronavale, il était très souvent en mission. De temps à autre nous recevions un coup de

11

téléphone, et aussi beaucoup de courrier, avec une lettre à part pour moi dans chaque enveloppe adressée à maman. Elle commençait toujours par : « Cher petit moussaillon », et papa répétait sans fin combien je lui manquais. Il n'avait pas le droit de nous dire où il se trouvait, mais nous savions que c'était toujours très loin.

Aussi, quand il était muté dans une nouvelle base pour ce qui nous semblait à nous une longue période, maman était folle de joie et s'empressait de faire nos bagages, une fois de plus. Les femmes qu'elle avait comme amies, jamais pour longtemps, étaient toutes des épouses de marins, comme elle. Et tout aussi habituées qu'elle à cette existence de nomades, aux amitiés trop brèves et aux longs mois passés loin de leurs maris.

Une autre source de joie, pour maman, était la réussite de papa dans sa carrière. Presque chacun de nos déménagements était, comme elle se plaisait à le dire, une ascension. Il montait rapidement en grade, et maman ne doutait pas de le voir devenir un jour amiral. Ils en plaisantaient souvent entre eux, et elle l'appelait « Amiral Houston ». C'était si fréquent que j'avais fini par croire qu'il l'était. Quand j'avais sept ans j'avais même dit à mes camarades de classe que mon père était amiral. Ils s'étaient tous moqués de moi, naturellement.

— Il fait voguer des petits bateaux dans sa baignoire, peut-être bien ! avait ricané un élève des grandes classes. C'est la seule flotte qu'il doit commander.

J'avais couru tout raconter à maman et, à ma grande surprise, elle avait ri. Moi, j'avais plutôt envie de pleurer.

— Ne fais pas attention à eux, Grace. Un jour ton père *sera* nommé amiral, et il faudra qu'ils ravalent leurs plaisanteries ou qu'ils s'étouffent avec.

— Mais pourquoi l'appelles-tu toujours Amiral s'il ne l'est pas, maman ?

Elle m'avait expliqué que lorsque deux personnes s'aimaient autant qu'ils s'aimaient, tous les deux, c'était un jeu affectueux entre elles de se taquiner ainsi.

— Quand j'ai rencontré ton père, en fait, il prétendait qu'il était déjà capitaine. Je ne connaissais rien aux grades ni aux galons, et je l'ai cru.

J'en restai pantoise.

— Alors il t'a menti, maman ?

Lui, que je révérais comme un modèle de perfection ? Le mensonge, la fraude et la trahison n'avaient rien de commun avec lui, avec ce qu'il était pour moi. C'était un homme incorruptible, pur, sans défaut, d'une force indestructible. Un exemple pour la marine. Il aurait pu poser pour une affiche représentant l'officier idéal.

Et il avait le physique de l'emploi, en plus. Un mètre quatre-vingt-deux pour soixante-quinze kilos, mince, athlétique. L'entraînement sportif faisait partie de sa routine quotidienne, et j'adorais le voir jouer au tennis ou au basket avec d'autres jeunes officiers. Nos rires et nos sourires s'accordaient toujours, comme si nous étions connectés, ou presque. Je ne pouvais pas plus le quitter des yeux qu'un papillon de nuit ne peut s'empêcher de tourner autour d'une flamme.

Maman accueillit ma surprise par une grimace amusée.

— Ce n'était pas vraiment un mensonge, Grace. C'était une façon d'embellir les choses, une partie de sa stratégie pour attirer mon attention, comme il me l'expliqua plus tard. Il avait peur de ne pas me conquérir s'il n'était pas officier, mais j'étais jeune et stupide, alors. La seule chose qui comptait pour moi était ce que je lisais dans ses yeux.

— Pourquoi dis-tu que c'était stupide, maman ?

Elle soupira.

— On ne peut pas s'empêcher de l'être plus ou moins quand on est jeune, Grace. On est même censé être un peu imprudent...

Elle devint pensive et ses yeux s'étrécirent, comme toujours lorsqu'elle était très grave ou très triste, puis elle reprit :

— Sais-tu ce que c'est que l'amour, Grace ?

Je fis signe que non, bien sûr, et je retins mon souffle. Je savais qu'il s'agissait de quelque chose de très spécial, mais j'aurais été bien incapable de décrire cela en mots, surtout l'amour qui existe entre un homme et une femme.

— C'est un engagement, ce qui signifie que l'on prend un risque, et pour prendre des risques il faut être un peu imprudent. Au fond de moi, je savais que ton père était destiné à une grande réussite. J'y croyais de tout mon être, aussi n'ai-je pas eu peur quand nous nous sommes mariés, qu'il a fallu nous serrer la ceinture, quand j'ai dû apprendre à le quitter sans cesse et à endurer ma solitude, jusqu'à ce que...

Maman s'interrompit, le temps d'un sourire.

— Jusqu'à ce que nous t'ayons, ma chérie. Alors je n'ai plus jamais été seule.

Elle me serra dans ses bras, et je sentis que tout allait bien. Tout irait toujours bien. Qu'il pleuve ou qu'il neige, le soleil finissait toujours par se lever pour moi, quand maman ou papa m'offraient leur grand sourire heureux. Ce sourire était mon soleil.

Comme elle me manquait cette impression, cette certitude que nos vies seraient comme un beau jour d'été sans fin ! Nous n'étions pas riches, c'est vrai, mais si nous manquions parfois du nécessaire, je ne m'en apercevais pas. Maman m'achetait toujours de nouveaux vêtements, surtout quand nous changions de climat. Nous avions toujours une voiture dernier modèle. Et où que nous nous trouvions, ma chambre était toujours décorée de poupées et de souvenirs que papa me rapportait de ses missions.

Presque toutes ces choses sont enfermées dans des malles, à présent, je n'y jette même plus un coup d'œil. Les souvenirs peuvent faire si mal ! Chacun d'eux vous perce le cœur et vous tire des larmes. Mieux vaut les garder hors de vue et les chasser de son esprit.

Sois prudente avec ceux par qui tu te laisses émouvoir, me répète une voix depuis ce fameux jour. Leurs paroles, leurs promesses s'impriment dans notre cœur, on les garde en soi jusqu'à la mort et peut-être même au-delà. *Plus on aime quelqu'un, plus on souffre quand on le perd. Et on le perd toujours,* insiste la voix. Et chaque fois que quelqu'un tente de se lier avec moi, je tremble.

Quelques semaines avant mon quinzième anniversaire, papa revint à la maison avec un cadeau qui, d'après maman, était le plus beau qu'il ait jamais pu nous faire. Un an plus tôt, il avait été muté à San Diego. Nous y vivions dans une maison un peu plus petite que la précédente, mais j'y avais ma chambre et je m'y trouvais ce jour-là. Je faisais mon travail de classe, pour avoir le temps de regarder une émission musicale à la télévision. J'avais également un contrôle le lendemain, mais je me sentais prête.

Dès que papa eut embrassé maman, il appela :

— Où est mon petit moussaillon ?

— Ce petit moussaillon a bientôt quinze ans, Roland. Tu ne devrais plus traiter ta fille comme si elle en avait cinq, lui fit observer maman.

Il balaya l'objection d'un geste insouciant.

— Elle aura toujours cinq ans pour moi, Jackie Lee, affirma-t-il en m'ouvrant les bras.

Puis il posa les mains sur mes épaules et ajouta :

— Assieds-toi, Gracie.

— Oh, non ! protesta maman. Quand tu l'appelles Gracie, Roland Stemper Houston, je m'attends à tout.

— Attends-toi à une bonne nouvelle, dit-il en lui faisant signe de s'asseoir à son tour. Une très bonne nouvelle.

Quand elle fut assise, il resta un moment silencieux, un énigmatique petit sourire aux lèvres.

— Eh bien ? s'enquit-elle. Ne reste pas planté là comme un paquebot en rade. Appareille ou jette l'ancre, matelot !

Papa rit de bon cœur et annonça :

— Voilà. J'ai été affecté au HC-8 à Norfolk, en Virginie. Autrement dit le huitième escadron de troupes de renforts héliportées, les Baleines d'Acier.

Le regard de maman se fit à la fois méfiant et inquiet.

— Et pour y faire quoi ?

— Eh bien... le HC-8 pilote les hélicoptères Ch-46, les Chevaliers des Mers, pour des missions de soutien à la Flotte atlantique comme la recherche, les sauvetages et le réapprovisionnement vertical, expliqua fièrement papa.

Puis, sans laisser à maman le temps de demander si c'était dangereux, il se hâta d'ajouter :

— Mais le HC-8 est également en charge de l'Héliops.

— Qu'est-ce que c'est, papa ? fus-je la première à m'informer.

— Ceci, moussaillon, est l'École d'opérations par hélicoptère de la Flotte atlantique, où ton père aura l'honneur d'être instructeur. Ce qui signifie, débita papa sans reprendre haleine, que nous pourrons séjourner longtemps au même endroit. Et même trois ans de suite, peut-être bien !

Maman le dévorait des yeux, muette. On aurait dit qu'elle croyait rêver, qu'elle n'osait pas interrompre papa, de peur de voir son rêve lui éclater à la figure comme une bulle de savon.

— Naturellement, ajouta papa en se mettant au garde-à-vous, ceci implique une promotion. Vous avez devant vous le capitaine Houston, quatrième échelon.

Il avança l'épaule pour nous permettre de voir ses trois galons, puis exhiba une brochure illustrée de photographies, qu'il feuilleta du doigt.

— Nos nouveaux quartiers, annonça-t-il en la tendant à maman. Pas mal, non ?

— Très joli, acquiesça-t-elle, pour se tourner aussitôt vers moi.

Elle lisait sur mes traits ce que je pensais : il allait falloir partir et tout quitter, une fois de plus. Faire à nouveau mes adieux. Papa surprit notre expression et comprit.

— Tout ira bien pour ma petite Gracie, déclara-t-il. Les départs, elle connaît ça, maintenant. Pas vrai, moussaillon ?

— Bien sûr, papa.

Maman n'en paraissait pas si sûre, elle.

— Je suis désolée, ma chérie. Je sais que tu t'étais fait des amies.

— Ce n'est pas grave. Il n'y en a aucune dont j'étais vraiment très proche.

La vérité, c'est que je n'en avais pas du tout, mais je savais que c'était avant tout par ma faute. C'est moi qui évitais de me lier.

— Tu auras une chambre plus grande, me promit papa. Ce sera une très jolie maison, près d'un très bon lycée…

— Elle connaît le couplet par cœur, Roland, coupa maman. Épargne ta salive.

Il hocha la tête, sans mot dire, et maman se leva pour venir l'embrasser.

— Félicitations, Roland.

— Je me rapproche de ce fameux amiral, se rengorgea papa. Si nous allions dîner dehors, pour fêter ça ?

Maman me jeta un coup d'œil interrogateur, et je la rassurai aussitôt.

— C'est bon pour moi, j'ai fini mes devoirs.

— Mes deux petits matelots, dit tendrement papa en nous entourant de ses bras.

Je balayai du regard la maison que j'avais à peine appris à connaître, et que nous allions déserter comme un navire en perdition. Un jour, pensai-je alors, j'habiterai dans un endroit où je resterai longtemps, je connaîtrai les gens, j'aurai de vrais amis. Ce sera comme dans les rêves.

En serais-je plus heureuse pour autant ?

J'avais hâte de le découvrir.

Nous allions traverser le pays tout entier, de la Californie à la Virginie. Papa décida de vendre notre voiture, d'expédier tout ce que nous voulions emporter et de prendre l'avion. Nous achèterions une nouvelle voiture à Norfolk. Il était tenu de s'y rendre sans délai, aussi était-ce la meilleure solution. Sinon il aurait pris l'avion sans nous, et maman et moi aurions dû voyager seules en voiture, ce que nous avions d'ailleurs déjà fait. Mais cette fois-là, c'était différent. Tous deux souhaitaient que tout se passe autrement, comme un nouveau départ. Les biens personnels n'avaient jamais pour nous un caractère aussi définitif que pour la plupart des gens. Nous ne possédions pas de meubles. Les tableaux et autres objets décoratifs que maman avait achetés seraient soit donnés, soit vendus.

Les enfants du personnel de la Navale, du moins ceux que j'avais connus, semblaient subir dans une sorte d'hébétude cet arrachement à « leurs quartiers », comme disait papa. Les amies que je m'étais faites à San Diego accueillirent la nouvelle avec stoïcisme, ni vraiment tristes ni spécialement heureuses pour moi. Elles montrèrent une certaine curiosité pour l'endroit où nous allions, et les nouvelles responsabilités de papa. Mais avant même que j'aie fini de leur décrire tout cela, je vis leurs regards changer, leur attention faiblir, et je sus qu'elles m'effaçaient déjà de leurs souvenirs. Je n'avais pas encore quitté l'école ni la maison, mais pour elles je n'étais déjà plus là, et je ne pouvais pas leur en vouloir. Je comprenais très bien.

Le téléphone ne sonna pas, le jour de notre départ. Personne n'appela pour nous dire au revoir, me promettre d'écrire ou me demander de le faire. Nous, les enfants de la Navale, passions les uns près des autres comme des ballons emportés par le vent, sans aucun contrôle possible sur nos mouvements. Les romanichels eux-mêmes formaient une petite communauté ; au moins, ils voyageaient ensemble. Il m'était arrivé,

19

c'est vrai, de retrouver quelqu'un que j'avais déjà rencontré dans une autre base navale ; quelqu'un dont le père avait été muté peu après ou peu avant le mien. Mais c'était l'exception à la règle, et cela n'entraînait pas pour autant de relations suivies. Je crois que nous éprouvions tous la même peur des inévitables adieux.

On n'aurait pu rêver plus belle journée de mai pour notre arrivée à Norfolk, en Virginie. Le ciel était de ce bleu turquoise que je préférais à tout autre, très proche de la couleur de mes yeux. Il faisait chaud, une brise tiède soufflait. Tout me semblait merveilleusement neuf.

L'enthousiasme de papa pour notre nouvelle maison était justifié. Elle faisait partie d'un parc aménagé ceint de clôtures, et chacune d'elles s'entourait d'un ravissant jardin paysagé. Dès notre arrivée, les femmes des autres officiers vinrent à notre rencontre pour accueillir maman. L'une d'elles, Mme Sullivan, vint avec sa fille Autumn, qui avait tout juste deux mois de plus que moi. Nous étions au même niveau scolaire, et suivrions les mêmes cours. Je vis tout de suite à quel point elle était impatiente de me parler du lycée, des professeurs, des autres élèves et de toutes les activités.

Autumn avait des cheveux mordorés, de la couleur des feuilles mortes, et de minuscules taches de son sur les pommettes. Elle s'empressa de me dire que cela n'avait rien à voir avec le choix de son prénom.

— L'automne a toujours été la saison préférée de ma mère, et elle m'aurait appelée comme ça même si j'avais eu les cheveux noirs. Elle vient du nord de l'État de New York. Et elle affirme que là-bas, dans l'intérieur, lorsque les feuilles changent de couleur c'est tout simplement splendide. J'ai pu voir ça quelquefois, en allant rendre visite à ma grand-mère et mes tantes. Maman s'arrange toujours pour que nous y allions à la mi-octobre.

D'emblée, Autumn me fournit autant d'informations sur elle-même qu'il était possible d'en donner en une journée. Je crois que nous étions toutes comme ça, nous, les filles de la Navale. Nous nous dépêchions de raconter notre vie comme si nous avions peur de l'oublier, ou de déménager avant d'avoir le temps d'achever nos confidences. Nos amitiés, que nous savions condamnées à être brèves, devaient être bourrées d'événements et d'informations. C'était un peu comme faire défiler le film de notre vie en accéléré sur un magnétoscope.

Le père d'Autumn était capitaine, et lui aussi instructeur à l'Héliops : il formait les jeunes recrues aux fonctions de signaleurs. La famille Sullivan séjournait depuis près d'un an à Norfolk. Autumn avait une grande sœur, Caitlin. Elle était en terminale, et Autumn ne perdit pas une seconde pour m'apprendre que son petit ami, Jarvis Martin, était le fils du vice-amiral Martin. Il venait d'être admis à l'école navale d'Annapolis.

Pas très grande – tout juste un mètre cinquante-cinq –, Autumn était plutôt ronde, avec des fossettes aux joues, « assez creuses pour y glisser une pièce de cinq centimes », comme disait papa. Elle avait quelque chose d'exubérant et de spontané qui me plut tout de suite. Je la trouvai pétillante. Avant d'avoir pu placer un mot, elle m'avait débité la liste complète de ses CD, sans oublier celle de ses chanteurs et de ses groupes favoris.

— Pourras-tu venir dîner à la maison ce soir ? s'enquit-elle, après avoir pris le temps d'inspirer une goulée d'air entre deux mots.

Maman l'entendit et sourit.

— Ne crois-tu pas que tu devrais d'abord poser la question à ta mère, Autumn ?

— Oh, c'est papa qui fait la cuisine, riposta-t-elle. C'est un vrai cordon-bleu.

Maman jeta un regard en direction de la mère d'Autumn, qui bavardait avec deux autres femmes d'officiers dans la cuisine.

— Je crois que tu devrais quand même le lui demander, insista-t-elle avec gentillesse.

— D'accord, je demanderai ! lança Autumn en se levant de mon lit, où elle s'était installée pour tenir séance.

J'échangeai un coup d'œil amusé avec maman. Autumn revint presque aussitôt et annonça :

— C'est d'accord. Papa est toujours ravi d'avoir une nouvelle bouche à nourrir, comme dit ma mère.

Et maman, allait-elle être d'accord, elle aussi ? Je la consultai du regard.

— Pas d'objections, me rassura-t-elle. Vas-y et amuse-toi bien, ma chérie. Nous n'avons pas grand-chose à faire pour le moment.

Elle savait que je voudrais prendre mon temps pour installer mes poupées, avec ceux de mes objets personnels auxquels je tenais le plus. Papa, de son côté, voudrait sûrement poser quelques étagères supplémentaires.

Maman alla rejoindre les autres épouses d'officiers, et Autumn sortit avec moi pour me faire découvrir les lieux.

La brochure de présentation n'avait pas menti, pour une fois. Les rues et les autres maisons avaient aussi belle allure que sur les photos. Les façades paraissaient fraîchement peintes, les pelouses et les massifs de fleurs étaient pleins de vigueur et d'éclat.

J'aperçus d'autres officiers dans leurs uniformes ruti-
lants, qui passaient au volant de leur voiture, se pro-
menaient ou discutaient entre eux. Certains nous
sourirent, d'autres nous saluèrent, sans jamais se
départir de leur attitude stricte et militaire. J'étais tellement habituée à ce port énergique et décidé, chez
les femmes comme chez les hommes, que les civils
me paraissaient toujours manquer plus ou moins de
tenue. Je les trouvais un peu mous et indécis, comme
s'ils marchaient sans bien savoir où ils allaient.

À mesure que nous avancions dans la rue, Autumn
me nommait les familles dont nous dépassions les
maisons, en m'indiquant lesquelles avaient des enfants
à peu près de notre âge. Bien qu'elle ait mentionné
deux autres filles qui seraient dans ma classe au lycée,
Wendy Charles et Penny Martin, j'eus l'impression très
nette qu'elle n'était pas particulièrement liée avec elles.
Le père de Wendy, pilote de combat, était capitaine. Et
Penny Martin était, bien sûr, la fille du vice-amiral
Martin et la sœur de Jarvis. Autumn me laissa
entendre qu'elles étaient outrageusement snobs, et
tenaient à bien faire savoir quelle place importante
occupaient leurs pères dans la communauté.

Comme nous, Autumn avait habité quelque temps
San Diego, mais c'était la première fois que sa famille
vivait dans une base navale. Tout en comparant nos
souvenirs de « filles de la Navale », comme on nous
appelait, nous arrivâmes à un petit parc, où quelques
mamans surveillaient les jeux de leurs plus jeunes
enfants. Nous nous assîmes sur un banc pour nous
reposer en les regardant.

— Tu dois en avoir assez de tout ça, observa
Autumn, sur un ton qui sous-entendait que je devais
être « fatiguée de cette vie », comme disait parfois
maman.

La plupart des femmes d'officiers qu'elle avait connues considéraient l'engagement de leur mari comme une peine de prison, ou presque. Elles attendaient leur retour à la vie civile comme un prisonnier attendrait sa libération.

— Un peu, avouai-je. Déménager sans arrêt, tu sais ce que c'est. On est toujours en plein branle-bas de combat.

— Tu avais un petit ami là-bas, à San Diego ?

— Non, m'empressai-je de répondre.

Elle approuva de la tête, comme si c'était ce qu'elle avait espéré entendre.

— D'après Wendy Charles, les garçons s'imaginent que les filles de la Navale sont différentes des autres. Plus libérées. Tu sais ce que ça veut dire ?

— Oui, acquiesçai-je en réprimant un sourire.

— Je parie que tu es bonne élève. Que tu es bien plus intelligente que moi. Tu en as l'air, en tout cas.

Cette fois je fus bien obligée de rire.

— J'aime beaucoup lire, c'est vrai.

— Moi aussi, mais certainement moins que toi. Alors ?

— Alors quoi ?

Autumn adopta un ton confidentiel.

— Tu crois que c'est vrai, ce que raconte Wendy ? Tu es une fille libérée ?

La question était on ne peut plus directe, mais que cherchait Autumn, au juste ? Des informations, ou des encouragements ?

— Je n'en sais rien. Non, décidai-je. Pourquoi devrions-nous l'être plus que d'autres ?

— Parce que nous déménageons plus souvent. À cause de ça, les garçons pensent que nous n'avons pas à nous soucier de notre réputation, d'après Wendy.

— Quelle idiotie !

— Je suis de ton avis. Mais as-tu déjà eu un petit ami, quand même ? s'enquit avidement Autumn.

— Non, enfin pas vraiment. Et toi ?

Elle fit signe que non mais me confia :

— Il y a un garçon que j'aime bien, pourtant. Trent Ralston. Tu es la première personne à qui j'en parle.

— Donc Trent Ralston n'en sait rien lui-même ?

— Ah non ! se récria Autumn d'un air outré. Une fois qu'un garçon sait qu'il vous plaît, il devient encore plus entreprenant. Il faut tout le temps les laisser dans le doute, a dit Wendy.

— Elle se croit experte en la matière, je parie ?

— Je pense qu'elle l'est. C'est une fille très populaire. En fait, elle ne m'a pas vraiment dit ces choses, avoua Autumn. Je me trouvais près d'elle quand elle en parlait à ses amies et j'ai surpris leur conversation.

— Et ta sœur Caitlin ? Tu ne lui poses jamais de questions ? Elle ne te donne jamais de conseils à propos des garçons ?

Autumn haussa les épaules.

— Non, elle me trouve trop immature pour ça. Nous ne sommes pas tellement proches, en fait.

— C'est dommage.

— Tu n'as jamais eu de sœur ni de frère, Grace ?

— Non, mais j'aurais bien voulu. Les gens ne savent jamais apprécier ce qu'ils ont, observai-je avec un soupçon d'amertume. Mes amies n'arrêtaient pas de se plaindre de leurs frères et sœurs.

Autumn acquiesça d'un air grave.

L'une des jeunes mamans se mit alors à gronder son enfant, pour avoir été trop brutal avec les autres sur le toboggan. Elle criait et le secouait si fort que le bambin fondit en larmes. Personne ne devrait être ainsi humilié devant ses amis, pensai-je, bouleversée.

Cette mère avait effrayé les autres enfants eux-mêmes, qui avaient prudemment reculé.

— La seule idée de devenir mère me terrifie, déclara soudain Autumn, qui n'avait rien perdu de la scène.

— Et pourquoi ça ?

— J'aurais trop peur de ne pas être une bonne maman. D'être trop permissive. Je ne pourrai jamais agir comme cette femme, par exemple. Mes enfants deviendront des sauvageons, mon mari m'en voudra et me quittera.

— Personne ne sait ce qu'il fera tant qu'il ne l'a pas fait, tout le reste n'est que propos en l'air, affirmai-je. C'est une des maximes de mon père. Alors ne te condamne pas trop vite toi-même, Autumn.

Elle sourit et sauta sur ses pieds.

— Viens, dit-elle en me prenant la main. Allons écouter de la musique à la maison et bavarder encore un peu en attendant le dîner.

— J'aimerais mieux passer chez moi d'abord, pour m'assurer que maman n'a vraiment pas besoin de moi.

Elle eut l'air si déçue que je m'empressai d'ajouter :

— Si je ne peux rien faire pour l'aider, je viendrai.

Elle retrouva instantanément le sourire.

— Tant mieux, parce qu'il y a encore des tas de choses que tu dois savoir. À qui on peut faire confiance ou pas, ce qu'il faut croire et ne pas croire. C'est si difficile de découvrir ça toute seule. Personne ne pourra être pour toi une aussi bonne amie que moi, parce que nous venons du même univers, souligna-t-elle avec insistance.

Elle guetta ma réponse avec inquiétude et je crus deviner pourquoi. Elle ne devait pas avoir d'amies, pas même de relation solide avec quelqu'un, j'en aurais mis ma main au feu. Et pour la première fois, je pris conscience de la solitude et de la peur qui étaient le lot des filles comme nous. Pourquoi ne m'en étais-je pas rendu compte plus tôt ? Je m'en étonnai. Est-ce que quelque chose n'allait pas, chez moi ? N'aurais-je pas dû souhaiter mener une vie sociale bien remplie, comme Autumn, et tout aussi ardemment qu'elle semblait le désirer elle-même ? Pourquoi ne m'étais-je même jamais souciée d'avoir un petit ami, moi aussi ?

Au moment où nous repartions, l'envol d'un papillon me suggéra une curieuse image de moi-même. N'étais-je pas comme un papillon sur le point d'émerger de son cocon, dont les ailes commencent tout juste à battre, et qui pourtant ressent moins d'excitation que de frayeur ? Chaque nouvel émoi, chaque nouveau désir devait sûrement commencer par provoquer en nous de la terreur. Et si nous ne réalisions jamais nos désirs ? Si nous tremblions, comme Autumn, par crainte de ne jamais trouver l'amour, ni le vrai sens de la vie ?

Sans eux, combien de temps aurions-nous la force de voler ?

Maman affirma qu'elle n'avait pas besoin de moi, et nous repartîmes pour aller chez Autumn. En route, une décapotable d'un rouge flamboyant qui venait dans notre direction s'arrêta juste à notre hauteur. Un garçon conduisait, une fille à ses côtés. Une autre était assise à l'arrière.

— Wendy Charles et Penny Martin, me chuchota fébrilement Autumn.

La passagère de l'avant se pencha à la portière et m'interpella :

— Salut ! C'est toi, la nouvelle dans le secteur ?

— Je suppose que oui, rétorquai-je, ce qui fit pouffer de rire la fille assise à l'arrière.

— Je suis Wendy. Cette idiote qui glousse bêtement est Penny, et voici Ricky Smith, notre esclave dévoué. Comment t'appelles-tu ?

— Grace Houston.

— Eh bien, Grace, je vois qu'Autumn t'a déjà mis le grappin dessus. Comment t'y es-tu prise, Autumn ? Tu l'as guettée toute la nuit à la grille d'entrée ?

— Non, répliqua vivement Autumn en évitant le regard de Wendy, dont les yeux brun foncé avaient une dureté glacée. Je ne suis pas du genre à sauter sur les gens.

— En effet, ce sont eux qui te sautent dessus ! railla Wendy, à la grande joie de Ricky et de Penny. Vrai ou pas ?

Autumn se retourna vers moi.

— Allons, viens, nous serons mieux chez moi.

— Pourquoi es-tu si pressée ? s'enquit Penny, féroce. Tu as encore un projet palpitant, ou veux-tu simplement raconter tes exploits à Grace ?

Le trio rit de plus belle, ouvertement moqueur, impitoyable. Comme ils se montraient sarcastiques et cruels envers la pauvre Autumn ! Leur méchanceté me fit mal pour elle.

— Viens, répéta-t-elle en m'entraînant.

Je m'éloignais avec elle quand Penny lui jeta, presque en hurlant :

— As-tu parlé à Grace de ton IVG clandestine ?

Je m'arrêtai net, doutant d'avoir bien entendu. Ricky et les deux filles ricanèrent.

— Comment ?

— Tu allais le faire, n'est-ce pas, Autumn ? persifla Wendy. Ce n'est pas quelque chose qu'on crie sur les toits, ajouta-t-elle à mon adresse.

— Je ne comprends pas…

— Tu n'es pas la seule ! gouailla Penny. Passe nous voir un peu plus tard, Grace. Nous te dirons ce qu'il faut vraiment savoir par ici. Si tu fréquentes cette fille, ta réputation sera faite avant que tu aies posé tes valises, et tu le regretteras. À moins, bien sûr, que tu tiennes à avoir ce genre de réputation.

Les deux autres gloussèrent et Wendy me salua de la main, tout en ordonnant à Ricky comme s'il était son chauffeur :

— À la maison, James.

— Oui, mon commandant, répliqua-t-il en redémarrant.

Autumn semblait avoir du mal à respirer. Elle était livide et je voyais trembler ses mains, bien qu'elle étreignît ses épaules comme si elle s'accrochait à elle-même pour ne pas chanceler. Je ne pus m'empêcher de demander :

— De quoi donc parlaient-ils ?

Elle leva sur moi des yeux gonflés de larmes.

— C'est un mensonge. Tout est faux. Ils me détestent ! cria-t-elle en s'éloignant précipitamment.

— Autumn !

Elle continua son chemin, ignorant mon appel, et je me retournai. La décapotable n'était plus en vue.

Pendant quelques instants, je restai totalement désemparée, sans savoir que penser. Avaient-ils menti à son sujet ? Comment avait-elle pu me paraître aussi innocente, si de telles choses lui étaient vraiment arrivées ? Je découvrais tout juste mon nouveau lieu de vie, et j'étais déjà plongée en plein drame ! Décidément, ça commençait bien.

Au premier carrefour, Autumn avait ralenti le pas, et je la rattrapai au moment où elle allait tourner le coin de la rue.

— Je n'y comprends rien, Autumn. Qu'est-ce qui leur a pris ? Pourquoi ont-ils dit ça ?

— Par pure méchanceté, voilà pourquoi.

— Il faut vraiment être méchant et malveillant, approuvai-je. Personne ne devrait raconter une chose pareille à quelqu'un qu'on connaît à peine, même si c'est vrai.

Elle s'arrêta et écrasa les larmes qui perlaient à ses yeux.

— Tout va bien, Autumn ?

— Non.

Elle n'ajouta rien et me dévisagea bizarrement, si longtemps que je finis par m'inquiéter.

— Autumn ?

— Oh, et puis qu'est-ce que ça change ! Tu finiras par le savoir, de toute façon. C'est vrai, confirma-t-elle d'une voix presque inaudible, en repartant d'un pas plus calme, la tête basse et les mains toujours agrippées aux épaules.

C'était vrai ?

J'eus l'impression que je venais d'être projetée dans un univers en folie, où il m'était impossible de distinguer le vrai du faux. Mon cœur s'emballa. Le rugissement de deux avions de combat m'empêcha de penser, je restai pétrifiée sur place. Puis je vis Autumn s'avancer vers la porte de sa maison, l'ouvrir et disparaître à l'intérieur.

Ma compassion pour elle l'emporta sur ma stupeur et mon désarroi : je poursuivis mon chemin jusqu'à chez elle.

Une fois devant la porte, je pressai le bouton de sonnette et attendis. Moins d'une minute plus tard, un homme aux cheveux très courts et blonds comme les blés vint m'ouvrir. Il n'était pas très grand, un mètre soixante-quinze environ, et portait un tablier de cuisine qui lui tombait presque jusqu'aux pieds. Je remarquai d'emblée sa ressemblance avec Autumn. Ils avaient les mêmes yeux bruns, les mêmes joues arrondies semées de taches de son. Tout en s'essuyant les mains à son tablier, il me sourit.

— Vous devez être notre invitée de ce soir, j'imagine. Marjorie vient juste de m'appeler pour me prévenir. Vous n'avez pas le palais trop délicat, j'espère ? feignit-il de s'inquiéter.

— Non, monsieur.

— Tant mieux. Mais pourquoi Autumn a-t-elle sonné ? Où est-elle, d'abord ? Vous n'êtes pas venues ensemble ?

— Elle vient d'arriver, expliquai-je, étonnée qu'il ne l'ait pas entendue rentrer.

Elle n'avait pas dû faire plus de bruit qu'un chat, et son père eut l'air un peu surpris.

— Ah bon ? Eh bien, entrez, alors. Capitaine Sullivan, se présenta-t-il en me tendant la main.

— Grace Houston, dis-je à mon tour.

— Bienvenue à la base, Grace. J'ai hâte de connaître votre père. Vous arrivez de San Diego, si je ne me trompe ?

— En effet, monsieur.

— Nous y avons vécu, nous aussi. Vous vous plairez, ici, même si les hivers ne sont pas aussi doux que là-bas.

J'acquiesçai en silence. C'était chaque fois la même chose, pensai-je à part moi. Nous étions toujours censés préférer notre nouveau lieu de résidence au précédent.

— Bien, je vais vous conduire à la chambre d'Autumn, dit le capitaine Sullivan. Suivez-moi.

Je vis bien que nos arrivées séparées l'intriguaient. Mais ou il ne s'en souciait pas, ou il ne tenait pas à poser d'autres questions à ce sujet.

— Je parie que vous avez des tas de choses à vous raconter, toutes les deux. C'est assez passionnant de débarquer dans un nouvel endroit, mais c'est toujours un peu éprouvant, non ?

— Oui, monsieur.

Il me sourit, puis frappa à la porte de la chambre.

— Autumn ? Ton amie est là.

N'obtenant pas de réponse, il me jeta un regard bref et frappa derechef. Comme Autumn ne répondait toujours pas, il se retourna vers moi.

— Vous êtes certaine qu'elle est revenue ?

— Oui, monsieur. Je l'ai vue entrer dans la maison.

Visiblement inquiet, cette fois, il fit jouer la poignée de la porte : elle était fermée à clé.

— Autumn ! appela-t-il sévèrement. Qu'est-ce que tu fabriques là-dedans !

Nous entendîmes la porte d'entrée s'ouvrir et nous retournâmes tous les deux en même temps. Un coup d'œil me suffit pour savoir que la jeune fille qui s'avançait dans le couloir était la sœur d'Autumn, Caitlin. Leur ressemblance était visible, même si Caitlin tenait beaucoup plus de leur mère. Elle était plus grande, plus mince que sa cadette. Et son visage plus fin, avec ses pommettes hautes et ses traits bien dessinés, frappait davantage par sa beauté. Derrière elle se tenait un grand garçon brun d'allure martiale, en jean et chemise ouverte, de toute évidence un élève officier. Ses yeux noisette et ses traits énergiques exprimaient la confiance en soi, et sa coupe de cheveux avait une rigueur toute militaire.

— Que se passe-t-il, papa ? s'informa vivement Caitlin en m'apercevant.

— Voici Grace Houston, la fille du capitaine Houston, nouvellement muté à Norfolk. Ils viennent d'arriver, et Autumn a invité Grace à dîner ce soir, expliqua M. Sullivan.

Caitlin se détendit.

— Oh, c'est parfait. Bienvenue à la base, dit-elle avec un grand sourire.

— Mais apparemment, fit observer son père, ta sœur s'est enfermée dans sa chambre. Une fois de plus, ajouta-t-il après une pause imperceptible.

Le regard de Caitlin trahit à la fois l'inquiétude et la gêne. Elle se tourna vers son compagnon, qui ne pouvait être que Jarvis Martin. Il secoua la tête en se mordillant le coin de la lèvre.

— Laisse-moi essayer, dit Caitlin en s'approchant de la porte.

Nous reculâmes pour lui faire place, et elle s'adressa d'un ton ferme à sa sœur.

— Autumn, qu'est-ce qui se passe ? Ton invitée est là. Ouvre ! ordonna-t-elle en frappant à son tour. Tu fais honte à tout le monde, y compris à papa. Autumn ?

Quelques secondes s'écoulèrent. Je regardai Jarvis, qui feignait de s'intéresser à une gravure accrochée au mur ; elle représentait un vieux baleinier, qu'il avait déjà dû voir cent fois plutôt qu'une.

— Cela devient ridicule, s'impatienta le capitaine. Éloigne-toi de cette porte, Caitlin.

Jarvis se retourna brusquement et se rapprocha.

— Autumn, si tu n'ouvres pas cette porte immédiatement, je la défonce, menaça M. Sullivan.

Effrayée, je me reculai vivement.

— Je ferais peut-être mieux de partir, chuchotai-je à Caitlin.

Elle fit signe que non et murmura :

— Je suis désolée.

Jarvis, lui, semblait tout excité, et même ravi à la perspective d'intervenir.

— Avez-vous besoin de mon aide, monsieur ? proposa-t-il au capitaine Sullivan.

L'officier lui jeta un regard bref où se lisait sa colère. Sans répondre, il prit son élan et chargea, épaule en avant, sur la porte qui se fendit. J'entendis des éclats de bois tomber à terre. Jarvis l'imita, et cette fois la porte s'ouvrit, si vite qu'il faillit tomber en avant.

Je battis en retraite vers le hall d'entrée. Mon instinct m'ordonnait de quitter les lieux au plus vite, et mon cœur cognait contre mes côtes. Je crois même que je poussai un gémissement quand les deux hommes entrèrent dans la pièce, Caitlin sur leurs talons.

Je l'entendis hurler, en même temps que son père s'écriait :

— Oh, mon Dieu !

Je n'attendis pas d'en savoir plus. Je m'élançai au-dehors, courus jusqu'au trottoir et poursuivis ma course, si affolée que je dépassai le coin où j'aurais dû tourner pour entrer chez moi. Je m'en aperçus presque aussitôt et revins sur mes pas. Comme je m'engageais dans notre rue, j'entendis rugir un moteur et vis la mère d'Autumn passer en trombe devant moi, en faisant gémir ses pneus dans le tournant.

Je hâtai le pas vers la maison. La porte était grande ouverte quand j'y parvins, papa et maman se tenaient dans le hall et parlaient, ils se retournèrent vers moi.

Je tremblais toujours et mes joues ruisselaient de larmes.

Papa ne fit qu'un bond jusqu'à moi.

— Eh là ! Ne pleure pas, moussaillon.

— Ma pauvre Grace, s'apitoya maman. Est-ce que tu l'as vue faire ça, ma chérie ?

Je secouai la tête.

— Je ne sais pas ce qu'elle a fait ! rétorquai-je, avant de leur raconter d'une traite ce qui venait de se passer.

Maman murmura d'une voix navrée :

— La pauvre petite…

— Mais qu'est-ce qu'elle a fait ? trouvai-je enfin le courage de lui demander.

— Elle s'est ouvert les veines.

Le souffle me manqua. C'était exactement ce que j'avais imaginé, et redouté. Chose étrange, moi dont le père était militaire et qui avais vu des hommes se préparer au combat, qui connaissais le bruit des armes à feu, je n'avais jamais assisté à un acte de violence. Jamais, de toute ma vie, sauf au cinéma et à la télévision, bien sûr. Quand j'étais petite, je me figurais que mon père faisait semblant de jouer au soldat, que tout cela n'était qu'un autre genre de jeu pour grandes personnes. Même les histoires de terroristes, attaquant des bateaux dans des ports lointains, me semblaient irréelles. Aucun de ces événements, par bonheur, ne s'était produit assez près de nous pour nous affecter.

Et voilà que ce matin même, à peine arrivée, j'avais failli assister à une tentative de suicide.

— Est-ce qu'elle va s'en tirer ? m'entendis-je demander.

Papa me rassura.

— Tout ira bien pour elle, j'en suis certain.

— Physiquement, peut-être, commenta maman d'un ton soucieux.

Je leur parlai alors de ce qu'avaient fait Wendy et Penny, et de l'effet désastreux que leurs propos avaient produit sur Autumn.

— C'était tellement cruel de leur part, ajoutai-je.

Maman parut surtout fâchée pour moi.

— Quel accueil dans une nouvelle communauté, ma chérie ! Je suis vraiment désolée.

Ce n'est pas votre faute, fus-je sur le point de répliquer. Mais presque aussitôt, je rectifiai mentalement : *Si, c'est votre faute. C'est toujours la faute des parents, c'est vous qui dirigez tout. Vous faites des choix, et tout ce qui arrive ensuite est la conséquence de ces choix.* Maman avait pris la décision d'épouser un officier de marine, et il en résultait que je me trouvais ici aujourd'hui, à cet endroit précis, pour vivre cette expérience-là.

Si seulement nous pouvions connaître le sens de nos décisions avant de les prendre, méditai-je. Cela nous rendrait-il plus sages ? Il me semblait plutôt que la sagesse venait toujours trop tard. Nous n'écoutions jamais quand des gens plus âgés, plus avisés que nous avaient la générosité de nous offrir ce qu'ils savaient, ce qu'ils avaient appris par expérience. Il nous fallait commettre et assumer nos propres erreurs, comme si elles comptaient autant que nos réussites. C'était ainsi que nous conquérions notre identité, notre nom, que nous devenions nous-mêmes.

Pauvre Autumn, pensai-je tristement.

Que lui restait-il, à présent ?

Qu'était devenue la splendeur de son nom ?

2

Mon radar personnel

Les secrets n'étaient pas plus faciles à garder à l'extérieur, que dans notre petit univers. Mais il y existait une loi tacite, selon laquelle ce qui s'était passé dans la communauté navale ne devait pas en sortir. Ni Wendy ni Penny ne manifestèrent le moindre remords de s'être conduites ainsi envers la pauvre Autumn. Mais elles ne laissèrent rien filtrer de ce qu'elles savaient devant les autres, les filles de notre lycée que nous appelions « les civiles ».

Le jour où je fis mon entrée dans mon nouveau lycée, elles m'isolèrent dans les toilettes des filles pour me parler d'Autumn à l'abri des oreilles indiscrètes.

— Tu étais là-bas, commença Penny, le regard brillant d'excitation. Mon frère me l'a dit. Est-ce qu'il y avait du sang partout ?

— Je n'ai rien vu. Je suis repartie chez moi dès qu'ils sont entrés dans sa chambre, me hâtai-je d'expliquer, à leur plus grand désappointement.

De toute évidence, elles avaient escompté une description détaillée de l'horrible événement, qui semblait les impressionner autant l'une que l'autre.

— Elle a dû lire quelque part comment il fallait s'y prendre, opina Wendy, aussitôt approuvée par Penny. Tu sais bien, on plonge les mains dans l'eau chaude et tout ça, pour que le sang ne coule pas trop vite.

Penny ouvrit des yeux grands comme des soucoupes.

— C'est qu'elle était bien décidée à se tuer, alors. Elle ne faisait pas ça simplement pour attirer l'attention. C'est affreusement gênant pour sa famille ! Je sais que Caitlin a peur que mon frère ne la quitte à cause de ça. Quand quelqu'un donne des signes de folie, dans une famille, il y a des chances pour qu'il ne soit pas le seul.

— Mais ce n'était pas de la folie, protestai-je. Autumn avait honte à cause de ce que vous m'aviez dit. Pourquoi avez-vous fait une chose aussi cruelle ?

— Pour essayer de te protéger, tout simplement. C'était le moins que nous puissions faire, pour une nouvelle venue, insista Wendy.

Et Penny s'empressa d'ajouter :

— J'aurais cru que tu nous en serais reconnaissante. Elle aurait pu aller raconter partout que tu étais devenue sa meilleure amie, ou n'importe quoi de ce genre.

— Je n'ai pas besoin qu'on me dise qui je dois ou ne dois pas fréquenter, figure-toi !

Wendy prit un ton un peu trop doucereux.

— Mille pardons, ma chère. C'est la première et la dernière fois que nous essayons de t'aider, rassure-toi.

— Autre chose, insista Penny en se rapprochant de moi jusqu'à me regarder sous le nez. Si tu vas raconter partout qu'Autumn a voulu se tuer à cause de nous, tu le regretteras. Nous t'en ferons baver encore plus qu'à elle. Et tu sais quoi ?

Elle recula, les poings sur les hanches, et lança, menaçante :

— Les familles qui ne s'entendent pas avec les autres, dans notre communauté, sont généralement transférées dans une autre base, nettement moins agréable. Mon père pourrait t'en dire long, à ce sujet.

Je sentis le sang me monter au visage. La dernière chose que je souhaitais, c'était bien d'attirer des ennuis à papa.

— Alors fais attention à toi, m'avertit Wendy.

Et elles s'en allèrent, me laissant toute tremblante dans les lavabos.

Je les évitai tout le reste de la journée, et presque toute la semaine suivante. Je me fis quelques amies, dont aucune n'appartenait à la communauté navale. Certaines voulurent savoir ce qui se passait avec Autumn, mais je prétendis être trop nouvelle pour la connaître. À la fin de la semaine, toutefois, maman m'apprit qu'elle allait mieux, et que sa mère me permettait d'aller la voir si je voulais. Ses parents préféraient la garder à la maison jusqu'à ce que ses poignets soient guéris, et qu'elle ait entamé une psychothérapie. Une visite de ma part, cependant, serait toujours bienvenue.

Je n'étais pas si pressée que cela d'aller voir Autumn. Je n'aurais pas su quoi lui dire. Papa le devina, et me dit que je n'étais absolument pas obligée d'y aller.

— Je suis quand même vraiment désolée pour elle, papa.

Il eut un signe de tête compréhensif.

— Je suis heureux que tu sois si charitable, Grace. C'est une grande qualité. Ta grand-mère Houston était ainsi, me rappela papa, qui avait si souvent évoqué devant moi sa générosité, sa compassion et son dévouement pour les nécessiteux.

On avait même parlé d'elle dans la presse et publié une photographie d'elle, en train de servir des repas aux sans-abri, dans une cuisine de fortune installée sur un trottoir. Elle avait une allure élégante et un visage plein de bonté. J'avais lu les articles mais je ne l'avais jamais connue : elle était morte avant ma naissance. Mon grand-père aussi avait été officier de marine et lui aussi était mort, à présent, depuis peu de temps.

Papa était enfant unique, comme moi, mais je savais qu'ils parlaient souvent d'avoir un autre enfant, maman et lui. Les déménagements incessants avaient rendu maman nerveuse, et d'après ce que j'avais glané par-ci, par-là, elle ne réussissait pas à être enceinte et avait fini par y renoncer. Pourquoi certaines femmes avaient facilement des enfants, et d'autres pas, demeurait un mystère pour moi. Je trouvais aussi une certaine ironie au fait qu'Autumn ait été enceinte, elle qui n'aurait pas dû l'être. Alors que maman n'y parvenait pas, elle qui au contraire le désirait tant.

Papa m'avait donné des scrupules au sujet d'Autumn, en affirmant qu'elle devait avoir grande envie de la compagnie d'une fille de son âge. Aussi, dès la fin du dîner, je me rendis chez elle. Ce fut sa sœur qui vint m'ouvrir.

— Ah, c'est toi, m'accueillit-elle. Je pensais qu'on ne te verrait plus chez nous, après cette histoire. Je ne te l'aurais pas reproché, remarque.

— Je ne voulais pas venir avant que votre mère nous ait dit que tout allait bien.

— Bien, enfin... pour autant que les choses puissent aller bien. Entre. Elle est dans sa chambre à contempler le plafond et à se sentir idiote, j'imagine. Je ne voudrais pas te paraître trop dure, ajouta Caitlin en voyant mon expression. Mais quand on fait une chose pareille, on devrait penser au tort qu'on cause à ses proches. Ce n'est pas ça qui va aider la carrière de mon père, ni faciliter la vie de ma mère et la mienne, si tu vois ce que je veux dire.

Je me contentai de hocher la tête. Ce que je voyais, surtout, c'est que la compassion n'était pas la vertu prédominante de cette famille.

— Tu sais où se trouve sa chambre. On a fait remplacer le montant de la porte, prit la peine de préciser Caitlin avant de tourner les talons.

J'allai frapper à la porte d'Autumn.

— Qui est là ? obtins-je en réponse.

— C'est moi, Grace.

Je retins mon souffle au cours de la longue pause qui suivit. Allait-elle refuser de me voir ? Je l'espérais presque. Je me retournai pour voir si Caitlin m'observait, mais le couloir était vide, la maison silencieuse. Je me demandai où était la mère d'Autumn, et comment elle pouvait supporter tout cela. C'était si triste…

— Entre, finit par dire Autumn.

Comme l'avait supposé sa sœur, elle était au lit. On avait placé le poste de télévision près d'elle, mais il était éteint. Je me risquai à demander :

— Comment vas-tu ?

— Bien, répliqua-t-elle, comme si elle n'avait souffert que d'un simple rhume sans gravité.

Elle s'assit d'un mouvement vif et se pencha en avant.

— Alors, comment trouves-tu le lycée ? Quels amis t'es-tu faits ? As-tu vu Trent Ralston ? Il est beau, tu ne trouves pas ? Quel est ton prof préféré ? Moi j'aime bien Madeo. Il est super en cours d'anglais, non ? Et naturellement, je suppose que tu détestes Mme Couture, la directrice ?

» Eh bien ? questionna-t-elle en s'accordant enfin le temps de respirer.

41

Ce fut plus fort que moi : j'éclatai de rire.

— Comment veux-tu que je te réponde ? Je ne sais pas par où commencer !

Elle se mordilla les lèvres d'un air pensif.

— Est-ce qu'on parle de moi ? Wendy et Penny ne doivent pas s'en priver, non ?

— Euh… pas vraiment, répondis-je, ce qui la laissa sceptique.

Elle posa les deux mains sur le lit, paumes en l'air, exhibant ses poignets bandés.

— Tout ça, c'est surtout la faute de ma mère, en fait.

— De ta mère ? Comment cela ?

— Elle est allée tout raconter à Claudia Spencer, la commère de service. Elle avait besoin de se confier à quelqu'un, c'était trop dur à supporter. Ça l'étouffait, à ce qu'elle m'a dit. Est-ce que ta mère aurait fait ça ? Eh bien ? Elle l'aurait fait ?

— Je n'en sais rien.

— Mais si, tu le sais. De toute façon…

Autumn se laissa retomber sur les oreillers.

— Ça n'a plus d'importance, maintenant. Je ne retournerai pas dans ce lycée. Mes parents parlent de m'envoyer ailleurs.

— Où ça ?

— Dans un établissement privé pour adolescents à problèmes, expliqua-t-elle. Ça m'est bien égal. Mais Trent me manquera, même s'il ne sait pas que j'existe.

— Peut-être qu'on ne t'enverra nulle part, m'efforçai-je de la rassurer. Peut-être que tu reviendras au lycée quand tu iras mieux.

Elle avait besoin qu'on lui rende un peu d'espoir, comme on insuffle de l'air dans un ballon dégonflé.

Elle se laissa glisser en position allongée, s'enfonça sous les couvertures et leva les yeux au plafond.

— Tu meurs d'envie que je te le raconte, je parie.

— Que tu me racontes quoi ?

— Comment je suis tombée enceinte, nunuche !

Je secouai vivement la tête.

— Pas du tout, ne te crois pas obligée de faire ça. Je ne tiens pas vraiment à le savoir.

— Mais si, tu y tiens. C'est ce que tout le monde veut savoir. Comment j'ai pu laisser une chose pareille m'arriver.

Elle me dévisagea un moment, puis se redressa et s'accota aux oreillers.

— Ma sœur est particulièrement curieuse de le savoir. Ma chère sœur, le fleuron de sa promotion, qui n'a jamais rien eu à se reprocher, dans toute sa vie. L'élève modèle, avec son irréprochable petit ami.

» Et moi, mon père me déteste. Il voudrait que je ne sois jamais née !

— Je suis sûre que ce n'est pas vrai, Autumn.

— Comment peux-tu en être aussi sûre ? riposta-t-elle avec véhémence. Tu nous connais à peine.

Cette façon qu'elle avait de changer d'humeur à tout instant était un peu effrayante, mais je ne bronchai pas.

— Un père ne peut pas détester son enfant, sa propre fille, affirmai-je.

Je le pensais sincèrement. Je ne pouvais pas imaginer mon père souhaitant que je ne sois jamais née.

— Un père officier de marine en est capable, s'obstina-t-elle. Il me jetterait par-dessus bord s'il le pouvait.

J'ébauchai un sourire, mais elle se retourna brusquement vers le mur.

— Ce n'était pas ma faute. Absolument pas. Je n'ai rien pu empêcher. Je ne savais même pas que j'avais fait quelque chose de mal !

J'eus l'impression que l'air se figeait entre nous.

— Comment pouvais-tu ne pas le savoir ? demandai-je, malgré ma répugnance à aborder ce sujet déplaisant.

— Ils m'ont droguée.

— Quoi ! Mais comment ont-ils fait ? Qu'est-ce qu'ils t'ont fait prendre ?

Autumn se retourna vers moi, se redressa un peu sur ses oreillers et avala péniblement sa salive.

— Une drogue illégale qu'on ne sent pas dans les boissons, et dont l'un des effets est l'amnésie. Je ne savais même pas qu'il m'était arrivé quelque chose. Je ne m'en souvenais pas !

— Qui est-ce qui t'a fait ça ?

— Des garçons du lycée. Leurs noms ne doivent pas être cités car ils ne sont pas considérés comme adultes, commenta-t-elle amèrement. Ils donnaient une petite soirée, tu comprends ? Et on ne m'invite jamais, moi, alors j'y suis allée avec une autre fille, Selma Dorman. Elle aussi, ça lui est arrivé, seulement elle a eu plus de chance que moi. Elle n'est pas tombée enceinte.

» Nous étions les seules filles, révéla-t-elle après une hésitation, et ils étaient cinq garçons. Nous aurions dû comprendre tout de suite que quelque chose n'allait pas, mais ils n'arrêtaient pas de nous dire que d'autres filles allaient venir bientôt.

— Où cela s'est-il passé ?

— L'un des garçons pouvait disposer de sa maison, ses parents étaient partis à New York pour le week-end. C'était une maison immense, avec un écran de télévision géant et une sono fantastique. Il y avait une salle qui servait pour les fêtes et les soirées, avec un bar long comme un destroyer. Tout ce dont je me souviens, c'est d'avoir bu ce que je prenais pour un inoffensif soda, et de m'être réveillée à quatre heures du matin dans l'une des chambres, complètement nue. Ils avaient caché mes vêtements pour s'amuser, en plus du reste.

» Mon père était en mission spéciale, à ce moment-là, sinon… Il serait allé là-bas et les aurait tués sur place, affirma Autumn d'un ton dramatique. Ils ont fini par me rendre mes vêtements et m'ont ramenée chez moi en voiture. Ma mère était furieuse que je rentre si tard, alors je ne lui ai rien dit. Je ne savais pas exactement ce qui m'était arrivé, même si je me sentais horriblement violentée. Je n'avais aucune idée de ce qui allait se passer à l'intérieur de mon corps. J'ai eu si peur quand j'ai sauté un cycle que je n'ai pas osé en parler à maman, mais finalement j'ai pensé qu'il valait mieux le lui dire. Elle m'a emmenée immédiatement chez un médecin, et il lui a annoncé que j'étais enceinte.

» Elle a piqué une crise de nerfs. Mon père était fou de rage, ils ont prévenu la police. Ils ont essayé d'empêcher l'histoire de s'ébruiter, mais comme tu le sais ma mère était dans tous ses états. Elle a dit qu'elle avait absolument besoin de se confier à quelqu'un, seulement voilà… Elle n'a pas choisi la bonne personne, et tout le monde a été très vite au courant, surtout Penny Martin.

— Mais si on t'a droguée, comment peut-on t'accuser d'avoir voulu que ça t'arrive ?

— Les gens le font, c'est tout. On me reproche d'avoir été stupide et naïve. Wendy et Penny clament partout que j'y ai sûrement pris plaisir. Je voudrais que ça leur arrive, tiens ! fulmina Autumn, le regard noir. On verrait bien alors si elles sont si malignes que ça ! On verrait si ça leur ferait plaisir.

Elle baissa les yeux sur ses poignets et des larmes ruisselèrent sur ses joues.

— Autumn, dis-je avec douceur, tout va s'arranger. Tout ira bien pour toi.

— Non, ça ne s'arrangera pas ! Même mon père, qui sait pourtant comment ça s'est passé, rejette la faute sur moi, révéla-t-elle. Et ma sœur aussi. Tout le monde m'accuse !

— Ce n'est pas juste.

— À qui le dis-tu ! On se sent tellement sale, si tu savais ! Une centaine de bains n'y changeraient rien, on ne se sentirait pas plus propre. Personne ne veut de moi pour amie. Ma propre famille me déteste. Mon père espère être bientôt muté ailleurs, je le sais. Il voudrait aller là où personne ne saura rien de moi. Il a honte de moi, maintenant, surtout après ce que j'ai fait. Je suis comme une tache sur son uniforme.

— Mais non, voyons, protestai-je, bien que sans grande conviction.

Pratiquement tous les gens que je connaissais, parmi les officiers ou le personnel de la Navale, me faisaient l'effet d'avoir une existence irréprochable. La moindre atteinte à leur réputation leur faisait un tort considérable. Combien de fois ne m'avait-on pas répété que nous étions les représentants de notre pays ?

Tout ce que je savais, en tout cas, c'est que mon père ne m'aurait jamais détestée, qu'il n'aurait jamais eu honte de moi non plus. J'avais plus de chance qu'Autumn. Nous n'étions pas simplement une famille de plus dans la communauté de la Navale. Nous étions une vraie famille.

— Merci pour ton soutien, répondit Autumn, mais tu ne fais qu'arriver ici, et bientôt tu ne voudras plus venir chez nous. Ce n'est pas grave. Cela ne me fait plus rien, maintenant. Tu veux que je te dise ? Je voudrais déjà être dans cette école spéciale. Je voudrais être n'importe où ailleurs qu'ici.

— J'espère que tu ne partiras pas, Autumn. Dès que tu le pourras, viens me voir. Je serai ton amie, je te le promets.

Elle parut sceptique, mais une lueur de joie traversa son regard.

— Sois sur tes gardes, me recommanda-t-elle. Ne fais confiance à personne, ça vaudra mieux pour toi... Je suis si fatiguée, soupira-t-elle en fermant les yeux. C'est à cause des médicaments qu'on me donne.

— Bon, je te laisse. Je reviendrai te voir bientôt.

Elle ne répondit pas, ne rouvrit pas les yeux et, à nouveau, se laissa glisser dans son lit. Je la regardai quelques instants, toute songeuse. Presque tout ce qu'elle venait de dire était vrai, malheureusement. Dans le monde où nous vivions, s'il vous arrivait quelque chose, on estimait que c'était votre faute. Vous n'aviez pas su vous en préserver. Vous auriez dû prévoir, savoir, vous y prendre autrement. Personne n'était jamais complètement victime. Nous étions toujours coupables.

— Au revoir, murmurai-je. J'espère que tu seras bientôt rétablie.

Elle me remercia d'un signe imperceptible et je la quittai. Comme j'allais sortir de la maison, j'aperçus Mme Sullivan assise dans le living-room, le regard fixé droit devant elle.

— Oh ! Désolée, madame Sullivan, m'excusai-je. Si vous étiez là quand je suis arrivée, je n'ai pas dû vous voir.

47

Elle leva les yeux, comme si elle venait juste de se rendre compte que je leur avais rendu visite.

— Si seulement je pouvais être aussi invisible !

Je préférai ne pas relever le propos.

— Autumn va se remettre, affirmai-je.

J'ignore d'où je tirais cette certitude, mais ma conviction la frappa. Elle haussa les sourcils.

— Vous croyez ?

— Oui, madame, je le crois.

— Vous, la jeunesse d'aujourd'hui... rien ne semble avoir d'importance à vos yeux, déplora-t-elle. Tout ce qui compte pour vous, c'est de prendre du bon temps.

— Non, madame. Ce n'est pas vrai pour tout le monde.

— Vous ne vous souciez pas des conséquences de vos actes, poursuivit-elle comme si je n'avais rien dit. Mais nous devons tous payer la note un jour, et toujours assez tôt, souvenez-vous bien de ça.

— Oui, madame.

— Merci d'être venue, proféra-t-elle d'une voix éteinte en se renversant dans son fauteuil.

Elle avait déjà repris son regard lointain, presque vide.

— Au revoir, murmurai-je en gagnant la porte.

Je me hâtai de rentrer pour tout raconter à maman. Quand papa revint, je recommençai mon récit pour lui, et au dîner nous parlâmes encore de tous ces événements. Je vis bien que mes parents avaient peur pour moi, peur que de telles choses m'arrivent, à moi aussi.

— La mère d'Autumn n'a pas tout à fait tort, ma chérie, fit observer maman. Il faut être un peu parano pour survivre dans le monde d'aujourd'hui. Chaque génération court plus de dangers que la précédente. Parfois je souhaite que nous vivions au XVIIIe siècle !

— Tu n'aimerais pas ça, plaisanta papa. Tu devrais attendre six mois que je revienne de chaque mission en mer.

Elle rit avec lui, mais pas moi. J'avais souvent pensé à ce que pourrait être la vie à une autre époque. Au cinéma et dans les livres, elle paraissait bien plus romantique. De nos jours les gens avaient plus de temps libre pour être ensemble, mais tout ce brassage comportait certains dangers. Il entraînait des épidémies dévastatrices, accroissait les risques d'accidents et causait une terrible pauvreté pour certains. Le progrès avait un prix, me rappela maman. De toute évidence, elle s'inquiétait de ce que serait pour moi la part à payer.

Je fis des cauchemars pendant toute une semaine, après ma visite à Autumn. Elle ne me donna pas signe de vie, je ne reçus pas même un appel téléphonique. Puis un matin, au petit déjeuner, maman m'apprit que ses parents s'étaient décidés à l'envoyer dans un établissement spécialisé. En fait, elle était déjà partie.

Au lycée, après avoir été quelque temps le sujet des conversations, son nom ne tarda pas à être oublié. Wendy et Penny semblaient très contentes d'elles-mêmes, surtout Wendy. Elle ne manqua pas de me dire que j'aurais dû les écouter.

— Il faut savoir choisir ton camp si tu veux réussir dans la vie, laissa-t-elle tomber comme si elle me parlait du haut d'un trône. Nous sommes en train de décider si nous allons t'offrir une seconde chance.

Beaucoup de jeunes, parmi notre communauté, semblaient terrorisés par ces deux filles. Elles étaient entourées d'une véritable petite cour qui les suivait partout, quêtant un sourire, un compliment, une invitation. Elles m'octroyèrent quelques sourires condescendants, espérant que je me joindrais au troupeau, mais je m'en abstins. Je ne craignais pas de me retrouver seule, ni d'avoir des amis en dehors de notre cercle. Malgré tout, elles affichaient une certitude révoltante de me voir bientôt mendier leur amitié.

Je ne voulais rien dire de négatif au sujet de ma nouvelle vie, ni de notre nouvelle maison, aussi ne parlai-je pas de tout ceci à mes parents. Papa était enchanté de son nouveau poste, maman se faisait des amies qu'elle appréciait vraiment. Je crois que je ne l'avais jamais vue aussi heureuse qu'ici. Un soir, un mois à peine après notre arrivée à Norfolk, elle me révéla pourquoi.

Papa donnait un cours du soir, aussi avions-nous dîné seules, maman et moi. La vaisselle finie, je montai faire mes devoirs, et je venais de les terminer quand on frappa à ma porte. J'étais en train de me brosser les cheveux et je me retournai, pour voir maman sur le seuil. Elle semblait tellement surexcitée que j'en souris.

— Qu'y a-t-il, maman ?

— Il faut que je te parle, annonça-t-elle en s'avançant pour venir s'asseoir sur mon lit. Continue ce que tu faisais, surtout. J'adore te regarder. Tu es si jolie, ma chérie. Tu deviens une ravissante jeune femme.

Je me sentis rougir.

— Oh, maman ! Ce n'est pas vrai.

— Mais si, Grace. Et pourquoi ne le serait-ce pas, d'ailleurs ? Ton père est un très bel homme, et ta mère n'a rien à lui envier.

— C'est vrai, concédai-je. Mais les enfants ne sont pas forcément aussi beaux que leurs parents.

50

— Tu peux m'en croire, Grace. Tu es une jeune femme très attirante et tu le deviendras encore plus. Mais je ne suis pas ici pour te faire des compliments, je laisse cela à ton père. Tu adores qu'il te taquine, d'ailleurs, ajouta-t-elle avec indulgence. Quant à moi... je vais bientôt avoir d'autres chats à fouetter.

Je cessai mon brossage et me retournai vivement.

— Que veux-tu dire ?

— Eh bien... ton père et moi avons eu une longue discussion, ma chérie, et nous sommes tombés d'accord. Nous allons essayer d'avoir un autre enfant. Depuis notre arrivée, j'ai subi certains examens médicaux et ton père aussi.

— Quel genre d'examens ?

— Des tests pour savoir si nous étions capables d'avoir un autre enfant. Nous avons essayé plusieurs fois par le passé, sans y parvenir. Mais nous n'étions pas aussi déterminés que nous le sommes cette fois-ci, avoua-t-elle.

Son expression résolue me coupa le souffle. Avoir un enfant dépendait donc uniquement du désir que l'on en avait ?

— De toute façon, reprit maman, les tests ont confirmé que nous n'aurions pas de problème. Cela doit te sembler bizarre que nous voulions un autre enfant alors que tu as bientôt quinze ans, je sais. Mais si j'ai toujours l'âge d'en avoir, cela ne va pas durer longtemps, aussi est-ce le moment ou jamais. Tu comprends, n'est-ce pas ?

J'acquiesçai, mais l'entendre parler ainsi ne me paraissait pas seulement bizarre. L'idée qu'elle attende vraiment un enfant, que j'aie un petit frère ou une petite sœur, me fascinait en même temps qu'elle m'effrayait. Aucun doute, cette naissance transformerait radicalement notre existence. Et si le

51

bébé était une fille ? Deviendrait-elle le petit moussaillon préféré de papa ? Ou si c'était le garçon que, je le savais, il avait toujours désiré ? Serait-il le préféré de mes parents, et deviendrais-je une sorte d'invitée dans ma propre maison ? J'avais honte de ressentir de telles craintes mais elles étaient bien là, tels d'invisibles courants traversant furtivement mes pensées.

— Maintenant que la situation de ton père paraît enfin plus stable, reprit maman, le moment nous semble tout indiqué pour une nouvelle tentative. Je ne me suis jamais sentie aussi détendue ni si confiante en l'avenir. Non seulement ton père gagne davantage, mais cette maison est la première dans laquelle il soit possible d'installer une vraie nursery.

J'approuvai d'un signe, ne sachant trop que dire.

Je prenais conscience que, malgré quelques cours d'éducation sexuelle, et quelques conversations entre amies, certaines choses m'échappaient. Je ne comprenais pas comment une femme n'avait qu'à décider d'être enceinte pour l'être. Je savais à peu près comment fonctionnait le contrôle des naissances, bien sûr. Mais à entendre parler maman, j'avais l'impression que l'homme s'arrangeait simplement pour viser mieux les ovules, ou quelque chose d'approchant. Ou encore qu'ils n'étaient pas assez décidés jusqu'ici, et que c'était la raison de leur échec.

— Cela ne m'enchante pas qu'il y ait un tel écart entre toi et le futur bébé, ajouta maman, mais cela s'est trouvé comme ça, nous n'y pouvons rien. Tu seras plus une assistante maternelle qu'une grande sœur, en somme. N'est-ce pas une bonne façon de voir les choses, Grace ?

— Si, maman.

Ma réponse ne parut pas la convaincre.

— Tu n'es pas fâchée ou quoi que ce soit de ce genre, au moins ? s'alarma-t-elle.

— Non, maman. Pourquoi le serais-je ?

— Tant mieux, dit-elle en me tapotant la main. J'ai promis à ton père de te parler de tout ça. Il est si vieux jeu dès qu'il s'agit de ces choses-là ! Il se refuse à admettre que tu es presque adulte, et que tu en sais sans doute beaucoup plus à ce sujet qu'il ne l'imagine.

» Les pères tiennent à garder leurs filles dans l'enfance plus longtemps que leurs fils, observa-t-elle. Pour les mères, c'est juste le contraire.

Comment as-tu appris tout ça ? m'étonnai-je en pensée. Ce n'était pas le genre de choses qu'on apprenait en classe.

— Laissons-lui ses illusions encore un moment, poursuivit maman. Mais la première fois que tu auras une relation sérieuse avec un garçon, il en fera une maladie. Tu n'as encore rencontré personne, n'est-ce pas ?

Ce fut plus fort que moi, j'éclatai de rire.

— Mais non, maman !

— Qu'y a-t-il de si drôle ou de si incroyable, Grace ? Regarde-toi, ordonna-t-elle en me tournant le visage vers mon miroir. Tu es très séduisante, et tu as déjà une très jolie silhouette. Ne me dis pas que tu n'as jamais vu les garçons te lancer... certaines œillades.

Je l'avais remarqué, bien sûr, mais j'avais toujours évité de répondre à ce genre de regards. Dans mon lycée de San Diego, j'avais eu une vague relation avec un garçon ; rien qui valût la peine d'être mentionné quand Autumn m'avait questionnée à ce sujet. Nous n'avions rien fait d'autre que nous tenir par la main et nous embrasser. Le garçon était encore plus timide que moi, en fait. Mais je me sentais bien avec lui et cela m'était bien égal.

À présent, avec tout ce qui s'était passé, j'avais l'impression que Wendy et Penny faisaient courir toutes sortes d'histoires sur mon compte. Je supportais de plus en plus mal les sourires entendus, les regards que je surprenais, les petits gloussements qui s'ensuivaient. N'étant pas admise dans le cercle des élues, j'ignorais ce qu'on pouvait y raconter, mais j'avais l'intuition que ce n'était pas flatteur pour moi.

— Bien, conclut maman en se levant. Je voulais simplement que tu sois au courant de ce qui se passait. Je te préviendrai quand ce merveilleux événement s'annoncera.

Je ne m'étais pas aperçue que je retenais mon souffle. C'est seulement quand elle fut partie que je le relâchai, libérant la tension qui m'avait oppressée jusque-là. Les grands changements et la nouveauté n'étaient pas rares, dans notre vie, nous y étions habitués. Mais la perspective de voir arriver un nouvel enfant dans la famille, c'était différent, et nettement plus important que tout le reste.

Papa ne rentra pas avant l'heure où je me couchais, et je venais de me mettre au lit quand il vint frapper à ma porte.

— Bonsoir, moussaillon ! lança-t-il quand je lui eus dit d'entrer.

Il venait souvent me dire bonsoir ainsi. Bien des filles de mon âge auraient trouvé puéril le plaisir que j'y prenais, mais c'était ainsi. J'adorais ça. Je répondis avec chaleur :

— Bonsoir, papa.

— Eh bien, commença-t-il en s'approchant du lit. Maman me dit que vous avez discuté entre femmes, toutes les deux ?

— Oui, papa.

— Nous voulons que tu sois informée de ce qui arrive, tu comprends. C'est une décision qui concerne la famille. En tant qu'enfant unique je sais que la seule idée de partager, ne fût-ce que l'espace autour de la table, m'aurait ennuyé.

— Je ne ressens pas du tout les choses comme ça, papa.

— Non, bien sûr. Je ne le pensais pas non plus.

Il semblait chercher le moyen de me dire quelque chose, mais ne pas savoir comment s'y prendre. Après avoir inspecté mes étagères à livres, il déclara :

— J'espère que ton frère ou ta sœur aimera autant la lecture que toi, Grace. Lire vous apporte beaucoup de choses, c'est une véritable expérience personnelle, tu ne crois pas ?

— Si, papa.

— Mais il n'y a pas que cela qui compte, malgré tout.

— Non, papa.

Je ne l'avais jamais vu aussi nerveux. Il se donnait un mal fou pour soutenir la conversation. Où voulait-il en venir ?

— Tu sais, notre décision d'avoir un autre enfant ne veut pas dire que cela se réalisera, reprit-il après un silence.

— Je sais, mais vous avez déjà passé des tests.

— Ah ! Ta mère t'a parlé de cela aussi ?

— Oui, papa, acquiesçai-je en souriant.

— Hmm ! J'imagine que je vais devoir accepter certains faits qui te concernent, que cela me plaise ou non. Un de ces jours tu vas nous amener un garçon, et nous annoncer que vous avez des projets d'avenir.

— Nous n'en sommes pas là ! protestai-je. J'ai envie de poursuivre mes études.

— C'est juste. Je t'approuve. Les femmes devraient être plus indépendantes, à notre époque. Et il faut bien savoir en qui on peut placer sa confiance. La plupart des hommes que je connais n'acquièrent une certaine maturité que très tard, observa-t-il d'un ton grave. Si tu savais ce qu'on m'envoie comme recrues, pour piloter des engins d'un demi-million de dollars ! Mais ces jeunes progressent très vite sous mon commandement, tu peux me croire.

— J'en suis certaine, papa.

Je n'osais pas imaginer ce que ressentirait le garçon que j'amènerais à mon père. Il resterait tout tremblant devant la porte, supposai-je, et cette image me fit sourire malgré moi.

— Qu'y a-t-il ? s'étonna papa.

— Rien.

— Mais si, dis-moi, insista-t-il.

— Je pensais simplement au jour où j'amènerais un garçon pour te le présenter.

— Ah ! C'est donc ça... Je crois entendre ta mère, tiens ! Je ne suis pas un tyran, mais je peux déjà te dire une chose. Celui qui croit pouvoir embarquer mon petit moussaillon à son bord n'a qu'à bien se tenir. Il faudra qu'il soit bien équipé, et qu'il observe strictement la loi et le règlement.

— Oui, mon commandant, répliquai-je, et il éclata de rire.

Les autres filles de mon âge semblaient toujours trouver ennuyeux que leur père s'intéresse à leurs faits et gestes. Elles ne désiraient ni conseils ni surveillance, les questions qu'on leur posait et l'attention qu'on leur témoignait leur déplaisaient. Pour ma part, je me sentais protégée par papa, sa présence me sécurisait. Il était mon radar personnel, détectant et écartant de mon chemin tout ce qui pouvait menacer mon bien-être et mon bonheur. Pouvais-je lui en vouloir à cause de cela ? Au contraire, sa force et sa compétence m'auraient manqué si je ne les avais pas retrouvées chez mon mari.

Je souhaitais aussi un homme que je pourrais aimer toujours, et qui ne pourrait pas cesser de m'aimer sans en mourir. Mon absolutisme allait jusque-là. Étais-je trop romantique, trop idéaliste ? J'avais toujours eu le sentiment que maman vivait un tel amour.

— En tout cas, reprit papa, je voulais te rassurer, Grace. Sois certaine que rien ne diminuera l'amour que je te porte, jamais. Tu seras toujours mon petit moussaillon.

— Je le sais, papa.

— Tant mieux. Et si ta mère te pose la question… dis-lui bien que nous avons eu une conversation très sérieuse, tu veux ? Elle m'a fait une vie pas possible pour que je te parle, chuchota-t-il en louchant vers la porte.

Je réprimai un gloussement de rire.

— Entendu, papa.

— Bonsoir, mon bébé, dit-il en se penchant pour m'embrasser.

Puis il se releva et secoua la tête.

— Tu es sûre d'avoir bientôt quinze ans ? Il y a si peu de temps que tu en avais quatre !

— Sûre et certaine, papa. Sinon, je serais vraiment très en avance pour mon âge.

Il sourit, me salua de ses deux doigts tendus et me quitta.

Je remontai ma couverture jusqu'au menton et fermai les yeux. Je me sentais comblée de bonheur, entourée, protégée.

Puis je pensai à la pauvre Autumn Sullivan, qui dormait Dieu sait où, sans jamais entendre son père ou sa mère lui dire bonsoir.

À mes yeux, elle était vraiment comme un naufragé perdu en mer.

3

Une entorse bien commode

Au cours des semaines suivantes il m'arriva d'apercevoir le père d'Autumn, mais il se borna chaque fois à m'adresser un bref signe de tête. Les nouvelles que j'avais d'Autumn me parvenaient maintenant par maman, qui s'efforçait de nouer des liens amicaux avec sa mère. Ce qui n'était pas facile, d'ailleurs. Depuis la tentative de suicide d'Autumn, Mme Sullivan vivait très à l'écart, évitant le plus possible la compagnie des autres femmes de la communauté. Caitlin allait jusqu'à détourner le regard quand elle passait près de moi, surtout au lycée. Elle devait redouter que je lui pose des questions sur sa sœur, l'obligeant ainsi à me donner une réponse qui risquait d'être embarrassante. J'avais l'impression très nette que son père et elle, mais elle surtout, auraient préféré faire comme si Autumn n'existait pas. Les Sullivan furent tous invités au barbecue que donnèrent mes parents pour mes quinze ans, mais aucun d'eux ne s'y montra.

L'année scolaire touchait à sa fin, il me fallait m'adapter à mon nouvel environnement, et avec mes études je n'avais pas beaucoup de temps pour m'occuper d'autre chose. Un après-midi, pourtant, comme je sortais du cours d'histoire, Trent Ralston s'approcha de moi et entama la conversation. Je n'avais pas pu m'empêcher de l'observer à l'occasion, et même de l'écouter quand il parlait avec d'autres élèves. L'engouement d'Autumn à son égard avait attiré mon attention sur lui. Il fallait reconnaître qu'elle avait raison : c'était l'un des plus beaux garçons du lycée, sinon le plus beau. Et ce que je trouvais intéressant chez lui, rien que pour l'avoir de temps en temps regardé de loin, c'était sa façon de ne pas se soucier de son image. En apparence, tout au moins. On aurait dit qu'il ne s'était jamais regardé dans une glace et n'avait jamais reçu de compliments. Je n'arrivais pas à décider si c'était par arrogance, ou tout simplement par innocence.

Il m'aborda comme si nous nous étions toujours connus.

— Comment fais-tu pour te rappeler les noms de tous ces rois et de toutes ces reines, et tout ce qui s'est passé sous leurs règnes ? M. Caswell ne t'a jamais prise en défaut, ajouta-t-il, admiratif. Alors que moi je me fais tout petit au fond de la classe, en espérant passer inaperçu.

Je ris de bon cœur. Du coin de l'œil, je pouvais voir Penny et Wendy qui nous observaient. Décidément, rien ne leur échappait, à ces deux-là. Autant par plaisir que pour les faire enrager, je me retournai vers Trent.

— J'ai un secret, déclarai-je.

Il haussa un sourcil. Sa beauté physique ne tenait pas seulement à la parfaite régularité de ses traits, mais aussi à la couleur de ses yeux. Un bleu-gris d'une nuance unique. Pour l'avoir vu au cours d'éducation physique, je savais qu'il avait un corps d'athlète, mince et vigoureux, irréprochable.

— Je te paierai le prix qu'il faut pour l'avoir, répliqua-t-il, entrant dans le jeu.

— Comment sais-tu ce que ça va te coûter ?

— Aucune importance. J'ai une collection de photos de sportifs très rares, les premières qu'on ait trouvées dans les paquets de chewing-gum. Je t'en donnerai une, si tu veux.

Cette fois encore, j'éclatai de rire.

— Parfait. Je pourrai compléter ma propre collection.

— Alors ? C'est quoi ton secret ?

— Le travail. Non, je ne plaisante pas, m'empressai-je d'ajouter en voyant sa mine s'allonger. Je prends les études au sérieux. Je me concentre et je ne me laisse distraire par rien. Je n'écoute pas la radio, pas de CD, je ne laisse pas le poste de télévision allumé en fond sonore, je ne réponds pas au téléphone. Je me garde une période de temps que je considère comme sacro-sainte.

Trent fit la grimace.

— Comme quoi ?

— Comme un moment réservé, si tu veux. Inviolable. Sacré.

Il secoua la tête comme si ma réponse le dépassait.

— Pas étonnant que tu gardes ton A de moyenne, même en déménageant six fois par an !

— Je ne déménage pas six fois par an.

— Peut-être pas, mais vous voyez pas mal de pays dans la Navale, quand même.

— Nos pères sont souvent transférés, c'est vrai, mais on finit par s'y habituer.

— Certains s'y font et d'autres pas, j'imagine. J'ai entendu parler d'Autumn Sullivan, dit Trent en baissant la voix. Certaines personnes parlent volontiers un peu trop fort, si tu vois ce que je veux dire, acheva-t-il en regardant Wendy et Penny.

— Je vois parfaitement, confirmai-je en fusillant les deux amies du regard.

Sur quoi, elles se détournèrent précipitamment.

— Nous devrions peut-être réviser ensemble pour l'examen d'histoire, proposa Trent. Sans musique ni télévision, c'est promis.

Je n'avais jamais beaucoup aimé préparer un cours ou un contrôle avec quelqu'un. Généralement, cela tournait au papotage, et toutes les occasions étaient bonnes pour faire des pauses interminables. En fin de compte, c'était seulement mon travail personnel qui m'apportait un plus, mais pour Trent j'étais tentée de faire une exception à ma propre règle.

J'avais une autre raison d'hésiter, d'ailleurs. Je me souvenais très bien des sentiments enflammés qu'éprouvait Autumn pour Trent ; j'avais l'impression de m'engager un peu trop envers son ami, même s'il était à cent lieues de penser à ce genre de choses. Elle ne lui avait pratiquement jamais parlé, c'était ridicule de m'inquiéter pour cela. Je le savais et fis taire mes scrupules.

— Entendu, acceptai-je.

Trent ne me laissa pas le temps de réfléchir davantage à la question.

— Pourquoi pas ce soir, alors ? Nous ne perdrions pas une seconde, affirma-t-il en affichant une frayeur exagérée. En tout cas, pas moi.

Je dus me retenir pour ne pas rire. Je commençais à me sentir comme ces filles qui gloussent chaque fois qu'on leur adresse la parole, surtout en face d'un garçon au physique avantageux.

— D'accord, acquiesçai-je. Sois chez moi à sept heures.

— Chez toi ?

— Je laisserai ton nom au garde de service, à la grille. Voilà mon adresse.

Je déchirai une page de mon carnet de notes, et comme je commençais à écrire Trent observa :

— Je me disais que je pouvais passer te prendre pour t'emmener chez moi. Nous serons tout à fait tranquilles, là-bas. Mes parents sont à une soirée de bienfaisance, et ma sœur dort chez une amie.

Je lui tendis le feuillet.

— Je ne vais nulle part la veille d'un jour de classe, déclarai-je d'un ton sans réplique.

La belle assurance de Trent s'évanouit.

— Ah ! Ton père est au moins général, je parie ?

— Non, répliquai-je, sans réprimer mon envie de rire, cette fois. Il n'y a pas de généraux dans la marine, mais des amiraux. Mon père est commandant, instructeur à l'Héliops.

— L'Héliquoi ?

— L'École d'opérations par hélicoptère.

— Oh !

— N'aie pas l'air si inquiet, le taquinai-je. La dernière fois qu'il a mordu quelqu'un, la victime n'a pas eu la rage.

Trent ne se laissa pas détourner de son idée.

— Je pensais que nous serions mieux chez moi, voilà tout.

— Nous serons très bien installés chez moi, je t'assure. Personne ne nous dérangera. Nous voulons seulement étudier, de toute façon, alors aucune raison de t'en faire.

— Bon, d'accord.

Trent jeta un regard vers le groupe qui gravitait autour de Wendy et de Penny, me sourit et promit d'être chez moi à sept heures.

Je le revis un peu plus tard, et cette fois encore il me sourit, puis agita la main et partit pour son entraînement de base-ball. Je savais qu'il était l'un des meilleurs lanceurs du lycée, et un grand match devait avoir lieu sous peu. Je n'en avais jamais vu et je pensais que ce serait bien d'assister à celui-là, prévu pour le vendredi suivant sur notre terrain.

Malgré ma résolution de ne pas laisser notre séance de travail dégénérer en autre chose, je ne pouvais pas m'empêcher d'être surexcitée à cette perspective. J'essayai de prendre le ton le plus détaché possible, quand j'annonçai à maman que Trent venait étudier avec moi. Papa était encore à son cours, et il appela peu après pour prévenir qu'il ne rentrait pas dîner. Il avait une réunion d'officiers pour mettre au point un exercice très compliqué. À table, maman me posa des questions sur Trent, et je lui révélai que c'était le camarade dont Autumn était terriblement éprise. Je lui expliquai à quel point il était populaire, bon joueur de base-ball et beau garçon. J'ajoutai que je lui avais bien fait comprendre, et même presque sévèrement, combien je prenais mon travail au sérieux.

Ce qui fit sourire maman, comme si elle savait quelque chose à mon sujet que j'ignorais moi-même.

J'insistai, en soulignant qu'aider quelqu'un à étudier consolidait nos connaissances. Elle m'écouta en hochant la tête, mais en gardant son petit sourire aux lèvres.

— Qu'est-ce que tu as ? finis-je par m'écrier. Je sais que tu te moques de moi, maman.

— Pas du tout, Grace. Je trouve que tu justifies très bien ta séance de travail avec ce garçon. Tu as laissé entendre à quel point il est populaire et attirant, sans parler de ses talents pour le base-ball. Il te plaît, n'est-ce pas ?

— Je ne le connais pas assez pour ça, maman.

— D'accord, admit-elle, et son sourire fit place à une expression plus grave. Ne laisse pas ce qui est arrivé à Autumn influencer tes relations avec les garçons, ma chérie. Garde cette histoire en tête, sois prudente, mais n'aie pas peur de toi-même. Tu me comprends ? Je veux que tu prennes du bon temps, toi aussi. Tu dois trouver l'équilibre à observer. Si tu donnes à chaque garçon que tu rencontres l'impression qu'il est un violeur, tu ne profiteras jamais de la vie. Avant d'avoir eu le temps de t'en rendre compte, tu auras laissé passer toutes tes chances et tu n'auras jamais eu de vraie jeunesse. Avec ces déménagements incessants, j'ai toujours peur que les bonnes choses de l'existence te filent entre les doigts.

— Comment fait-on pour trouver l'équilibre, maman ?

— Tu le trouveras. Tu as la tête solidement plantée sur les épaules. Écoute simplement tes intuitions, et prends ton temps avant d'accorder ta confiance à quelqu'un. C'est le meilleur conseil que je puisse te donner.

— La mère d'Autumn ne lui avait pas donné de conseils, alors ?

Maman haussa les épaules.

— Peut-être pas, ma douce. Certaines personnes ont peur de parler de ces choses-là. Elles croient que d'une façon ou d'une autre, miraculeusement, tout se passera toujours bien. Je ne crois pas qu'Autumn ait eu une très bonne image d'elle-même, d'ailleurs, qu'en penses-tu ? Elle cherchait bien trop désespérément à se faire accepter. En tout cas, c'est ce que j'ai compris en écoutant sa mère parler d'elle.

— Oui, approuvai-je. C'est aussi mon avis.

Je m'apprêtai à aider maman pour la vaisselle, mais elle s'y opposa.

— Va te préparer pour ta séance de travail, plutôt. Il n'y a pas grand-chose à faire, et je sais combien tu tiens à ce que ta chambre soit nette pour recevoir quelqu'un. À plus forte raison un séduisant jeune homme.

Maman me décocha un clin d'œil complice et je lui répondis par un sourire. Puis je me retirai dans ma chambre, où j'entrepris mes préparatifs. Je plaçai deux chaises côte à côte devant le bureau, ensuite je les trouvai trop proches l'une de l'autre, puis trop éloignées. Je tirai les stores, refis mon lit avec une netteté quasiment militaire, installai mes livres et mes cahiers, préparai un plan de révision pour mes notes d'histoire, jetai un coup d'œil au miroir ; je brossai mes cheveux, me demandai si j'allais mettre du rouge à lèvres ou de l'eau de Cologne, et finis par m'asseoir pour surveiller mon réveil. Il était sept heures cinq. Le garde de service au portail allait appeler d'un instant à l'autre pour annoncer un visiteur.

Wendy et Penny seraient au courant de tout cela, forcément. Cela me rehausserait-il dans leur estime, ou cela ne ferait-il qu'augmenter leur frustration ? Elles avaient tout fait pour m'isoler des élèves de la communauté navale, et des autres aussi, d'ailleurs, en racontant partout que j'étais snob. Mais qui l'était davantage que ces deux-là, dans tout le lycée ? Ma timidité, je le savais, donnait souvent cette impression, et je m'aperçus très vite que leur manège réussissait. L'intérêt de Trent à mon égard serait leur premier échec notable. Ce n'était pas trop tôt, alors que l'année scolaire allait s'achever.

À sept heures cinq passées, je commençai à me sentir nerveuse. Je me dis qu'il ne fallait pas m'en faire, que les civils n'avaient pas le même respect des horaires que les militaires. Dans la Navale, l'heure, c'était l'heure. Un retard était presque aussi grave qu'un manquement à la parole donnée.

À sept heures un quart, toutefois, j'étais sérieusement inquiète, et même un peu fâchée. J'ouvris mon carnet de notes et commençai à réviser, en tâchant de ne pas regarder l'heure, ni même d'y penser. À sept heures vingt-cinq, maman frappa à ma porte.

— Ton ami ne devait-il pas venir à sept heures, Grace ?

— Si. En principe.

— Ah ! C'est que j'ai promis à Lorraine Sanders de passer chez elle, pour l'aider à choisir le nouveau papier peint de sa cuisine.

— Ne te mets pas en retard, maman. C'est très impoli de la part de Trent d'avoir un tel retard et de ne pas m'appeler.

— N'en sois pas trop contrariée, ma chérie, me dit gentiment maman.

Je m'efforçai de paraître indifférente.

— Mais je ne le suis pas. J'ai commencé le travail que j'avais à faire, d'ailleurs.

— Bien. Je t'appellerai d'ici une heure. Si jamais tu as besoin de moi, tu sais où je suis, ajouta maman avant de se retirer.

Je l'entendis quitter la maison, puis je me renversai en arrière et croisai les bras. Quand je me regardai dans le miroir, je vis que j'avais l'air furibonde. Wendy et Penny avaient dû parler à Trent, ruminai-je. Elles avaient découvert nos projets, et s'étaient arrangées pour l'éloigner de moi en lui racontant des inepties à mon sujet. La rage me brouillait la vue quand je voulus reprendre la lecture de mes notes, ce qui fit monter ma colère d'un cran. Finalement, à sept heures trente-cinq, le téléphone sonna.

Trente-cinq minutes de perdues ! Trent allait m'entendre. Je décidai de lui dire que nous ne pourrions pas les rattraper. Que nous arrêterions à neuf heures précises, travail fini ou pas. Que j'avais d'autres choses à faire. Les gens devaient comprendre les conséquences de leur manque d'égards, quand même !

À ma grande surprise, ce n'était pas le planton de garde qui téléphonait. C'était Trent.

— Je suis désolé, s'excusa-t-il. Je me suis foulé la cheville à l'entraînement et on m'a emmené aux urgences. Je viens juste de rentrer, et je suis coincé ici avec de la glace sur la cheville.

— Oh !

— J'aurais dû appeler plus tôt, mais avec tout ce remue-ménage, et l'attente pour passer une radio...

— Ce n'est pas grave, Trent. Tu as très mal ?

— Maintenant, un peu moins, mais pour le match je ne suis plus dans le coup. Je serai peut-être obligé de rester à la maison demain. Je n'en sais rien. On m'a donné une béquille, pour que je sois pas obligé de poser le pied par terre, mais si je me repose je n'en aurai peut-être pas besoin.

» En tout cas, enchaîna-t-il sans me laisser le temps de répondre, mes révisions sont mal parties et j'ai plus que jamais besoin de toi, maintenant. Cela t'irait si j'envoyais un taxi te prendre, et si j'en payais un autre pour te ramener plus tard ?

— Quoi ?

Il parlait si vite que je n'arrivais pas à le suivre.

— Le taxi pourrait être chez toi dans vingt minutes, ou plutôt... il devrait être chez toi. En fait, je l'ai déjà envoyé te chercher, en supposant que tu ne refuserais pas. Nous devrions avoir terminé d'ici à deux heures. Mes notes sont un véritable chaos.

— Je... un taxi, dis-tu ? Ce doit être très cher ?

— Ça vaut le coup. J'aurai dépensé mon argent pour quelque chose qui en vaut la peine, pour une fois. Mes parents seront fiers de moi.

J'allais répondre quand un signal se fit entendre dans mon écouteur.

— Un instant, m'excusai-je avant d'enfoncer la touche « bascule ». Je prends un autre appel. Reste en ligne.

— Un taxi est là pour Mlle Grace Houston, annonça le planton. Je vous l'envoie.

— Comment !

C'était donc vrai, Trent ne plaisantait pas.

— Attendez...

Je voulus m'interposer, mais la communication fut coupée. Je me remis aussitôt en ligne avec Trent.

— Le taxi est déjà là !

— Super. À tout de suite. Il connaît mon adresse, conclut Trent en raccrochant.

Totalement déroutée, je me levai pour aller consulter l'annuaire dans la cuisine. Dehors, le taxi klaxonna. Sitôt que j'eus trouvé le numéro des Sanders, je le composai fébrilement ; mais j'eus beau laisser sonner, personne ne vint répondre. En revanche, le chauffeur klaxonna de nouveau. J'allai à la porte d'entrée et lui fis signe.

— Une minute, s'il vous plaît.

Il hocha la tête et je retournai dans ma chambre. Une fois là, je restai un moment figée sur place, plongée dans l'indécision la plus totale. Puis je rassemblai mes livres et mes notes, quittai la pièce pour repasser par la cuisine, appelai encore une fois chez les Sanders. N'obtenant toujours pas de réponse, j'abandonnai.

En toute hâte, je rédigeai un mot d'explication à l'intention de maman, le laissai près du téléphone et courus rejoindre le taxi. Le chauffeur fumait à côté de sa voiture. Il jeta sa cigarette, m'ouvrit la portière, et dès que je fus installée nous démarrâmes. Mon cœur battait à tout rompre, je trouvais l'aventure à la fois excitante et stupide. C'était bien la première fois de ma vie que j'agissais d'une façon aussi impulsive.

En quelques minutes nous eûmes gagné l'autoroute et je restai toute raide sur ma banquette, serrant mes livres contre moi comme si c'était un parachute. Si seulement j'avais pu sauter de cette voiture et me tirer de là ! Je me répétais les conseils de maman comme une prière. *Je veux que tu prennes du bon temps, toi aussi. Tu dois trouver l'équilibre à observer. Si tu donnes à chaque garçon que tu rencontres l'impression qu'il est un violeur, tu ne profiteras jamais de la vie. Avant d'avoir eu le temps de t'en rendre compte, tu auras laissé passer toutes tes chances et tu n'auras jamais eu de vraie jeunesse. Avec ces déménagements incessants, j'ai toujours peur que les bonnes choses de l'existence te filent entre les doigts.*

Ces paroles m'apaisèrent. Je m'adossai aux coussins jusqu'à ce que nous arrivions devant ce qui, de toute évidence, était une demeure cossue dans l'un des quartiers les plus huppés.

Trent m'accueillit à l'entrée, sa béquille sous le bras. Il ne portait pas de chaussure au pied droit et sa cheville était bandée.

— Désolé pour tout ça, s'excusa-t-il. Merci d'être venue.

— Comment est-ce arrivé ?

— Une chute idiote. Je venais de réussir un coup fabuleux, j'ai voulu remettre ça et je me suis étalé. Ça m'apprendra à vouloir trop bien faire, plaisanta-t-il. Allez, entre.

La maison, qui évoquait un ranch, était aussi vaste que somptueuse et meublée avec élégance. J'en fis la remarque à Trent, au moment où il tournait un commutateur proche d'une porte-fenêtre. Je vis s'illuminer la terrasse et, tout à côté, la piscine.

— Viens, dit-il en éteignant les lampes. Je sais combien le travail est sacro-saint, pour toi. Tu vois ? Avec toi, je n'apprends pas seulement mon histoire. J'enrichis mon vocabulaire.

Je ris avec lui et il clopina le long du couloir, jusqu'à sa chambre. Elle était deux fois plus grande que la mienne, si ce n'est plus, et l'ordre qui y régnait m'impressionna. Trent avait décoré ses murs avec des fanions de clubs sportifs scolaires, des photographies de ses champions préférés, et ses trophées s'alignaient sur les étagères. Son installation informatique, d'une marque coûteuse, occupait à elle seule autant de place qu'un second bureau. Le grand lit à baldaquin en bois sombre, avec ses colonnes massives, était à la mesure du reste.

Trent me désigna l'écran de l'ordinateur, sur lequel on voyait tournoyer des corps célestes.

— Je suis connecté à Internet, au cas où tu voudrais regarder quelque chose, me proposa-t-il. J'ai chargé cet écran à partir du site du télescope Hubble.

Je n'avais pas d'ordinateur. Maintenant que nous étions plus ou moins installés à Norfolk, papa avait parlé de m'en acheter un, mais je ne dis rien de tout cela. Je fis comme si je comprenais de quoi parlait Trent.

— Veux-tu boire quelque chose, Grace ? Un jus de fruits, un soda, ou quoi que ce soit ?

— Non, vraiment pas. Merci.

Je posai mes livres sur le bureau, et Trent se pencha pour saisir une seconde chaise et la rapprocher. Nous nous assîmes en même temps.

— Allons-y, dit-il en ouvrant un carnet de notes.

Son air attentif et studieux me fit sourire. Tous les garçons n'étaient pas des violeurs, finalement. Les choses étaient ce qu'elles étaient censées être, et conformes au dire de Trent. Je m'en réjouis, et en même temps je découvris en moi une bizarre contradiction. Et s'il n'attendait rien d'autre de moi que de l'aide pour son travail d'histoire ? me surpris-je à penser. Peut-être n'étais-je pas aussi attirante que je l'espérais, ou que je l'étais, si j'en croyais maman. Je n'aurais pas voulu que Trent m'ait invitée sous un faux prétexte, mais ma vanité féminine se sentait froissée.

Allons, Grace Houston, me sermonnai-je. *Il faudrait savoir ce que tu veux. Faire de l'histoire ou te faire embrasser ?*

— Voilà comment j'ai organisé tout ça, commençai-je, et Trent se pencha aussitôt sur mes notes.

Nous travaillâmes d'arrache-pied pendant plus d'une heure. De temps en temps je surprenais le regard de Trent, brillant de compréhension et d'intelligence. Il copiait rapidement les informations et remettait en ordre ses propres notes de cours.

— Tout est tellement plus facile avec ton plan, me félicita-t-il. Je crois que je n'ai jamais dû savoir prendre des notes correctement.

— Je reprends tout quand je suis à la maison, expliquai-je. Ça me remet les choses en tête et m'aide à mieux m'en souvenir.

— Oui, je vois comment ça fonctionne. Est-ce que ce sens de l'ordre et de la rigueur vient de la vie militaire ? Mon père nous menace toujours de nous envoyer dans une école militaire, ma sœur et moi.

— C'est possible, admis-je, tout en réfléchissant à la question. Ce n'est pas une chose dont j'ai conscience tout le temps, mais je suppose que lorsqu'on baigne sans arrêt dans cette ambiance...

— Très juste, conclut Trent en jetant un coup d'œil à la pendule. Nous n'avons pas travaillé aussi longtemps que prévu, mais la période sacro-sainte est-elle terminée, d'après toi ?

La boutade m'arracha un sourire.

— Nous avons plutôt bien travaillé, je trouve.

— Bon. Laisse-moi te montrer mes photos de collection, proposa-t-il avec élan, en se levant pour aller vers son placard.

Il en revint avec une pleine brassée d'albums qu'il laissa tomber sur le bureau.

— Celui-là contient mes plus anciennes photos publicitaires sur le sport. La plupart sont des reproductions, bien sûr, mais elles sont quand même rares et difficiles à trouver. Les premières du genre étaient distribuées dans des paquets de cigarettes. Des tas de gens l'ignorent, en fait.

— Je l'ignorais moi-même, avouai-je.

Trent entreprit alors de me raconter l'histoire des vignettes publicitaires ayant pour sujet le base-ball. Les toutes premières, se fit-il un plaisir de m'apprendre, avaient été émises par les grandes compagnies de tabac dans les années 1880. Ces cartes représentaient plus d'un millier de joueurs, regroupant les équipes de soixante-dix villes, pas moins. Parmi ces grands champions figuraient même des championnes.

L'enthousiasme avec lequel Trent m'expliquait tout cela me fit sourire une fois de plus, et il dut croire que je m'amusais de lui.

— Tu dois me trouver complètement givré, non ?

— Pas du tout. Je suis très impressionnée. Tu pourrais faire un exposé très intéressant en cours d'histoire, et te servir de ces images pour l'illustrer.

— Tu crois vraiment ?

— J'en suis sûre. Je parie que cela te vaudrait des points supplémentaires.

— Ce ne serait pas du luxe, commenta-t-il d'un air songeur.

— Demande à M. Caswell, je pense qu'il est encore temps.

— Pourquoi pas ? Merci, Grace. La plupart des filles à qui je montre ça sautent sur le premier prétexte venu pour filer. Elles disparaissent avant que je tourne la seconde page, alors tu penses, le deuxième album !

Il en ouvrit quelques autres pour me faire admirer ses cartes préférées, en m'expliquant pourquoi et comment il se les était procurées.

— Mon père trouve que c'est bien de faire cette collection, mais il n'a pas la moindre idée de sa valeur. S'il le savait, il la mettrait en vente.

— À ta place, je ne la vendrais jamais. C'est une chose que tu seras heureux de transmettre un jour à ton fils, j'en suis sûre.

— Exactement ! approuva-t-il, le regard brillant d'excitation.

Puis il me dévisagea, si longuement que je finis par demander :

— Eh bien, qu'y a-t-il ?

— Ne sois pas fâchée contre moi, surtout.

— Pourquoi le serais-je ?

— J'étais en train de me dire que tu étais comme une de mes cartes : une trouvaille de valeur, révéla-t-il.

— Je ne vois là aucune raison de me fâcher.

Il eut une moue railleuse.

— Peu de filles apprécieraient d'être comparées à une vignette publicitaire, Grace.

— Oh ? Ce n'est pas la chose à laquelle on est comparé qui compte, c'est l'importance qu'elle a pour la personne qui fait la comparaison. La valeur qu'elle lui accorde.

— Aussi intelligente que belle, alors. Je me battrais pour avoir mis tant de temps à t'aborder, dit-il en se penchant pour m'embrasser sur les lèvres.

Un baiser bref et doux, que j'avais vu venir, mais que je n'en accueillis pas moins avec une sorte de surprise.

Trent garda le visage tout près du mien pour épier ma réaction, puis il m'embrassa encore. Nous étions dans une position incommode, tous deux assis et penchés l'un vers l'autre. Mais nous restâmes ainsi, l'un s'accrochant à l'autre, jusqu'à ce qu'il essaie de se mettre debout et prenne appui sur le mauvais pied. Il poussa un gémissement, trébucha et se rattrapa de justesse. Je lui saisis le bras gauche et l'aidai à reprendre son équilibre. Son visage était crispé par la souffrance.

— Désolé, s'excusa-t-il. Waouh ! Ça m'a porté un de ces coups au cœur ! Un vrai choc électrique. Ce n'était pas à cause de notre baiser, malheureusement. J'aurais préféré.

— Ne reste pas debout, Trent.

Je le soutins jusqu'à son lit, l'aidai à s'y asseoir, puis il s'étendit lentement sur le dos et contempla le plafond.

— Ça va, Trent ? Tu n'as besoin de rien ?

— Tout va bien, la douleur s'apaise un peu. Je n'ai pas voulu prendre de calmants, sachant que tu allais venir pour travailler.

— Tu ferais peut-être bien de les prendre maintenant, alors.

Il se redressa péniblement sur un coude.

— Oui, sans doute. Laisse-moi d'abord appeler un taxi pour toi, décida-t-il en décrochant le téléphone. Tu pourrais peut-être m'apporter un verre d'eau, pendant ce temps-là.

— Bien sûr.

Je me hâtai vers la cuisine. Elle était immense, avec de grands plans de travail et des placards imposants. Je trouvai celui des verres et en remplis un au robinet.

— Le taxi sera là dans dix minutes, m'annonça Trent quand je revins.

Il était adossé aux oreillers. Je lui tendis le verre, il prit un comprimé dans un flacon posé sur la table de nuit et l'avala.

— Veux-tu que je range tes albums ? proposai-je.

— Non, ce n'est pas la peine. Détends-toi un peu, dit-il en tapotant la place libre à côté de lui.

Je m'y assis et il posa la main sur mon épaule.

— Rien qu'à te regarder, j'ai déjà moins mal.

— Si tu le dis ! répliquai-je avec un sourire sceptique.

— En tout cas, t'embrasser m'a fait cet effet-là, c'est certain.

Nos regards se nouèrent et je me penchai pour l'embrasser à nouveau. Ce baiser-là se prolongea, Trent me tint serrée dans ses bras jusqu'à ce que je m'étende à côté de lui. Puis il fit courir ses doigts dans mes cheveux, tourna mon visage vers lui et reprit mes lèvres. Il abaissa le menton jusqu'à mes seins, remua la tête contre eux, les effleura doucement de ses joues. Son manège suscita en moi une soudaine sensation de chaleur et un gémissement m'échappa.

La plupart des filles de mon âge avaient fait bien plus de choses que moi avec les garçons, elles avaient beaucoup plus d'expérience. Et bien sûr je me demandais si j'avais embrassé Trent comme il fallait, si j'aurais dû le laisser me toucher comme il le faisait ; mais mon excitation et la douceur de ses caresses, la fascination que me causait chaque sensation nouvelle, tout cela faisait taire ma peur et la repoussait au plus profond de moi-même.

— Si je pouvais te garder près de moi toute la nuit, ma cheville serait guérie demain matin, chuchota Trent.

— C'est ça, je fais des miracles. Par le pouvoir de mes mains et de mes lèvres, je suppose.

— Pour moi, tu en fais, affirma-t-il en m'embrassant encore.

Ses mains se posèrent sur mes seins et j'eus un geste de recul, mais il se laissa retomber en arrière et sourit.

— Le sédatif commence à agir, on dirait. Rends-moi un service, tu veux ? Enlève ma chaussure gauche et ma chaussette.

Quand ce fut fait, il s'assit et leva les bras.

— Ma chemise, maintenant.

Je l'aidai à s'en débarrasser, et il déboucla sa ceinture.

— Je dormirai en sous-vêtements cette nuit. Retire-moi ça.

J'étais venue travailler l'histoire avec lui, et voilà que j'allais devoir l'aider à ôter son pantalon ? Ma brève hésitation le fit rire.

— C'est comme si tu regardais quelqu'un en maillot de bain, observa-t-il.

Je secouai la tête, mais je m'exécutai. Puis je pliai son pantalon, le rangeai sur un cintre et fis de même avec sa chemise.

— Merci, dit-il en se coulant sous les couvertures.

Le klaxon du chauffeur de taxi se fit entendre.

— Il est payé, me rassura Trent. Tu n'auras pas à lui donner de pourboire ni quoi que ce soit.

— Est-ce que ça va ?

— Oui, affirma-t-il en fermant les yeux. Je vais rester bien tranquille et rêver de toi.

Je souris malgré moi, réfléchis un instant et me penchai pour l'embrasser. Il murmura :

— Ai-je été transformé en crapaud ou en prince ?

— En petit garçon, répliquai-je.

Il sourit à son tour, les yeux toujours fermés.

— Éteins la lumière, tu veux bien ?

Je rassemblai mes livres, éteignis et me retournai pour lui dire bonsoir. Il marmonna une réponse indistincte et je gagnai rapidement l'entrée, avec l'impression de marcher sur des nuages. Puis je me faufilai dehors et courus jusqu'au taxi. Quand il démarra je regardai vers la maison, en souhaitant avoir osé faire ce que Trent rêvait de me voir faire : rester près de lui, et dormir à ses côtés toute la nuit.

Papa et maman prenaient un thé dans la cuisine quand je rentrai à la maison. Tous deux levèrent sur moi un regard interrogateur, pas du tout inquiet mais plutôt amusé.

— Un garçon envoie un taxi pour que tu l'aides à travailler ? attaqua papa, sans même prendre le temps de me dire bonsoir.

— Tu as lu mon mot, n'est-ce pas, maman ?

— Oui, ma chérie.

Les yeux de papa pétillaient de malice.

— Une cheville foulée, s'égaya-t-il. Tous les prétextes sont bons pour attirer une fille chez soi. En général, les hommes proposent aux femmes de venir voir leur collection d'estampes.

Maman et lui éclatèrent de rire, ce qui eut le don de m'exaspérer.

— Il s'est vraiment foulé la cheville, papa ! C'est un joueur de base-ball, il s'est fait ça en voulant tenter un coup particulièrement difficile.

— Oh, dans ce cas… c'est différent, bien sûr. Alors vous avez réellement travaillé ? s'enquit papa, sans se départir de son petit sourire moqueur.

— En effet.

— Sans estampes à admirer ? me taquina-t-il.

Son humeur joviale me désarma. Je lui souris.

— Non, pas de tableaux, mais des tas de vignettes publicitaires de base-ball. Ces cartes qu'on trouve dans les paquets de chewing-gum, tu vois ?

— Des vignettes publicitaires de base-ball ? Ça, c'est une première ! Le chewing-gum, je vois, mais les cartes ?

— Elles ont beaucoup de valeur, papa. Sa collection est magnifique. Elle vaudrait une fortune s'il voulait la vendre, mais il n'y tient pas. Il a même des photos de joueuses féminines.

— C'est vrai, ça ? J'ignorais qu'il y en avait.

— Et au début, on trouvait les cartes dans les paquets de cigarettes, et pas dans ceux de chewing-gum.

Du coin de l'œil, je vis que maman s'efforçait de ne pas rire. Papa hocha gravement la tête.

— Je vois. Une soirée vraiment très studieuse, en effet.

— Elle l'était, si vous voulez le savoir. Et vous pouvez vous moquer de moi tant que vous voulez !

lançai-je en quittant la cuisine pour gagner ma chambre.

Cette fois maman ne put pas s'empêcher de rire, mais je claquai la porte derrière moi et me jetai à plat ventre sur mon lit. Environ une minute plus tard, j'entendis frapper discrètement.

— Qu'est-ce que c'est ? criai-je avec humeur.

La porte s'entrouvrit et papa passa la tête à l'intérieur.

— Est-ce que le champ de mines est nettoyé, ici ? Je ne voudrais pas marcher sur ce qu'il ne faut pas.

— Très drôle, grognai-je en me retournant pour m'adosser au chevet du lit, l'air boudeur et les bras croisés.

Papa entra et referma la porte derrière lui.

— D'accord, d'accord, je n'aurais pas dû te taquiner. Désolé. C'était tellement tentant que je n'ai pas pu résister.

— Je ne vois pas ce qu'il y avait de drôle.

Il pencha la tête, comme pour s'assurer que j'étais sérieuse, et je me détournai pour qu'il ne me voie pas réprimer un sourire.

— Reconnais que se fouler la cheville et t'envoyer un taxi, c'est plutôt inhabituel. Mais je parie que tu as pensé la même chose, fit observer papa en se rapprochant prudemment du lit. Allons, moussaillon, sois sincère.

Malgré tous mes efforts, je ne pus m'empêcher de me retourner en riant.

— Ah ! Je te retrouve, mon petit moussaillon.

— J'avais des soupçons, c'est vrai, mais maman m'a dit de ne pas être trop méfiante, sous peine de ne jamais savoir m'amuser.

Papa haussa un sourcil.

— Tiens, tiens ! Elle a dit ça ? C'est un petit détail qu'elle a omis dans son rapport.

— Elle voulait simplement m'aider, papa. M'empêcher d'avoir trop peur de tout pour profiter de la vie.

— Je sais. C'est un très bon conseil. La paranoïa n'a rien de très agréable. Alors, l'expérience en valait la peine, on dirait. Il te plaît, ce joueur de base-ball estropié ?

— Il n'est pas estropié, papa ! il s'est seulement foulé la cheville.

— D'accord, ce n'est pas drôle. Mais puisque nous nous parlons franchement, je t'avoue que je suis un peu jaloux, c'est tout. Chaque père doit se faire à l'idée qu'il ne sera pas toujours le centre du monde pour sa fille ; qu'un autre entrera un beau jour dans son univers et retiendra toute son attention. Je suis mauvais perdant, voilà tout.

— Je ne m'intéresse à personne de cette façon, papa.

— Peut-être pas, mais c'est un début. Enfin, c'est comme ça. Tu n'as pas à te justifier de faire ce que n'importe quelle jeune fille en bonne santé ferait aussi. C'est à moi de grandir.

J'ouvris des yeux ronds.

— Grandir ? Toi ?

— Nous devons tous grandir, Grace. Changer, nous adapter sans cesse. Mûrir, cela fait partie de la vie. Certains résistent à cela plus fortement que d'autres, et ils souffrent davantage.

Je secouai la tête. Que mon père eût besoin de changer, si peu que ce fût, me paraissait impensable.

— Quand on cesse d'apprendre, qu'on perd son ouverture d'esprit, on meurt ou on se dessèche sur pied. Cette chose qu'on appelle la vie est un processus continu, ma chérie. Nous sommes des voyageurs, et nous ne tardons pas à comprendre que l'important, c'est le voyage lui-même. Si tu atteins un but et cesses de voyager, cela n'a plus de sens. Tu comprends ?

— Je crois que oui.

— Tu comprendras. J'ai une entière confiance en toi, Grace. Au fait, observa papa en se levant, comment fera ce garçon pour t'emmener au bal de fin d'année, s'il ne tient pas debout ?

Cette remarque me fit rire de bon cœur.

— Il ne m'a pas proposé de m'emmener au bal, papa.

— C'est qu'il n'est pas aussi intelligent que je le croyais, alors. Tu devrais peut-être mettre ta photo sur une vignette de base-ball et la lui offrir.

— Arrête, papa !

— S'il a tant soit peu d'esprit ou de bon sens, il appellera pour te le demander. Sinon, il aura failli à sa mission. En tout cas, je ne voudrais pas que tu t'endormes en étant fâchée contre moi, conclut-il.

— Aucun danger, papa. Je ne pourrais pas m'endormir.

Il eut un bon rire affectueux.

— Très bien, moussaillon. Fais de beaux rêves, quel qu'en soit le héros.

Papa se pencha, m'embrassa sur la joue et m'adressa un salut, que je lui rendis.

Il était déjà parti que je souriais encore. J'avais tellement de chance d'avoir un père comme lui, une mère comme la mienne. Peut-être vivions-nous comme des nomades, souvent déracinés, endurant plus d'épreuves que les autres, mais jamais je ne me sentais victime d'une injustice du sort. Et ce ne serait jamais le cas tant que j'aurais mes parents. Tant que chacun de nous continuerait à se soucier des autres plus que de lui-même.

Je rêvai beaucoup cette nuit-là.

Je rêvai de Trent qui réussissait son exploit sportif, mais sans se blesser.

Puis il se retournait vers la maison car c'est là que je me tenais, à la fenêtre, et je l'attendais.

4

Les hommes et leurs jouets...

En allant en classe, le lendemain, je me sentis plus sûre de moi que je ne l'avais jamais été dans ce lycée, ni dans aucun autre, et j'étais incapable de m'expliquer pourquoi. Trent et moi n'avions rien fait de plus que ce que faisaient couramment, de nos jours, les élèves des grandes classes. Mais pour une raison qui m'échappait, j'avais l'impression d'avoir mûri. Je me sentais plus âgée, moins vulnérable, en particulier à toutes les avanies dont pourraient m'abreuver Wendy et Penny.

C'était comme si j'avais acquis en dormant une sagesse ancienne, et compris que les deux poisons – ainsi que je les appelais quand je pensais à elles – ne méritaient pas que je me tracasse une seule seconde à cause d'elles. Qu'elles ne pouvaient affecter ni ma vie, ni mon bonheur. Qu'il était préférable, et surtout plus facile, de faire comme si elles étaient invisibles.

Ce fut ce que je dis à Trent à la cafétéria, où nous nous assîmes à la même table, pendant que Wendy et Penny déversaient leur venin dans les cervelles de leurs suivantes. Il inclina la tête et sourit.

— C'est ce que je fais parfois moi-même, avec les gens qui m'importunent ou que je n'aime pas. J'agis comme s'ils n'étaient pas là. Je regarde à travers eux, j'ignore totalement ce qu'ils peuvent raconter. Mes amis pensent que je rêve éveillé, mais c'est plus facile comme ça.

Nous parlâmes beaucoup ce jour-là, chaque fois que l'occasion s'en présenta. Il était venu en classe avec sa béquille, bien sûr ; et tous ses amis, ainsi que bon nombre de filles, papillonnaient autour de lui comme s'il avait été blessé au cours d'une bagarre et fait preuve d'un grand courage. Sa béquille devenait l'équivalent d'une médaille d'honneur. Certains allaient même jusqu'à vouloir la toucher, comme si elle possédait un pouvoir magique.

Aussi vite et aussi courtoisement que possible, il échappait à leur troupeau pour venir me rejoindre. Du coup, de plus en plus d'élèves s'intéressaient à moi, ceux-là mêmes qui, la veille encore, n'auraient pas pris la peine de me donner l'heure. Je savais que, tout comme Autumn l'avait été en secret, quelques filles étaient très amoureuses de Trent. Je savais aussi que, si elles trouvaient une raison quelconque de m'approcher, elles se rapprocheraient de lui, et que la compétition pour gagner son attention s'intensifierait. Avant peu il nous devint difficile de nous isoler, ne fût-ce que pour quelques instants, dans le hall ou à la cafétéria. Nous n'étions pas seuls depuis quelques minutes qu'elles nous fonçaient dessus comme un essaim d'abeilles, en quête d'un sourire de Trent ou de quelques mots amicaux de sa part.

En première heure après le déjeuner nous avions notre examen d'histoire. M. Caswell proposa à Trent de lui faire passer une épreuve de rattrapage, au cas où son accident l'aurait empêché d'étudier. Je trouvai cette proposition très indulgente, mais Wendy me poussa du coude et chuchota :

— S'il n'était pas l'un des meilleurs sportifs du lycée, on l'aurait laissé se dépatouiller, tu peux me croire !

À sa vive surprise, et même un peu à la mienne, Trent refusa l'offre et annonça qu'il ne s'était jamais aussi bien préparé. Naturellement, il dit cela en m'adressant un grand sourire, ce qui me valut un feu croisé de regards furibonds, si lourds d'envie que je crus sentir l'air s'épaissir autour de moi.

Quelques instants plus tard, le calme revint et l'examen commença. Il n'y eut aucun sujet que nous n'ayons pas révisé, Trent et moi. L'une des questions semblait même avoir été tirée de mes propres notes. Je vis Trent sourire avec confiance, me jeter un coup d'œil entendu et se mettre au travail. L'épreuve terminée, il ne manqua pas de me dire à quel point cette séance avec moi l'avait aidé. Il le dit même à haute voix, et ceux qui l'ignoraient surent immédiatement que nous avions préparé l'examen ensemble la veille au soir, chez lui.

Le nouveau prestige que j'avais acquis, simplement parce qu'on nous voyait ensemble à la cafétéria et dans les couloirs, atteignit la célébrité avec cette révélation. En un instant, je fus promue nouvelle petite amie de Trent Ralston. C'était comme si j'avais gagné à la loterie.

Quand il me demanda de préparer avec moi notre prochain examen d'anglais, ce fut plus fort que moi : je sentis mon cœur se gonfler d'enthousiasme. Trent se montra très persuasif.

— Je viendrai même chez toi, si tu veux, histoire de m'assurer que ton père ne mord pas. Le médecin a dit que je pouvais conduire, à condition de ne prendre aucun calmant, et je tiens à avoir l'esprit clair quand je suis avec toi.

Il me sembla que je pouvais très bien l'inviter sans avoir d'abord consulté mes parents. Je savais que papa dirigeait un important exercice d'entraînement, et qu'il ne rentrerait qu'en début de soirée. Quand je prévins maman, dès mon arrivée, elle me demanda pourquoi je n'avais pas aussi invité Trent pour dîner. Cela ne m'était pas venu à l'idée. Mais j'eus le sentiment d'avoir manqué une bonne occasion, et sans doute aussi de l'avoir déçu.

— Tu peux toujours le faire si tu veux, suggéra-t-elle. Il n'est pas tellement tard.

— Tu crois que je devrais ?

— Bien sûr !

Elle dit cela comme s'il s'agissait d'une chose tout à fait banale, alors que pour moi, c'était presque un événement. Je n'avais jamais invité un garçon qui me plaisait à dîner avec mes parents.

— Mais préviens-le que ce sera un repas très simple, ajouta maman. Je fais des escalopes de poulet avec des frites maison et des haricots verts. Je ferai peut-être quelque chose de spécial comme dessert. Préviens-le au cas où il n'aimerait pas le poulet frit. Dis-lui que dans ce cas-là, je lui préparerai un sandwich au beurre de cacahuètes.

— Maman !

— Je plaisantais, ma chérie. Ton père adore mes escalopes de poulet. J'y mets un tas d'ingrédients secrets. Dis-moi si tu as rassemblé assez de courage pour transmettre l'invitation à Trent, me taquina-t-elle. Et préviens-moi s'il accepte, que je prépare à manger pour quatre.

Je m'en voulais de m'être montrée aussi timide, et j'allai droit au téléphone. La première réaction de Trent fut de demander si mon père serait là.

— Arrête de te tracasser à son sujet, Trent, rétorquai-je. C'est un simple officier de marine, pas un ogre. D'ailleurs il rentrera tard, ce soir. Il dirige un exercice d'entraînement.

— Ah bon ? Eh bien, d'accord. C'est très gentil de la part de ta mère. Je viendrai.

Malgré moi, ma voix trembla d'excitation quand je transmis la réponse de Trent à maman. Si seulement elle avait pu savoir combien je m'étais sentie importante, toute la journée, combien j'étais heureuse ! Mais pourrais-je lui raconter tout cela sans avoir l'air d'une adolescente enamourée ?

— Très bien, acquiesça-t-elle. Puisque nous avons un invité, je sortirai l'argenterie, pour que nous ne soyons pas obligés de manger avec nos doigts.

— Maman !

Elle quitta la pièce en riant et je me retirai dans ma chambre. J'avais l'impression qu'autour de moi tout était soudain devenu plus vivant, plus vibrant, que ce soient les couleurs, les sons ou même les parfums de mes eaux de Cologne. L'air me semblait chargé d'électricité, encore plus qu'à n'importe lequel de mes anniversaires. Est-ce que je devenais idiote, par hasard ? C'était juste un garçon avec qui je m'étais liée d'amitié, me raisonnai-je. Mais quand je consultai mon miroir, je compris qu'il ne servait à rien d'essayer de me mentir. La vérité se lisait dans mes yeux, dans la roseur de mes joues, que cela me plaise ou non.

Quelques minutes plus tard, le téléphone sonna. Mon cœur manqua un battement. Était-ce Trent qui appelait, pour prévenir qu'un contretemps était survenu et qu'il ne viendrait pas, finalement ? Maman parla pendant un moment, mais sa voix était indistincte. Puis elle vint dans ma chambre.

— C'était ton père, Grace. Il voudrait que nous allions à l'aéroport voir décoller les hélicoptères. C'est un spectacle impressionnant, a-t-il dit. J'ai répondu que tu avais du travail, plus des préparatifs spéciaux parce que nous avions un invité à dîner, mais il a eu l'air très déçu. Alors j'ai promis que nous passerions quand j'irais au supermarché, ça te va ?

— Bien sûr ! affirmai-je, et pour un peu j'aurais sauté de joie.

Parce que ce n'était pas Trent qui se décommandait, d'abord. Et ensuite, j'en étais sûre, parce que ce serait épatant de voir tous ces hélicoptères s'élever ensemble dans le ciel, sous le commandement de papa.

— Alors ne traînons pas, me pressa maman.

Nous allâmes aussitôt jusqu'à la voiture et prîmes le chemin de l'aéroport.

Le crépuscule était magnifique. Le ciel virait lentement à l'outremer, et les nuages floconneux qui le traversaient paraissaient jetés sur ce bleu comme de légers coups de pinceau. Papa avait annoncé notre arrivée, nous franchîmes sans problème la barrière de sécurité. Maman gara la voiture et nous nous dirigeâmes vers les hélicoptères. Il y en avait deux douzaines environ, qui évoquaient d'étranges insectes. Mais je savais quelle puissance ils recelaient, une puissance qui pouvait s'avérer mortelle.

Très absorbé par ses préparatifs, c'est tout juste si papa trouva le temps de nous faire signe de la main.

— Les hommes et leurs jouets ! marmonna maman.

Je pensai à peu près la même chose qu'elle, et regrettai que Trent ne soit pas venu avec nous. Il aurait été tellement impressionné ! Cela, j'en étais sûre.

— Je voudrais qu'ils activent un peu. Ils ne savent pas que j'ai des tas de choses à faire ? plaisanta maman.

Je lui souris et reportai mon regard vers papa. À la façon dont les hommes réagissaient à ses paroles, je voyais bien quel respect il leur inspirait, quelle autorité il exerçait sur eux. Je me sentis fière de lui, et l'expression admirative et amoureuse qu'avait maman en le regardant me prouva qu'elle ressentait la même chose.

Finalement, il se dirigea vers ses hommes. En atteignant leur groupe il se retourna vers nous et m'adressa notre salut spécial, que bien sûr je lui rendis.

Puis les moteurs des engins furent mis en marche.

— Comment peut-il supporter un fracas pareil ? vociféra maman. Franchement, ça me dépasse !

Mon regard dériva pour suivre le vol d'une mouette. Je la vis retourner vers la mer, puis les hélicoptères s'élevèrent tous à la fois dans un grondement assourdissant, tel un essaim de frelons.

— Viens ! me hurla maman par-dessus le vacarme.

Je me retournai pour voir les hélicoptères effectuer leur changement de cap, en formation impeccable.

— Grace ! appela maman.

Je la suivis pour rejoindre la voiture.

— J'avoue que ça en impose, reconnut maman dès que nous eûmes repris la route. Et quelle responsabilité pour ton père ! Il adore que nous le voyions faire ce genre de choses, surtout toi. Ce n'est qu'un grand enfant, s'attendrit-elle.

Je souris pour moi-même. *J'ai tellement de chance !* méditai-je. *Les filles de civils pensent le contraire, parce que nous déménageons sans arrêt, mais je suis la fille la plus heureuse du monde.*

Maman et moi parcourûmes le supermarché au galop, en happant les produits qu'il nous fallait, puis nous revînmes en hâte à la maison. Une heure et demie plus tard, le garde en service à la grille nous avertit que Trent était là, et j'allai aussitôt l'attendre devant la porte.

Je vis tout de suite qu'il était encore plus nerveux que moi, et la présence de gardes à l'entrée aggravait encore cette nervosité. Sa béquille sous le bras, il traversa le hall en boitillant pour venir saluer maman.

— Bienvenue chez nous, Trent, l'accueillit-elle. Je suis ravie que vous aimiez les escalopes de poulet.

Il me jeta un coup d'œil en coin. Il m'avait avoué qu'il n'en avait jamais mangé, mais affirmé qu'il serait content d'y goûter.

— Je vous remercie, madame Houston.

— Appelez-moi Jackie Lee, je vous en prie. « Mme Houston » me donne l'impression d'être une grand-mère.

Il approuva d'un signe, l'air stupéfait. De toute évidence, l'idée que je puisse appeler sa propre mère par son prénom ne lui serait jamais venue ; il ne me l'aurait certainement pas demandé, ni même permis. Je le conduisis au salon et maman resta un moment avec nous. J'étais toujours impressionnée par son aisance en face des nouvelles connaissances. À cause de nos déplacements incessants, je l'avais toujours vue confrontée à la nécessité de rencontrer des inconnus, des personnalités de toutes sortes. Cela ne semblait présenter pour elle aucune difficulté. Comment faisait-elle ? Un jour où je l'avais questionnée à ce propos, elle m'avait répondu après quelques secondes de réflexion :

— Pour moi, c'est un peu comme essayer différents types de vêtements. Nous sommes obligés de rencontrer beaucoup trop de gens pour nous complaire dans la timidité. Notre vie est parfaitement transparente pour ces gens-là, qui partagent les mêmes expériences que nous. Avec eux, impossible de se donner des airs. Ils sont dans le même bateau que nous, en somme, et quelquefois même au sens propre du terme.

Elle s'était pincé le nez d'un air pensif, comme si elle pesait les mots qu'elle allait dire, puis avait ajouté :

— Ce sera différent pour toi, Grace, à moins que tu n'épouses un officier de marine ou d'un autre corps d'armée.

La question s'imposa brusquement à moi. Qui épouserais-je ? Suivrais-je les traces de ma mère, et respecterais-je la tradition... ou m'enfuirais-je avec une star du rock ?

L'accueil décontracté de maman avait mis Trent très à l'aise, je le voyais bien. En fait, il se montrait plus bavard avec elle qu'il ne l'avait été avec moi. En quelques minutes, elle savait tout sur sa vie, sa famille, et même sur son rêve de devenir joueur professionnel de base-ball.

— Je vais à un camp d'entraînement de base-ball chaque été, depuis l'âge de neuf ans, révéla-t-il.

Cela, il ne m'en avait pas parlé.

— Et vous comptez y retourner cet été ? voulut savoir maman.

— Bien sûr ! Du moins, si ma cheville est rétablie.

— Alors suivez point par point les ordres de votre médecin, et elle guérira, lui affirma-t-elle.

Puis elle s'excusa de devoir nous laisser pour aller s'occuper du repas. J'offris de l'aider, mais elle insista pour que je tienne compagnie à Trent.

— Commencez à réviser quelque chose, plaisanta-t-elle en s'en allant.

Dès qu'elle fut sortie, Trent exprima son enthousiasme.

— Bon sang, ce que ta mère est sympa ! La mienne t'aurait fait subir une prise de sang et un prélèvement d'urine, et les échantillons seraient déjà au laboratoire.

J'éclatai de rire et lui reprochai d'exagérer. Je ne connaissais pas sa mère, mais j'avais peine à l'imaginer aussi sévère qu'il la représentait. Malgré tout, il resta sur ses positions.

— Elle met notre nom, notre réputation et notre position sociale au-dessus de tout, comme si nous étions de sang royal. Cela peut même devenir très gênant, quelquefois, et difficile à vivre. Mon père est beaucoup plus simple, lui, et ne se croit pas sorti de la cuisse de Jupiter.

Mon expression soucieuse ne passa pas inaperçue de Trent, et il s'empressa d'ajouter :

— Mais quand elle te connaîtra, je suis sûr que tu la feras fondre.

J'en doutais fort, mais je préférai changer de conversation.

— Je ne savais pas que tu allais à un camp de base-ball cet été, fis-je observer.

— J'y vais, en effet, mais ce n'est pas si loin que ça. Je pourrai revenir manger une escalope de poulet chaque fois que j'en aurai envie.

Je ris, mais c'était bon de sentir à quel point il tenait à me voir. Avant que maman ne nous appelle pour dîner, je lui montrai l'un de nos albums de famille ; celui où l'on voyait papa sur différents bâtiments militaires, dont le porte-avions *Enterprise*.

— Il y a plus de deux mille huit cents marins à bord, expliquai-je. Sans compter les cent soixante-dix maîtres d'équipage et les deux cents officiers, si ce n'est plus. Avec les pilotes et leurs équipes, le bâtiment doit embarquer au moins cinq mille personnes. C'est comme une petite ville, dit papa. J'étais encore petite quand il servait sur l'*Enterprise* et je n'en garde aucun souvenir, mais je l'ai vu dans un port.

— Tu es bien de la Navale, toi. Je devrais t'appeler « matelot ».

— Moussaillon, rectifiai-je.

— Pardon ?

— C'est comme ça que mon père m'appelle.

— Oh, je vois.

Trent rit, et nous regardâmes encore quelques photos avant de passer à table. Trent adora les escalopes de maman, ses félicitations furent tout à fait sincères. Quand je proposai d'aller aider à la vaisselle, maman me pria de me mettre immédiatement au travail. En disant cela, elle me fit comprendre d'un regard que Trent lui plaisait vraiment beaucoup. Il la remercia pour le dîner et nous passâmes dans ma chambre. J'avais préparé soigneusement la séance, en insérant des signets dans mon cahier de notes et dans nos livres de textes. Trent affecta d'être impressionné.

— Nous ferions mieux de nous y mettre, je vois. Ce qui est sacro-saint passe avant tout.

— Cesse de prendre ce ton facétieux, rétorquai-je. Et profites-en pour apprendre un mot nouveau.

Toujours appuyé sur sa béquille, Trent réussit quand même à élever les mains devant lui.

— D'accord, d'accord. On s'y met.

Son problème était toujours le même : la façon désordonnée dont il prenait ses notes. Les réorganiser nous aida beaucoup à travailler. Maman fit une brève apparition pour savoir si nous avions besoin de quoi que ce soit, avant qu'elle ne s'installe devant la télévision en attendant mon père. Dès qu'elle fut partie, Trent se pencha pour m'embrasser.

— Je me suis dit que puisqu'elle envahissait le sacro-saint, je pouvais me le permettre. Juste un moment, bien sûr.

— Sacro-saint ne désigne pas un endroit, Trent. C'est un adjectif, pas un nom. Nous étudions l'anglais, et il y aura une épreuve de vocabulaire à l'examen, je te rappelle.

— Oui, mon commandant, répliqua-t-il en saluant.

Pendant un court instant, ce salut fit courir en moi un frisson bizarre. Le visage de mon père m'apparut tel un flash. Je ressentis à nouveau le malaise que j'avais éprouvé au décollage de l'hélicoptère. La même angoisse me traversa, me fit trembler jusqu'aux os. Je consultai la pendule. Au train où allaient les choses, papa dînerait vraiment très tard, ce soir.

— Ça va ? s'inquiéta Trent.

— Pardon ? Oh, oui. Allons-y, révisons ces citations de *Jules César*, dis-je en feuilletant mon cahier de notes.

M'absorber dans mon travail était le seul moyen d'étouffer l'anxiété qui me taraudait le cœur. Je n'avais aucune idée de ce qui la causait, et cela ne faisait qu'aggraver ma nervosité. Je regardais sans arrêt la pendule et notais l'heure. Trent s'en aperçut et me demanda s'il était temps pour lui de s'en aller.

— Mais non, nous avons encore beaucoup à faire, affirmai-je.

Et nous nous replongeâmes dans nos révisions.

Quand le carillon de la porte retentit, quarante minutes plus tard, il résonna en moi comme si mon cœur s'était soudain changé en gong. Une personne sonnant à notre porte ne pouvait être qu'un habitant du secteur militaire, puisque la sécurité n'avait pas téléphoné. Mais maman n'avait pas mentionné qu'elle attendait une visite. D'ailleurs n'importe qui aurait pris soin d'appeler avant de venir, pour s'assurer que nous étions là et qu'il ou elle ne dérangeait pas.

Ce raisonnement logique s'imposa à moi à une vitesse supersonique, et en une fraction de seconde, je fus debout. Trent leva le nez de son cahier de notes, l'air effaré. Je restai là, pétrifiée sur place, puis j'entendis ce que j'avais senti s'élever en moi là-bas, à l'aéroport : un cri ténu mais persistant, qui s'enfla peu à peu en un hurlement. Celui de maman. Un hurlement que j'entendrais toute ma vie.

Je me ruai hors de la chambre et courus vers la porte d'entrée, le cri de maman sur les lèvres. Ce que je vis changea mes jambes en plomb et suspendit le battement de mon cœur : maman, évanouie, dans les bras d'un officier de marine. Un autre officier l'accompagnait. À eux deux, ils entreprirent de conduire maman jusqu'au canapé du salon.

— Maman ! appelai-je.

Trent me rejoignit en claudiquant. Médusés, nous assistâmes aux efforts des deux hommes, puis nous les suivîmes lentement jusqu'au salon.

Le plus âgé des deux officiers s'adressa au plus jeune.

— Allez me chercher un linge humide et froid, et un verre d'eau fraîche.

— Oui, monsieur, répliqua l'autre en sortant aussitôt, glissant devant moi comme si je n'étais pas là.

L'appréhension me noua la gorge.

— Que se passe-t-il ? questionnai-je, sans pouvoir retenir mes larmes.

— Votre père a été victime d'un accident d'hélicoptère, mademoiselle. Je suis désolé.

L'officier n'eut pas besoin d'en dire plus. Ces trois mots recelaient toute l'horreur et toute la peine que je pourrais jamais ressentir, de toute ma vie.

Je suis désolé ? Je suis désolé que votre père soit parti pour toujours ? Je suis désolé qu'un incident mécanique ait mal tourné, et changé pour toujours votre vie et celle de votre mère ? Je suis désolé qu'un homme aussi merveilleux que votre père puisse disparaître en quelques secondes, comme s'il avait été balayé par un ouragan ?

Il n'existe aucun mot, dans notre langue, qui puisse expliquer l'inexplicable, ou réconforter qui que ce soit quand une chose pareille se produit. Bien que mon père, en tant que pilote, fût en permanence exposé au danger, la crainte d'un malheur était si bien refoulée au fond de notre conscience que nous refusions de nous y confronter. Chaque fois que nous avions vu papa s'en aller, ou l'avions regardé voler, il survenait toujours un moment où notre souffle s'étranglait, où notre cœur s'arrêtait. Cela passait vite, et nous nous détendions en pensant qu'il était l'un des meilleurs pilotes de notre pays, et que notre pays possédait l'équipement le plus sûr du monde. Les militaires, comme leurs familles, ont après la religion un second niveau de foi. Ils croient en la structure, le pouvoir et l'efficacité de leur corps d'armée, que ce soit la marine ou l'aviation. Papa disait toujours que les vols militaires étaient dix fois plus sûrs que ceux de l'aviation commerciale. Tant d'hommes se consacraient à l'entretien du matériel, observés et supervisés par des officiers, fiers de leur savoir-faire, de leurs succès et de leurs médailles. Ces hommes n'auraient jamais permis qu'une pareille chose arrivât.

Mais quelque chose était allé de travers avec l'hélicoptère de papa. Ils n'avaient rien pu arranger, on avait tout expliqué en détail à maman. Les traits de l'officier qui nous parlait exprimaient cette attitude typique de la Navale : *Nous ne cachons rien aux familles des nôtres.* C'était comme si connaître les circonstances précises pouvait nous soulager, alors que c'était tout le contraire ; cela ne faisait qu'ajouter à l'horreur et au chagrin, du moins en ce qui me concernait.

Qu'avait pensé papa quand cet hélicoptère avait commencé à avoir des problèmes, et que toute son expérience, toutes ses connaissances n'avaient pu l'aider en rien ? Sa dernière pensée avait-elle été pour moi ou pour maman ? Était-il terrifié ? Avait-il crié ? Ou avait-il gardé son sang-froid devant ses hommes, comme ses supérieurs auraient voulu que nous le croyions ?

Cela aurait-il la moindre importance demain, quand nous ouvririons les yeux pour affronter la réalité : *Non, ce n'était pas un cauchemar. Il n'est plus là. Il ne sera plus jamais là.*

J'étais aux côtés de maman quand elle reprit conscience. Elle m'attira dans ses bras et nous nous balançâmes d'avant en arrière, serrées l'une contre l'autre ; comme si nous étions déjà en mer dans notre barque à la dérive, sans port en vue pour nous abriter, sans papa pour nous ramener chez nous.

J'oubliai tout ce qui concernait Trent, bien sûr. Il se retira très vite et discrètement, probablement aussi secoué qu'effrayé. Je ne me souvins même pas qu'il était venu à la maison, sinon des heures et des heures plus tard. Le plus âgé des deux officiers était médecin, il avait apporté des sédatifs. Maman les refusa, mais il insista pour qu'elle envisage de prendre un comprimé. Cela engourdirait sa douleur, du moins un peu, expliqua-t-il. Juste assez pour supporter l'épreuve des premières heures, les plus terribles.

En ce qui me concerne, j'aurais bien avalé le flacon entier. Un peu plus tard, le médecin me prit à part. Il me conseilla de rester le plus alerte possible pour veiller sur maman pendant les vingt-quatre heures à venir. Il laissa entendre qu'elle pourrait attenter à ses jours, et cela ne fit qu'accroître ma terreur. Je me rappelais trop bien ce qu'avait fait Autumn pour quelque chose qui, en comparaison, me paraissait à présent insignifiant.

J'étais incapable de parler, mais j'inclinai la tête. J'aidai maman à se mettre au lit, et peu de temps après des femmes d'officiers de marine commencèrent à arriver. Comme si elles avaient une grande expérience de ce qu'il convenait de faire, en pareille circonstance, elles prirent la maison en main et s'occupèrent de nos besoins immédiats. J'appréciai le geste, naturellement, mais leur efficacité stoïque éveilla ma méfiance. On aurait dit qu'elles avaient toujours su que cela allait se produire. C'était stupide, bien sûr, mais cela faisait partie de mes idées macabres, et je n'y pouvais rien.

Les funérailles de papa furent célébrées en grande pompe, dans la plus pure tradition militaire. Ce fut très impressionnant. C'était une journée ensoleillée, radieuse, cruellement belle. Une de ces journées qui devrait être réservée aux plus merveilleuses des joies. La brise tiède qui soufflait de l'océan était douce comme le baiser d'une mère.

Non seulement le vice-amiral Martin était présent, mais le ministre de la Marine en personne vint assister au service funèbre. Trois autres hommes étaient morts dans l'accident, et la presse nationale en parla pendant plusieurs jours. L'un après l'autre, les officiers vinrent nous dire à quel point ils avaient admiré et respecté papa. Tous nous exhortaient à supporter bravement notre malheur. « Tenez bon, c'est ce qu'il aurait voulu. » « Courage, ne vous laissez pas abattre. » « Soyez fortes pour lui. »

C'était surtout à moi qu'ils s'adressaient ainsi. Insister sur mes responsabilités, mes obligations, était leur façon de me soutenir dans l'épreuve. Rien ne semblait les effrayer davantage que la vue de mes larmes. Peut-être leur rappelaient-elles à quel point ils étaient vulnérables, eux-mêmes et leurs familles. Et c'était une chose qu'ils ne pouvaient pas accepter, pas en continuant à faire ce qu'ils avaient à faire. Saluts, accolades, poignées de main, uniformes et soldats au garde-à-vous restent mes souvenirs de cette journée.

Jamais je ne pourrai dire à quiconque ce que j'éprouvai à l'inhumation, devant ce cercueil enveloppé dans le drapeau. *Mon papa ne peut pas être là-dedans*, me répétais-je. *Tout ceci n'est qu'un exercice, une manœuvre de routine, un cérémonial. Bientôt cela prendra fin, et papa reviendra pour nous dire que nous avons parfaitement joué le jeu, qu'il est vraiment très fier de nous.*

— Je savais que tu t'en tirerais bien, moussaillon, me dirait-il.

101

Il serait là, rayonnant, fier et plus beau que jamais, mon héros de cinéma qui parcourait les mers et volait dans les nuages. Papa, qui me donnait espoir et confiance en moi, qui me faisait pleurer quand je chantais l'hymne national et prononçais le serment d'allégeance au drapeau ; parce que je savais combien il était essentiel, pour lui et pour ses pareils, de savoir que nous comprenions toute l'importance de leur mission.

Ce n'était pas un effet de mon imagination si les enfants de la communauté navale, au collège, me semblaient plus graves que les autres au moment où nous devions répéter le serment. Manquer de respect au drapeau, ou à l'hymne national, était pour nous comme manquer de respect à nos parents. Cet irrespect risquait de les mettre en danger, de nous mettre tous en danger.

C'étaient là des réflexions que je me faisais quand j'étais encore enfant, mais la mort tragique de papa là-bas, quelque part sur l'océan, les avait fait brusquement resurgir. Une porte venait bruyamment de se refermer sur le monde, le seul monde que j'avais connu.

Au cours des jours qui suivirent maman rassembla ses forces pour survivre. Elle me confia que pour elle, à présent, c'était comme si papa était simplement parti pour un autre exercice en mer.

— Je me dis tout le temps qu'il va revenir, ou que le téléphone va sonner, ou que nous allons recevoir une lettre. C'est stupide, je sais. Il faut que j'arrête de faire ça, reconnut-elle.

Je ne pleurais plus, je n'avais plus de larmes. J'essayai de m'occuper en m'absorbant dans le travail scolaire qu'on m'avait fait parvenir, mais c'était comme si une part de mon esprit me manquait ;

comme si la place qu'elle aurait dû occuper était maintenant vide et creuse. Les mots et les pensées y dérivaient, sans but ni signification.

Trent appela, mais même le son de sa voix fut impuissant à me tirer de mon marasme. Il essaya, pourtant.

— Je voudrais l'avoir connu, Grace.

Oui, pensai-je sombrement. *Je voudrais que tu l'aies connu, moi aussi. Je voudrais qu'il ait pu venir dans ma chambre en rentrant ce soir-là, et me taquiner à ton sujet, et se réjouir en m'entendant lui dire que je n'aimerais jamais personne plus que lui. Il aurait souri et déclaré en secouant la tête : « J'espère bien que si, moussaillon. Je veux des petits-enfants. »*

Des petits-enfants.

Si j'avais des enfants, tout ce qu'ils pourraient faire serait de contempler de vieilles photographies. L'espace d'un instant, ils éprouveraient une certaine curiosité, puis ils passeraient à autre chose, et papa ne serait plus qu'un visage du passé.

Un jour, environ une semaine après les funérailles, maman vint dans ma chambre pour m'annoncer que nous allions déménager. Je m'y attendais un peu, naturellement.

— Je veux que tu passes d'abord tes examens aussi bien que possible, Grace. Termine au moins l'année scolaire, me conseilla-t-elle. Ce sera important pour toi quand tu recommenceras ailleurs.

— Où irons-nous, maman ?

Elle s'assit sur le bord de mon lit.

— J'ai une excellente amie à West Palm Beach, en Floride, commença-t-elle. Ma meilleure amie de lycée. Nous avons parlé. C'est une des toutes premières personnes que j'ai appelées. Dallas Tremont. Elle et son mari tiennent un restaurant très connu, l'auberge Tremont. J'ai songé à nous installer en Floride, où je pourrai travailler dans son restaurant.

— Travailler dans un restaurant ? Et pour y faire quoi ? demandai-je, sous le coup de la surprise. La cuisine ?

Maman sourit.

— Mais non, je suis tout sauf un cordon-bleu. Je serai hôtesse d'accueil et serveuse.

— Serveuse ?

Je ne pouvais pas imaginer ma mère exerçant cet emploi.

— Que puis-je faire d'autre, Grace ? Je n'ai pas été à l'université. À peine sortie du lycée, je me suis retrouvée femme de marin, je n'ai donc aucune qualification. Prends-en de la graine, ma chérie. Fais des études et assure-toi une situation avant de te marier.

Elle lut sur mes traits l'horreur et la peur que j'éprouvais. Nous quittions l'asile inviolable et le soutien de la communauté navale. Nous allions sortir de l'enceinte, passer de l'autre côté des grilles. C'était presque comme émigrer dans un autre pays, où ma mère travaillerait et ne serait plus une épouse d'officier de l'Aéronavale.

Elle tenta de me rassurer.

— N'aie pas l'air si inquiète, ma chérie. Après tes examens, nous chargerons la voiture et filerons vers le sud. Ce sera très agréable pour nous, cette fois-ci : Nous prendrons notre temps, nous verrons quelques sites touristiques à connaître. Dallas nous cherche un bel appartement dans le coin, et elle affirme que tu trouveras de très bons lycées. Pour une fois, tu pourras vraiment te sentir installée quelque part.

Je n'en dis rien, mais j'aurais volontiers déménagé toutes les semaines, si cela avait pu nous rendre papa. D'ailleurs je n'eus pas besoin de le lui dire. Elle le savait.

— Il y a autre chose dont je voulais te parler, Grace…

Maman évita mon regard et je sentis mon cœur s'emballer.

— Nous t'avions confié nos intentions, et je ne voudrais pas que tu t'inquiètes à ce sujet. Je ne suis pas enceinte. Il faut croire que mon corps est plus intelligent que moi, soupira-t-elle. Je ne pourrais pas supporter de mettre au monde l'enfant de ton père toute seule, sans lui. Et maintenant, prendre soin d'un nouveau-né me semble une tâche au-dessus de mes forces.

Je ne sus pas quoi répondre à cela. Je n'en éprouvai ni joie ni regret. Je me contentai de hocher la tête sans m'attarder sur la question, comme si elle ne me concernait pas.

Maman avait fort à faire avant notre départ pour la Floride, et je devais me concentrer de mon mieux sur mes examens. Quelques jours plus tard, je retournai au collège. Ce me fut très pénible, car je lisais la pitié dans les yeux des autres élèves, et aussi la peur. Wendy et Penny s'efforcèrent de se montrer aimables envers moi, mais je ne voulus pas leur donner cette satisfaction. Je voulais que leur attitude passée pèse lourdement sur leur conscience, si jamais elles en avaient une.

Naturellement, Trent se montra aussi tendre et attentionné que possible. Je lus sa déception sur ses traits quand je lui appris que nous allions vivre à West Palm Beach.

— Je sais qu'en hiver un stage de base-ball de quinze jours a lieu en Floride, observa-t-il. Peut-être obtiendrai-je de mes parents qu'ils m'y envoient.

Ce fut tout ce qu'il trouva à me dire. Nous nous promîmes de nous écrire, de nous téléphoner, de communiquer par e-mails aussi souvent que possible, dès que j'aurais un ordinateur. Mais au fond, aucun de nous deux ne se faisait d'illusions sur ces promesses. Prononcées sous l'impulsion du moment, telles des fusées lancées dans l'ardeur du combat, nous savions qu'elles ne tarderaient pas à tomber à terre une fois leur élan initial épuisé.

Contre toute attente, je réussis mes examens haut la main. Trent affirma qu'il n'avait jamais eu de si bons résultats et, une fois de plus, me remercia. Je savais que je ne l'avais pas tellement aidé, surtout en ce qui concernait les autres matières. Mais il tint absolument à m'imputer le mérite de son succès. Le jour de notre départ, il passa à la maison pour nous aider à charger la voiture. Sa cheville allait beaucoup mieux à présent, il ne boitait plus que très légèrement et n'avait plus besoin de sa béquille. Quelques femmes d'officiers vinrent nous faire leurs adieux, elles aussi. On échangea des baisers, des accolades et toutes sortes de souhaits de bon augure.

Trent et moi nous tenions à l'écart, observant tout cela comme s'il s'agissait d'une scène de cinéma. J'aurais tellement voulu que ce ne fût rien d'autre ! Les minutes qui s'écoulaient me pesaient tant que je croyais presque sentir, en moi-même, le mouvement des aiguilles de la pendule. Quand nous nous regardâmes dans les yeux, la vérité nous apparut avec autant d'évidence que si elle avait été inscrite en toutes lettres sur nos fronts. *Nous ne nous reverrons jamais. Nous ne nous connaîtrons jamais vraiment, entièrement. Et peut-être, après quelques coups de téléphone et quelques e-mails, nous éloignerons-nous l'un de l'autre, pour finalement nous séparer et trouver chacun quelqu'un d'autre.*

Trent, pensai-je avec ferveur, *tu seras toujours mon premier amour. Tous les hommes que je rencontrerai seront en compétition avec toi, même si je ne connais pas vraiment tout de toi. Le reste, je l'inventerai. Tu seras mon amoureux idéal.*

Au fond de moi, j'étais certaine qu'il en serait de même pour lui. Nous nous serions au moins donné cela.

Nous nous éloignâmes pour échanger un dernier baiser, une dernière promesse, une dernière étreinte. Puis, la main dans la main, nous marchâmes jusqu'à la voiture, près de laquelle maman discutait avec la femme du vice-amiral Martin. Une femme charmante, si charmante qu'on se demandait comment Penny pouvait être sa fille.

— Vous serez toujours une femme de marin, dit-elle à maman. C'est une chose qu'on a dans le sang.

— Je sais, acquiesça maman.

Mais je voyais bien qu'elle n'en croyait rien, ou ne souhaitait pas le croire. Elle se tourna de notre côté.

— Il est temps de prendre la route, Grace. Trent, je suis désolée que nous n'ayons pas pu faire davantage connaissance.

Elle lui tendit la main, mais quand il la prit, elle l'attira contre elle pour une chaleureuse accolade.

— Moi aussi, balbutia-t-il, au bord des larmes. Mais nous garderons le contact, madame... Jackie Lee.

Maman sourit.

— Je l'espère bien.

Elle regarda autour d'elle, comme si elle voulait graver chaque chose dans sa mémoire pour toujours, puis se glissa au volant et mit le contact.

107

Je m'en vais, pensai-je alors. Je m'en vais pour de bon, en laissant papa derrière moi.

Trent attacha sur moi un regard si triste qu'il me serra le cœur. Nous nous embrassâmes une dernière fois et je montai dans la voiture.

Trent était toujours là quand nous démarrâmes, et je me retournai pour lui rendre son regard. Il leva la main et, parce que je lui avais confié ce détail, m'adressa le salut que j'échangeais toujours avec papa. Je souris en retenant mes larmes. Je ne voulais pas pleurer, pas maintenant. Je ne voulais rien faire qui rende les choses encore plus difficiles pour maman.

Un instant plus tard, la route bifurqua et Trent disparut à mes yeux. Je me retournai et regardai devant moi.

Notre avenir était sur la route à présent, droit devant nous.

Quelqu'un qui nous eût observées aurait déchiffré des sentiments identiques sur nos deux visages : la peur, l'espoir et le chagrin, aussi lisibles que sur des visages d'enfant.

Ceux des deux petites filles que, brusquement, nous étions redevenues.

5

Ensemble

Pour m'empêcher de ruminer des idées noires et me tenir occupée, maman m'attribua le rôle de navigateur de bord. Notre plus proche voisin à la base navale, le capitaine Morgan, était originaire de Floride et nous avait fourni un plan de route. Les croisements étaient assez rapprochés, aussi devais-je être constamment sur mes gardes, mais je soupçonnais maman d'avoir déjà mémorisé son itinéraire. Je savais qu'au cours de nos voyages avec papa elle me confiait les mêmes responsabilités dans le seul but de m'éviter de m'ennuyer.

Nous écoutions de la musique presque tout le temps, soit sur la radio de bord ou sur des CD. Quand nous laissions s'installer le silence, je voyais maman s'essuyer furtivement le coin de l'œil. Je faisais semblant de n'avoir rien remarqué, sinon j'aurais fondu en larmes pour de bon. Maman s'efforçait de meubler ces silences en me signalant des choses qui méritaient d'être vues. Une maison intéressante, par exemple, ou un bouquet d'arbres qui captait la lumière d'une façon spéciale, et donnait l'impression de scintiller au soleil.

Avant d'atteindre l'autoroute de Floride, la I-95, maman décida de faire une pause pour déjeuner. Une fois sur l'autoroute, elle comptait faire le plus de chemin possible avant de nous arrêter pour la nuit. Elle estimait que nous avions environ douze cents kilomètres à parcourir, et que nous pouvions facilement couvrir cette distance en deux jours.

Le restoroute se nommait *Chez la mère Dotty* et avait un petit air ancien très convaincant, avec ses banquettes en similicuir rouge et son long comptoir rutilant de chromes. Le juke-box jouait un morceau très rythmé, dont le tempo nerveux nous remonta un peu le moral. Tout le monde semblait très cordial, et l'odeur des plats qu'on préparait stimula notre appétit. Ni l'une ni l'autre n'avions beaucoup mangé, au cours des dernières semaines. Chaque soir, surtout quand nous dînions seules, nous chipotions sans conviction notre nourriture. Quand maman me disait de manger, je lui disais à mon tour d'en faire autant, et finalement nous renoncions à nous forcer.

Peut-être le changement qui se produisait en nous était-il dû au fait d'avoir quitté la base, devenue pour nous un lieu de tristesse et de malheur. Je constatai certaines différences sur le visage de maman. Elle n'avait pas retrouvé sa joie de vivre et son éclat, non, mais elle semblait moins accablée par le chagrin. Les rides s'étaient effacées sur son front, il y avait plus d'énergie dans sa voix et ses mouvements. Je ne me demandais pas *quand* il en serait de même pour moi, mais *si* cela m'arriverait un jour.

— Tu ne m'as jamais beaucoup parlé de Dallas Tremont, maman, observai-je quand nous eûmes commandé.

— Il y a toujours eu entre nous ce genre d'amitié qu'on n'entretient pas beaucoup, mais qui ne se perd jamais. Nous étions inséparables, au lycée. Mais quand j'ai épousé ton père et que... je me suis engagée dans la marine, pour ainsi dire, Dallas et moi nous sommes perdues de vue. Nous avons bien essayé de rester en relation, mais avec nos déplacements incessants et tout le reste, c'est devenu impossible. Nos coups de fil se sont espacés. Nous avons pratiquement cessé de nous écrire. Mais nous n'avons jamais oublié nos anniversaires, et nous nous sommes toujours arrangées pour nous faire un petit cadeau à Noël. Une chose toute simple, mais toujours très spéciale. Et je l'ai tenue au courant de nos changements d'adresse, naturellement.

— Et vous ne vous êtes jamais revues ?

— Si. J'ai assisté à son mariage. Tu ne t'en souviens pas, tu n'avais qu'un an et quelques mois, mais je t'ai laissée chez ma mère et je suis retournée à Raleigh, où Dallas et moi avons grandi. Elle s'est mariée à l'église que fréquentaient ses parents, puis Warren et elle sont partis pour la Floride. Il a toujours travaillé dans la restauration, et une occasion se présentait pour lui de s'installer à West Palm Beach.

» Warren avait déjà été marié, il avait une petite fille qui a maintenant dix-sept ans. Petula, sa première femme, s'est tuée dans un accident de moto. D'après Dallas, Warren et elle n'étaient pas faits pour s'entendre. Ils s'étaient mariés parce qu'elle était enceinte de Phœbé. C'est le nom d'un oiseau, tu sais ?

Je fis signe que oui.

— Toujours d'après Dallas, il y avait un oiseau phœbé sur la fenêtre de Petula quand elle était à la maternité. C'est pour ça qu'elle a voulu donner ce prénom à sa fille. Une chance que ça n'ait pas été un corbeau ! pouffa maman.

J'éclatai de rire. C'était la première fois que je riais depuis la mort de papa, et j'eus l'impression qu'une chape de plomb me tombait des épaules. Maman me sourit.

— J'ai toujours aimé ton rire, Grace. Même quand tu vieilliras, il aura toujours cette sincérité pleine d'innocence et de fraîcheur, et il fera du bien à tous ceux qui l'entendront.

Quel regard plein d'amour elle avait en me disant cela ! Quelqu'un verrait-il jamais en moi ce qu'elle y voyait, et m'aimerait-il autant qu'elle m'aimait ?

— Quoi qu'il en soit, reprit maman, Warren se lança dans les affaires et commença d'amasser une jolie petite fortune pour eux. Et pendant ce temps-là, Petula restait l'égoïste qu'elle avait toujours été. Elle laissait sa fille pendant des heures aux soins d'une baby-sitter, pendant qu'elle s'amusait avec ses amis célibataires, dont beaucoup pratiquaient la moto. Comme Warren refusait de lui en acheter une, elle alla se l'acheter elle-même. Un an plus tard, elle perdit le contrôle de sa machine en roulant trop vite, semble-t-il, et se rompit presque tous les os. Ce fut un de ces accidents où l'on souhaite que la victime meure sur le coup... ce qui arriva.

» Et il s'est retrouvé seul avec un enfant, ajouta maman. Dallas travaillait avec l'un de ses associés, et ils ont commencé à sortir ensemble. Elle n'y a jamais fait allusion, mais j'ai le sentiment qu'ils se voyaient déjà depuis un certain temps, avant la mort prématurée de Petula. Ce que j'en sais, elle me l'a raconté petit à petit, au fil des années. Il y a quatre ans, nous avons pu nous parler quelques heures d'affilée dans un aéroport, pendant que j'attendais une correspondance. J'allais retrouver ton père pour ce week-end que nous avons passé à San Juan. Il avait eu une permission, et nous avons pensé que c'était le bon moment de prendre des petites vacances, tu te souviens ?

— Oui.

Chaque fois que maman évoquait un souvenir de papa, son sourire se faisait plus chaleureux, plus lumineux. Je lui enviais ces précieux souvenirs, même si j'en avais d'aussi personnels, moi aussi.

— Dallas est venue me voir à l'aéroport de West Palm Beach, et nous avons passé un bon moment à parler du passé, en nous montrant nos photos de famille, se rappela maman, toute songeuse.

On apportait notre commande. Elle se tut pendant qu'on nous servait, contempla un moment son assiette et secoua la tête.

— Enfin, c'est le destin ! J'ai lu quelque part que nos chemins se croisent sans cesse, d'une façon dont nous n'avons même pas conscience. Et voilà que je retrouve Dallas, ce que ni elle ni moi n'aurions cru voir arriver un jour. Mais elle te plaira, ma chérie, tu verras. Elle a un esprit très positif et avec elle, on ne s'ennuie jamais.

J'inclinai la tête en signe d'assentiment. Si maman le disait…

— Mangeons et dépêchons-nous de reprendre la route, décida-t-elle avec enthousiasme.

Son énergie me gagna. J'éprouvai un regain d'intérêt pour ce qui nous attendait. Nous étions comme deux nageuses emportées sous l'eau, à demi noyées dans les ténèbres des profondeurs, et pour qui tout changeait soudain. Voilà qu'il nous était permis de remonter à la surface, pour nous retrouver dans un monde entièrement nouveau.

À cause des longues et fréquentes absences de papa, surtout dans les premières années, je crois que maman et moi étions plus proches que ne le sont en général une mère et sa fille. Malgré cela, nous avions encore beaucoup de choses à apprendre l'une sur l'autre, en particulier moi. En ce qui la concernait, j'avais beaucoup à découvrir, et à mesure qu'elle me parlait de sa jeunesse je compris de mieux en mieux pourquoi.

Une mère doit attendre que sa fille soit assez mature pour apprécier et comprendre ses confidences. Au fil du temps, maman m'avait révélé déjà bien des choses sur sa jeunesse, mais je n'en avais pas vraiment saisi la valeur ni le sens. Je découvrais soudain que l'âge nous transforme, qu'en grandissant nous devenons des êtres différents. Les révélations de maman sur elle-même étaient beaucoup plus franches et plus détaillées, maintenant, que si elle me les avait faites ne fût-ce qu'un an plus tôt.

La mort de papa, je suppose, m'avait propulsée à un niveau de maturité très en avance sur mon âge. En tout cas, c'était certain, elle m'avait dépouillée d'une partie de mon innocence. Le monde pouvait être vraiment dur et cruel, et plus on en prenait conscience, plus on appréciait la valeur d'une véritable amitié. Pouvais-je souhaiter une amie plus sûre et plus sincère que maman ? De tout mon cœur, j'espérai qu'elle pensait la même chose de moi. J'étais assez âgée, maintenant, pour partager ses craintes et ses soucis. Elle n'avait plus à redouter que je fasse des cauchemars d'enfant. J'affronterais chaque obstacle avec elle et nous les franchirions ensemble.

Quand je la questionnai sur sa jeunesse, elle ne montra aucune réticence à me répondre.

— As-tu aimé quelqu'un autant que tu as aimé papa ? voulus-je savoir.

— Oh, j'ai eu des béguins terribles pour des garçons, oui. Et j'ai eu le cœur brisé en découvrant qu'ils ne ressentaient rien de pareil envers moi. Non, conclut-elle après un instant de réflexion. Je sais que nous sommes tous censés tomber amoureux très jeunes, et tenter ensuite de retrouver cet amour dans une autre personne qui nous rappelle ce premier amour ; mais je peux dire en toute franchise que pour moi, ton père était quelqu'un de très, très différent des autres.

Elle eut à nouveau ce sourire si doux, si secret, tandis que nous poursuivions notre progression monotone sur l'autoroute. Nous croisions dans un sifflement les voitures où d'autres gens semblaient figés, absorbés par leurs propres pensées, prisonniers de leurs cages de métal roulantes.

— Ton père avait tellement de qualités merveilleuses ! reprit maman. Cependant le plus remarquable, c'était l'équilibre qui existait entre elles. Il possédait un grand sens de l'humour, mais il pouvait retrouver son sérieux en un clin d'œil. Il était fort, mais aussi tellement romantique et tendre ! Sais-tu de quoi souffrent le plus la plupart des femmes, quand elles se marient ? demanda brusquement maman en se tournant vers moi.

Je fis signe que non. Je n'en avais pas la moindre idée, mais la question me fascinait.

— Elles souffrent d'espérances exagérées. Ou elles ne veulent pas voir les limites de leurs maris et se refusent à les admettre, ou elles ne les voient vraiment pas, et elles sont déçues et frustrées. Subitement, elles découvrent que leurs maris ne sont pas les hommes parfaits qu'elles croyaient avoir épousés. Ce n'est pas toujours leur faute, bien sûr. Elles ont parfois été trompées par des promesses. Mais je pense que, la plupart du temps, elles s'illusionnent elles-mêmes.

» Ton père et moi ne nous sommes jamais menti, Grace. C'était cela, notre secret. Quelles qu'en soient les conséquences, nous nous disions toujours la vérité, et c'est ce qui a cimenté notre union pour toujours.

La gorge nouée, maman avala péniblement sa salive.

— Pour toujours, murmura-t-elle sourdement. C'est l'unique fois où nous nous sommes manqué de parole.

Je me détournai pour fixer l'autoroute qui paraissait presque liquide à présent, un fleuve de macadam filant à l'infini. Une seule pensée m'obsédait. *Quand la douleur cessera-t-elle ? Cessera-t-elle un jour ?*

— Tout ira bien, dit maman comme pour s'en persuader. Tout ira bien pour nous deux.

Sa main droite lâcha le volant et chercha la mienne. Pendant des kilomètres nous restâmes ainsi, puis nous envisageâmes de faire une halte pour dîner. Finalement, nous décidâmes de nous arrêter pour la nuit.

En voyage, nous nous efforcions toujours de trouver un motel qui paraissait bien entretenu. Maman estimait que si un propriétaire soignait l'apparence de son établissement, il y avait des chances pour qu'il prenne le même soin de l'intérieur. Nous étions souvent descendues dans un motel, et quand j'étais petite nous faisions de chaque halte une merveilleuse aventure. Un de nos jeux favoris était d'imaginer qui avait séjourné dans notre chambre juste avant nous.

Nous restions étendues un moment sans dormir, en inventant des histoires sur les précédents occupants de la chambre. Presque instinctivement, sans doute pour nous protéger des sombres pensées que fait surgir l'obscurité, nous jouâmes à notre jeu ce soir-là.

— Deux jeunes femmes se trouvaient ici juste avant nous, commença maman. Elles s'offrent un peu d'aventure avant la rentrée universitaire. Elles veulent découvrir le plus de choses possible sur l'Amérique, et vivre des expériences intéressantes.

Nous avions deux lits doubles, et un petit poste de télévision en face de nous, mais nous ne prîmes pas la peine de l'allumer. Une fois au lit, nous créâmes nos propres films, nos propres histoires. Nous avions ouvert les fenêtres pour avoir de l'air frais. Ce n'était pas la maison, bien sûr, mais ce n'était pas désagréable.

— L'une d'elles sort d'une histoire d'amour manquée, décidai-je. Elle a besoin de se remonter le moral.

— Non, pas d'amour malheureux. C'était une histoire heureuse, mais elle et son ami ont décidé de faire une pause et de prendre un peu de distance.

— Juste pour voir s'ils tiennent vraiment l'un à l'autre ?

— C'est ça. Son amie n'a pas de petit copain et elle...

— Déteste les hommes, improvisai-je.

— Et elle s'efforce d'empêcher son amie d'appeler sans arrêt le sien.

— Mais l'amie est sortie et lui a téléphoné quand même.

— Et ils se sont avoué qu'ils se manquaient trop, et que cette histoire n'était vraiment pas une bonne idée.

— Alors elle a décidé de rentrer, et oublié son désir d'aventure sur la route. Elle ne veut pas perdre une journée de plus loin de l'homme qu'elle aime.

— Mais elle n'en a rien dit à son amie. Elle ne lui en parle que le lendemain, au petit déjeuner, broda maman.

— Et son amie est furieuse, mais au bout d'un moment…

— Au bout d'un moment, elle reconnaît qu'elle était tout simplement jalouse, et lui souhaite bonne chance.

— Et tout cela est arrivé ici, conclus-je en éclatant de rire en même temps que maman.

C'était exactement comme au bon vieux temps.

Sauf que nous n'étions pas pressées parce que nous allions au-devant de papa. Nous allions au-devant du sommeil et de l'oubli. Bien plus fatiguées que nous le supposions, aussi bien au moral qu'au physique, nous ne tardâmes pas à nous endormir.

Le lendemain matin, nous fûmes debout de bonne heure et reprîmes la route. Nous évitions d'en parler, mais la distance que nous mettions entre la base navale et nous avait un double effet sur nos nerfs et sur nos cœurs. D'une part, nous laissions tout ce que nous avions aimé derrière nous ; et en même temps, nous rêvions à ce qui nous attendait de l'autre côté de l'horizon. En entrant en Floride, à la fin de la journée, nous échangeâmes un regard qui rendait toute parole inutile. C'était comme si nous avions fait bien plus que franchir la frontière d'un autre État. Nous avions franchi la frontière entre le passé et l'avenir.

— Nous arriverons trop tard à West Palm Beach si nous continuons, Grace, déclara maman. Allons dîner tranquillement, et après une bonne nuit de sommeil nous serons fraîches et disposes demain matin. On voit le monde sous un autre jour quand on est bien reposé.

Je ne demandais pas mieux, bien sûr. J'avais les nerfs à vif à l'idée de rencontrer des gens nouveaux, et d'abandonner la seule existence que je connaissais.

Ce serait la première fois que je me sentirais pareille aux civils, et je n'étais pas du tout certaine d'aimer cela.

Toutefois, et malgré nos incessants déplacements, je n'étais jamais allée en Floride, aussi avais-je hâte de la connaître. La végétation luxuriante, les palmiers, les visions fugitives de l'océan, tout laissait présager une autre journée de voyage attrayante. Nous prîmes le petit déjeuner très tôt et partîmes aussitôt après. Nous choisîmes une route plus touristique, car nous avions fait une bonne moyenne et maman estimait que nous pouvions nous le permettre. Ni elle ni moi ne souhaitions nous arrêter pour admirer le paysage, cependant. Nous ne voulions qu'une chose : arriver là où nous allions et refermer la porte derrière nous.

Maintenant que nous étions en Floride, nous nous détendîmes un peu. À un certain moment, nous nous arrêtâmes même au bord de la route, à un endroit où l'on avait une vue superbe sur l'océan, et nous contemplâmes un moment les brisants.

— C'est drôle, dit tout à coup maman. Nous appartenions à la communauté navale, mais nous n'avons pas tellement navigué, ni eu beaucoup de contacts avec l'océan. Oh, bien sûr, nous visitions les bateaux, et nous étions sur la jetée pour accueillir ton père et lui dire au revoir. Mais pour ce qui était d'aller en mer nous-mêmes...

Maman eut un petit rire.

— Ton père a eu un sacré mal de mer, une fois. Est-ce que je t'ai déjà raconté ça ?

— Non, répliquai-je, étonnée qu'on ait pu omettre de m'en parler.

— Il avait un exercice exigeant de rester un certain temps sur un radeau, et la mer était mauvaise ce jour-là. Quand je l'ai vu, il était blanc comme un linge. « On est mieux là-haut », m'a-t-il dit en pointant le doigt vers le ciel.

Maman libéra un soupir.

— Maintenant que nous sommes ici, nous pourrons apprendre à naviguer ou passer du temps sur la plage. Cela ne te plairait pas, Grace ?

— Si.

— Dallas et Warren ont un bateau à moteur, mais ils travaillent tellement, tous les deux, qu'ils ne s'en servent pas souvent. Maintenant que nous sommes là, peut-être le feront-ils, dit-elle en redémarrant.

Un peu moins de trois heures plus tard, nous entrions dans le comté de Palm Beach.

— Nous allons directement à leur restaurant, expliqua maman. Dallas nous conduira à l'appartement, il se trouve dans un quartier nommé Palm Beach Gardens. Cela paraît sympathique, non ?

J'acquiesçai. Maintenant que nous étions là pour de bon, je sentais mon estomac se contracter, mon cœur cogner sous mes côtes, et je n'y pouvais rien. La seule fois où j'avais connu le même genre de panique, c'était quand j'avais dû affronter le public d'une salle de théâtre, au collège, alors que je n'avais jamais joué de ma vie. J'avais dû m'avancer sur la scène en face de plusieurs centaines de gens. Je crus que ma gorge allait se nouer, que j'allais rester figée sur place et qu'il faudrait me transporter dans les coulisses comme on ferait d'une bûche. Une fois là, pourtant, mes répliques vinrent toutes seules à mes lèvres et tout se passa bien. Papa, qui assistait à la pièce, affirma que je méritais un premier prix d'art dramatique.

Une fois sur Dixie Highway, la route qui pénétrait dans West Palm Beach, la circulation s'intensifia, le décor s'anima ; nous ne savions plus de quel côté regarder. Toutes les deux, nous commençâmes à réciter à haute voix les numéros des rues, et finalement l'auberge Tremont fut en vue. On ne pouvait pas ne pas la remarquer, d'abord parce qu'elle était plus grande que les bâtiments voisins, mais surtout en meilleur état. On aurait pu croire qu'elle venait d'être construite, alors que les autres maisons semblaient battues par les intempéries et usées par le temps. Leurs couleurs avaient pâli, les vitres sales étaient opaques, et les jardins étaient pratiquement à l'abandon.

L'auberge Tremont semblait avoir été jadis une résidence privée, ce qui était bien le cas, comme nous devions l'apprendre plus tard. Ses volets crème tranchaient sur le revêtement de bois des murs, et elle avait même une galerie en façade. L'auberge avait son propre parking, qui pour le moment ne contenait qu'une demi-douzaine de voitures, et nous nous y garâmes. Dès qu'elle eut coupé le moteur, maman s'accota au dossier de son siège et resta un moment immobile, cherchant son souffle. Elle demeura si longtemps ainsi, les yeux fixés sur le volant, que je finis par m'alarmer.

— Maman ?

Elle leva la main en un geste rassurant.

— Tout va bien, ma chérie dit-elle avec un sourire un peu forcé. Tout va bien. Allons-y, maintenant, ajouta-t-elle en actionnant la portière.

Je descendis, toujours inquiète.

— Ce n'est ouvert qu'à l'heure du dîner, fit remarquer maman. C'est agréable, non ?

Nous avançâmes jusqu'à la massive porte de chêne : elle était fermée. On apercevait quelques faibles lumières à l'intérieur et maman frappa au carreau, sans résultat. Elle frappa de nouveau et une porte s'ouvrit tout au fond, celle de la cuisine vivement éclairée. Dans le rectangle lumineux se dessina la silhouette d'une femme. Elle demeura un instant immobile sur le seuil, puis s'élança vers nous. Quelques secondes plus tard, la porte d'entrée s'ouvrait devant une femme de taille moyenne, aux cheveux châtain clair bouclant souplement sous les oreilles. Le bandeau qu'elle portait rejetait sa frange en arrière, découvrant un front lisse très légèrement semé de taches de son. Dès qu'elle nous aperçut, ses grands yeux noisette s'illuminèrent. Elle avait des lèvres bien dessinées, pleines de douceur et faites pour sourire. Je la trouvai charmante. Très mince, elle paraissait beaucoup plus jeune que maman, au point que je me demandai si c'était bien Dallas.

— Jackie ! s'exclama-t-elle, mettant fin à mes derniers doutes.

Elles s'étreignirent et restèrent un long moment ainsi, à se bercer dans les bras l'une de l'autre.

— Oh, ma chérie, dit tendrement Dallas, je suis tellement désolée !

Les larmes lui vinrent aux yeux et elle battit précipitamment des paupières. Elles semblaient devoir ne jamais se séparer. Ce fut maman, finalement, qui se dégagea des bras de son amie, et Dallas Tremont se tourna vers moi.

— C'est impossible, ce n'est pas Grace ? Comme tu es devenue grande, et comme tu es belle ! Bienvenue en Floride, s'écria-t-elle en me prenant par les épaules pour m'embrasser sur les deux joues. Allons, entrez. Warren est dans son bureau, à s'acharner sur son ordinateur pour en tirer des chiffres plus conformes à ses désirs. Avez-vous fait bon voyage, au moins ?

— Très bon, mais nous serions bien incapables de raconter quoi que ce soit. Nous sommes un peu abruties par le trajet, se hâta d'expliquer maman, peu pressée de s'attarder sur le sujet.

Dallas le comprit très bien.

— Je m'en doute, répondit-elle avec un grand sourire. Mais vous êtes là, maintenant, vous allez pouvoir vous reposer et faire peau neuve. Vous verrez, vous allez vous sentir chez vous en Floride aussi vite qu'on change de vêtements. Allez, entrez, insista-t-elle.

Nous entrâmes. À droite du hall, derrière le grand comptoir, je remarquai un tableau représentant un lac de montagne aux eaux vertes, sur la rive duquel des daims venaient boire. Dallas le désigna d'un regard à maman.

— Tu te souviens ? Greenwood Lake, notre retraite enchantée en Caroline du Nord ? Même à présent, Warren se plaint encore sur tous les tons d'avoir acheté cette cabane. Comme s'il risquait d'aller passer des vacances d'été ailleurs ! Il n'aura jamais le temps, bien sûr.

Nous traversâmes entre deux salles à manger parquetées de chêne, dont les tables de bois sombre avaient chacune leur bouquet de jolies fleurs artificielles. D'autres tableaux, tous des paysages de montagne, décoraient les deux vastes pièces.

— Ce n'est pas le restaurant de Floride typique, ici, fit observer Dallas, mais c'est justement ce qui fait notre succès. Ça, et aussi le fait que nous ayons le meilleur chef de la côte sud-est, évidemment. Nos habitués, que tu connaîtras bientôt, ajouta-t-elle – faisant référence pour la première fois au futur emploi de maman –, affirment que ce décor exerce sur eux un effet apaisant. Ils ont l'impression de se

123

trouver dans un village de montagne. Tout ça n'est que de la mise en scène, mais c'est important. Warren a toujours pensé qu'aller dans un bon restaurant, c'est un peu comme aller au théâtre ou au cinéma. Attendez d'avoir vu nos serveurs en tenue, et nos serveuses avec leurs petits tabliers, cousus sur leurs jupes et leurs corsages de dentelle. Notre personnel a un petit air alpin, ou quelque chose comme ça. Vous allez adorer, prédit Dallas avec optimisme.

Je regardai maman. Elle conservait le sourire, mais ce sourire commençait à se figer. Je l'imaginais déjà recevant des ordres, se hâtant d'obéir, portant un costume, et cette idée m'était insupportable. Papa aurait été aussi horrifié que moi, j'en étais sûre. Passer de la position de femme d'officier à ceci ! Ce n'était pas ce métier subalterne qui me choquait le plus, c'était surtout ce changement total d'existence, et sa soudaineté. Tout cela était si brutal !

— Tout au fond, nous avons quatre petites salles à manger privées, pour des réunions ou des clients spéciaux, expliqua Dallas. Nous recevons beaucoup de gens importants, célèbres ou très riches. De gros bonnets de Palm Beach qui traversent les douves pour venir se mêler aux masses.

— Les douves ? m'étonnai-je.

Dallas gloussa.

— C'est comme ça que Warren appelle Flagler Bridge, le pont qui nous relie à Palm Beach.

— Mais je croyais que nous étions à Palm Beach.

Dallas rit de plus belle.

— Oh non, ma chérie. Ne dis jamais cela à un résident de Palm Beach. Nous sommes à *West* Palm Beach, ici. Palm Beach est un pays à lui tout seul, une autre planète. Quelques-unes des plus grosses fortunes du monde s'y trouvent rassemblées. Ces gens-là se croient sur la plus haute marche de la création, juste avant le paradis. Qui sait ? Peut-être est-ce le cas ! plaisanta-t-elle.

Puis, devant mon air intrigué, elle ajouta :

— Quand vous serez installées, allez donc faire un tour là-bas et passez par West Avenue. Là, vous comprendrez. Ne vous faites pas de souci : quelques jours vous suffiront pour vous habituer. Et quand vous verrez des touristes ouvrir des yeux ébahis, cela vous fera rire. Maintenant, allons dire bonjour à Warren, et ensuite je vous conduirai à votre appartement, à Palm Beach Gardens. Ce n'est qu'à vingt minutes d'ici, ce qui te facilitera beaucoup la vie, Jackie. J'ai pensé que Grace pourrait s'inscrire dans le même lycée que Phœbé. À moins que tu ne veuilles la mettre dans une école privée, bien sûr, mais c'est vraiment très cher.

— Non, Grace a toujours fréquenté les établissements publics.

Dallas posa brièvement la main sur la mienne.

— Tu vas te plaire ici, ma chérie, tu verras. Phœbé te fera visiter les lieux et t'aidera à t'installer, à la rentrée. Elle sera bien placée pour ça : elle est en terminale.

— Il y a si longtemps que je ne l'ai pas vue que j'aurai du mal à la reconnaître, fit remarquer maman. Où est-elle ?

— À la plage, avec ses amies. Elles sont allées à Singer Island, aujourd'hui. Tu vas aimer nos plages, Grace. Il y a tellement de distractions pour les jeunes, ici !

— Elle n'en a jamais manqué, observa maman.

— Je m'en doute. Quand on vit dans une base navale, avec tous ces marins, ces bateaux et ces avions...

125

Dallas m'entraîna résolument par la main.

— Et maintenant, venez. Allons déranger Warren.

Je me retournai sur maman, qui sourit et nous suivit jusqu'à une porte signalée par un seul mot : *Bureau*. Dallas y frappa et entra aussitôt, sans attendre qu'on l'y ait invitée.

Derrière une table de travail, bien trop grande pour la petite pièce, était assis un homme aux cheveux bruns et bouclés, dont les yeux se détachaient comme deux perles noires dans un visage rond, rasé de près. Quand il nous aperçut et se leva, je pus voir qu'il était plutôt corpulent, et même un peu lourd. Le sourire qui éclaira ses traits accentua encore l'éclat de ses yeux d'ébène.

— Jackie ! s'écria-t-il en contournant son bureau aussi vite qu'il en était capable.

Maman s'avança et ils se donnèrent l'accolade.

— Je suis contente de te revoir, Warren. Cela faisait si longtemps.

— C'est vrai, mais penser que nous devons ces retrouvailles à un pareil malheur ! Quelle tragédie, déplora-t-il. Nous sommes tellement navrés, si tu savais. J'aurais certainement préféré te revoir dans de tout autres circonstances.

— Et moi plus que personne, tu t'en doutes. Je te présente ma fille, Grace.

— Bonjour, dit aimablement Warren. Je ne te connais que d'après les photos que nous recevions de temps en temps, mais je vois que tu ressembles beaucoup à ton papa.

Cette seule remarque me fit monter les larmes aux yeux, et Warren se hâta de changer de sujet.

— Ta fille est ravissante, Jackie. Nous allons devoir l'inscrire d'urgence à un cours d'arts martiaux.

— Oh, elle sait se défendre, répliqua fièrement maman.

Warren nous désigna deux fauteuils tout proches du bureau.

— Asseyez-vous, je vous en prie. J'ai tellement de choses à vous dire.

— J'aimerais les conduire tout de suite à leur appartement, Warren, intervint Dallas. Laissons-les s'installer et se reposer quelques jours, avant d'initier Jackie aux plaisirs de la restauration.

Les yeux noirs de Warren pétillèrent.

— C'est que ce n'est pas une promenade de santé ! On se fait une clientèle, et voilà qu'un autre restaurant s'ouvre au bout de la rue et d'un seul coup, tout le monde disparaît. Enfin, jusqu'à ce qu'ils comprennent ce que signifie la qualité, bien sûr. Des hauts et des bas sans arrêt, c'est comme ça, les affaires. Toute l'astuce consiste à aplanir les obstacles.

Dallas grimaça et se tourna vers maman.

— Charmant accueil ! Surtout, ne sois pas choquée s'il vient te faire ses doléances sur le prix du beurre.

— Mais justement, se défendit Warren, ce sont ces choses-là qui comptent. Il faut que quelqu'un y veille, et personne n'est mieux placé pour le faire que nous-mêmes. À ma connaissance, tous les gens qui confient leurs affaires à un gérant sont ou bien déjà ruinés, ou en passe de l'être.

Dallas exhala un soupir excédé.

— Je t'en prie, Warren ! Laisse à cette pauvre Jackie une chance de bronzer un peu.

Warren rit et regagna son siège.

— D'accord, d'accord. Je suis là si tu as besoin de quoi que ce soit, Jackie.

— Merci, Warren.

— Tu n'auras qu'à me prévenir quand tu seras prête.

— Compte sur moi.

— Pouvons-nous partir, maintenant ? s'enquit Dallas.

Warren prit une mine de martyr.

— Tu vois quel patron abusif je suis ?

Tout le monde rit et nous sortîmes derrière Dallas. En passant devant la cuisine, elle prit le temps de nous présenter au personnel, y compris au chef, Christian Von De Stagen. De nationalité belge, il avait exercé en Californie avant d'être débauché par Warren, qui l'avait convaincu de venir travailler pour lui à West Palm Beach. Dallas nous révéla que Warren en avait fait son associé.

Nous reprîmes la voiture et la suivîmes jusqu'à Palm Beach Gardens. Notre appartement se trouvait dans un petit ensemble résidentiel, rue des Fuchsias. Un étang occupait le centre de la zone aménagée, qu'entourait une charmante allée piétonnière. Suffisamment éloigné de Holly Drive, la grande voie de circulation, le coin était tout à fait calme. Maman et moi fûmes agréablement surprises par l'appartement. Situé au rez-de-chaussée, il comportait un grand living-room, une cuisine spacieuse, deux chambres et un coin salle à manger, avec sa terrasse donnant sur l'étang. Nous avions aussi un garage et une réserve. Dallas nous expliqua que nous n'aurions pas à nous soucier de l'entretien, totalement pris en charge par l'association de propriétaires. Comme nous étions en sous-location, l'appartement était entièrement meublé et équipé, vaisselle et argenterie comprises.

— J'ai fait quelques courses essentielles pour vous, nous informa Dallas.

Elle avait acheté du linge de maison, rempli les placards de la cuisine avec des provisions de base, sans oublier le savon, les détergents, les éponges et les serviettes de bain.

— J'ai simplement essayé de penser à ce que j'aimerais trouver en arrivant quelque part, nous expliqua-t-elle.

Maman fut très touchée par ces attentions et en remercia vivement son amie.

— C'était bien le moins que je puisse faire, Jackie, répondit Dallas avec gentillesse. C'est un petit coin sympathique, en attendant que tu trouves quelque chose de plus spacieux.

— Pour l'instant, je n'y pense même pas. La maison la plus grande que j'aie jamais eue est celle où j'ai passé mon enfance. La plus jolie est celle que nous venons de quitter.

Dallas eut un signe de tête compréhensif et se hâta de parler d'autre chose.

— Bon, et si je vous aidais à décharger tout ça ?

— Mais tu as déjà tant fait pour nous ! se récria maman. Ne devrais-tu pas retourner au restaurant, plutôt ?

— Tu plaisantes ? Warren me donnera deux fois plus de travail, là-bas. Laisse-moi profiter un peu de ton arrivée !

Maman rit, et l'atmosphère se détendit sensiblement. D'ailleurs je trouvais amusant de les observer, toutes les deux, surtout quand elles commencèrent à parler de leur jeunesse. À tout instant elles s'arrêtaient de décharger pour évoquer un souvenir, se demander ce qu'était devenu tel garçon ou telle fille de leur connaissance. Elles s'accordèrent une pause, ouvrirent une bouteille de vin blanc et continuèrent à bavarder. Les écouter, entendre le rire de maman était un bonheur pour moi. J'avais l'impression de revoir un film que j'avais aimé. Cela dura ainsi un certain temps, jusqu'à ce que leurs réminiscences les amènent au moment où papa et maman s'étaient rencontrés.

— Je ne peux pas croire qu'il ne reviendra plus à la maison, Dallas, soupira maman.

Elles s'étreignirent et maman pleura, laissant couler ces larmes qu'elle avait trop longtemps retenues. Je préférai m'éclipser, j'avais trop mal de la voir chercher le réconfort auprès de son amie de toujours. Je sortis par la porte de la terrasse et marchai jusqu'à l'étang. J'y vis un couple de canards, tellement immobiles que je les crus faux, jusqu'à l'instant où ils déployèrent leurs ailes et volèrent dans ma direction. J'en souris de plaisir.

— Ils espèrent que tu vas leur donner quelque chose à manger, fit une voix derrière moi.

Je me retournai pour voir un grand garçon dégingandé, dont l'épaisse tignasse brun-roux lui tombait sur les yeux, s'avancer lentement vers moi. Un dessin amusant décorait son tee-shirt. Il représentait un poisson tenant une canne à pêche, et au bout de la ligne un homme ventripotent qui paraissait avoir avalé l'hameçon. Sous l'image, une légende disait : « Alors, comment tu trouves ça ? »

— Je leur jette du pain de temps en temps, déclara le garçon en se rapprochant encore.

Quand il repoussa ses cheveux sur le côté, je pus voir qu'il avait des yeux d'un bleu très clair, dans un visage étroit à la mâchoire fermement dessinée. De plus près encore, son regard fixe et pénétrant me mit légèrement mal à l'aise. Je remarquai qu'il était pieds nus.

— Tiens, dit-il en sortant la main droite de sa poche pour l'ouvrir devant moi. Des miettes de pain de riz, c'est ce qu'ils préfèrent. Tu leur en donnes, et tu t'en fais des amis pour toujours. Allez, vas-y, insista-t-il avec autorité.

Je puisai une pincée de miettes dans sa paume ouverte et les lançai sur l'eau. Les canards se précipitèrent dessus, les engloutirent et recommencèrent à me fixer.

— Vous voilà déjà les meilleurs amis du monde, commenta le garçon. Canette et Caquet, je vous présente... Dis-leur ton nom, ordonna-t-il sur le même ton de commandement. Allez, ils comprennent beaucoup plus de choses que tu ne l'imagines.

Je me mordis les lèvres mais je m'exécutai.

— Je m'appelle Grace Houston, annonçai-je aux canards, qui parurent s'incliner comme s'ils avaient compris.

Sans me demander mon avis, le garçon s'empara de ma main, la tourna paume en l'air et y déposa ce qu'il restait de pain.

— Tu peux aussi bien leur donner le reste, maintenant. Allez, ne les fais pas attendre, me pressa-t-il quand je levai sur lui un regard irrité.

Je n'aimais pas être commandée avec cette insistance, surtout par un inconnu.

Je me détournai, lançai les miettes et, cette fois encore, les canards fondirent dessus.

— Génial. Te voilà promue pourvoyeuse officielle des canards, observa ce déroutant garçon.

Je n'aimais pas non plus sa familiarité, mais je ne voulais pas avoir l'air d'une pimbêche. Il ne me restait plus qu'à le tutoyer à mon tour.

— Et toi, qui es-tu ? questionnai-je.

Il promena le regard autour de lui avant de répondre.

— Par un beau jour d'été pareil à celui-ci, mes parents décidèrent, dans leur infinie sagesse, de me nommer Auguste Brewster. Quiconque désire être mon ami m'appelle Auggie. Ma mère déteste ce diminutif et ne manque jamais de corriger ceux qui l'emploient. Heureusement, bien peu de gens l'écoutent. Et maintenant, voilà le plus drôle. Mon père m'appelle Gusty, sauf quand il est fâché contre moi, ce qui arrive assez souvent. Alors j'ai droit au doux nom d'Augustus, ou encore Augustus Brewster. Par exemple...

Augustus prit à peine le temps de souffler avant de poursuivre sa tirade.

— Par exemple quand il me demande : « Augustus Brewster, à quoi pensais-tu en jetant un pétard dans la poubelle de Mlle Wilson, hier soir ? » Je pensais que ça ferait un boucan terrible, bien sûr, et qu'elle en avalerait son dentier de frayeur, ce qu'elle a d'ailleurs dû faire. Je n'ai pas dit ça à mon père, bien sûr. Je ne réponds jamais quand il me demande pourquoi je fais ceci ou cela, et il a fini par renoncer à comprendre. « Autant essayer de parler à un mur », a-t-il conclu en ce qui me concernait.

» Au fait, bonjour, dit soudain Augustus, passant brusquement du coq à l'âne. Tu es en visite dans le coin ?

Il me fallut quelques instants pour digérer ce discours.

— Ferme la bouche, me taquina Augustus. Il y a des petits insectes qui pourraient avoir l'idée de s'y installer.

— Pardon ? Oh, non ! je ne suis pas en visite. Nous venons juste d'emménager, expliquai-je, encore tout ébahie par la façon déconcertante dont il parlait de lui-même et de ses parents, surtout à une inconnue.

Il haussa les sourcils et parut réfléchir.

— Emménagé ? Bâtiment quatorze ?

— En effet.

Augustus hocha la tête.

— Je savais qu'elle cherchait à le louer. Il y a un mois de ça, elle s'est installée avec son amoureux, un comptable divorcé depuis peu. Ma mère est très amie avec Mme Dorahush, qui connaît tout sur tout le monde avant que les gens le sachent eux-mêmes. Alors n'essaie pas de me cacher quoi que ce soit, toi. Je le saurais instantanément.

— C'est tout ce que tu as à faire, fourrer ton nez dans la vie des autres ?

— Non. Je nourris aussi les canards, mais tu le sais déjà.

Je reportai mon attention sur les fameux canards. Voyant qu'il n'y avait plus rien à attendre de nous, ils s'éloignaient vers l'autre bord de la mare. Augustus, lui, n'y pensait déjà plus.

— Tu connais beaucoup de monde, ici ? voulut-il savoir.

— Non. Juste une amie de ma mère et son mari.

— Deux personnes ? Eh bien, c'est déjà plus que moi. Je sais tout sur les gens mais je ne connais personne.

J'eus une moue incrédule.

— Tu plaisantes, j'imagine ?

— Cela dépend de ce que tu entends par plaisanter. À mon avis, et il paraît que cet avis comptera un jour, les gens ne parviennent jamais à bien se connaître. Ou alors très rarement, ce qui au fond n'est pas plus mal. Cela rend les choses plus intéressantes. Avec les surprises, les déceptions, les petites trahisons et aussi les grandes, tu vois ? Pour moi la plupart des gens sont prévisibles, ce qui les rend très ennuyeux. Je ne sais pas le dissimuler, ce qu'ils n'apprécient pas, aussi n'ai-je pas un seul ami véritable. *Tu comprends ?* demanda-t-il en français.

Je ne connaissais que quelques mots de français, juste assez pour répondre oui, ce qui l'étonna.

— Tu parles français ?

— Non, pas vraiment. Et toi ?

— Oui, et aussi allemand, italien et même un peu de chinois. Le mandarin, c'est-à-dire. La langue des lettrés.

— Français, allemand, italien et chinois ? répétai-je.

— Exactement. Tu commences à comprendre. Laisse-moi me présenter plus correctement : Augustus Brewster, surdoué. Au cours élémentaire, j'ai été surpris en train de lire le *Conte des deux villes*, de Charles Dickens, et envoyé tout droit chez un psychologue, qui a décidé que j'avais besoin de recevoir une éducation spéciale. Tu as en face de toi l'un des douze élèves d'une école gouvernementale pour super-cerveaux, sélectionnés pour être formés dans la recherche scientifique. Ils espèrent que j'inventerai une superbombe, ou un abri antiatomique ou je ne sais quoi.

— Mais quel âge as-tu ?

— Officiellement, seize ans. Mentalement, je suis hors normes. Dans les trente ans, si ça se trouve. Nous sommes largement au niveau des études supérieures, et même plus.

Je secouai la tête.

— Tu ne me crois pas ? Eh bien vas-y, pose-moi une question. Je n'ai pas le droit de me présenter aux jeux-concours télévisés, je suis trop fort.

— Mais oui, c'est ça.

— Alors, pas de question ? me défia-t-il, les bras croisés sur la poitrine.

Je réfléchis un moment. *Ce qu'il mérite, c'est une bonne leçon,* décidai-je. Papa était toujours très fier de mes connaissances en histoire de la marine américaine. Elles allaient me servir.

— Quand le premier sous-marin a-t-il été employé aux États-Unis dans un combat naval ?

Augustus pencha la tête en arrière.

— Question intéressante. C'était en 1776, en fait. Un submersible conçu par David Bushnell, construit en bois et piloté par un seul homme, qui actionnait une hélice. On l'immergeait par admission d'eau, que l'on chassait ensuite avec une pompe à main pour faire surface.

Ma bouche s'ouvrit si grand, cette fois-ci, qu'un essaim d'abeilles aurait sans doute pu s'y engouffrer.

— Grace, appela maman au même instant.

Je pivotai en direction de notre terrasse.

— Oui ?

— Dallas doit s'en aller. Viens lui dire au revoir.

— J'arrive ! criai-je, en me retournant vers Augustus pour prendre congé de lui.

Il ne put s'empêcher de me demander :

— Tu as eu un premier prix d'histoire, ou quoi ? Ta question n'était pas banale. Tu vois ? Tu commences à être intéressante. Je préfère ne pas te connaître.

Sur ce il partit à grands pas, la tête basse et les cheveux volant au vent. Je me hâtai vers notre nouvelle maison.

— Qui était-ce ? interrogea maman, qui l'avait suivi du regard.

— Je n'en sais rien. Il habite ici, mais c'est un garçon très bizarre.

Dallas me décocha un sourire complice.

— Maintenant tu as tout compris, ma chérie. Tous les hommes sont bizarres. Si tu te mets ça dans la tête, tu n'auras jamais de problèmes. Appelle-moi si tu as besoin de quoi que ce soit, Jackie. Au revoir, Grace. Je dirai à Phœbé de t'appeler.

— Merci, Dallas, dit simplement maman.

Elles échangèrent une dernière étreinte et Dallas nous quitta.

Restées seules, nous parcourûmes l'appartement du regard, puis maman hocha lentement la tête.

— Cela va être plus dur que je ne pensais, soupira-t-elle.

6

Augustus et Phœbé

Pour moi, c'était une affirmation très au-dessous de la vérité. Mais à quel point ce serait difficile, je ne pouvais même pas l'imaginer. J'en eus la révélation quand j'entrai dans ma chambre, et commençai à déballer mes poupées et mes souvenirs. Chacun d'eux me faisait plus mal que le précédent. Pour finir, je décidai de les laisser dans leurs cartons et de les ranger dans le placard.

En venant voir comment je me débrouillais, maman s'en étonna.

— Pourquoi n'installes-tu pas tes objets personnels pour décorer ta chambre, ma chérie ?

— Je ne peux pas, maman. Plus tard, peut-être...

Elle hocha la tête et s'en fut sans un mot.

Nous passâmes les quelques jours suivants à explorer le quartier, à découvrir où acheter telles ou telles choses. Dallas nous aida beaucoup, en nous conseillant les meilleurs magasins et en nous trouvant un médecin et un dentiste.

— Ils prétendent tous qu'ils ne peuvent plus prendre de nouveaux patients, aussi faut-il se faire recommander. C'est de l'arnaque pure et simple, si vous voulez mon avis. Non seulement nous les faisons travailler, mais il faut encore leur dire merci !

Plus je passais de temps avec elle, plus je la trouvais

137

sympathique. Phœbé n'avait toujours pas pris contact avec moi et elle en était froissée.

— Cette fille est tellement étourdie ! s'efforça-t-elle de l'excuser.

Mais je soupçonnais que ce n'était pas une simple question d'étourderie. À mon avis, Phœbé ne tenait pas à s'encombrer d'une fille bien plus jeune qu'elle. Je finis par surprendre quelques mots de Dallas à maman.

— Cette gosse n'est qu'une égoïste, et Warren ne veut pas le savoir. Il est tout simplement aveugle devant ses défauts. Sans aucune raison, il se sent toujours coupable de la mort de Petula.

À propos d'étourderie, je supposai que c'était sans doute pour cela que je n'avais toujours pas de nouvelles de Trent. Le lendemain de notre installation, j'avais téléphoné chez lui pour lui communiquer mes coordonnées, mais il était déjà parti pour son camp de base-ball. Sa mère avait répondu et promis de lui transmettre le message. Comme je n'avais toujours pas de nouvelles une semaine après cet appel, j'en déduisis qu'elle avait oublié de lui en parler. Il me vint également à l'idée, bien sûr, qu'elle n'ait pas voulu lui en parler. Mais comme je lui avais promis de lui téléphoner, j'étais certaine qu'il se renseignerait. J'attendis encore un jour avant de rappeler, et cette fois je tombai sur un répondeur. Je laissai un message identique.

Même si nous passions beaucoup de temps ensemble, maman et moi, il m'en restait assez pour moi-même et il m'arrivait d'aller me promener près de l'étang, non sans arrière-pensée. J'étais curieuse de savoir si j'y rencontrerais à nouveau Augustus. Malgré sa bizarrerie, je ne pouvais pas m'empêcher de m'intéresser à lui. J'apportai des miettes de pain pour Canette et Caquet, mais Augustus ne se montra pas. Je commençai à me demander s'il habitait réellement le quartier.

Finalement, un jour où je regardais par la fenêtre du côté de l'étang, je l'aperçus au bord de l'eau, assis en tailleur, les bras tombant mollement le long du corps. Intriguée, je sortis et m'approchai de lui. J'entendis un son profond et grave, une sorte de « ooommm » prolongé, et découvris qu'il était émis par Augustus lui-même. Il avait les yeux ouverts et fixait l'étang, mais comme s'il ne voyait rien. Presque comme s'il était aveugle.

— Bonjour, l'abordai-je.

Le son s'interrompit, mais Augustus resta immobile pendant un long moment. Puis il raidit les bras et se retourna lentement vers moi, sans un mot.

— Qu'est-ce que tu fais ? questionnai-je.

— J'étais en méditation, relié au grand inconnu. Les canards me disent que tu les nourris souvent.

— Les canards te parlent ?

— Bien sûr. Tout me parle quand je suis relié au grand inconnu. Tout ce qui vit ne forme qu'un, nous baignons tous dans le même vaste océan spirituel, déclara-t-il avec emphase.

Je fis une tentative pour changer de sujet.

— Où étais-tu, depuis tout ce temps ?

— Ici.

— Je ne t'ai pas vu, m'étonnai-je.

— C'est parce que tu es aveugle. Ne t'inquiète pas, tu n'es pas la seule. En fait, presque tout le monde est aveugle.

— Tu es vraiment bizarre, répliquai-je en me détournant pour m'en aller.

Levé d'un bond, Augustus me saisit par le coude.

— Pourquoi ? Parce que je te parle de choses

139

étranges et nouvelles pour toi ? Si tu as peur de ce que tu ne connais pas, tu resteras dans l'ignorance.

— Je n'ai pas peur de ce que je ne connais pas. Je sais seulement que tu es très bizarre.

— D'accord, concéda-t-il en étreignant ses épaules. Définis le mot : bizarre.

— Tu dis que tu parles aux canards et qu'ils te parlent.

— Ils me parlent à leur façon. Tout parle à tout ce qui l'entoure, à sa propre façon. Il n'y a qu'à écouter et comprendre. Les oiseaux ne nous préviennent-ils pas qu'il va faire froid ? Les arbres n'annoncent-ils pas que le temps va changer ? L'océan ne nous prédit-il pas la tempête ? Une maison ne nous fait-elle pas savoir qu'elle est sur le point de s'écrouler, la nourriture qu'elle est en train de se gâter ? Eh bien ?

— Si tu vois les choses ainsi, je suppose que oui, finis-je par admettre. On peut dire que c'est vrai.

— De quelle autre manière peux-tu les voir ? Prends Canette et Caquet, par exemple. Tu peux te rendre compte qu'ils attendent. Ils nous parlent. La plupart des gens ignorent toutes les sortes de communications, ne fais pas comme eux. Si tu comprends ce langage de base et que tu te libères des obstacles, tu peux percevoir des choses plus importantes et plus profondes dans le monde qui t'entoure. Tu n'as jamais ressenti cela ? insista-t-il, comme s'il souhaitait vivement obtenir la bonne réponse.

Je pensai au jour où papa était mort, à la mouette qui s'était comportée si étrangement, à l'angoisse indéfinissable que cela m'avait causée.

— Si, admis-je encore.

— Alors tu vois, Grace Houston. Toi aussi, tu es bizarre.

Nous nous regardâmes un long moment, puis j'éclatai de rire.

— N'empêche que tu es plus bizarre que moi !

— Si « bizarre » signifie plus apte à communiquer avec le monde environnant, je suis d'accord. Mais si tu me le permets, je t'apprendrai comment faire cela beaucoup mieux.

J'évitai délibérément le regard d'Augustus.

— Je ne suis pas sûre de tenir à communiquer davantage avec ce monde, murmurai-je comme pour moi-même.

— Tu as perdu ton père dans un terrible accident. Je sais ce qui s'est passé, et pourquoi vous avez déménagé pour venir ici, ta mère et toi.

Je relevai instantanément les yeux.

— Mme Dorahush sait tout, énonça-t-il d'une voix profonde, comme s'il évoquait des événements surnaturels. Je suis navré pour toi. Je sais que tu es très déprimée, mais si tu apprends à écouter et à voir, tu découvriras que ton père n'est pas mort. Il existe sous une autre forme d'énergie, maintenant, c'est tout. Il communique toujours avec toi.

Devant ma moue sceptique, il réagit aussitôt.

— Je sais, tu penses que je parle de toutes ces idioties avec des séances collectives et tout ça, mais non. C'est tout à fait différent. C'est partout autour de nous et c'est ici, dit-il en plantant l'index juste au-dessus de ma poitrine. Allez, viens, je vais te montrer quelque chose de magique. N'aie pas peur.

— Où allons-nous ?

— Dans mon laboratoire, où j'ai recréé le monstre de Frankenstein, bouffonna-t-il en grimaçant comme Boris Karloff dans le vieux film d'épouvante.

141

Je me retournai vers la terrasse. Dans le coin salon, maman se changeait les idées en se plongeant dans son feuilleton télévisé favori, une fois de plus.

— D'accord, acquiesçai-je, mais je ne peux pas rester longtemps.

Augustus partit à grands pas, toujours pieds nus, ses cheveux virevoltant autour de lui. Aujourd'hui, le dessin de son tee-shirt représentait une explosion atomique, avec la légende : « Que la lumière soit. »

— Où trouves-tu tes tee-shirts ? éprouvai-je le besoin de savoir.

— Je les fais moi-même. Je peux te faire celui que tu voudras, ou t'en donner un que j'ai fait moi-même. J'en ai plein un placard, en taille unique. Ils vont à tout le monde.

Nous nous arrêtâmes devant l'un des plus hauts immeubles et il regarda autour de lui d'un air méfiant, comme s'il projetait un cambriolage.

— Quelque chose qui ne va pas ? m'inquiétai-je.

— Je ne voudrais pas t'effrayer, mais tout n'est pas forcément bon en ce monde. Il existe également des forces obscures et parfois, je les sens. Je voulais être sûr, c'est tout. La voie est libre, annonça-t-il en s'avançant vers la porte de la véranda.

Il l'ouvrit et se retourna vers moi.

Des forces obscures ? Était-il sérieux ou voulait-il me taquiner ? Je m'avisai que ma mère ignorait totalement où je me trouvais, et qu'il n'y avait personne aux environs pour me voir entrer chez lui.

— Je laisserai la porte ouverte si tu te sens plus à l'aise, proposa-t-il, comme s'il lisait dans mes pensées.

Je cherchais une excuse pour ne pas m'attarder quand j'entendis une voix, et une grande femme aux cheveux gris fit son apparition. Sa coiffure en queue de cheval surprenait un peu, chez une femme qui ne devait pas avoir loin de soixante-dix ans. Elle portait une robe d'intérieur à fleurs et de fines sandales bleues.

— Augustus, pourquoi laisses-tu la porte ouverte ? commença-t-elle, puis elle m'aperçut. Oh ! Serait-ce...

— Grace Houston, oui, Grandma, l'interrompit Augustus.

Elle me sourit.

— Soyez la bienvenue, ma chère. Entrez vite. Nous avons été harcelés par les moustiques, ces temps derniers.

J'obéis, et Augustus referma la porte derrière moi.

— J'espère que vous êtes à présent bien installées, votre mère et vous, dit sa grand-mère.

— Très bien, je vous remercie.

— Je vais lui montrer mon laboratoire, Grandma.

La vieille dame étudia quelques instants son petit-fils pour voir s'il était sérieux, puis acquiesça.

— Très bonne idée. Si vous voulez boire quelque chose de frais, venez donc à la cuisine. Je suis en train de préparer le dîner.

Je la remerciai à nouveau et suivis Augustus jusqu'à une pièce fermée. Sur la porte, un écriteau annonçait : « Entrez à vos risques et périls. »

— Jusqu'ici, ça fonctionne, m'informa-t-il. Je n'ai jamais d'intrus.

Il ouvrit la porte et s'effaça pour me laisser entrer. Je me retrouvai entre des murs tapissés de feuilles de papier listing, couvertes de phrases imprimées en gros caractères. Des dictons, me sembla-t-il.

— Qu'est-ce que c'est que tout ça ?

— Chaque fois que je tombe sur une réflexion ou une formule qui me paraît sensée, je l'imprime et je l'affiche.

Il y avait des citations de grands philosophes, de personnages historiques ou encore de stars de rock, et je reconnus même quelques fragments de chansons. Sur le plancher s'entassaient des piles de disques, de livres et de magazines. Il y en avait tant que le lit, qui n'était pas fait, semblait perdu dans tout ce fatras. Sur l'écran d'un ordinateur allumé, une image animée montrait des bulles montant de l'eau pour éclater à la surface, chacune avec un discret petit « pop ». Deux longues tables et le bureau disparaissaient sous les papiers éparpillés.

Sur les portes du placard aussi était affiché un avertissement. Celui-là disait : « Site nucléaire gouvernemental. Accès interdit. » Je ne pus m'empêcher de demander :

— Qu'est-ce qu'il y a, là-dedans ?

— Mon laboratoire, annonça Augustus en ouvrant les portes.

Ce qui avait été une vaste penderie contenait à présent un équipement complet de photographe, ainsi qu'une grande table jonchée de feuillets couverts d'équations. Jamais je n'avais vu autant de signes mathématiques à la fois, et surtout dans un tel désordre apparent. Les lignes semblaient divaguer dans tous les sens. J'étais éberluée.

— Qu'est-ce que c'est que tout ça ?

— Mon projet. Je travaille sur le voyage dans le temps, la conversion de la matière en énergie et sa restructuration.

— Comme dans ce film, avec la mouche à tête d'homme ?

Augustus eut une grimace de dédain.

— Pas vraiment, non. Ceci est du réel.

— Et tu t'y connais en photo, en plus ?

— C'est comme ça que je fabrique mes tee-shirts, entre autres choses.

— Mais comment t'y retrouves-tu dans tout ça ? m'effarai-je en regardant autour de moi.

Ici aussi, livres et carnets de notes s'entassaient sur le plancher.

— Chaque chose est à sa place, affirma Augustus en suivant mon regard, comme si c'était moi qui n'avais pas le sens de l'ordre. Tu veux Freud ? Voilà Freud, dit-il en pêchant un livre en haut d'une pile. Tu veux Platon ?

Il se pencha sous la table et en ramena un gros volume.

— Voilà Platon.

Je le dévisageai, médusée. Il devait être vraiment très intelligent. Peut-être deviendrait-il un jour un penseur de renommée mondiale.

— Et maintenant, la magie, me rappela-t-il. Par ici.

Il me pilota vers une table placée dans le coin droit de sa chambre. J'y vis une petite bille d'acier, flottant entre deux carrés de métal qui vibraient en ronronnant.

— Comment fais-tu ça ? questionnai-je.

Il sourit.

— Autrefois, les gens auraient cru que j'avais des pouvoirs magiques. La magie est une science qu'on ne connaît pas encore, c'est tout. La bille est attirée par deux champs magnétiques opposés de puissance égale. Comme ceci, dit-il en cueillant la bille dans l'air pour me la donner. Dis n'importe quel mot en charabia et remets-la où elle était. Abracadabra ! Vas-y. Fais-le.

Je pris la bille, la plaçai là où il me semblait l'avoir vue, et elle parut glisser de mes doigts pour demeurer

145

suspendue en l'air. Je sautai en arrière et Augustus éclata de rire.

— Te voilà magicienne à présent, toi aussi.

Je parcourus d'un regard perplexe la pièce encombrée.

— Mais tes parents, qu'est-ce qu'ils pensent de tout ça ?

— Rien, répliqua-t-il vivement. Ils font comme si je n'existais pas. C'est aussi bien, d'ailleurs, et je fais la même chose en ce qui les concerne. Nous avons un pacte mutuel de non-existence.

Sa réponse me fit réfléchir. L'appartement n'était pas beaucoup plus grand que le nôtre. Si sa grand-mère vivait ici, où pouvaient bien dormir ses parents ?

Précisément à cet instant, la vieille dame se montra sur le seuil de la pièce.

— Si je vous servais quelque chose de frais, ma chère ? À moins que vous ne restiez dîner avec nous ? J'ai un rôti au four.

— Non, je vous remercie. Ma mère doit se demander où je suis passée. Il faut que je rentre, m'excusai-je en la rejoignant dans le hall.

— Ne nous privez pas de la joie de votre présence, mon enfant.

Elle avait parlé comme si elle lisait dans un livre, et Augustus s'empressa d'expliquer :

— Ma grand-mère était une poétesse très célèbre, autrefois. De nombreux magazines publient encore ses poèmes, et on lui demande souvent des lectures de ses œuvres. Les groupes qui la sollicitent ne comprennent rien à ses poèmes, d'ailleurs. Mais ils trouvent que ça fait très intellectuel de l'inviter, et ils prennent des airs pénétrés pendant l'audition. Pas vrai, Granny ?

146

— Ne l'écoutez pas, protesta la vieille dame en rougissant.

Mais il n'avait pas fini.

— Elle joue de la guitare et elle écrit aussi des chansons. Elle était à Woodstock. Tu sais ce que c'était ?

— Oui. Le plus grand festival de musique pop, dis-je en regardant de plus près la vieille dame.

Elle avait un visage agréable et ne portait aucun maquillage, pas même de rouge à lèvres. Maintenant seulement, je remarquai son collier de pierres précieuses.

— Ma grand-mère était hippie et l'est toujours. Elle a refusé sa carte d'artiste retraitée, et elle n'accepte aucune réduction pour personnes âgées.

— Je ne vois pas pourquoi le seul fait de vieillir vous donne droit à des tarifs spéciaux, expliqua-t-elle. On devrait les réserver aux enseignants, aux infirmiers et aux travailleurs sociaux.

— « Les célébrités ne s'occupent que d'elles-mêmes, les héros s'occupent des autres », cita Augustus en guise de conclusion.

Il y eut un moment de silence, qu'il rompit le premier.

— Bon, il faut que je retourne travailler. Je te reverrai à l'étang. N'oublie pas d'écouter !

Là-dessus, il rentra dans sa chambre et s'y enferma. Sa grand-mère sourit, comme si elle trouvait ce comportement tout à fait naturel. Pour ma part, comme j'avais annoncé mon intention de rentrer, je me dirigeai vers la porte de la véranda. Elle m'y accompagna.

— C'est très gentil à vous d'être l'amie d'Augustus, me dit-elle en m'ouvrant la porte. Il n'a pas d'amis, en fait. C'est un garçon très brillant, il a déjà son baccalauréat et poursuit ses études par correspondance. Dans ces conditions, il ne rencontre pas beaucoup de jeunes gens de son âge.

— Vous voulez dire qu'il ne fréquente aucune école ?

— Pas de la façon classique. Il suit un programme spécial, et rencontre son tuteur une fois par semaine. Ils attendent de grandes choses de lui.

— Pourquoi dit-il que ses parents font comme s'il n'existait pas ?

— C'est ce qu'il dit ?

Je fis signe que oui, et elle exhala un profond soupir.

— Ses parents sont morts depuis plus de cinq ans, dans un très, très grave accident de la route. Vous mieux que quiconque devez savoir combien c'est terrible à vivre, alors ne le blâmez pas d'avoir créé ces fantasmes pour se protéger.

» Mes amitiés à votre mère, ajouta-t-elle avec chaleur. Dites-lui bien que si je peux faire quoi que ce soit pour vous aider, qu'elle n'hésite pas à m'appeler. Je suis dans l'annuaire, Clarissa Dorahush, précisa-t-elle encore.

Puis elle me sourit et referma la porte.

Dorahush, me répétai-je avec effarement. Augustus n'avait-il pas dit…

Pendant quelques instants je restai plantée là, regardant la vieille dame à travers les vitres de la véranda. Puis je partis en courant, bouleversée par les effets que pouvait engendrer la souffrance, même sur un être exceptionnel comme Augustus.

148

Finalement, Phœbé Tremont appela. Quand le téléphone sonna, j'espérai que c'était Trent, qui avait enfin reçu mon message. Je me précipitai sur le combiné.

— Est-ce que c'est… heu… Tracy ? m'entendis-je demander.

— Qui ça ?

— Alors c'est… (La voix prit un ton ennuyé.) Une minute… Ah oui, Gracey.

— Je suis Grace Houston, annonçai-je.

— Ici Phœbé Tremont. Ma belle-mère veut que je t'appelle pour savoir comment tu vas, et si tu aimerais sortir avec moi et quelques amis, récita-t-elle comme si elle lisait des notes.

— Ah !

— Tu vas être élève dans le même lycée que moi, si je comprends bien. Désolée pour toi, pouffa-t-elle, et un rire masculin éclata tout près d'elle. En tout cas, peux-tu venir demain à la plage avec moi et quelques copains ?

— À la plage ?

— Oui, tu sais bien ? Cet endroit plein de sable tout à côté de l'eau, railla-t-elle, et le même rire se fit entendre à nouveau. Bon, nous passons te prendre vers une heure, personne n'aime se bousculer. Apporte une serviette et de quoi te changer, nous sortirons sans doute plus tard. Et prends de l'argent, ajouta-t-elle.

— Entendu, je t'indique mes…

— Ne t'en fais pas, je sais où tu habites. Ma belle-mère m'a tatoué l'adresse à l'intérieur des paupières.

Les gloussements de rire redoublèrent, puis la ligne fut coupée.

— Qui était-ce ? voulut savoir maman.

Je lui fis part de l'invitation.

— Mais c'est très bien, ça ! Il faut que tu rencontres des jeunes de ton âge. Enfin, des gens normaux, précisa-t-elle.

Je lui avais parlé d'Augustus et de sa grand-mère, ce qui expliquait sa remarque.

— Phœbé m'a l'air encore plus bizarre qu'Augustus, marmonnai-je à mi-voix.

Mais je ne pus m'empêcher d'éprouver une certaine excitation à l'idée de rencontrer des jeunes de mon âge, de ceux que tout le monde aurait trouvés « normaux ». J'avais besoin de me changer les idées, moi aussi.

Le lendemain à une heure, je les attendais devant la porte, mais il était presque une heure et demie quand ils arrivèrent. Maman était allée déjeuner avec Dallas. Elle réagissait mieux que moi, en fait, et pensait pouvoir prendre son travail le week-end suivant. Elle souhaitait que je m'amuse, et je lui promis de l'appeler plus tard pour lui dire comment se passait la sortie.

Je commençais à croire que Phœbé n'allait pas venir du tout, quand un klaxon retentit et une vieille Cadillac décapotable tourna le coin de l'immeuble. Elle était aussi longue qu'une péniche et d'un rouge flamboyant. Un garçon blond aux cheveux rasés sur les côtés, à l'allure athlétique de joueur de tennis, tenait le volant. Je ne savais pas exactement à quoi ressemblait Phœbé, mais je soupçonnai que c'était la brune assise devant, pratiquement sur les genoux du conducteur. Un autre garçon se serrait contre elle côté passager, brun celui-là, mais avec une mèche blonde traversant ses cheveux courts.

Phœbé, si c'était bien elle, s'exhibait dans un deux-pièces des plus exigus. Pour ma part, je portais mon maillot de bain sous un short bleu et un débardeur.

Ne sachant pas trop quels vêtements prendre, j'avais fourré un jean et un chemisier dans mon sac, avec ma serviette.

Deux autres filles et un garçon, aux cheveux noirs et bouclés, occupaient le siège arrière. L'adolescent et l'une des filles paraissaient très jeunes. Je remarquai que ce garçon, alors que tous les autres plaisantaient, paraissait vraiment mal à l'aise.

— Arrive ! cria Phœbé, que je reconnus instantanément à sa voix. Nous perdons un temps précieux.

Je courus jusqu'à la voiture, et le garçon assis sur la droite regarda Phœbé en haussant les sourcils.

— À t'entendre, c'était une gamine ! Elle a l'air plus âgée que toi, Phœbé.

— *C'est* une gamine, riposta-t-elle, mais tu ne sais même pas faire la différence, Wally.

Le dénommé Wally se tourna vers le jeune garçon assis à l'arrière :

— C'est ton jour de chance, mon petit Randy !

L'adolescent leva les yeux sur moi, mais les rebaissa dès qu'il croisa mon regard. Il avait des traits délicats, le corps frêle et des attaches presque trop fines.

— Ça va comme ça, bande d'idiots ! lança Phœbé. Grassy, voici Roger Winston, annonça-t-elle en tapotant le crâne du conducteur. Il se prend pour mon amoureux, et ça m'amuse de le lui laisser croire.

Tout le monde gloussa de rire, Roger compris, et Phœbé poursuivit :

— Tu viens de faire la connaissance de Wally Peters, qui ne peut pas voir une fille sans la trouver à son goût.

— Ha, ha ! grommela Wally. Très drôle.

— Et elle...

Phœbé désigna la plus grande des deux filles assises à l'arrière, qui de toute évidence était la plus âgée. Elle avait des cheveux acajou, des yeux verts tirant sur le turquoise. Son maillot de bain une pièce révélait des jambes un peu lourdes et des hanches larges.

— C'est Ashley Morris, continua Phœbé. Voici sa sœur Posy, et Randy Walker qui est dans la même classe que toi.

Posy m'adressa un grand sourire. Elle paraissait douze ans, ses cheveux roux étaient d'une nuance plus claire que ceux de sa sœur. Elle était plus jolie qu'elle, avec les mêmes yeux verts de toute beauté.

— Bonjour, dis-je à la cantonade. Mon nom n'est pas Grassy, je vous signale. C'est Grace.

— Nous avons décidé de t'appeler Grassy, déclara Phœbé, catégorique. Fais-lui de la place, Wally, et ne laisse pas traîner tes mains partout.

Il grimaça un sourire, ouvrit la porte et abaissa le dossier de son siège. Ashley et Posy se tassèrent pour me faire de la place à côté de Randy, qui de toute évidence aurait bien voulu être ailleurs. Je me serrai à côté de lui et dès que Wally eut claqué la portière, Roger redémarra en faisant hurler les pneus.

En roulant vers l'entrée de la résidence, j'aperçus Augustus debout près de sa maison. Les mains nouées sur la nuque, le visage inexpressif, il semblait perdu dans la contemplation du ciel.

— Où allons-nous ? questionnai-je.

Avec la vitesse le vent nous sifflait aux oreilles, il n'était pas facile de s'entendre. Phœbé vociféra :

— L'idée, c'était d'aller à la plage, mais par chance les parents de Roger sont partis aux Bermudes pour quelques jours, et nous avons la maison pour nous. Il n'y a pas de plage mais c'est à Singer Island, dans une crique. Nous avons le bateau, nous pourrons faire du ski nautique et il y a une piscine.

— Tu fais du ski nautique ? me demanda Posy.

— Non. Je n'ai jamais beaucoup navigué, à vrai dire.

— Je croyais que ton père était dans la marine, fit observer Ashley. Est-ce qu'il ne t'emmenait pas souvent à bord ?

— Non. Il était pilote.

— J'ignorais que la marine avait des avions.

Je souris pour moi-même, en me rappelant combien papa était fier de voler.

— L'Aéronavale remonte à la Seconde Guerre mondiale, expliquai-je.

Phœbé se retourna et lança un regard ironique à Ashley.

— Tu vois ? Si tu n'avais pas échoué à ton examen d'histoire l'année dernière, tu saurais ça.

— J'ai *failli* échouer. Nuance.

— Ton prof t'a donné deux points pour se débarrasser de toi, riposta Wally.

— Et alors ? J'ai eu l'examen, au moins. Tous ceux qui sont dans cette voiture ne peuvent pas en dire autant.

Les trois passagers du siège avant s'esclaffèrent. Mais qui avait échoué ? me demandai-je. Tous les trois ? Si oui, comment pouvaient-ils trouver ça drôle ?

— Alors, tu te plais en Floride ? s'enquit brusquement Posy. Comment trouves-tu ta nouvelle vie ?

Randy tourna vivement la tête pour guetter ma réponse. Elle fut on ne peut plus évasive.

— Je ne suis ici que depuis très peu de temps, vous savez. Il fait plus chaud que je ne m'y attendais.

Ashley haussa les épaules.

— Tu feras comme moi, tu t'y habitueras.

— Comme si tu avais le choix ! la taquina Wally.

Elle lui adressa une grimace menaçante.

— Sois plus aimable, ou je ne te laisserai plus me lécher la figure, je te préviens !

— Beurk, fit sa cadette. C'est dégoûtant.

Wally revint à la charge.

— Tu n'avais donc pas parlé de ça à ta petite sœur ?

— Arrête, Wally ! ordonna-t-elle.

Et elle ajouta pour ma gouverne :

— Ne fais pas attention, il est idiot.

Pour un groupe de soi-disant bons copains, je ne les trouvais pas spécialement aimables entre eux. Si c'était ça l'amitié, comment traitaient-ils les gens qu'ils n'aimaient pas ?

La première fois que Randy prit la parole, je compris la raison de sa timidité. Il était affligé d'un bégaiement prononcé.

— Est… est-ce que… est-ce que tu comptes choisir des ma… des matières en option ? me demanda-t-il.

— Je n'en sais rien. Je ne me suis pas encore présentée au lycée. Je ne sais pas ce qu'ils proposent ni combien j'aurai de temps pour ça.

— Elle prend l'éducation sexuelle, Randy, gouailla Wally. Tu pourras peut-être lui donner quelques tuyaux ?

Roger prit la défense du benjamin de la bande.

— Laisse-le tranquille, tu veux ?

— J'essayais juste de lui donner un coup de pouce.

— Commence par t'occuper de toi-même, lança Roger plus fermement.

Wally abandonna instantanément le terrain, tira de sa poche un paquet de cigarettes et en offrit une à Phœbé. Il les alluma toutes les deux et un nuage de fumée s'envola dans notre direction. Phœbé se retourna vers moi.

— Alors, tu comptes travailler au restaurant de mon père, toi aussi ?

— Moi ? Je ne crois pas, non. Je n'ai jamais été serveuse.

— Nous avons toujours besoin de plongeurs et d'assistants pour le service.

— Au cas où tu ne l'aurais pas remarqué, c'est une fille, ironisa Wally.

— Bon, d'assistantes alors. C'est du pareil au même.

— Si je peux me rendre utile, je ne demande pas mieux, répondis-je d'un ton détaché.

Elle n'eut pas l'air d'apprécier le fait que cette idée ne m'effrayât pas plus que ça. Et encore moins, me sembla-t-il, le commentaire de Roger.

— Ça ne te ferait pas de mal non plus de donner un coup de main de temps en temps, d'ailleurs.

— La ferme ! aboya-t-elle.

Toujours tournée vers moi, elle fronça les sourcils comme si elle ruminait des pensées profondes. Je m'aperçus que sa position découvrait encore un peu plus le creux de ses seins, et je ne fus pas la seule à le voir. Wally ne perdait pas une miette du spectacle.

— Tu louches, le rabroua-t-elle sèchement.

Il rit et rectifia aussitôt sa position, non sans avoir jeté un bref coup d'œil en coin du côté de Roger. Phœbé m'observa encore un moment, puis se détourna pour demander à Roger :

— Tu ne peux pas rouler plus vite ?

— Comme si je pouvais m'offrir une autre contredanse !

— J'ai comme l'impression qu'on n'arrivera pas avant la nuit, pouffa-t-elle. On est bons pour coucher sur place.

Wally éclata de rire.

— Tant pis ! gronda Roger en accélérant. Si je me fais arrêter pour excès de vitesse…

Nous roulions beaucoup plus vite, à présent. Mes cheveux claquaient contre mes joues. L'air sifflait bruyamment à nos oreilles quand nous dépassions ou croisions d'autres voitures. Je me penchai vers le tableau de bord et vis que nous faisions du cent cinquante à l'heure. Je ne pus m'empêcher de crier :

— Nous allons trop vite !

— Je croyais que ton père était pilote ! ricana lourdement Phœbé.

Finalement, nous trouvâmes une sortie et Roger ralentit sensiblement. Il emprunta quelques rues latérales et, en peu de temps, nous parvînmes devant l'enceinte d'une résidence protégée. Le garde le reconnut et ouvrit la grille principale, non sans nous examiner au passage d'un œil soupçonneux.

— C'est Gerson Werner, un retraité à la langue de vipère, marmonna Roger. Il va sûrement raconter à mes parents que j'ai invité quelques dizaines de personnes pour faire la foire.

Toute proche de l'océan, sa maison était une grande bâtisse en stuc rose et blanc, avec une piscine cernée de verdure et un garage pour trois voitures. Quand sa porte se releva, elle découvrit une Mercedes décapotable noire dernier modèle.

Dès que Roger eut coupé le contact, Phœbé pivota pour me faire face.

— Je te préviens, Grassy : quoi que nous fassions ça ne regarde que nous, compris ?

— Tant qu'on ne tue personne, ça me convient, répliquai-je, et elle fut la seule à ne pas rire.

Au lieu de quoi, elle enfonça un index rageur dans les côtes de Wally.

— Ouvre cette porte, ordonna-t-elle rudement.

Il sauta à terre et elle descendit après lui. Elle était plus grande que je n'aurais cru, et très mince. Le bas de son deux-pièces, aussi exigu que le haut, ne laissait pas grand-chose à l'imagination.

Nous descendîmes tous et, derrière elle et Roger, nous pénétrâmes dans la maison. Elle était vraiment belle, très lumineuse, et tout y paraissait neuf. Le sol carrelé, les statues, les vases et les tableaux qui décoraient le hall conféraient au décor un caractère espagnol. Phœbé parcourait les lieux comme si elle était chez elle. D'un pas décidé, elle alla directement aux portes-fenêtres de la terrasse qui faisait face à la piscine et à la jetée.

— Venez, s'impatienta-t-elle. Nous avons perdu assez de comme ça en allant chercher Grassy.

— Je ne m'appelle pas Grassy, bougonnai-je entre haut et bas.

Randy m'entendit et me sourit.

— Je ne t'appellerai ja-jamais comme ça, me promit-il.

Roger nous guida jusqu'à la jetée, où était amarré un hors-bord de taille respectable.

— C'est un bolide, me renseigna Wally avec une fierté de propriétaire. Et quelle puissance ! Trois cent dix chevaux.

Roger coupa court à son enthousiasme.

— Viens me donner un coup de main au lieu de bavasser, tu veux ? Toi aussi, Randy.

— Où est ton maillot de bain ? me demanda soudain Ashley.

— Je l'ai sur moi.

— Laisse tes vêtements dans le pavillon près de la piscine, ordonna Phœbé. Et mets de la crème solaire. Je ne veux pas avoir une scène de ma belle-mère parce que tu auras pris un coup de soleil.

— J'en ai apporté.

— Tant mieux pour toi. Viens, Ashley, j'ai besoin de ton aide.

Posy aussi avait mis son maillot sous son short et son chemisier. Elle me suivit jusqu'au pavillon de bain et j'en profitai pour me renseigner.

— Vous venez souvent faire du bateau ici, toute la bande ?

— J'y suis venue avec eux une fois, c'est tout.

— Quel âge as-tu, Posy ?

— Treize ans dans un mois. Mais ne t'inquiète pas, je sais tenir ma langue, affirma-t-elle sur un ton faussement blasé.

J'achevai de plier mes vêtements et les rangeai dans mon sac.

— Tenir ta langue à propos de quoi, Posy ?

— De tout, lança-t-elle en sortant.

Je me hâtai de la rejoindre.

— Qui est-ce qui commence, aujourd'hui ? cria Wally quand nous nous avançâmes sur la jetée.

Phœbé et Ashley étaient déjà à bord. Ashley s'était assise à l'arrière, mais Phœbé s'était étendue à l'avant et prenait un bain de soleil.

— Si tu montrais d'abord à tout le monde comment s'y prendre ? suggéra Roger.

— D'accord. Pas de problème.

Il n'était ni aussi musclé ni aussi mince que Roger, loin de là, et son slip collant était un peu trop révélateur.

— Tu vois quelque chose qui te plaît ? me lança-t-il d'un ton équivoque.

Je rougis malgré moi et me hâtai d'aller m'asseoir. Roger mit le contact et nous nous éloignâmes de la jetée.

— Viens donc par ici, cria-t-il à Phœbé.

Elle se leva, se fraya un chemin jusqu'à lui et resta debout à ses côtés. Il fit ronfler le moteur, le bateau fila en bondissant sur les vagues. Ashley et Posy poussaient des clameurs de joie, Randy souriait, et Wally choisissait un morceau sur le lecteur de CD. Je ressentais une certaine excitation, moi aussi. L'eau, le soleil et le vent produisaient un effet des plus revigorants. Ashley hurla dans ma direction :

— Alors, la Floride commence à te plaire ?

J'acquiesçai en souriant et vis Phœbé me regarder. Elle se retourna, dit quelque chose à l'oreille de Roger qui les fit rire tous les deux. Puis il diminua la vitesse et cria.

— Arrête avec cette musique, Wally ! On n'entend rien, de toute façon. À l'eau, mon vieux ! On n'a pas toute la journée.

— D'accord, d'accord, obtempéra Wally. Prepare-toi à une sacrée séance, ajouta-t-il à mon adresse en enfilant un gilet de sauvetage.

Puis il jeta les skis à l'eau et y sauta.

Phœbé vérifia le filin de halage et la poignée, puis fit signe à Roger que Wally était prêt. Roger reprit de la vitesse et Wally se haussa au-dessus de l'eau. Je fus sincèrement surprise par son agilité, l'aisance avec laquelle il glissait sur les vagues dans le sillage du bateau. Il céda vite au besoin de faire son numéro, levant une jambe et continuant à skier sur l'autre.

Phœbé dit quelque chose à Roger, qui accéléra brusquement. Wally fit de son mieux pour garder l'équilibre. Mais il ne tarda pas à basculer en avant et à s'étaler de tout son long, tenant à bout de bras la poignée et la corde qui filaient en tressautant devant lui.

— Il n'a rien ? m'écriai-je.

Ashley me rassura aussitôt.

— Mais non, tout va bien.

Nous naviguâmes en cercle jusqu'à ce que Wally ait rejoint le bateau, et Phœbé rembobina le filin.

— Espèce de salaud, Winston ! vociféra Wally.

Roger prit de la vitesse et s'éloigna de lui, le laissant barboter dans l'eau. Nous pouvions l'entendre fulminer. Roger agrandit le cercle, laissa Wally mariner un bon moment, et quand nous revînmes le chercher, il ne criait plus. Il se contenta de grommeler en se hissant à bord :

— Vraiment super !

— Prête à essayer ? me demanda Phœbé.

Je regardai les autres. Randy me parut inquiet.

— Je ne suis pas sûre...

— Comment ça, tu n'es pas sûre ? Ça nous a coûté du temps et de l'argent d'aller te chercher, figure-toi. Combien de filles de ton âge ont une occasion pareille ? Tu veux faire partie de la bande, tu dois subir l'initiation. À l'eau ! Wally, retournes-y avec elle et montre-lui comment s'y prendre.

— J'y vais !

— Mais nous sommes trop loin de la côte, me lamentai-je.

— Mais non. Tu n'as pas l'air d'y connaître grand-chose pour une fille de marin ! Explique-lui, Roger.

— Nous sommes tout près de la côte, ici, et les eaux sont très calmes. Il ne va rien t'arriver, me rassura Roger. Une fois que tu y seras, tu vas adorer, tu verras.

— Nous l'avons tous fait, insista Phœbé.

Je cherchai le regard de Randy, qui baissa les yeux, et je compris qu'il n'en était rien. Mais je savais aussi que Phœbé ne serait jamais satisfaite tant que je n'aurais pas subi l'épreuve.

— D'accord, acquiesçai-je.

160

Randy me tendit un gilet de sauvetage et je le passai rapidement. Mes jambes tremblaient, mais je m'assis sur le plat-bord et me laissai lentement glisser dans l'eau. Elle était plus chaude que je n'aurais cru. Wally plongea, m'apporta les skis et m'en fixa un à chaque pied. Résultat : mes jambes partirent dans deux directions différentes. Puis Phœbé lança le filin, manquant de me heurter avec la poignée.

— C'est facile, m'encouragea Wally. Tiens la poignée, comme ceci. Maintiens le filin entre tes skis, bien dans l'axe, et soulève-les très légèrement sur l'avant. Vas-y.

— J'essaie !

Il passa vivement derrière moi pour diriger la manœuvre.

— Bien dans l'axe, je t'ai dit ! Je t'aiderai à pointer tes skis vers le haut. Allez, redresse-toi, ordonna-t-il en me prenant par la taille.

J'obéis, et il posa les mains sur mes fesses pour accompagner mon mouvement vers le haut.

— Alors ? C'est chouette, non ?

— Non ! hurlai-je en réponse.

— Quand la corde se raidit, tends tes jambes et redresse-toi. Dès que tu es debout, détends-toi. Imagine que tes jambes sont des ressorts et suis le mouvement des vagues. Ne lutte pas contre lui, et ne te penche pas en avant. Renverse-toi en arrière, au contraire, et laisse le bateau faire le travail.

» Elle est prête ! vociféra-t-il.

Mon cœur cognait comme un tambour. Roger prit de la vitesse et la corde se tendit.

— En arrière ! me cria Wally.

J'essayai, mais ce fut dans l'autre sens que je basculai, et je plongeai tête en avant. La corde me fila

161

entre les doigts, j'avalai de l'eau salée, crachai, toussai. Wally m'avait déjà rejointe.

— En arrière, je t'avais dit ! Et tu n'as pas raidi les jambes en te redressant.

— Le bateau allait trop vite.

— Non. C'est la vitesse minimum pour skier.

Le hors-bord s'approcha de nouveau.

— Tu n'as droit qu'à trois essais, décréta Phœbé. Si au troisième tu n'as pas réussi, c'est toi le grouillot de la journée.

— Le quoi ? Qu'est-ce que c'est que ça ?

— Le grouillot doit faire tout ce qu'on lui demande, sans discuter.

— Allez, on y retourne, dit Wally en me remettant d'aplomb sur les skis.

Le bateau repartit. Cette fois, je gardai mieux mon équilibre et je commençai même à me relever, mais je me penchai un peu trop sur la gauche et tombai encore. Je ne lâchai pas la corde assez vite et fus entraînée à la remorque. Mais cette fois je gardai la bouche fermée, je n'avalai pas une goutte d'eau. Je me laissai porter par les vagues jusqu'au retour du bateau.

— Il ne te reste plus qu'une chance, me rappela Phœbé.

Randy plaida ma cause.

— Elle a be-be… besoin de plus de chances que ça.

— Tu veux être le suivant ? renvoya rageusement Phœbé.

— Non.

— Alors tais-toi ! Prépare-la, Wally.

— C'est ce que je fais.

Il avait à nouveau plaqué les mains sur mes fesses, sauf que cette fois elles se faufilaient entre mes cuisses. Je tentai de me libérer en gigotant, ce qui le fit rire, juste au moment où le bateau redémarrait. Je m'accrochai fermement, contractai mes jambes et m'élevai au-dessus de l'eau. J'étais debout et je skiais ! Je sais que je n'avais pas fière allure, car je me penchais sans cesse en avant et devais me rejeter en arrière, mais j'y arrivais et c'était plutôt excitant.

Quand Roger accéléra, j'eus l'impression que mon cœur sautait de ma poitrine et je lâchai la poignée. Je basculai lentement vers l'eau, laissant filer la corde, mais j'avais le sentiment d'avoir réussi.

Le bateau se rapprocha plus vite, cette fois, et Phœbé me jeta un regard furibond.

— Pourquoi as-tu lâché ?

— Vous alliez trop vite pour moi.

— Elle a rai… raison, intervint Randy. Elle a besoin d'aller plus… plus lentement pour co… commencer.

— Toi, boucle-la ! Nous n'allons pas perdre notre journée pour elle. Remonte à bord, m'ordonna-t-elle. Wally ?

Il avait déjà les mains sur mes fesses mais je n'attendis pas qu'il me soulève. Je me hissai à bord aussi vite que j'en fus capable.

— Pas trop mal, commenta Posy. Pour une première fois.

Phœbé fit la grimace.

— Pitoyable, tu veux dire.

— Pourquoi ne te dévoues-tu pas pour me montrer comment faire ? ripostai-je.

Tout le monde guetta sa réponse.

— Je ne suis pas d'humeur à ça, en fait. Je serais plutôt pour une petite séance de relaxation.

Roger sourit.

— Pas une mauvaise idée. Wally, enroule cette corde !

— Laisse Ran-Ran… Randy le faire lui-même, se moqua Wally.

Roger fronça les sourcils.

— Je t'ai demandé de t'en charger, non ?

— D'accord, d'accord, capitula Wally.

Du coup, Roger remonta dans mon estime. Malgré ses défauts, il se montrait au moins protecteur envers Randy.

Pendant que Wally rassemblait le matériel, Phœbé ouvrit une glacière qui ne contenait pas de glace, en tira un sac en plastique et déroula le lien qui le fermait. Puis elle y plongea la main et en ramena ce qui était de toute évidence un joint.

— Allez-y doucement, ordonna-t-elle en en donnant un à chacun de nous, les provisions baissent.

— Tu peux prendre le mien, dis-je en le lui tendant.

Elle me toisa d'un air dégoûté.

— Ça me rend nerveuse de fumer devant quelqu'un qui ne fume pas, ça nous rend tous nerveux. C'est toi qui as voulu venir avec nous. Tu as tout fait pour que ta mère supplie Dallas de m'obliger à t'appeler.

— Je n'ai rien demandé à ma mère, protestai-je.

— Eh bien, tu es là, avec nous, alors tu as le choix : faire comme nous, ou t'en aller.

— M'en aller ?

— Rentre à la nage, ma vieille.

J'éprouvai un choc, et cela dut se voir sur mon visage. Puis j'entendis rire Phœbé.

— Oublie ça, je plaisantais. J'ai entendu parler de la vie qu'on mène dans les bases navales, avec la discipline, les saluts militaires et tout ça. Tu vas recevoir une éducation réaliste, maintenant que tu es dans le monde réel.

— *J'étais* dans le monde réel.

Phœbé haussa les épaules.

— Larguez les amarres ! dit-elle aux autres en allumant son joint, aussitôt imitée par chacun.

Wally s'était assis aux pieds d'Ashley, la tête sur ses genoux, et Phœbé s'appuyait contre Roger. Il se tourna vers moi pour demander :

— Pourquoi es-tu si coincée à propos de ça, Grassy ? C'est juste un petit pétard, il n'y a pas de mal à ça.

— C'est illégal, et cela conduit à d'autres choses.

— Quelles autres choses ? releva Wally en me décochant un coup d'œil égrillard. Le sexe, par exemple ?

— Non. Je veux dire à d'autres drogues.

Phœbé eut un petit ricanement dédaigneux.

— Alors comment faites-vous pour vous amuser, dans la marine ? Vous jouez au strip-poker ?

— Non ! Bien sûr que non.

Avec le ton inquisiteur d'un procureur au tribunal, elle insista :

— Je reviens à ma question : comment vous amusez-vous ?... si tu n'as pas honte de le raconter, naturellement.

— Arrêtez de... de la... la tarabuster comme ça ! explosa Randy.

Tous les regards convergèrent sur lui.

— Voyez-vous ça ! persifla Wally. Le preux chevalier en armure étincelante.

Roger prit le parti de Randy.

— Il a raison, ça commence à devenir lassant.

— Ah, c'est comme ça ? fulmina Phœbé. Alors qu'est-ce que...

— Hé là ! (L'exclamation d'Ashley fit sursauter tout le monde.) C'est quoi, ce bateau qui nous arrive dessus ?

Roger se redressa pour regarder.

— Bon sang ! Balancez-moi tout ça, vite ! C'est un patrouilleur des garde-côtes.

Tout le monde rampa jusqu'à l'autre bord et jeta son joint à la mer. Roger s'empara du sac en plastique, lui fit prendre le même chemin et revint se placer à la barre. Il remit le moteur en marche et prit la direction de la jetée. Le patrouilleur suivit, un cadet nous observant à la jumelle.

— Que personne ne fasse l'idiot, surtout, nous enjoignit Roger. Ayez l'air de gens qui étaient en train de s'amuser.

— Ce n'est pas le cas ? marmonnai-je entre haut et bas.

Nous n'étions plus loin de l'embarcadère et le patrouilleur vira vers le large. Roger relâcha son souffle.

— C'était moins une !

— Sauf qu'on a tout perdu, Roger ! se plaignit Phœbé. On n'avait pas besoin de tout jeter à l'eau.

Ils commencèrent à se chamailler, le ton monta, et nous nous efforçâmes de les ignorer. Wally sauta sur la jetée. Il amarra le bateau, puis nous le rejoignîmes l'un après l'autre.

— Merci de nous avoir porté la poisse ! aboya Phœbé en passant devant moi.

Roger sourit.

— Pourquoi est-ce à elle que tu t'en prends ?

— Nous avons balancé des centaines de dollars de dope, lui rappela-t-elle, les poings aux hanches. (Et elle pivota vers moi pour ajouter d'un ton hargneux :) Tu es contente ?

— T'es-tu jamais demandé pourquoi on appelle ça comme ça ? ripostai-je en guise de réponse.

— Ça quoi ?

— La dope.

Elle ne pouvait pas ignorer que cela voulait également dire imbécile, ou abruti, et tout le monde éclata de rire.

Sauf elle, bien sûr.

Elle nous tourna le dos et s'en alla d'un air ulcéré.

7

Le jeu des secrets

Phœbé avait la rancune tenace. Elle avait également l'habitude, c'était plus qu'évident, de traiter les autres avec arrogance. Elle était jolie, sophistiquée, pleine d'elle-même. La nouvelle venue dans le secteur, c'est-à-dire moi, n'était pas censée lui tenir tête, et cela d'autant moins que j'étais sa cadette. Bien conscience de cela, je m'efforçai de ne rien dire ou ne rien faire qui puisse la contrarier, ou paraître la défier. J'avais peur de ce qu'elle dirait de moi à Dallas, et de la façon dont cela risquait d'affecter maman.

Maintenant que leur drogue avait disparu ils se rabattirent sur le bar, tandis que Posy et moi allions au pavillon de bain pour nous changer.

— Je vois que tu plais beaucoup à Randy, observa-t-elle. Il n'a jamais eu d'amie, à cause de son bégaiement.

— Cela ne devrait pas avoir une telle importance. Il est très gentil, je trouve.

— C'est vrai ce qu'on raconte sur ton père ? Il a été tué dans son avion ?

J'ouvris des yeux ronds.

— Qui a bien pu te dire ça ?

— C'est Phœbé qui l'a dit à Wally.

— Non, il y a eu un très grave accident d'hélicoptère. Mon père était instructeur à la base navale.

— Ah bon ? Et vous étiez très proches ?

Cette question-là aussi m'étonna.

— Bien sûr ! Tu n'es pas proche de tes parents, toi ?

— Les miens sont divorcés. Mon père vit à Miami, avec sa petite amie. Nous ne le voyons pas souvent. Il a même oublié mon anniversaire, cette année.

— Oh ! Je suis désolée.

Posy haussa les épaules.

— C'est mon père qui a choisi de m'appeler Posy. Maman détestait ce prénom. Elle me poussait toujours à le changer en Paula ou en quelque chose d'approchant.

— Et pourquoi ça ?

— C'était le prénom de la dernière petite amie de mon père. En tout cas, c'est ce qu'elle dit.

Décidément, je n'étais pas au bout de mes surprises.

— Il t'a donné le prénom de sa maîtresse ? Comment ta mère a-t-elle pu accepter ça ?

— Elle prétend qu'elle n'en savait rien, à l'époque. Mais peut-être que ce n'est pas vrai. Ils n'arrêtent plus de dire du mal l'un de l'autre, maintenant. D'ailleurs, j'aime bien mon nom. Tu en as un très joli, toi. Enfin… Je ne parlais pas de Grassy, bien sûr.

— Merci. Mon père m'appelait toujours moussaillon, confiai-je à Posy après une brève hésitation.

— Tu avais un uniforme et tout ça ?

— Mais non ! C'était juste un surnom.

— C'est ce que dit ma mère à propos de mon prénom. Que c'est juste un surnom, pas un vrai nom.

— L'essentiel, c'est qu'il te convienne à toi, déclarai-je.

Ce qui parut lui faire sincèrement plaisir.

Quand nous revînmes à la maison, Roger, Wally Ashley et Phœbé parlaient de la prochaine année scolaire. Ou plutôt, ils dévidaient tout un chapelet de plaintes à ce sujet. Il faudrait se lever tôt, il y aurait trop de travail, certains des nouveaux professeurs n'étaient vraiment pas sympathiques... C'était à se demander s'il s'agissait d'un lycée ou d'une prison.

Tout le monde avait un verre à la main, et apparemment c'étaient des boissons fortes.

— Qu'est-ce que tu prendras ? m'interpella Roger, debout derrière le bar.

Un coup d'œil du côté de Phœbé me confirma ce que j'avais deviné : elle était prête à m'en faire voir si jamais je répondais que je ne buvais pas d'alcool. La seule fois où j'en avais bu (si peu !), c'était quand ma mère m'avait fait goûter sa vodka-orange, un cocktail curieusement baptisé « tournevis ». Je lançai sans hésiter :

— Un tournevis.

— Excellent choix, Grassy, commenta Roger en commençant à préparer le mélange.

Il versa la moitié d'un verre de vodka, avant d'ajouter le jus d'orange et les glaçons, et coula un regard entendu ver Phœbé, toujours en bikini. Elle grimaça un sourire satisfait, puis se renversa sur le canapé de cuir et gémit d'une voix accablée :

— Je n'arrive toujours pas à croire que tu aies jeté la dope, Roger !

— Change de disque, tu veux ? renvoya-t-il en me tendant mon verre.

— Je le ferai quand tu l'auras remplacée !

— Pas de problème, répliqua-t-il en haussant les épaules.

Puis il m'adressa un grand sourire.

— Je parie que dans une base navale, on passerait en cour martiale si on se faisait piquer avec de la drogue, non ?

— Ce serait sûrement très grave, oui. Surtout s'il s'agissait d'officiers, responsables de nombreux hommes et d'un équipement coûteux. La drogue a un effet néfaste sur les facultés mentales.

— Oh, pitié ! gémit Phœbé en sirotant son cocktail.

Les yeux rétrécis, elle me regarda boire quelques gorgées du mien et déclara soudain :

— Ça manque d'ambiance, ici. Et si on jouait aux secrets ?

Wally se frotta les mains avec enthousiasme.

— C'est ça, bonne idée.

— Qu'est-ce que c'est ? m'informai-je, comme tout le monde semblait savoir de quoi il retournait.

Sans prendre la peine de me répondre, Phœbé ordonna :

— Les cartes, Roger !

Il se pencha derrière le bar et produisit le jeu demandé. Je revins à la charge.

— Mais de quoi s'agit-il, au juste ?

— Tu verras bien, répondit Ashley, toute contente de savoir quelque chose que j'ignorais.

Tout le monde s'approcha pour former un demi-cercle aux pieds de Phœbé. Roger lui tendit le paquet et dit en inclinant la tête :

— Vos désirs sont des ordres, Majesté.

— Assieds-toi, m'ordonna-t-elle.

— J'aimerais savoir à quoi nous jouons, quand même.

Elle daigna me l'expliquer.

— Chacun prend une carte, une seule à chaque tour. Celui qui a la plus basse doit révéler un secret personnel. Et si nous jugeons qu'il est sans intérêt, nous le refusons et il ou elle enlève une pièce de ses vêtements. Comme tu vois, je suis très désavantagée

172

puisque je suis la seule qui soit encore en maillot de bain.

— Qui peut savoir si le secret de quelqu'un vaut quelque chose ou pas ?

— Serais-tu en train de dire que nous ne serions pas honnêtes, tous autant que nous sommes ? De toute façon, le rejet doit être unanime, alors inutile de t'inquiéter, Grassy.

— Je n'aime pas qu'on m'appelle comme ça, Phœbé, je te l'ai déjà dit.

— Très bien. Dans ce cas, je réfléchirai à un autre nom pour toi.

— Qu'est-ce qui te déplaît dans le mien ?

— Il fait trop petite fille modèle. Grace, cracha-t-elle avec dédain. Ridicule. Enfin, ne te tracasse pas pour ça. Commençons, décréta-t-elle en distribuant une carte à chacun. Ah, un dernier point ! Si tu ne crois pas avoir la carte la plus faible, ou même si tu penses l'avoir, tu peux refuser de la montrer. Quelqu'un doit te défier. Si tu n'as pas la carte la plus faible, tu gagnes un passe-droit pour la fois où tu l'auras. Si tu l'as, tu dois révéler deux secrets.

— Et qu'arrive-t-il à la personne qui a lancé le défi ?

— Personne n'avait jamais posé cette question, observa Wally.

— Elle est loin d'être bête, renchérit Ashley, s'attirant un regard incendiaire de Phœbé.

Elle baissa aussitôt les yeux comme une enfant prise en faute et Phœbé ajouta :

— Si tu n'as pas la plus basse carte, celui ou celle qui t'a défiée doit révéler son secret, même s'il ou si elle ignore si sa carte est la plus faible de toutes. Comme ça, le risque est partagé.

Je n'étais pas de cet avis et ne m'en cachai pas.

— Pour que le jeu soit équitable, la personne qui défie devrait révéler deux secrets.

— Très bien, deux secrets ! Madame est satisfaite ? Seigneur, on croirait jouer dans une cour d'école !

L'agacement de Phœbé ne suffit pas à m'intimider.

— Obliger quelqu'un à dévoiler des secrets peut se retourner contre vous, commentai-je.

Une fois de plus, les yeux de Phœbé se rétrécirent.

— Oh, je t'en prie, ne sois pas si… pleine de grâce ! Au fait…

Son regard venimeux se chargea de soupçon et elle lança comme une insulte :

— Je parie que tu es toujours vierge.

— Hé ! C'est peut-être un de ses secrets, gloussa Roger.

Phœbé eut un rictus méprisant.

— Très juste. Un secret qui n'en est pas un, d'ailleurs, il suffit de la regarder. Bon, consultez vos cartes et jouez. Qui croit avoir la meilleure ?

— Moi, annonça Wally en posant un roi sur le sol dallé de marbre.

— Bonne pioche, le félicita Roger, qui retourna un sept de pique.

Phœbé me provoqua du regard.

— Dis-nous ce que tu as, Grace. Je te lancerai un défi et les choses deviendront tout de suite plus palpitantes.

— Mais je n'ai pas refusé de montrer ma carte, ripostai-je.

— C'est vrai. Je te lance mon défi quand même. Et si, comme je te l'ai dit, ma carte est plus forte que la tienne, tu nous dois un secret, même si tu n'as pas la plus basse carte de nous tous. Sinon c'est moi qui dois le secret.

Ashley ne put s'empêcher d'observer :

— Je ne me souviens pas d'avoir eu le droit de faire ça. D'habitude, on doit attendre que quelqu'un ait refusé pour le défier.

— On a bien le droit de changer les règles en cours du jeu, non ? C'est justement ça qui est drôle ! Alors, Grace. Tu acceptes ou tu refuses le défi ?

— Je ne vois pas à quoi ça rime, objectai-je. Si ma carte est plus faible que la tienne, je perds. Dans les deux cas, je suis perdante.

— Quelqu'un peut avoir une carte plus basse que la tienne. Sauf si tu as tiré un as, précisa-t-elle, et je devinai qu'elle se demandait si c'était le cas. Nous avons attribué à l'as la valeur de un.

— Depuis quand avons-nous décidé ça ?

Une fois de plus, Phœbé dirigea un regard menaçant sur Ashley, qui se mordit les lèvres et prit un air lointain.

— Alors ? Tu acceptes ou tu refuses ?

Je sentis tous les yeux fixés sur moi, examinai ma carte et me souvins de mes parties de gin-rummy avec papa. C'était lui qui m'avait appris à y jouer, en insistant sur l'importance de bien se rappeler ce que les autres avaient pioché. Il m'avait également appris le black-jack, et fait comprendre la nécessité de garder un visage indéchiffrable. Je regardai Phœbé et annonçai :

— Je réclame deux secrets.

— Quoi !

— Si je perds, j'en donne deux, et si je gagne c'est à toi d'en donner deux. On revient à la règle primitive. Tu as bien dit qu'on pouvait changer les règles en cours de partie, non ?

Roger eut un sourire en coin.

— C'est en effet ce que tu as dit, Phœbé.

— Je sais ce que j'ai dit ! glapit-elle. Bon, d'accord. Deux secrets.

Je baissai les yeux sur ma carte.

— Disons deux secrets et une pièce de vêtements.

— Mais tu as fixé l'enjeu ! s'indigna-t-elle.

— C'est ce qu'on appelle payer pour voir.

— Hé ! Elle a l'habitude des cartes ! jubila Wally.
Elle a appris ça à la base navale, je parie. Vous jouiez
à quoi, là-bas ? Au strip-poker ?

— Tu miserais combien pour le savoir ?

Ma repartie fit la joie d'Ashley et de Roger : ils
s'esclaffèrent sans retenue. Posy me dévisagea d'un
air stupéfait, et Randy sourit. Phœbé seule parut
mécontente.

— Prends le pari, Phœbé, lui conseilla Roger, ou
donne-lui deux secrets.

— La ferme, espèce d'idiot ! Presque tous mes
secrets te concernent.

— Et après ? Je n'ai pas honte de les dire.

— Tu en es sûr ? persifla-t-elle en le regardant bien
en face.

Il haussa les épaules et lampa la moitié de son
verre, en se hâtant de détourner les yeux.

Phœbé m'observait à nouveau, plongée dans ses
réflexions. Je parvins à garder un visage de marbre
en me souvenant d'un conseil de papa : « Quand on
tient à cacher son jeu, il faut penser à tout autre
chose qu'à ses cartes. » Je découvris que j'y parvenais
sans trop de peine.

Phœbé dut s'en rendre compte, elle aussi, ce qui
l'amena à cette conclusion :

— Ce ne serait pas équitable, tu portes beaucoup
plus de vêtements que moi.

— Tu n'y voyais pas d'inconvénient tout à l'heure,
lui rappela Wally.

— Eh bien, maintenant, j'en vois un. Elle a changé
les règles.

— Tu... tu... tu as dit qu'on pouvait les changer, intervint précipitamment Randy.

Elle m'examina une énième fois, les yeux rétrécis. Je n'eus pas un battement de cils.

— OK, beauté pleine de grâce. Je prends le pari si tu te mets d'abord en slip et en soutien-gorge, triompha-t-elle, enchantée de sa brillante réplique.

Wally battit des mains.

— Bravo ! Ça commence à devenir intéressant !

— Vas-y, m'encouragea Roger. C'est comme si tu te mettais en maillot de bain.

La mine satisfaite de Phœbé me décida. Ma répugnance à me déshabiller lui rendait l'avantage. Elle était certaine que j'allais lâcher prise.

— N'oublie pas, serina-t-elle. Deux secrets si tu perds.

— Et une pièce de vêtements de toute façon, ajouta Wally.

Sans répondre, je me débarrassai de mes tennis. Personne ne soufflait mot. Tous les yeux étaient à nouveau fixés sur moi quand je me levai et commençai à baisser la fermeture à glissière de mon jean. Phœbé grimaça de dépit.

— Attends une minute ! À quoi ça nous avance, toutes ces idioties ? Ça ne sert qu'à exciter les garçons et à les amuser à nos dépens.

Wally et Roger gémirent de frustration.

— Alors ? demandai-je à Phœbé. Que faisons-nous ?

— On change le jeu. Les quatre filles contre les trois garçons.

— Ah, non ! protesta Roger. Si nous formons des équipes, je veux Grace dans la mienne.

— Compte là-dessus ! riposta Phœbé en se levant. Moi, je vais me baigner.

177

Elle se dirigeait vers les portes de la terrasse donnant sur la piscine quand Wally l'arrêta.

— Hé, une seconde ! Voyons d'abord comment se serait terminée la partie.

Il retourna la carte de Phœbé, un dix de carreau, puis leva les yeux sur moi.

— Allez, montre la tienne. Ça n'a plus d'importance, maintenant.

Je lui tendis la carte, et il poussa un véritable rugissement.

— Alors ? s'enquit Roger. Qu'est-ce que c'est ?

Wally leva la carte de façon que tout le monde la voie. C'était un trois de cœur.

Phœbé vira au cramoisi. Elle sortit, fonça droit sur la piscine et se jeta à l'eau.

— À ta place, je ne lui tournerais jamais le dos, m'avertit Roger, une lueur d'admiration dans les yeux. Et tu sais quoi ? Tu devrais m'apprendre à jouer aux cartes comme toi !

Il me décocha un clin d'œil avant d'aller rejoindre Phœbé, suivi de près par Ashley et Wally.

— Je vais me remettre en maillot, annonça Posy, tant pis pour ce qu'on dira. La journée promet d'être intéressante.

Restée seule avec Randy, je m'approchai du bar et jetai le reste de mon cocktail. Je le remplaçai par du jus d'orange pur, puis je regardai les autres à travers les vitres de la terrasse. Randy sourit.

— Tu... tu t'en es bien tirée aux se... secrets.

— Je ne voulais pas d'histoires avec elle, dis-je en me dirigeant vers la bibliothèque.

Les rayons étaient chargés de livres reliés en cuir, parmi lesquels figuraient les œuvres de Shakespeare. Randy vint aussitôt me rejoindre.

— Que fait le père de Roger dans la vie ? lui demandai-je.

— Il est pro-pro… promoteur. Il possède un centre commercial à Bo… à Bo… Boca Raton.

Je m'emparai de *Roméo et Juliette* et le feuilletai.

— C'est mon préféré, dis-je à Randy. Tu l'as étudié, en classe ?

— Non, pas encore.

— J'ai une citation pour Phœbé. Comme ça, elle ne sera plus obligée de se creuser la cervelle pour me trouver un surnom. Écoute ça, dis-je en indiquant les lignes à Randy. *Qu'y a-t-il dans un nom ? Ce que nous nommons rose sous un tout autre nom sentirait aussi bon.*

— Mon-mon… montre-lui ça, Grace. Peut-être qu'elle fermera son… son bec !

Je ris avec lui, au moment même où Posy passait derrière nous pour sortir par la terrasse. Elle s'étonna.

— Qu'y a-t-il de si drôle ?

— Ça ne te… te… te regarde pas, la rabroua Randy.

Elle s'en alla, vexée comme un pou, et il attendit qu'elle fût sortie pour ajouter :

— Nous pou-pou… nous pouvons avoir nos se… secrets sans les cartes, Grace.

— Si tu gardes les miens, je garderai les tiens, Randy. Je te le jure.

Il s'illumina, et nous allâmes tous les deux nous asseoir sur le canapé. J'entrepris de lui décrire la vie qu'on menait dans une base navale, au milieu des bateaux, des marins, des avions et des hélicoptères.

— Ça pa-pa… ça paraît très amusant, commenta-t-il.

J'eus une pensée nostalgique pour mon ancienne vie.

— C'était très excitant, ça oui.

— Navrée d'interrompre cet intermède amoureux, mais nous allons manger une pizza en ville, fit la voix de Phœbé.

Elle passa devant nous pour rejoindre le hall, suivie de près par les quatre autres.

— Attention, Randy, lança Wally. Tu te frottes à une redoutable joueuse de cartes. Elle aura ton pantalon avant que tu aies le temps de dire « ouf » !

Et Ashley renchérit :

— Il ne demanderait pas mieux, je parie.

— Toi non plus, renvoya Randy.

Roger eut un sourire entendu.

— Qu'est-ce que vous dites de ça ? Il n'a pas bégayé, cette fois ! Je ne sais pas ce qu'elle lui a fait, mais ça a marché.

Sur ce, Roger envoya une bourrade dans les côtes de Wally et toute la bande alla se changer.

Ce fut comme si Phœbé avait décidé de me rendre invisible. Elle ne me posa aucune question, ne me fit aucune réflexion. Si quelqu'un m'adressait la parole, elle changeait instantanément de sujet. Ce qui me convenait parfaitement, je dois dire. Elle décochait toutes ses piques et tous ses sarcasmes sur d'autres que moi, et en particulier sur Ashley. J'en déduisis qu'elle ne tenait à l'avoir auprès d'elle que dans ce seul but. Quant à Ashley, elle était si contente d'être admise en la compagnie du prince et de la princesse qu'elle acceptait tout. Pour un peu, elle aurait remercié Phœbé de la tolérer, même si c'était seulement pour la rabaisser.

À plusieurs reprises je fus sur le point de prendre sa défense, mais je compris très vite que c'était la chose à ne pas faire. Elle n'aurait pas apprécié cela du tout. S'il y avait une chose qu'elle tenait à éviter, c'était une alliance avec quelqu'un qui n'avait pas les faveurs de Phœbé.

Juste avant de partir pour le restaurant du père de Roger, situé dans le centre commercial de Boca Raton, j'appelai maman.

— Est-ce que tu t'amuses, ma chérie ? fut sa première question.

Je n'avais jamais su lui mentir. Ma voix me trahissait toujours, même quand j'avais de bonnes raisons pour lui cacher quelque chose et m'efforçais de le faire. Je me bornai à répondre :

— Tout va bien, maman.

— C'est toujours difficile de se faire de nouveaux amis, tu sais.

Au tremblement de sa voix, je sus que malgré le visage souriant qu'elle montrait à tous, au fond d'elle-même elle n'avait pas cessé de pleurer. Je ne voulais surtout pas ajouter mes petits problèmes au poids qui l'accablait.

— Je sais, maman. Mais j'aime bien le garçon qui est dans la même classe que moi. Il est très gentil.

— Ah, tant mieux ! Bonne soirée, ma chérie.

Après le restaurant, nous allâmes flâner dans le centre commercial. Randy et moi nous écartâmes des autres pour entrer dans une librairie, où il dénicha un livre sur la marine, et il décida de l'acheter. Je ne pus m'empêcher de le taquiner.

— Tu en sauras plus que moi sur la question, avec ça.

— Eh bien…, répliqua-t-il sans se fâcher.

Quand nous rejoignîmes les autres, Wally voulut voir ce qu'il avait acheté, et lui aussi le plaisanta.

181

— Elle va te faire entrer dans la marine, mon vieux Randy !

Phœbé garda le silence, les lèvres étirées en un petit sourire glacé. Elle me fit penser à un sous-marin traçant furtivement sa route sous l'eau, en attendant d'être en position de lancer sa torpille. Je n'étais pas loin de la vérité. Nous étions déjà sur le chemin du retour, et presque arrivés devant chez moi quand le coup partit.

— Je t'a-t'a... t'appellerai, me promit Randy, presque en chuchotant.

Je le remerciai d'un sourire et descendis de la voiture.

— Je te verrai sans doute au restaurant, dit alors Phœbé, d'un ton tout ce qu'il y avait d'aimable.

— Entendu.

— Jusque-là... bonsoir, moussaillon ! lança-t-elle avec une joie mauvaise.

Puis elle éclata de rire, et les autres en firent autant.

J'eus l'impression de recevoir une flèche en pleine poitrine. Je pivotai vers Posy qui souriait béatement, les yeux au ciel. Les paupières me brûlaient, mais j'aurais préféré mourir plutôt que de pleurer pour une remarque de Phœbé. Je me jurai que cela n'arriverait pas.

— Je n'aurais pas cru ça de toi, Posy, l'apostrophai-je avec reproche. Et tu n'avais même pas la plus basse carte !

Il y eut un moment de silence, puis Phœbé ordonna :

— Allez, on décolle !

Roger redémarra et je les regardai s'éloigner. Randy garda les yeux fixés sur moi, jusqu'à ce que la voiture disparaisse dans le tournant.

— Ce sont eux, tes nouveaux meilleurs amis ? fit une voix derrière moi.

Je me retournai pour apercevoir Augustus debout près de notre maison, là où l'ombre était la plus dense.

— Pas vraiment, rétorquai-je.

Mains dans les poches, il s'avança dans la lumière qui éclairait l'entrée de l'immeuble. Cette fois son tee-shirt était noir, avec un grand œil imprimé sur la poitrine.

— Tu ne portes jamais de chaussures, Augustus ?

Il baissa les yeux sur ses pieds, comme s'il ne s'était pas rendu compte qu'ils étaient nus.

— J'ai oublié, c'est tout.

— Oublié ?

— Ça m'arrive. Une fois, j'ai failli partir au lycée nu-pieds. Ma grand-mère l'a vu au moment où je montais dans le car et m'a renvoyé les chercher. Où est-ce qu'ils t'ont emmenée, tes nouveaux copains, au fait ?

— Chez le garçon qui conduisait. Ses parents ont un bateau, nous avons fait du ski nautique. Enfin... j'ai essayé, devrais-je dire. Après ça nous sommes allés manger une pizza à Boca Raton, puis nous avons traîné un peu dans le centre commercial.

— On dirait que tu vas très bien t'adapter, finalement, commenta-t-il avec un soupçon de dédain.

— J'en suis moins sûre que toi.

Il haussa les sourcils en signe d'intérêt.

— La désillusion est le premier pas vers la renaissance, cita-t-il d'un ton sentencieux.

— Pour l'instant j'ai surtout besoin de dormir, ma renaissance attendra jusqu'à demain. Que devient ton projet ?

— Aujourd'hui, j'ai enfin découvert comment me

183

dissoudre, me métamorphoser en énergie pure et disparaître. Ce que je n'ai pas encore trouvé, c'est comment réapparaître. Ça ne vaut peut-être pas la peine de me tracasser pour ça, conclut-il en reculant à nouveau dans l'ombre.

Il avait disparu si vite qu'il semblait vraiment s'être dissous, pensai-je en rentrant dans la maison.

Maman m'attendait. Elle éteignit instantanément la télévision.

— Bonsoir, toi ! Alors, cette virée au centre commercial ? La pizza était bonne ? Comment trouves-tu Phœbé ?

Cette façon de fusiller l'autre de questions nous était commune, et cela me fit rire.

— C'est une pimbêche gâtée, pourrie, dis-je en m'asseyant en face d'elle.

Maman hocha la tête.

— Dallas me l'a plus ou moins fait comprendre. Elle n'a pas été gentille du tout ?

— Elle est bien trop occupée à jouer son rôle de vedette. Et elle est plus âgée que moi, alors je vois mal ce que je pourrais bien faire en sa compagnie, quoi qu'il en soit.

— Je sais que tu choisis très bien tes amis, ma chérie. Tu as toujours su le faire, ce qui impressionnait beaucoup ton père.

J'acquiesçai en silence. Un silence qui se prolongea, jusqu'au moment où maman parut se rappeler brusquement quelque chose.

— Au fait, ce garçon de Norfolk si sympathique t'a appelée.

— Trent ?

— Oui. Il a dit qu'il avait seulement appris aujourd'hui que tu avais téléphoné, et s'est excusé. Il a laissé un numéro, il est près du téléphone.

— Super ! m'exclamai-je en me levant d'un bond.

Il était trop tard pour rappeler, mais j'emportai le feuillet où était inscrit le numéro dans ma chambre et le laissai sur ma table de nuit. Mon premier soin le lendemain matin fut d'appeler Trent. Il eut l'air très content de m'entendre.

— Salut, Grace ! Comment ça va, là-bas ?

— Très bien.

C'était une réponse de pure forme, et n'importe qui s'en serait aperçu. Mais Trent se lança aussitôt dans la description de son camp de base-ball, des qualités de son entraîneur et des progrès qu'il avait faits.

— Mon entraîneur dit qu'il n'a jamais vu un aussi bon lanceur, plastronna-t-il. J'ai des dispositions naturelles.

— C'est merveilleux, Trent.

— J'aurais bien voulu te revoir au lycée, dit-il enfin.

— Moi aussi, Trent.

— J'essaierai de garder le contact. Je t'enverrai la page sportive du journal scolaire quand la saison de base-ball reprendra.

— Entendu.

— Bon, eh bien, je dois y aller. Prends bien soin de toi.

J'eus vraiment la sensation que sa main glissait de la mienne. On ne pouvait rien contre le temps ni la distance. Nos chemins se séparaient.

— Au revoir, murmurai-je en raccrochant.

Le déclic rendit un son définitif, comme si une porte se refermait entre nous. Augustus n'était pas si bizarre que ça, finalement, méditai-je. Peut-être disparaissions-nous plus souvent que nous ne le pensions.

*
**

Comme elle l'avait décidé, maman commença à travailler pendant le week-end. Pour les premières semaines, Dallas et Warren avaient trouvé préférable qu'elle seconde une serveuse expérimentée. Malgré cela, elle rentrait à la maison exténuée, surtout par la tension nerveuse que lui causait sa peur de ne pas s'en tirer correctement. Elle s'effondrait dans notre grand fauteuil rembourré et posait les pieds sur le tabouret matelassé. Je la déchaussais, lui massais les pieds et elle soupirait de plaisir.

— Il faut que je trouve les chaussures qui conviennent pour ce travail, décida-t-elle dès le premier soir. On piétine tellement ! Entre le moment où on arrive et celui où on repart, on n'a pas le temps de s'asseoir, mais au moins on ne s'ennuie pas. Il y a des clients très intéressants, des gens de Palm Beach, m'a expliqué Dallas. Leurs femmes sont couvertes de bijoux et ils ont le pourboire généreux, conclut-elle en souriant.

Je savais qu'elle n'aimait pas l'idée de me laisser seule à la maison. Mais Randy m'appela ce tout premier week-end, pour m'inviter à voir un film dans une salle du quartier. Il m'indiqua quel bus prendre et à quelle station descendre, puisque nous étions tous les deux trop jeunes pour conduire. Nous n'avions pas de voiture à notre disposition, de toute façon. J'en parlai à maman, qui fut ravie de savoir que j'avais déjà un ami.

Ce matin-là, je vis Augustus et lui demandai s'il allait quelquefois au cinéma.

— Toutes les nuits, là-dedans, répondit-il en pointant l'index sur son crâne.

Je fus tentée de l'inviter, mais je décidai que ce serait pour une autre fois.

Randy m'attendait à l'arrêt du bus, près du centre commercial. Il était impatient de me montrer ses connaissances toutes fraîches sur la marine et me décrivit toutes sortes de navires. Je savais qu'il voulait m'impressionner, ce que je trouvais plutôt flatteur. Mais après le film, quand nous allâmes prendre une glace dans un restaurant et qu'il recommença à parler marine, je l'arrêtai net.

— Merci d'avoir appris tout ça, Randy. Mais chaque fois qu'on parle de la marine, maintenant, je pense à mon père et cela me fait mal.

Je dis cela aussi simplement, aussi doucement que possible, mais son regard s'emplit de panique.

— Oh, je... je...

— Ce n'est rien. Je suis très touchée que tu aies appris tout ça, mais parlons un peu de toi, maintenant. Du lycée, de tes professeurs, par exemple, suggérai-je pour l'encourager.

À partir de là, tout alla bien et nous passâmes une excellente soirée. Il insista pour prendre le bus avec moi et me raccompagner jusqu'à la maison.

— Mais tu devras attendre longtemps un autre bus, et tu arriveras chez toi très tard, protestai-je.

Il m'avait dit qu'il était le plus jeune de trois garçons, et que ses deux frères étaient en faculté, tous les deux brillants et athlétiques. Son père travaillait au service des eaux de la ville, à un poste de direction. Sa mère était institutrice.

Il n'était pas difficile de voir qu'il s'était toujours senti inférieur à ses frères, et se croyait moins aimé de ses parents à cause de son problème d'élocution.

— C'est pou... pour ça que je travaille avec les or-or... ordinateurs, expliqua-t-il. Personne ne sait co-com... comment je parle.

Je lui dis que je n'en avais jamais eu, et que mon père comptait m'en offrir un quand nous nous étions installés à Norfolk.

— Je t'aiderai à en a-a-a… acheter un, proposa-t-il.

J'eus beau me récrier, il me raccompagna jusqu'à ma station, et même jusqu'à la maison. Une fois là, nous trouvâmes Augustus étendu sur la pelouse du devant, les yeux au ciel.

— Qui… qui… qui est-ce ? s'alarma Randy.

— Il s'appelle Augustus Brewster. Il habite dans l'un des immeubles d'à côté. C'est un surdoué, il étudie dans une école spéciale, expliquai-je rapidement. Ne t'inquiète pas. Il fait ce qu'il veut sous l'inspiration du moment. Augustus ! appelai-je, et il se redressa en position assise.

— Je t'attendais, Grace. Je voulais te raconter le film que j'ai vu ce soir, commença-t-il avec excitation.

Puis il regarda Randy et pointa le doigt sur lui.

— Oh, tu es le garçon de la banquette arrière.

— Co-co… comment ?

— Il s'appelle Randy, Augustus.

— Très bien, Randy. Tu veux que je te raconte ce film ?

— Oui. Où… où… où l'as-tu vu jouer ?

Augustus posa le bout de l'index sur son front.

— Ici.

— Ici ?

— Augustus, m'interposai-je, Randy a un bus à prendre. Il est tard. Un autre soir, peut-être.

— Un autre soir, j'aurai oublié ! renvoya-t-il avec humeur.

Conciliant, Randy proposa :

— Je… je peux rester en-en… encore un peu.

— Tu as un sacré défaut d'élocution, dis donc !

— Augustus ! protestai-je sévèrement.

— Eh bien quoi ? On a tort de nier la réalité. Certains prétendent qu'aborder le sujet rend le bègue encore plus conscient de son problème, plus susceptible et replié sur lui-même. C'est de l'obscurantisme, conclut-il.

Randy paraissait très impressionné.

— Depuis combien de temps n'as-tu pas fait de rééducation ? s'enquit Augustus.

Et comme Randy se contentait de secouer la tête, il fronça les sourcils.

— Tes parents ne t'ont jamais fait soigner pour ça ?

— Non.

— Typique. On enfouit la tête dans le sable en espérant que la difficulté disparaîtra. Il est trop âgé, maintenant. Il aurait fallu agir plus tôt.

— Mais il suit une thérapie dans le cadre du lycée, il me l'a dit. N'est-ce pas, Randy ?

Randy regarda Augustus, qui lança d'un ton détaché :

— Il mentait.

— Randy ?

Il évita l'explication.

— Je... je dois... m'en aller.

— Ne te tracasse pas pour ça, reprit Augustus. De toute façon, nous n'avons pas tellement de choses intéressantes à nous dire, tous autant que nous sommes.

— Augustus ! Arrête avec ça, le rabrouai-je encore.

Sans résultat. Il continua sur sa lancée.

— D'ailleurs nous ne communiquerons plus que par ordinateurs, d'ici peu. Le téléphone sera relégué au rang d'antiquité.

— Je... je me sers d'un... d'un...

— D'un ordinateur ? Moi aussi. J'envoie des e-mails à Dieu, et j'obtiens toujours la même réponse :

189

« N'habite plus à cette adresse », rétorqua Augustus. Bon, j'ai oublié le film, ajouta-t-il à mon intention.

Puis il tourna les talons et s'en alla. Je m'efforçai de réconforter Randy.

— N'écoute pas ce qu'il raconte. Il est très intelligent, mais carrément bizarre.

— Non. Il... il a raison pour mes pa... pa... parents. Bonsoir ! lança-t-il en s'enfuyant, la tête basse.

— Randy !

Il s'arrêta et je le rejoignis aussitôt.

— Merci pour cette agréable soirée, dis-je en l'embrassant sur la joue.

Il porta la main à l'endroit où mes lèvres l'avaient touché, comme si elles étaient toujours là, puis il repartit la tête haute.

Derrière moi, Augustus aussi s'en retournait chez lui. Lequel des trois était le plus malheureux ? me demandai-je. Augustus, Randy ou moi ?

Peut-être le grand secret consistait-il à aller de l'avant, à s'occuper l'esprit, à ne pas penser à son malheur. C'est seulement quand nous nous arrêtions et en prenions conscience que nous ressentions notre solitude.

8

Contre-offensive

Je revis deux fois Randy avant la rentrée des classes. Une fois pour un pique-nique au parc, et une autre pour aller au cinéma. Je tenais à avoir lu tous les livres que ses professeurs lui avaient recommandés les années précédentes, et j'y parvins. J'avais si souvent changé d'école que j'en connaissais une bonne partie, en fait, mais il y avait quand même des différences de programmes.

Maman commençait à apprécier son travail au restaurant. Et très vite, à cause de son charme et de ses manières chaleureuses, je suppose, elle devint l'une des serveuses à qui les clients donnaient les meilleurs pourboires. Ironie du sort, la prédiction de Phœbé se vérifia. Je vins de temps en temps aider Dallas dans ses devoirs d'hôtesse, pendant le week-end, et la rapidité d'adaptation de maman m'impressionna. Quand je lui en fis la remarque, elle mentionna pour la première fois le fait qu'elle avait déjà travaillé comme serveuse, et que c'était d'ailleurs ainsi qu'elle avait connu papa.

— C'était une façon appréciable d'arrondir mes fins de mois, m'expliqua-t-elle.

Je m'aperçus que beaucoup d'hommes flirtaient avec elle, même quand ils étaient accompagnés de leur femme ou de leur maîtresse. Un soir, je surpris par hasard ces propos de Dallas :

191

— Dommage que tu aies une fille adolescente, Jackie Lee. Tu ne parais même pas trente ans, loin de là, et il y a des tas de jeunes et riches célibataires, à Palm Beach.

Je n'avais jamais envisagé cet aspect des choses. Étais-je un fardeau pour ma mère, à présent ? Elle ne m'avait jamais rien dit qui puisse le laisser supposer, et je l'imaginais mal faisant la chasse au mari, de toute façon. Il m'arrivait de souhaiter avoir été dans l'hélicoptère avec papa. J'aurais préféré être là où il se trouvait. Ce travail au restaurant avait au moins un bon côté : il m'empêchait de trop penser.

Phœbé, pour sa part, ne montrait aucun désir de faire quoi que ce soit pour se rendre utile à l'auberge, bien qu'elle fût la fille du propriétaire. Si quelqu'un se comportait comme si tout lui était dû, c'était bien elle. Je l'apercevais de temps à autre, quand elle passait pour demander de l'argent à son père. Avant la fin de l'été, elle était parvenue à le convaincre de lui acheter une voiture. Elle s'arrangeait pour m'éviter, ce qui me satisfaisait autant qu'elle. Et quand maman me demandait de ses nouvelles, je lui rappelais que Phœbé ne tenait pas à la compagnie des gens plus jeunes qu'elle. Ce qui était assez vrai, d'ailleurs.

Malgré mon habitude des changements de toutes sortes, je redoutais cette rentrée scolaire, bien plus que cela ne m'était jamais arrivé jusqu'ici. Après tout, cette fois-ci j'allais entrer dans ce que maman appelait « un établissement civil ». Je n'aurais pas de camarades élevés dans la tradition militaire, comme moi, pour me faciliter la transition.

Peut-être était-ce un effet de mon imagination, mais dans les écoles fréquentées par des enfants de militaires, je les reconnaissais toujours et nous étions très vite attirés les uns vers les autres. Je me plaisais à croire que nous étions mieux élevés. Nous nous habillions de manière un peu plus stricte, émaillions nos conversations de « s'il vous plaît » et de « merci » ; et nous parlions toujours de nos professeurs avec un grand respect, même si nous étions d'avis que l'un d'eux n'était pas très bon ou pas très aimable. Bien sûr il nous arrivait d'avoir des problèmes, à nous aussi. Mais ils n'étaient jamais aussi graves ni aussi fréquents que chez la plupart des autres élèves.

Je découvris que j'étais la seule fille de ce milieu, dans mon nouveau lycée de Floride. Et malgré tous les efforts de Randy pour que je m'y sente à l'aise, j'éprouvai une étrange impression de solitude. Chaque fois qu'un professeur ou un élève fixait son attention sur moi, je me demandais si lui ou elle voyait aussi une différence chez moi.

Randy me fut d'un grand secours, cependant. La veille de la rentrée, il vint me voir et s'efforça de calmer mon angoisse en me décrivant tout en détail, depuis les manies de certains professeurs jusqu'à la table à ne pas prendre à la cafétéria, parce qu'elle n'était jamais à l'ombre. Il fut si précis dans ses descriptions que maman rit de bon cœur et l'appela « petit trésor ». Elle ne dit cela qu'une seule fois en sa présence, et je le vis se crisper. Cela ne le dérangeait pas d'être appelé « trésor », mais le mot « petit » faisait allusion à sa constitution fluette, dont les élèves les plus cruels se moquaient ouvertement. Ils l'avaient surnommé l'Allumette.

Il m'attendait à l'entrée principale, ce premier jour de classe, et il me présenta à quelques-uns de ses amis, comme lui d'un naturel doux et manquant d'assurance. L'une des expressions favorites de maman était : « Qui se ressemble s'assemble », et je pensai à cela toute la journée, en observant les groupes se former par affinités. Je ne voulais pas me voir comme une personne manquant de confiance en soi. Je ne pensais sincèrement pas l'être, malgré ma nervosité. Alors je parlai à d'autres élèves, bien plus à l'aise et confiants en eux-mêmes que la plupart des amis de Randy.

J'aperçus plusieurs fois Phœbé dans les couloirs et à la cafétéria ; mais chaque fois, elle se comporta comme si elle ne m'avait jamais vue de sa vie. Je décidai de considérer cela comme une chance.

Malheureusement, avant la fin de la semaine je découvris qu'elle n'avait pas ignoré mon existence autant que je l'avais espéré. Elle s'était donné beaucoup de mal pour répandre mon surnom de « moussaillon » à travers tout le lycée. Quand je croisais certains garçons de ses amis, j'avais droit au salut militaire. Ma première réaction fut de colère et d'indignation, puis je décidai de jouer le jeu. « La branche qui ne plie pas se rompt » était aussi l'un des dictons préférés de maman. M'emporter contre ces idiots, leur laisser voir qu'ils m'atteignaient aurait été pour moi une défaite, décidai-je. Au lieu de quoi, je commençai à rendre les saluts. Au début, ils trouvèrent cela très drôle, mais ils s'en lassèrent vite, et ne rirent plus du tout quand je me mis à saluer la première. Ils étaient complètement décontenancés.

Roger, lui, fut le premier à rompre les rangs. Le dernier jour de la semaine il vint me parler à la cafétéria, pour me dire que j'étais la personne la plus frustrante que Phœbé ait jamais rencontrée.

— Elle me l'a presque avoué, tu sais ? Tu la déconcertes au plus haut point. Elle ne sait pas comment s'y prendre pour te gâcher la vie.

— Dis-lui de devenir mon amie, ripostai-je. Ça me gâchera la journée.

Il éclata de rire, si bruyamment que presque tous les élèves se retournèrent sur nous.

— Tu es fantastique, dit-il avec une lueur d'admiration dans les yeux.

Phœbé, qui venait d'entrer, sembla très contrariée de le voir en ma compagnie. Et subitement, je compris mon propre pouvoir et comment lancer une contre-offensive, comme aurait dit papa. Je commençai sur-le-champ.

— Merci, Roger. Puis-je te demander un service ?

Je souris d'un air faussement timide, une amorce de flirt qui ne lui déplut pas. Il entra dans le jeu.

— Demande toujours, mais je ne te garantis rien.

— Il faut que je sois le plus vite possible à la maison, aujourd'hui. Peux-tu me raccompagner ?

Il réfléchit un instant, puis loucha vers Phœbé qui me criblait de regards empoisonnés.

— D'accord, répondit-il impulsivement. Tu n'auras qu'à me rejoindre au parking. J'ai la voiture de ma mère, aujourd'hui, la Mercedes noire décapotable. Elle est facile à trouver, c'est la seule Mercedes, ici.

— Merci, dis-je modestement. Je te revaudrai ça.

— Bon, alors entendu.

Il semblait sur le qui-vive, mais son regard trahissait une excitation intense. Il rejoignit Phœbé, après quoi il m'ignora jusqu'à la fin de l'après-midi. Comment il parvint à lui échapper, je l'ignore, mais il attendait d'un air inquiet dans sa voiture quand j'arrivai.

— Monte ! m'enjoignit-il d'un ton pressant, comme si nous faisions une fugue.

À peine étais-je assise qu'il démarra en trombe et quitta le parking sur les chapeaux de roues. Je n'avais même pas eu le temps d'attacher ma ceinture.

— Tu conduis toujours aussi vite ? m'étonnai-je.

Il demeura muet, à croire qu'il allait me déposer chez moi sans m'adresser la parole et filer. Mais finalement, au bout d'un bon kilomètre, il se détendit et ralentit. Je crus devoir m'excuser.

— Désolée. Je n'avais pas l'intention de t'attirer des ennuis.

— Mais ce n'est pas le cas. Non, je ne conduis jamais aussi vite, il vaut mieux pas. À la prochaine contravention, mon père me confisque mon permis de conduire, et plus question d'emprunter une de nos voitures. Je suis en sursis probatoire, en somme. Je suppose que là d'où tu viens, on dirait que j'ai été rétrogradé ?

— Non. Pour moi, tu es sous surveillance mais tu restes toujours aspirant de marine.

Il rit mais reprit aussitôt son sérieux.

— Écoute, laisse-moi te donner un conseil. Ne provoque pas Phœbé. Elle peut être vraiment méchante quand elle se sent menacée.

— Et en quoi pourrais-je la menacer ?

— Toute personne qui lui tient tête est une menace pour elle. Elle n'a pas oublié comment tu l'as battue aux cartes, chez moi. Et elle a des tas d'amis dans ce lycée, des amis dans son genre, si tu vois ce que je veux dire. Je les ai vus s'acharner sur quelqu'un, ce n'est pas beau à regarder.

Je ne pus m'empêcher de demander :

— Pourquoi es-tu avec elle, si elle te déplaît tant ?

— Mais elle ne me déplaît pas.

— Tu ne l'aimes pas, insistai-je. Tu ne peux pas aimer quelqu'un qui fait des choses que tu n'aimes pas.

Il eut un sourire amusé.

— D'où tires-tu toute cette clairvoyance et toute cette sagesse ?

— J'écoute et je retiens, tout simplement.

Ma réponse parut provoquer chez lui un intérêt nouveau pour ma personne.

— Tu as beaucoup voyagé, n'est-ce pas ?

— Oui. Je n'appréciais pas vraiment ça, mais nous devions déménager chaque fois que mon père était transféré dans une nouvelle base.

— Ce ne doit pas être drôle de se faire sans arrêt de nouveaux amis, conclut-il, l'air sincèrement désolé pour moi.

— J'ai survécu.

Ma réponse l'amusa, je le vis dans ses yeux.

— Tu as fait plus que cela, Grace. Malgré tout ce chaos dans ta vie, tu es intelligente, belle, et très évoluée par-dessus le marché.

Je gardai le silence. Un jour, au cours d'une conversation sérieuse avec maman sur les garçons et l'amour, elle m'avait dit qu'il était difficile de distinguer entre un compliment sincère et la flatterie intéressée. Dans mon précédent lycée, j'avais étudié l'un des *Contes de Canterbury* de Chaucer qui m'avait frappé. Celui du coq Chanteclerc que le renard piège en le flattant, et qui lui rend la pareille en le flattant à son tour. J'avais résumé l'histoire à maman, qui s'était référée à la sagesse de sa propre mère. « En face de la flatterie, une seule question se pose : à quoi veut en venir le flatteur ? Il faut faire la différence entre les fadaises et les compliments sincères. – Mais comment peut-on faire la différence, surtout si le compliment vient d'un homme ? » avais-je demandé.

Elle avait réfléchi un moment, avant de me donner une réponse que je pense ne jamais oublier. « Quand ce compliment leur fait plus de plaisir qu'à toi, il est sincère. Certains appelleraient ça de la fierté, je suppose. Ils sont fiers de toi, fiers de l'intérêt que tu leur portes. »

La fierté. C'était un mot qui comptait pour un marin, et pour une femme de marin. Je ne m'étonnai pas que maman l'ait choisi pour m'expliquer ce qu'elle voulait dire. J'avais constaté avec quelle fierté papa portait son uniforme de cérémonie, mais j'avais vu aussi combien il était fier d'avoir maman à ses côtés quand ils sortaient dans le monde. Et j'avais lu la même fierté dans son regard à elle. Cette fierté qu'ils avaient l'un de l'autre rendait leur amour plus fort et plus ardent. Quand papa rentrait à la maison, ils s'embrassaient comme s'ils ne s'étaient pas vus depuis des années.

— Tu es libre demain soir ? me demanda Roger quand nous nous arrêtâmes devant mon immeuble.

— Maman n'aime pas que je sorte quand il y a classe le lendemain.

— Elle travaille tous les soirs au restaurant, non ?

— Tous les soirs, sauf le lundi.

— Et si je venais demain soir ? Tu n'aurais pas à sortir, comme ça.

— Je tiens à faire mon travail de classe, alléguai-je.

— Et alors ? Je t'aiderais.

Je méditai sa proposition, qui faisait naître en moi une certaine excitation, en même temps qu'une certaine inquiétude. Phœbé piquerait une crise si elle apprenait cela. Peut-être étais-je en train de jouer avec le feu, au risque de perdre le peu d'emprise que j'avais sur elle.

Roger crut devoir m'encourager.

— Détends-toi, voyons, et apprends à t'amuser. Notre adolescence ne durera pas toujours, tu sais. Elle est censée être le meilleur moment de notre vie.

— Très bien, capitulai-je, pour le regretter aussitôt que les mots furent sortis de ma bouche.

Je descendis précipitamment et criai à Roger :

— Merci de m'avoir ramenée !

Mais pourquoi diable lui avais-je demandé de le faire ? Tout cela était entièrement ma faute. Je l'entendis rire, puis il redémarra et je me ruai dans la maison. Maman s'apprêtait à partir au travail. Je l'avais manquée deux fois cette semaine, à cause du temps que me prenait mon retour en bus, et nous avions dû attendre le matin pour nous voir.

— Grace, appela-t-elle de sa chambre.

Je me hâtai de la rejoindre et la trouvai dans sa salle de bains, en train de se farder devant le miroir.

— Comment s'est passée ta journée, ma chérie ?

— Mieux. J'ai découvert qu'en anglais j'avais déjà lu la moitié des nouveaux livres au programme.

— Ça ne m'étonne pas. Tu te rappelles comme papa te taquinait, parce que tu avais toujours le nez dans un livre ?

— Oui.

Le temps exerçait déjà son effet bienfaisant. Je pouvais sourire à la plupart de mes meilleurs souvenirs, maintenant, au lieu de me sentir prête à pleurer toutes les larmes de mon corps. Je me demandai si je devais parler de Roger à maman. Je ne crois pas qu'elle se serait fâchée contre moi, mais je ne pouvais pas m'empêcher de me sentir coupable. Je résolus de trouver un moyen pour empêcher Roger de venir. À quoi bon mentionner une visite qui n'aurait pas lieu, dans ce cas ? Je décidai de ne rien dire.

Le lendemain, toutefois, Roger me prit complètement au dépourvu. Il était dans le couloir avec Wally et quelques autres garçons quand je l'aperçus, pendant l'interclasse. Phœbé se trouvait dans les parages, avec Ashley à ses côtés, qui l'écoutait pérorer devant sa petite cour. Les interclasses duraient trois minutes, et il n'en restait plus qu'une ou guère plus. Je m'approchai de Roger et lui dis bonjour.

Il me dévisagea d'un air surpris, puis regarda les autres comme s'il ne s'attendait pas à être abordé si ouvertement. Wally ne montra pas la moindre hésitation, par contre. Il me lança d'une voix retentissante :

— Salut ! Tu as envie d'une partie de cartes ?

— Non. Je voulais parler à Roger.

— À moi ? (Roger loucha vers sa droite pour voir si Phœbé l'observait, ce qui était le cas.) Pour quelle raison ?

— Je voulais te dire que ce soir ne convenait pas.

— Ne convenait pas pour quoi ? feignit-il de s'étonner.

— Pour quoi ? Mais... pour ton idée de venir chez moi.

— Qu'est-ce que c'est que cette histoire ? Tu as des visions ou quoi ?

Il jeta un coup d'œil en direction de ses amis, qui me regardèrent et sourirent.

Phœbé s'avançait vers nous. Je secouai la tête, encore incrédule, et m'éloignai rapidement. Libre à lui de se montrer stupide et lâche, décidai-je. Il avait eu mon message, et je n'avais plus rien à faire avec lui.

Plus tard, alors que j'étais assise avec Randy à la cafétéria, Phœbé, Ashley et une partie de la troupe habituelle foncèrent sur nous comme un vol de rapaces.

— J'ai entendu ce que tu manigançais, lança Phœbé avant même de nous avoir rejoints.

Aux tables voisines, les conversations s'interrompirent et tout le monde se retourna. Je ripostai :

— Je ne manigançais rien du tout.

— Qu'est-ce que tu croyais ? Qu'en faisant croire que tu plaisais à Roger, ça finirait par arriver ? C'est ce genre de coups tordus que tu pratiquais à ta base navale, moussaillon ? glapit-elle, en s'assurant d'un coup d'œil que ses paroles n'étaient perdues pour personne.

— Je n'ai jamais fait de coups tordus à qui que ce soit.

— Mais non, bien sûr que non. Il m'a dit ce que tu avais fait. Pour commencer, tu le supplies de te ramener chez toi sous prétexte de je ne sais quelle urgence, et ensuite, ça ! Quelle était cette fameuse urgence, au fait ? On peut savoir ?

La tête rejetée en arrière et les bras croisés sous les seins, elle me fusillait du regard. Malgré moi, mes yeux brûlaient de larmes.

— Ce n'est pas ton affaire, ripostai-je.

— Pas mon affaire, vraiment ? clama-t-elle assez haut pour que toute la salle profite de notre prise de bec. Tu cours après *mon* petit ami et ce n'est pas mon affaire ?

— Je ne cours pas après ton petit ami, d'abord. C'est lui qui est venu me parler.

Ne la laisse pas faire, m'admonestai-je. *Ne la laisse pas te provoquer comme ça. Pas à pas, elle t'entraîne sur son terrain.* Riposter n'était pas la bonne tactique, mais je fus incapable de m'en empêcher. Elle saisit la balle au bond.

— Oh, Roger a eu pitié de la petite moussaillonne à son papa, la petite chérie gâtée, pourrie, et tu t'arranges pour en faire une histoire d'amour ? Pauvre petite Marinette, va ! Je t'avais avertie que je te trouverais un surnom, pas vrai ? Alors voilà, tu l'as. Et retenez bien ça, les garçons : parlez à Marinette et vous vous retrouvez embarqués à son bord, que ça vous plaise ou non. Pas vrai, Randy ?

— Tais... tais... tais-toi, Phœbé ! articula-t-il avec véhémence.

Elle eut une grimace de joie mauvaise.

— Bra... bra... bravo, Randy ! C'est comme ça qu'elle t'aime. Elle peut faire les questions et les réponses et tu n'as plus qu'à l'é... l'é... l'écouter.

Un rire convulsif secoua le petit groupe. Cette fois, j'éclatai.

— C'est de la cruauté pure, Phœbé ! Tu n'es qu'une égoïste, mesquine et méchante. Et si quelqu'un est gâté, pourri, c'est bien toi.

— Tu as raison, Marinette ! répliqua-t-elle en faisant le salut militaire. Maintenant va briquer le pont, et quand tu auras fini avec ça, tu iras nettoyer les urinoirs.

Là-dessus, elle tourna les talons, entraînant à sa suite son troupeau de volailles gloussantes et ricanantes.

Quand je regardai autour de moi, je vis des dizaines d'élèves qui guettaient ma réaction. J'avais les joues en feu, j'aurais volontiers couru après Phœbé pour lui arracher les yeux. Randy, qui semblait lire dans mes pensées, me retint par le bras.

— Ne t'o... t'occupe pas d'elle, Grace. Elle n'en vaut... pas la peine.

Malgré moi, je dirigeai encore une fois mon regard sur elle. Wally et Roger l'avaient rejointe, à présent, et tous trois riaient.

— Je ne peux pas laisser passer ça ! dis-je en me libérant de Randy.

— Grace ! protesta-t-il, mais j'étais déjà loin.

Tout le monde connaissait les détails de mon altercation avec Phœbé, maintenant, et quelques centaines de paires d'yeux convergeaient sur moi. À mon approche, Phœbé, Ashley, Wally et Roger ouvrirent des yeux ronds, tout étonnés de mon audace. Je marchai droit sur Roger.

— Comment as-tu pu faire ça ? l'apostrophai-je. Comment oses-tu prétendre que tu ne m'as pas demandé de venir chez moi ce soir ? C'est pour ça que tu es sorti si furtivement du parking, hier, et que tu as roulé comme un fou ? As-tu tellement peur d'elle que tu te sauves en rasant les murs comme un rat, et qu'après ça tu mens ?

Roger fut incapable de soutenir mon regard. Il eut un sourire torve et baissa les yeux. Le visage de Phœbé rayonnait de satisfaction.

— Je parie que tu n'es pas aussi forte pour lire dans le jeu des autres que tu le croyais, pas vrai, Marinette ?

— En effet, je ne suis pas douée pour jouer aux cartes avec des tricheurs. Et je vais te dire une chose, Phœbé Tremont, lançai-je en braquant sur elle un regard tranchant comme un rayon laser. Il a peut-être peur de te parler franchement, mais à moi il a osé dire à quel point il avait peu de respect pour toi. Peut-être qu'un jour il te le dira, s'il a ce courage. Et ça, conclus-je en tournant les talons, ce sera quand il sera devenu un homme.

Derrière moi, je perçus un grand brouhaha, puis des rires éclatèrent. Je me retournai. Roger était écarlate et Phœbé semblait prête à exploser de fureur. Je m'attendais presque à voir de la vapeur lui sortir par les oreilles.

Je me sentais un peu mieux, mais je ne cessai de trembler que lorsque je fus rentrée en classe. Je savais que tout n'était pas terminé avec elle, loin de là, et j'essayais d'imaginer quel genre de problèmes elle chercherait à nous créer au restaurant, à maman et à moi. Il fallait que je mette maman au courant le plus vite possible. Je regrettais, à présent, de ne pas lui avoir dit que Roger avait l'intention de me rendre visite.

J'aurais voulu rentrer à la maison tout de suite après la fin des cours, mais c'était impossible. Notre professeur de maths avait créé trois groupes de travail fonctionnant en heures supplémentaires, et aujourd'hui c'était le tour du mien. J'allais devoir rester une heure de plus. Quand j'arrivai à la maison, maman était déjà partie. Elle m'avait laissé un mot à propos du dîner qu'elle avait préparé, et qu'elle me conseillait de réchauffer.

Très déçue et plutôt déprimée, je mangeai à peine, puis Randy appela pour savoir comment j'allais. Je répondis que tout allait bien, qu'il n'avait aucune raison de s'inquiéter, et le remerciai de s'inquiéter pour moi. Il était vraiment très délicat. Il me faisait penser à un oiseau en cage, prisonnier de son propre handicap. Si j'étais si facilement tombée dans le piège que, selon moi, Roger et Phœbé m'avaient tendu, c'est qu'il avait fait preuve d'une certaine compassion pour Randy. Mais il s'avérait que c'était tout à fait par exception, et que ce mouvement de bonté n'avait aucun rapport avec sa conduite habituelle. Personne n'était ce qu'il semblait être, découvrais-je. Maman m'avait prévenue, pourtant. Elle m'avait conseillé de prendre mon temps avant d'accorder ma confiance à quelqu'un. Mais combien de temps fallait-il attendre, et comment savait-on qu'on avait trouvé la bonne personne ? Si jamais on la trouvait...

J'appelai le restaurant, mais Dallas me répondit que maman était très occupée, qu'elle me rappellerait dès qu'elle aurait un moment de libre. Tout en me disant que j'aurais mieux fait d'être là-bas que chez nous, je la remerciai et allai débarrasser mon dîner.

Il y avait longtemps que je n'avais pas vu Augustus. À table, tout en contemplant le paysage par la fenêtre, je pensai à lui et souhaitai pouvoir suivre un programme d'études à domicile, moi aussi. Je redoutais de retourner au lycée le lendemain. Phœbé allait sûrement me tendre un nouveau piège, ou répandre de nouvelles rumeurs à mon sujet. Combien de temps durerait ce manège ? Était-il donc si important pour elle de me faire du tort ? J'espérais qu'elle s'en lasserait vite et dirigerait ses attaques venimeuses sur une autre cible.

Je n'allais pas tarder à apprendre que, tout au contraire, elle préparait une offensive encore bien plus redoutable.

*

Il n'était pas loin de neuf heures lorsque maman finit par téléphoner. C'était sa première pause depuis le début de la soirée, elle regrettait d'appeler si tard, mais un sérieux problème s'était produit au restaurant.

— Quel problème, maman ?

Elle hésita, puis débita d'une voix presque inaudible, comme pour ne pas être entendue par d'autres que moi :

— De l'argent a disparu. Beaucoup d'argent. Warren est hors de lui et Dallas est au bord des larmes.

Mon cœur manqua un battement.

— De l'argent ? On ne te soupçonne pas de l'avoir pris, au moins ?

— Bien sûr que non. Mais pourquoi me poses-tu cette question, Grace ?

Je répondis par une autre question.

— Phœbé était-elle au restaurant, ce soir ?

— Phœbé ? Oui, pourquoi ?

— Je te le dirai quand tu rentreras.

— Ne veille pas pour m'attendre, ma chérie, tu as besoin de repos. Nous parlerons demain matin.

— Non.

Ce refus catégorique alerta maman.

— Qu'y a-t-il ? s'inquiéta-t-elle.

Mais avant que j'aie pu le lui dire, elle s'excusa.

— Il faut que j'y aille, Dallas me fait signe. Va te coucher, m'ordonna-t-elle en raccrochant.

Me coucher ? Comment pourrais-je fermer l'œil avant d'avoir découvert ce qu'il se passait ?

J'étais plongée dans mes pensées, réfléchissant à la conduite à tenir, quand j'eus soudain la sensation d'être observée. Je levai les yeux et faillis crier. De l'autre côté de la porte donnant sur la terrasse, Augustus me regardait. Il était aussi ébouriffé qu'à l'ordinaire, mais pour une fois il portait une chemise à manches courtes, entièrement noire, et des chaussures omnisports. Il ne frappa même pas. Il resta simplement planté là, les yeux fixés sur moi. J'allai lui ouvrir.

— Que se passe-t-il, Augustus ? Tu m'as fait peur.

Il n'eut pas l'air d'avoir entendu. Son expression, ou plutôt son absence d'expression ne changea pas. Il avait les yeux vitreux, je n'étais même pas certaine qu'il m'ait vue.

— Augustus ?

Il proféra d'une voix lente :

— Mme Dorahush est à l'hôpital.

— Ta grand-mère ? Pourquoi ? Qu'est-il arrivé ?

— *Angor pectoris.*

Ces deux mots n'évoquaient rien pour moi.

— Qu'est-ce que c'est, au juste ?

— Une maladie qui se manifeste par de violentes douleurs dans la région du cœur, qui irradient dans le bras gauche et s'accompagnent de graves crises d'angoisse. Ces douleurs constrictives sont dues à une oxygénation insuffisante du muscle cardiaque, récita-t-il d'une voix atone. En termes profanes, elle est sur le point d'avoir une attaque.

— Oh, Augustus ! Je suis vraiment désolée. Est-ce qu'elle va s'en remettre ?

— Je n'en sais rien.

Comme mes problèmes avec Phœbé me semblaient mesquins et insignifiants, à présent ! J'eus la présence d'esprit de demander :

— As-tu dîné, au moins ? Veux-tu boire ou manger quelque chose ?

Augustus haussa les épaules.

— Entre, l'invitai-je. Ma mère m'a laissé trop de lasagnes. Tu aimes ça ? Les siennes sont délicieuses.

Il entra et se laissa conduire à table.

— Donne-moi simplement le temps de mettre le plat au four à micro-ondes, Augustus.

Cela fait, je lui apportai un couvert et une serviette.

— Il faut que tu sois fort pour elle, Augustus. Je suis sûre qu'en ce moment elle s'inquiète beaucoup plus pour toi que pour elle.

Il acquiesça.

— J'en suis certain. C'est la seule personne qui m'ait jamais encouragé, en fait. Quand j'étais petit, je faisais peur à mes parents.

— Peur ? Et pourquoi ?

— Ils ne savaient pas comment prendre un enfant de trois ans qui savait lire et écrire. Et plus tard, quand je me suis lancé dans les mathématiques supérieures à sept ans, ils m'ont considéré comme une sorte de monstre. Les enfants de mon âge avaient peur en ma compagnie, et je faisais honte aux plus âgés parce que j'en savais plus qu'eux. Cela n'aidait pas mes parents à garder leurs amis.

» Au lycée, les autres élèves m'ont fait toutes les crasses possibles. Ils volaient mes livres et mes notes, dans l'espoir que je rate mes contrôles, mais je n'en avais pas besoin et ça les rendait encore plus enragés. Finalement, le conseiller pédagogique a dit à mes parents que j'avais besoin d'un enseignement spécial. Une façon polie de leur annoncer qu'on ne voulait plus de moi. Ils ne savaient pas quoi faire de moi. C'est Mme Dorahush qui a trouvé la bonne solution.

Je me décidai à demander :

— Pourquoi l'appelles-tu comme ça, Augustus ? Tu pourrais parler d'elle comme de ta grand-mère, tout simplement.

— Elle est en train de disparaître, expliqua-t-il. Comme mes parents. Je préfère que ce soit Mme Dorahush qui ait disparu.

Je le dévisageai un moment et je compris. Cette manière conventionnelle de s'exprimer était pour lui une sorte de cocon. C'était sa façon de se protéger contre l'émotion.

La sonnerie du four à micro-ondes retentit, et j'allai chercher les lasagnes. Dès qu'il y eut goûté, il mangea avec enthousiasme.

— C'est fameux, observa-t-il en marquant une pause pour regarder autour de lui, comme s'il venait de s'apercevoir que nous étions seuls. Où est ta mère ?

— Au travail.

J'expliquai où maman travaillait, et pour quelles raisons.

— Ta mère est héroïque, commenta-t-il.

Je lui souris, car j'aimais la voir ainsi, moi aussi.

— Pourquoi dis-tu cela ?

— Elle a vécu un drame affreux et elle continue à aller de l'avant, à dire oui à la vie, à faire face à ses responsabilités. Elle ne s'appesantit pas sur ses malheurs.

» Toute vie est souffrance, poursuivit-il gravement. Les végétariens m'amusent, avec leurs scrupules. Tout ce que nous mangeons est plein de choses qui ont été vivantes. Le blé avec lequel on a fait les pâtes, la viande, les légumes... Tout est né un jour et tout doit mourir.

Je comprenais cette humeur sombre et cette tendance à philosopher : il était déprimé à cause de sa grand-mère, mais pas seulement à cause de cela. Comme il devait être seul ! Il vivait et pensait à un niveau tellement au-dessus de mon petit univers... C'était un peu comme s'il n'avait pas eu de véritable enfance.

Pour moi, il évoquait plus un vieux sage qu'un adolescent. Mes difficultés avec Phœbé ne pouvaient pas retenir son attention, et pourtant... je ne pouvais pas m'empêcher de me demander ce qu'un génie comme lui penserait de tout cela.

— J'ai un problème au lycée, commençai-je. Cela s'étend comme une maladie, et je crois que cela va également toucher ma mère.

Il haussa les sourcils et se renversa en arrière pour m'écouter.

— Ton analyse de la question est correcte, dit-il quand j'eus terminé. Tu n'aurais pas dû lui rendre la pareille. En faisant cela tu n'as aucune chance de gagner, car tu deviens ta propre ennemie.

— Je suis devenue ma propre ennemie ?

— Oui. Tu es devenue exactement comme elle, en employant la même tactique, en t'abaissant à son niveau. Bientôt tu auras ta petite faction personnelle, toi aussi, et elle en sera ravie. Tu l'auras confortée dans l'idée que la vision qu'elle a de toi, et du reste des choses, est la bonne.

— Que dois-je faire, alors ?

— Rien, trancha-t-il. C'est le genre de personne qui ne supporte pas d'être ignorée, cela va l'anéantir. Elle va faire l'impossible pour provoquer une réaction chez toi, et plus tu résisteras, plus elle enragera. Il y a des chances, si quelqu'un qui a deux sous de cervelle voit tout ça, qu'il soit écœuré par sa conduite et lui conseille de laisser tomber.

» C'est la force et le secret des non-violents, expliqua-t-il. L'oppresseur ne sait plus quoi faire si l'opprimé l'ignore. Il s'est préparé au combat, et il est affreusement frustré. C'est ce qui lui arrivera.

— Je voudrais que tu sois dans mon lycée, Augustus !

Il se détendit jusqu'à me sourire.

— Il m'arrive de le souhaiter, quelquefois.

— Qu'est-ce qui t'en empêche ?

— Je m'ennuierais en classe, mes professeurs seraient mal à l'aise et ils m'en voudraient. C'est arrivé trop souvent.

— Mais il n'y a pas que les études, insistai-je. Il y a les sports, toutes sortes d'activités, des fêtes. Ces choses-là ne te manquent jamais, Augustus ?

Une fois de plus, il haussa les épaules.

— Je n'y pense même pas.

— Alors tu pratiques la non-violence sur toi-même, voilà.

Il parut amusé.

— Que veux-tu dire par là ?

— Tu évites le conflit, en refusant de reconnaître tes propres sentiments.

Il me dévisagea longuement et dit en guise de réponse :

— Peut-être es-tu beaucoup plus intelligente que tu ne le penses, Grace.

— J'aimerais bien l'être en maths, en tout cas. Je n'ose même pas commencer mon devoir.

— Ah bon ? Laisse-moi y jeter un coup d'œil, tu veux bien ?

Nous passâmes dans ma chambre, où je lui montrai le chapitre en question et les énoncés de problèmes. Il développa la question et me l'expliqua en termes bien plus simples que ceux du professeur. Après avoir travaillé un moment avec lui, je compris tout et finis le reste seule, en moitié moins de temps qu'à l'ordinaire.

— Tu pourrais déjà enseigner, affirmai-je avec conviction.

— Non, je ne serais pas un bon professeur. D'habitude, je n'ai aucune patience. Je suis comme un coureur qui doit ralentir parce que les autres ne peuvent pas suivre. C'est trop frustrant.

— Je comprends.

— Je pense que oui, acquiesça-t-il, juste avant de se pencher pour m'embrasser.

Et immédiatement, il ajouta :

— Ne te fâche pas, Grace.

— Je ne suis pas fâchée, je suis surprise, c'est tout.

— J'ai eu envie de faire ça la première fois que je t'ai vue. C'est ce garçon qui bégaie, ton nouveau petit ami ?

— Non, c'est juste un bon camarade. Quelqu'un de très gentil, précisai-je.

— Et... est-ce que tu as une grande expérience des garçons ?

— Pas vraiment, non.

Il parut heureux de cette réponse, puis il annonça brusquement :

— Je ferais mieux de rentrer chez moi. Merci pour le dîner.

— Merci de m'avoir aidée pour ces maths, Augustus.

— Merci de m'avoir permis de t'embrasser, renvoya-t-il.

Je fus obligée de rire.

— Je ne te l'ai pas exactement permis.

— Ah ! Eh bien alors...

Il s'inclina de nouveau et approcha ses lèvres des miennes, mais très lentement cette fois, guettant un mouvement de recul de ma part. Je ne reculai pas, et il m'embrassa encore. Ses yeux semblaient brûler sous l'effet des pensées qui l'habitaient.

— Tu es la première fille que j'aie embrassée comme ça, Grace.

— Et qu'as-tu ressenti ? demandai-je, presque aussi curieuse de connaître sa réaction que je l'avais été de la mienne.

Il réfléchit longuement avant de répondre :

— C'était comme... ne pas avoir envie de disparaître.

Je lui souris, puis il sortit de ma chambre et je le suivis jusqu'à la porte de la terrasse.

— Ne me laisse pas sans nouvelles de ta grand-mère, Augustus. Passe nous voir demain, d'accord ?

— D'accord.

Je le regardai s'éloigner. Il s'arrêta, se retourna vers moi, puis il reprit son chemin vers l'ombre épaisse d'où il était venu.

Je m'endormis avant le retour de maman, mais quand elle entra je l'entendis et m'éveillai. Je l'appelai. J'eus l'impression qu'elle mettait des heures pour arriver jusqu'à ma chambre. Sa silhouette se dessina dans la lumière du couloir.

— Pourquoi es-tu encore éveillée ? s'étonna-t-elle.

— Je m'étais endormie, mais je t'ai entendue rentrer. Que s'est-il passé au restaurant ?

Je l'entendis soupirer et me penchai pour allumer ma lampe de chevet.

— Ils ont fini par trouver l'argent, commença-t-elle. À un certain moment de la soirée, Warren rassemble tout ce qu'ils ont gagné jusque-là et prépare un sac de billets pour le déposer à la banque le lendemain. Le sac qu'il avait posé sur son bureau ne s'y trouvait plus, ce qui a causé une panique générale.

— Où est-ce qu'on l'a retrouvé ?

Maman leva les yeux au plafond et remua la tête, comme si elle s'efforçait de retenir ses larmes.

— Dans la pièce où le personnel d'accueil range nos manteaux, nos sacs et nos objets personnels. Sous mes affaires.

— C'est Phœbé qui a fait ça ! m'écriai-je aussitôt.

— Phœbé ? (Maman réfléchit quelques secondes.) Pourquoi aurait-elle fait ça ?

Je résumai toute l'histoire aussi brièvement que possible. Pendant mes explications, maman traversa la pièce, vint s'asseoir sur mon lit et m'écouta avec attention.

— Tu dois avoir raison, acquiesça-t-elle quand j'eus terminé.

— Ils ne croient pas que tu as essayé de voler cet argent, au moins ?

— Non. Dallas était aussi bouleversée que moi, et Warren n'a été que trop heureux de le retrouver. Mais ils soupçonnent d'autres employés, ce qui ne crée pas une atmosphère des plus agréables entre nous. J'informerai Dallas de tout ce que tu m'as dit. En attendant, si j'étais toi, je me contenterais de…

— D'ignorer Phœbé ?

— Exactement.

— Quelqu'un m'a déjà donné le même conseil, révélai-je.

Et je lui parlai d'Augustus et de sa grand-mère.

— Le pauvre garçon, compatit maman. Il doit avoir très peur. Je prendrai des nouvelles de sa grand-mère demain, et je verrai ce que nous pouvons faire pour les aider. À présent, dors, dit-elle en se penchant pour m'embrasser. Et ne te fais pas de souci.

Elle se leva et s'apprêtait à sortir quand elle se ravisa.

— Au fait, lança-t-elle en souriant, avec tout ce branle-bas j'ai oublié de te dire que j'ai rencontré un homme charmant, ce soir. Il dînait seul et nous avons eu une conversation très agréable. C'est drôle, mais quand quelque chose de terrible vous arrive, on s'imagine que ce n'est jamais arrivé à d'autres. Et on est tout étonné de rencontrer quelqu'un qui vous comprend, parce qu'il a vécu la même épreuve.

— La même, sûrement pas ! protestai-je. C'est impossible.

Le sourire de maman s'élargit.

— Quelque chose de très proche, en tout cas. J'ai le sentiment qu'il ne va pas tarder à revenir.

Je gardai le silence, et maman finit par s'apercevoir qu'elle restait là sans rien faire, sinon penser à cet homme.

— Bonne nuit, ma chérie, chuchota-t-elle en s'esquivant.

Je me retrouvai seule, encore plus troublée que je ne l'étais avant son retour. Jamais, même dans mes divagations les plus folles, je n'aurais imaginé maman avec un autre homme. Pour moi, c'était toujours comme si papa était parti en mission.

Comment se pouvait-il qu'elle tombe à nouveau amoureuse ?

Comment pouvait-elle seulement le désirer ?

Personne, jamais, ne prendrait la place de mon père. D'avance, je haïssais celui qui oserait seulement essayer. La vie était moins compliquée dans la communauté navale, décidai-je. Et dire qu'il m'était arrivé de souhaiter vivre comme tout le monde ! *Essaie de dormir,* m'ordonnai-je mentalement.

Dormir ?

Autant tenter d'attraper l'arc-en-ciel !

9

Maman sort ses griffes

Le conseil d'Augustus et de maman se révéla impossible à suivre. Si j'avais été la seule à qui Phœbé risquait de nuire, j'y serais sans doute parvenue sans trop de peine. En partant pour le lycée, le lendemain matin, j'avais la ferme intention d'agir comme Augustus et maman me l'avaient suggéré. Je m'étais même promis de ne pas regarder du côté de Phœbé, et je trouvais que j'y parvenais plutôt bien. Au cours de la matinée, pendant tous les changements de classe, je l'évitai. Randy ne me quittait pas d'une semelle, et ses amis s'efforcèrent de faire tampon entre moi et les satellites de Phœbé. Augustus avait vu juste, j'eus bientôt ma petite faction personnelle, qui tournoyait autour de moi en murmurant contre Phœbé et sa bande, telle une petite ruche à part dont j'aurais été la reine. Cependant, Phœbé occupait solidement le terrain.

Juste avant le déjeuner, Ashley m'arrêta dans le couloir. Je me raidis. *Quoi qu'elle dise, ignore-la,* me sermonnai-je. Il ne faisait aucun doute pour moi qu'elle était la messagère de Phœbé, le missile humain que celle-ci envoyait pour me percer le cœur.

— Tu vas bien ? s'enquit-elle, d'un ton si doucereux que ma méfiance s'éveilla.

217

— Je vais très bien, merci. Pourquoi me demandes-tu ça ?

Je lui souris et m'éloignai, mais elle n'avait pas fini.

— À cause de l'arrestation de ta mère, et tout ça, lança-t-elle derrière moi.

J'eus l'impression d'avoir reçu un glaçon dans le dos. Pendant un moment je fus incapable de remuer, ne fût-ce que pour me retourner. Les élèves qui passaient par là ralentirent pour tendre l'oreille. Randy, qui revenait en hâte des toilettes, vit mon expression et s'arrêta net. Puis il se reprit et s'élança presque en courant dans ma direction.

— Qui a bien pu te dire une chose aussi stupide ? attaquai-je en marchant sur Ashley.

Elle fit front, un sourire dur et froid plaqué sur sa face ronde comme un caillou piqué dans la crème fouettée.

— Phœbé a tout raconté à tout le monde, ce matin. Son père était dans tous ses états, paraît-il. Est-ce que ta mère est en prison ? Elle dit que son père pense sérieusement à porter plainte, parce qu'on a trouvé l'argent dans le manteau de ta mère.

— C'est un mensonge ignoble ! m'indignai-je. Il n'était pas dans son manteau mais en dessous, et nous savons tous que c'est Phœbé qui l'a mis là pour causer des ennuis à ma mère.

Le sourire d'Ashley ne vacilla pas, mais je la vis jeter un coup d'œil sur sa droite et tournai la tête. De la porte d'une classe, Phœbé et sa bande nous observaient.

— Phœbé dit que vous avez terriblement besoin d'argent, à cause de la mort de ton père, et que le sien aura peut-être pitié d'elle et ne l'enverra pas en prison.

— Tu vas te taire ! vociférai-je.

M. Warner, notre professeur de sciences, venait de sortir de sa classe. Il tourna la tête de notre côté, néanmoins cela m'était bien égal. Randy s'était approché. Il tenta de m'entraîner en me prenant le bras mais je me dégageai d'une secousse.

— Ce sera probablement dans les journaux, reprit Ashley, alors n'essaie pas de nous faire croire que ce n'est pas vrai.

— Je t'ai dit de te taire ! Encore un mot à propos de ce mensonge et je t'arrache la langue, menaçai-je.

Mais Ashley avait bien appris sa leçon.

— Ta mère est une voleuse, et de la pire espèce. C'est dégoûtant de voler quelqu'un qui a essayé de l'aider !

Cette fois, je vis rouge, au sens propre du terme. Et même d'un rouge si ardent que je ne me souviens pas de ce qui arriva ensuite, surtout quand mes doigts s'enfoncèrent dans les cheveux d'Ashley et que je la traînai le long du couloir. Jusqu'au moment où Mme Cohen, notre professeur de maths, apparut subitement en face de moi et me força à lâcher Ashley.

Quand je le fis, M. Warner me souleva littéralement du sol et me reposa un peu plus loin, si violemment que je crus m'être fêlé une côte.

— Au bureau, jeune fille ! ordonna-t-il en pointant le doigt vers la porte de la directrice. Et plus vite que ça !

Ashley pleurait, pliée en deux sur le dallage comme un bébé. Appelée d'urgence, l'infirmière arrivait déjà. M. Warner, la main plaquée entre mes omoplates, me poussait fermement dans le dos pour m'empêcher de m'arrêter.

— Avancez ! répétait-il sans cesse.

Et tous ceux qui sortaient des classes profitaient de la scène.

— Asseyez-vous ! jeta M. Warner quand nous entrâmes dans l'antichambre du bureau directorial, et ne bougez pas de là.

Il alla voir la secrétaire et lui raconta ce qui s'était passé. Elle sonna pour prévenir la directrice, Mme Greenstein, et M. Warner pénétra d'abord seul dans le bureau. Quelques minutes plus tard, il rouvrit la porte et m'ordonna d'entrer.

Le voile rouge qui m'avait obscurci la vue s'était dissipé, à présent. Pendant un moment je me demandai ce que je faisais là, tellement la rage m'avait troublé l'esprit. Puis je me repris, respirai un grand coup et entrai dans la pièce. M. Warner referma la porte derrière moi et je regardai la directrice.

Je ne l'avais vue que dans les couloirs, et à la rentrée pendant l'allocution traditionnelle du premier jour. Elle avait établi des règles qu'elle considérait comme paroles d'Évangile. Et je me souviens qu'elle m'avait rappelé certains officiers de marine, parmi les plus revêches et les plus sévères que j'aie connus.

Elle n'était pas tellement plus grande que moi, mais sa carrure évoquait le rembourrage d'une tenue de footballeur américain. Chaque fois que je l'avais croisée dans les couloirs, on aurait dit qu'elle fronçait les sourcils, et ses lèvres étaient si serrées qu'elles blanchissaient aux commissures.

— Est-ce vrai, mademoiselle ? M. Warner a dû vous séparer par la force d'une autre élève ? Et Mme Cohen a dû l'y aider ?

J'acquiesçai en silence.

— Ce sera tout, monsieur Warner. Merci. Je suis navrée qu'un incident ait troublé votre pause déjeuner.

M. Warner me jeta un regard noir et s'en alla. Du bout de son long nez pointu, Mme Greenstein désigna la chaise qui faisait face à son bureau.

— Asseyez-vous. Je vais voir comment va Ashley et je reviens. Si elle est grièvement blessée, j'agirai selon les règles énoncées à notre assemblée : je préviendrai la police. À l'intérieur de cet établissement, toute agression contre l'un de mes élèves est aussi sérieuse que si elle s'était produite dans la rue, déclara-t-elle.

En quittant la pièce, elle laissa la porte grande ouverte, en sorte que toute personne passant dans le couloir pouvait me voir. En entendant le rire de Phœbé, je me retournai, juste à temps pour la voir s'éloigner avec deux de ses amies.

Comment allais-je expliquer tout ceci à maman ? J'avais l'impression de l'avoir trahie, et au pire moment qui soit. Tremblante d'appréhension, je baissai la tête et attendis.

Pour commencer, la secrétaire vint déposer un dossier sur le bureau de Mme Greenstein, sans même paraître remarquer ma présence. Dix minutes plus tard j'entendis des hauts talons remonter le couloir en martelant le dallage, tel un roulement de tambour annonçant mon exécution imminente.

— Eh bien, observa la directrice en entrant, vous avez de la chance qu'elle ne soit pas gravement blessée.

— Ce n'était pas ma faute, madame.

Elle prit place derrière son bureau et y posa les coudes, les mains jointes par l'extrémité des doigts comme pour prier. Son regard sombre s'abaissa sur le dossier que venait d'apporter la secrétaire, puis se leva sur moi.

— Ainsi, vous êtes cette élève qui a été élevée dans une base navale ?

— Pas toute ma vie, madame. Seulement quand mon père a été promu officier.

Les yeux noirs de Mme Greenstein s'étrécirent.

— Une fille d'officier, et c'est ainsi que vous vous comportez ? Je croyais qu'on ne badinait pas avec l'éducation, dans l'armée, surtout dans la marine. Le protocole, la bonne conduite, le respect de l'autorité y sont de règle, non ? Avez-vous cru que parce que vous ne viviez plus dans ce milieu, vous pouviez vous conduire comme une bête sauvage dans mon lycée ? L'officier qu'est votre père serait-il fier de vous ? Comment réagira-t-il quand je l'appellerai ?

Il me fut impossible de retenir mes larmes. Elles ruisselèrent sur mes joues.

— Vous ne pouvez pas l'appeler, madame.

— Ah non ? Et pourquoi, je vous prie ?

— Il est mort. Il a été tué dans un accident d'hélicoptère, sans quoi nous serions toujours à Norfolk.

— Je vois, dit-elle simplement. C'est un grand malheur. Mais c'est aussi une raison supplémentaire pour vous conduire correctement, sans alourdir le fardeau que porte déjà votre mère.

Je secouai obstinément la tête.

— Vous ne comprenez pas, madame.

— Vraiment, je ne comprends pas ? C'est moi qui suis en tort, en somme ?

— Non, madame. Ce n'est pas ce que j'ai voulu dire.

Elle referma le dossier d'un claquement sec et se carra dans son fauteuil.

— Très bien, que vouliez-vous dire ? Allez, expliquez-moi ce... cet accès de sauvagerie.

Je me demandai par où commencer. Tout semblait si stupide et si ridicule... J'étais certaine qu'elle verrait les choses comme ça, mais avais-je le choix ? Je me jetai à l'eau.

— Nous sommes venues ici parce qu'une amie de ma mère lui a trouvé du travail au restaurant de son mari, l'auberge Tremont. La belle-fille de cette amie, Phœbé Tremont, ne m'aime pas et hier soir, elle a tenté de faire accuser ma mère de vol. Ashley criait dans les couloirs que ma mère était une voleuse et qu'on l'avait arrêtée. Je lui ai dit de se taire, mais elle n'a pas voulu et je me suis mise en colère, débitai-je tout d'une traite.

Pendant que je reprenais mon souffle, Mme Greenstein ne me quitta pas des yeux, puis je la vis secouer la tête.

— Avez-vous inventé cela toute seule, ou l'avez-vous tiré d'un feuilleton à l'eau de rose ?

— Si seulement c'était le cas ! marmonnai-je.

— Pardon ?

— Je disais que je voudrais bien que ce soit une invention, mais c'est malheureusement vrai, répliquai-je avec assurance.

Un peu trop d'assurance, peut-être, car Mme Greenstein se redressa brusquement et haussa ses larges épaules.

— Je ne permettrai aucune violence dans mon établissement. C'est une règle établie, nous ne tolérons ni couteaux, ni armes à feu, et encore moins la drogue. La première infraction est aussi la dernière. Vous êtes suspendue en attendant une enquête plus approfondie, et une exclusion possible de cette institution. Allez chercher vos affaires et quittez les lieux sur-le-champ. Je préviendrai votre mère que vous êtes en route. Aussi n'allez nulle part ailleurs, et n'essayez pas de lui mentir au sujet de ce qui s'est passé, comme certains élèves ont tenté de le faire.

— C'est injuste ! protestai-je.

— Vous connaissiez le règlement. Je ne parle jamais à la légère. Ce que vous devriez apprécier, vous qui avez grandi dans un environnement militaire.

— Mais…

— Je pense que vous devriez écrire une lettre d'excuses à M. Warner et à Mme Cohen, poursuivit la directrice. C'est tout.

Sur ce, pour donner plus de poids encore à ses paroles, elle se leva.

Lentement, je me levai à mon tour. Qu'avais-je fait ? Qu'allait-il nous arriver ?

La sonnerie annonçant le prochain cours avait déjà retenti. Les couloirs étaient vides. La secrétaire me tendit mes livres.

— Randy Walker vous les a rapportés, m'expliqua-t-elle. Ils étaient éparpillés dans le couloir.

Je les pris, la remerciai, quittai le bureau d'un pas de somnambule et marchai vers la sortie la plus proche. Je ne me rappelai rien de mon trajet de retour. Je me souviens seulement d'avoir pris un bus, d'en être descendue, d'avoir marché au hasard. Et brusquement, je me retrouvai devant notre porte. Je la franchis le cœur battant.

Maman, qui d'habitude dormait très tard à cause de son travail, était déjà levée. Je la trouvai en robe de chambre dans la cuisine. Debout devant le comptoir, elle tenait à deux mains une tasse de café fumant. Je sais qu'elle m'entendit venir, mais elle garda le dos tourné jusqu'à ce que je murmure :

— Maman ?

Alors elle se retourna, très lentement. Elle était livide, avec les cheveux en désordre, comme si elle y avait fourragé dans un moment de douleur insupportable.

— Comment as-tu pu faire ça, Grace ? Je ne comprends pas.

La voix entrecoupée de sanglots, je lui racontai tout.

— Je n'ai pas pu m'en empêcher, maman. J'ai tout simplement explosé de colère. Ensuite j'ai été effrayée par ce que je venais de faire. C'est comme si j'avais été tour à tour deux personnes différentes.

L'expression de maman changea. Elle avait compris.

— Ma pauvre chérie ! s'apitoya-t-elle. Comme cela a dû être horrible. Mais qu'est-ce que j'ai fait ? J'aurais dû rester en Virginie et te laisser dans le même lycée, où tu te faisais déjà des amis. Je n'ai pensé qu'à moi, et à ma propre douleur.

— Non, maman, ce n'est absolument pas ta faute. C'est cette Phœbé Tremont. Elle est si méchante et me déteste tellement, qu'elle ferait n'importe quoi pour me nuire.

— Comment quelqu'un peut-il te détester autant, et aussi vite ? Enfin, soupira maman, tout ça se tassera ! Si j'ai appris quelque chose de ton père, c'est bien à rester calme dans les moments de crise et à garder mon sang-froid. Tu n'aurais pas dû recourir à la violence, bien sûr, mais on t'a provoquée délibérément. Nous avons rendez-vous avec la directrice demain à huit heures.

— Mais avec ton travail, devoir te lever si tôt !

— Aucune importance.

Elle libéra un nouveau soupir, si profond celui-là qu'il m'alerta. Je devinai qu'il y avait encore autre chose.

— Est-ce que tu te sens mal, maman ?

— Comment ? Non, du moins pas physiquement. C'est juste que… je viens de voir M. Landers, le gérant de la résidence. Il donnait ses instructions aux jardiniers, et m'a dit ce qu'il en était pour Mme Dorahush.

225

Mon souffle se bloqua dans ma gorge.

— Et… ?

— Elle est morte dans la nuit.

— Oh, non ! Où est Augustus ? questionnai-je aussitôt.

— Je ne sais pas, ma chérie.

— Je ferais mieux d'aller le voir. Il est tout seul, maman.

Sans lui laisser le temps de répondre, je me ruai vers la porte de la terrasse, traversai la pelouse au pas de charge et, courant toujours, j'arrivai devant la maison d'Augustus. Ses fenêtres étaient éteintes. Je frappai à la porte de la terrasse et attendis : en vain. Je coulai un regard à l'intérieur mais je ne le vis pas. Je frappai encore, puis je l'appelai. Comme il ne se montrait pas, je contournai la terrasse jusqu'à sa fenêtre et là aussi, regardai par la vitre.

— Qu'est-ce que vous faites là ? fit une voix derrière moi.

Je pivotai pour me trouver face à face avec M. Landers, un petit homme râblé aux cheveux gris que j'avais vu de temps en temps, et salué sans jamais lui parler. Distrait, sans doute, ou peu intéressé par les jeunes de la résidence, il ne m'avait jamais répondu que par un vague signe de tête.

— Je cherche Augustus, expliquai-je. J'ai appris, pour sa grand-mère.

— Il n'est pas là. Une voiture officielle est venue le chercher, il a pris quelques papiers et il est parti.

— Parti ? Pour aller où ?

M. Landers se gratta la tête.

— Je l'ignore, mademoiselle. C'est tout ce que je sais. C'était un gamin bizarre, de toute façon. Il mettait les autres résidants mal à l'aise.

226

— C'est parce qu'ils ne le comprenaient pas ! m'écriai-je. C'est un surdoué.

Le gérant grimaça.

— Un surdoué, bien sûr, grommela-t-il en s'éloignant pour aller morigéner l'un des jardiniers.

Je rentrai à la maison et racontai à maman ce que je venais d'apprendre.

— Quelle pitié ! se désola-t-elle. Juste au moment où on se croit le plus malheureux, on rencontre quelqu'un d'encore plus malheureux que soi. Ma grand-mère avait une façon bien à elle d'exprimer ça. « Un homme se plaignait tout le temps de n'avoir pas de chaussures, disait-elle. Jusqu'à ce qu'il en rencontre un qui n'avait pas de pieds. »

— Avons-nous un moyen de savoir ce qu'il est devenu, maman ?

— Peut-être. J'essaierai, ma chérie, promit-elle.

Toutes ces émotions m'avaient épuisée. Je gagnai ma chambre, m'étendis sur mon lit, et m'endormis dès que j'eus fermé les yeux. La sonnerie du téléphone me réveilla. C'était Randy.

— J'ai... j'ai appris ce qui t'était a... arrivé, débita-t-il avec effort.

— Nous avons rendez-vous avec la directrice demain matin.

— J'ai essayé de t'a... t'arrêter.

— Je sais, j'ai eu tort. Je suis tombée dans leur panneau. Phœbé doit jubiler, à présent. (Le silence de Randy m'apprit que c'était le cas.) Mais ne t'inquiète pas, ça lui retombera dessus un jour. « Qui sème le vent récolte la tempête », comme dit souvent ma mère.

— Tant mieux.

— Ne t'attire pas d'ennuis à cause de moi, Randy. Je te verrai demain.

— D'accord, acquiesça-t-il d'une petite voix misérable.

Maman partit travailler, la tête haute, mais son anxiété se lisait dans ses yeux. Elle m'appela du restaurant et m'apprit que Dallas et elle avaient eu un entretien privé, que Dallas allait parler de Phœbé avec Warren. Après cela j'essayai de dîner, sans grand appétit, et je finis par y renoncer. Quand le téléphone sonna de nouveau, je fus certaine que c'était Randy, mais je me trompais. C'était Augustus.

— Où es-tu ? demandai-je en criant presque, tellement j'étais contente d'entendre sa voix.

— C'est sans importance. Tu as su pour Mme Dorahush, je suppose ?

— J'ai eu des nouvelles de ta grand-mère, oui.

Un silence plana, puis il rectifia :

— Oui, ma grand-mère.

— Je suis désolée, Augustus. Je sais combien elle comptait pour toi, et toi pour elle.

— Oui. Enfin, elle est retournée à l'état d'énergie pure. Comme tu le sais, je travaille là-dessus. J'espère la retrouver très bientôt.

Je fronçai les sourcils.

— Que veux-tu dire ? Comment cela ?

— En disparaissant.

— Tu ne vas rien faire contre toi-même, au moins ?

Le ton de sa voix m'avait effrayée. Il semblait si lointain... comme s'il avait déjà commencé à disparaître.

— Mais non, c'est juste le contraire. Ne t'en fais pas. Ils m'envoient au Nouveau-Mexique, dans un établissement top-secret uniquement consacré à la recherche. Je disposerai de tout ce dont j'aurai besoin, et je serai avec des gens comme moi. Mais tu me manqueras, Grace.

— Ne peux-tu pas m'écrire, ou m'appeler ?

— Non. Je ne peux rien faire pour m'empêcher de disparaître. Je ne peux pas me maintenir sur ce niveau d'existence.

Je me sentis forcée d'avouer :

— Je ne comprends pas de quoi tu parles, Augustus.

— Ce n'est pas grave. Je voulais seulement te dire au revoir, et te remercier une fois de plus d'avoir été si chic avec moi. Prends soin de Canette et Caquet, ajouta-t-il en raccrochant.

Tout cela me laissait perplexe, bien sûr. J'étais habituée à quitter mes nouveaux amis, mais sans trop savoir pourquoi, je pensais avoir le temps de mieux connaître Augustus. Je l'avais souhaité, et maintenant c'était trop tard. Cette chance m'était retirée. Me serait-il jamais donné de connaître réellement quelqu'un ? Je n'osais même plus le tenter, cela me faisait peur. Maman m'avait dit que l'amour était un investissement, qu'il impliquait de prendre des risques. Aurais-je seulement une seule chance de prendre un tel risque ?

La vaisselle faite et la cuisine en ordre, j'allai dans ma chambre et passai en revue mes poupées. Chacune d'elles me rappelait où papa l'avait trouvée, quelle joie m'avait causée ce cadeau. Je m'étendis en tenant dans les bras un ours en peluche venu de Londres, et cette fois je n'entendis pas rentrer maman.

Elle était déjà debout et habillée quand je me levai, le lendemain. Je ne savais pas comment m'excuser de lui imposer cette épreuve, mais elle montra une détermination farouche.

— Nous n'allons pas rester des victimes toute notre vie, Grace. On ne m'a pas élevée comme ça, ni appris la résignation. Tu descends d'une longue lignée de gens tenaces et résistants, affirma-t-elle.

Sur le chemin du lycée, je lui fis part de ma brève et déroutante conversation avec Augustus.

— Chacun de nous a un destin à accomplir, je suppose, philosopha-t-elle. Le sien est soit une bénédiction, soit une malédiction, l'avenir nous le dira. Nous entendrons sans doute parler de lui un jour, quand il aura inventé quelque chose de fabuleux. Pour l'instant, ne te tracasse pas pour lui, Grace. Ton propre fardeau est bien assez lourd pour toi.

Mme Greenstein nous fit attendre, bien que nous soyons arrivées à l'heure. Sa secrétaire offrit du café à maman, qui le refusa. Vingt minutes après l'heure du rendez-vous, elle alla trouver la secrétaire et la pria, en termes nets et clairs, de dire à Mme Greenstein que son temps était tout aussi précieux que celui d'autrui.

— Si huit heures n'était pas une heure qui vous convenait, pourquoi l'avoir fixée vous-même ? acheva-t-elle.

La secrétaire passa aussitôt dans le bureau directorial. Quand elle en ressortit, elle laissa la porte ouverte et Mme Greenstein se montra.

— Désolée de vous avoir fait attendre, madame Houston, mais j'ai dû régler par téléphone une question prioritaire, plus importante qu'une histoire de mauvaise conduite. Cela m'a retenue plus longtemps que prévu. Entrez.

Nous entrâmes donc, et la directrice referma la porte. Il y avait deux chaises devant son bureau, maintenant. Elle gagna son fauteuil, offrit à maman de s'asseoir, m'y invita d'un simple signe de tête et commença :

— J'espère que vous comprenez la signification de tout ceci, madame. La violence est devenue trop commune dans notre institution, ces temps-ci, et nous devons nous montrer vigilants.

— Je comprends, bien sûr, et je vous félicite pour cela, répliqua maman. Toutefois, je tiens à vous faire bien comprendre que Grace n'a jamais causé le moindre incident de ce genre. Elle a toujours été, comme vous pouvez le voir dans son dossier, une élève modèle, avec un A de moyenne générale.

— Une fois suffit pour causer un grave problème, madame Houston. Nous tenons compte de la conduite passée de chacun, bien sûr, mais la violence reste la violence.

Maman ne se laissa pas intimider.

— Connaissez-vous toute l'histoire, au moins ?

— On m'a rapporté certains faits, reconnut Mme Greenstein.

— Ils se sont mis à plusieurs pour la provoquer et la harceler. Grace n'aurait pas dû riposter, c'est vrai. Mais les autres ne sont pas totalement innocents, madame la directrice, et en bonne justice vous devriez en tenir compte.

Mme Greenstein pinça les lèvres.

— Si je devais me mêler des intrigues et des romans-feuilletons de mes élèves, je n'arriverais à rien. Dans les écoles qu'a fréquentées votre fille, on avait peut-être du temps pour ce genre d'inepties, mais pas chez nous.

— Grace n'a fréquenté que des établissements publics, madame Greenstein, et juger quelqu'un en connaissance de cause n'est pas une ineptie.

De toute évidence, la directrice n'appréciait pas ce face-à-face avec quelqu'un d'aussi déterminé que maman. Elle s'éclaircit la voix.

— Hu-hum ! Bon, voilà ce que nous allons faire. Votre fille sera suspendue pour le reste de la semaine, et en sursis probatoire jusqu'à la fin de l'année. Qu'elle commette le plus petit acte de violence, qu'il y ait eu provocation ou pas, et ce sera le renvoi. J'attends toujours les lettres d'excuses, pour les deux professeurs qui ont dû la forcer à lâcher l'autre élève.

— Et pour les provocateurs, pas de réprimandes ni de sanctions ? s'enquit maman.

— Occupons-nous simplement de votre fille, madame Houston. Il me semble que vous avez bien assez à faire avec elle. Je me charge des autres élèves, ajouta la directrice avec un sourire glacé.

Maman lui retourna exactement le même.

— Grace s'est mal conduite et mérite une punition, soit. Mais si j'apprends qu'on l'a encore tourmentée ou provoquée, je reviendrai. Il y a différentes formes de violence, dont certaines sont plus graves que la violence physique.

Mme Greenstein digéra cette réponse, puis se leva.

— Merci d'être venue, madame Houston. Quant à vous...

Elle me lança un regard sec.

— Je veux ces deux lettres sur mon bureau lundi matin, dès votre retour.

Je hochai la tête et nous quittâmes le bureau. Maman se taisait, mais je sentais la colère qui bouillonnait en elle tandis que nous pressions le pas vers la sortie. Finalement, elle éclata.

— Cette femme ! grinça-t-elle à mi-voix. Si elle était officier de marine, son équipage se mutinerait !

Je n'osais pas ouvrir la bouche. Avant d'arriver à la maison, toutefois, maman s'était calmée.

— Je suis navrée que tu sois dans son lycée, Grace. Je voudrais pouvoir te faire inscrire ailleurs.

— Ne t'en fais pas pour moi, maman. Tout se passera bien.

— Oui, approuva-t-elle, mais sa voix n'était déjà plus la même : je n'y retrouvai pas trace de son assurance coutumière.

Comme je n'allais plus avoir cours pendant trois jours, elle me proposa de l'accompagner au restaurant. De son côté, Randy appela et promit de me transmettre tous les devoirs donnés par les professeurs. Au moins, j'aurais quelque chose à faire pendant la journée.

Je fus ravie de me rendre au restaurant et de voir du monde. J'étais toujours très triste pour Augustus, et pour moi aussi, d'ailleurs. Dallas fit preuve de sympathie et d'une grande gentillesse envers moi. J'avais mis une de mes plus jolies robes, et je l'aidai à accueillir les gens comme je l'avais déjà fait : le second soir, Phœbé passa en compagnie de Roger et m'aperçut.

— Je suis contente que tu aies trouvé un travail qui te convient, lança-t-elle avec un sourire satisfait.

Je ne répondis pas mais regardai Roger, qui détourna les yeux d'un air coupable. Il la suivit dans le bureau de Warren, puis je les vis partir ensemble.

Toute la journée suivante, je sentis que maman était particulièrement surexcitée. Elle passa plus de temps qu'à l'ordinaire à se coiffer, se maquiller, se faire les ongles, et je ne l'avais jamais vue si pressée de partir travailler. Cela m'intrigua jusqu'à l'arrivée au restaurant d'un homme d'un certain âge, d'allure distinguée, qui avait réservé une table d'un couvert au nom de Winston Montgomery.

Dès qu'il entra, j'eus l'impression qu'il savait qui j'étais. Il s'approcha du comptoir d'accueil et resta là un moment, sans rien dire, à me regarder en souriant.

Je lui rendis son sourire.

— Puis-je vous aider, monsieur ?

— Winston Montgomery. J'ai réservé pour huit heures.

Je consultai la liste des réservations, et vis qu'il était placé dans la section de maman.

— Par ici, indiquai-je en prenant un menu.

Je le conduisis à sa table, qui occupait une place dans le coin gauche, au fond de la salle.

— Merci, dit-il quand j'écartai sa chaise et lui tendis le menu.

Sa voix bien timbrée, vibrante et nette, évoquait celle d'un présentateur de la radio.

— Je vous souhaite un excellent repas, monsieur. La serveuse sera là dans un instant.

— Vous connaissez bien ma serveuse ? s'enquit-il, avant que j'aie eu le temps de m'éloigner.

La lueur malicieuse qui dansait dans ses yeux m'apprit qu'il savait déjà la réponse.

— Tout à fait, confirmai-je, puisque c'est ma mère.

— Je le soupçonnais. Vous lui ressemblez beaucoup.

— Je voudrais bien ! m'exclamai-je, ce qui parut l'amuser.

Il était grand, plus grand que papa ne l'était d'environ cinq centimètres. Ses cheveux bien fournis, à la coupe élégante, étaient d'un gris argenté, presque blanc. Il avait la mâchoire étroite mais la bouche ferme, et un nez presque parfait. Je notai qu'il portait une magnifique chevalière en or, ornée d'un diamant taillé en triangle. Le bracelet en or de sa Rolex était exactement de la même nuance.

— Elle vous plaît ? demanda-t-il en voyant que je regardais sa montre. C'est ma première Rolex, je l'ai achetée ce matin. Il est rare que je me permette ce genre d'extravagances pour moi-même, vous savez. Je préférerais dépenser mon argent pour de jolies femmes, ajouta-t-il avec un discret sourire.

Derrière moi, j'entendis la voix de maman :

— Vous avez déjà fait la connaissance de ma fille, je vois.

Winston Montgomery se leva et s'inclina légèrement devant elle.

— En effet. Je l'aurais reconnue n'importe où, Jackie Lee. Vous lui avez légué le meilleur de vous-même.

— Merci, murmura maman, toute rougissante.

Je ne l'avais jamais vue ainsi. Elle restait plantée là, les yeux pétillants comme ceux d'une adolescente éblouie.

— Je ferais mieux de retourner à l'accueil, lançai-je avec sécheresse avant de m'éloigner.

Quand je me retournai, je vis maman tout près de cet homme. Elle le couvait du regard comme s'il était une star de cinéma. Et lui la regardait exactement de la même façon, d'ailleurs. Cela fit naître en moi une sensation bizarre où dominait la surprise, mais où perçait aussi la contrariété.

Winston Montgomery prit tout son temps pour dîner. Il semblait satisfait d'être simplement assis là, à regarder maman aller et venir dans la salle. Je remarquai qu'à chaque occasion favorable elle s'arrêtait à sa table pour échanger quelques mots avec lui. Et quand j'introduisais de nouveaux arrivants, Winston Montgomery me saluait de la tête et me souriait.

Dallas finit par remarquer mon intérêt pour lui, et la façon dont je surveillais les faits et gestes de maman quand elle était près de lui.

— Tu sais qui est cet homme ? me demanda-t-elle.

— Je sais son nom. Winston Montgomery.

— Il possède une grande propriété à Palm Beach. Il est très, très, très riche, Grace. Sa famille a de gros intérêts dans l'industrie pharmaceutique. Il vit très retiré à présent, si j'ai bien compris. Il a perdu sa femme il y a peu de temps. Ils n'avaient pas d'enfants, ajouta-t-elle en haussant les sourcils. Il n'y a pas d'héritier direct pour toute cette fortune.

Je louchai à nouveau du côté de Winston Montgomery. Maman servait à une table voisine, mais elle cherchait si souvent le regard de cet homme qu'elle faillit laisser tomber une assiette sur les genoux de quelqu'un.

— Quel âge a-t-il ? éprouvai-je le besoin de savoir.

Il était beau, mais avec ses rides et ses cheveux argentés, il me paraissait très vieux.

— Soixante ans et quelques, répliqua Dallas en riant. De nos jours, les hommes d'un certain âge sont les meilleurs partis, surtout les riches. Oh, bonjour ! lança-t-elle à l'intention d'un couple qui venait d'entrer.

Je digérai l'information, puis j'observai à nouveau maman et ce Winston Montgomery. *Elle ne peut pas être amoureuse de lui*, décidai-je. *Pas d'un homme aussi vieux. Elle n'a que trente-huit ans ! Non*, me persuadai-je. *Elle se montre aimable pour avoir un pourboire plus élevé, voilà tout.*

Son dîner terminé, Winston ne quitta pas l'auberge pour autant. Il se rendit au bar. Vers dix heures et demie, le service prit un rythme plus calme. Maman et Dallas sortaient si souvent pour chuchoter dans un coin qu'on se serait cru à un bal de fin d'année. À onze heures, tous les clients avaient réglé leur addition et quittaient les tables.

Quand je cherchai maman, je l'aperçus dans le bar, qui s'entretenait avec Winston Montgomery. Elle me vit sur le seuil de la petite salle, s'excusa auprès de lui et vint me rejoindre.

— Nous rentrons, maintenant, Grace.

— Tu n'as pas de comptes à vérifier, comme d'habitude ?

— Dallas s'en charge pour moi. Viens, ma chérie. Tu t'en es très bien tirée, ce soir. Elle t'a réservé une partie des pourboires.

De loin, Winston Montgomery me sourit. Maman se hâta de sortir et de gagner la voiture.

— C'était une bonne soirée, observa-t-elle avec satisfaction. Je n'espérais pas gagner autant.

— Je ne t'ai jamais parlé d'argent, maman. Combien avons-nous pour vivre ?

— Suffisamment, ma chérie. Nous nous en sortons bien. Mais, ajouta-t-elle avec une lueur farouche dans le regard, nous allons faire beaucoup mieux encore. Le mauvais sort s'est acharné sur nous, mais crois-moi je n'ai pas l'intention de le laisser continuer longtemps.

Elle avait dit cela les dents serrées, avec une véhémence que je ne lui avais jamais vue. On aurait juré qu'elle connaissait l'adresse du mauvais sort et se préparait à lui rendre visite sous peu.

— Que veux-tu dire, maman ?

— Je travaille chez Dallas et Warren, dans leur superbe restaurant ultrachic. Je vois toutes ces femmes, dont certaines ne sont pas plus âgées que moi, couvertes d'or et de diamants dans leurs toilettes haute couture. Et je me dis : « Pourquoi ont-elles droit à un tel bonheur ? Quel est leur secret ? Qu'ont-elles fait pour mériter cette chance ? »

— Et quel est le secret, maman ?

— Savoir ce qu'on veut, et être bien déterminé à l'obtenir. Jusqu'à l'obsession s'il le faut, dit-elle âprement, plus pour elle-même que pour moi.

Je ne la reconnaissais plus. Était-ce ma mésaventure du lycée qui était, en partie tout au moins, responsable de son état ? Je ne pouvais pas m'empêcher de me le demander.

Après un moment de silence, elle ajouta :

— Ne t'inquiète pas, tout va s'arranger. Les gens arrogants comme ta directrice changeront de ton avec nous, tu verras.

Cette fois, il était clair que cette histoire était pour quelque chose dans sa tristesse, comme dans cet étrange changement d'humeur. Je me sentais coupable.

— Je te demande pardon, maman.

— Ne dis pas ça, Grace. Ne t'excuse jamais à cause de gens de cette espèce. Bon sang de bois ! jura-t-elle en plaquant le bas de sa paume sur le volant, si brutalement que je tressaillis. Ton père aurait mâché cette sale bonne femme comme un chewing-gum et l'aurait recrachée !

Je me détournai vers la fenêtre, le cœur serré.

Papa nous manquerait toujours. Jamais nous ne cesserions de le regretter, d'avoir besoin de lui, de l'aimer.

En rentrant, j'allai droit à ma chambre et commençai à me déshabiller. J'entendis maman aller et venir dans la sienne, des tiroirs s'ouvrir et se fermer, de l'eau couler. Elle prenait une douche, ce qui en soi n'avait rien d'inhabituel, mais elle ne donnait pas l'impression de s'apprêter à se coucher. Elle écoutait des CD, ce qu'elle faisait seulement quand elle se préparait à passer la soirée dehors. Il était sûrement trop tard pour ça, raisonnai-je. Surtout après avoir passé des heures à piétiner au restaurant.

Une fois en chemise de nuit, j'allai frapper chez elle.

— Maman ?

— Une minute, ma chérie.

Quand elle ouvrit la porte, je reculai de surprise. Elle portait une de ses toilettes les plus coûteuses et s'était remaquillée. Sa robe était en mousseline de soie noire, sans bretelles, avec un décolleté plongeant. Jamais, depuis la mort de papa, elle n'avait eu l'air aussi jolie, aussi attirante. Elle joua un moment avec ses boucles d'oreilles et finit par demander :

— Eh bien, Grace ? Qu'y a-t-il ?

— Où vas-tu ? demandai-je à mon tour. Il est minuit passé.

— C'est l'heure où tout commence, à Palm Beach. Enfin… le plus souvent.

Je dus ouvrir des yeux aussi grands que des soucoupes.

— À Palm Beach ?

— Je sors avec Winston. Je suis fatiguée de travailler comme une esclave, sans jamais m'amuser. N'aie pas l'air si choquée !

— Je ne le suis pas, je suis seulement surprise, prétendis-je. Tu ne m'as jamais rien dit.

— Je ne suis pas obligée de tout te dire, Grace. L'adulte, ici, c'est moi !

Je me mordis les lèvres et battis des paupières pour retenir mes larmes :

— Je suis désolée, s'excusa maman. Je ne voulais pas me fâcher mais tout ça est tellement… frustrant. Je n'aurais pas dû m'en prendre à toi, tu n'y es pour rien. Va te coucher, Grace, et ne te fais aucun souci. Tu prends les choses trop à cœur. C'est en partie ma faute, mais tout va changer, à présent. Fini le marasme. Le mauvais sort ne pourra plus rien contre nous. D'accord, ma chérie ? conclut-elle en souriant.

Je fis signe que oui. Au même instant, nous entendîmes une voiture freiner devant la maison. Maman
ne fit qu'un bond jusqu'à son miroir.

— Il faut que j'y aille ! Comment me trouves-tu ?

— Ravissante, affirmai-je, et je ne mentais pas.

— Merci.

Elle happa son sac à main et courut à l'entrée. Je la
suivis sans me presser.

— N'aie pas l'air si soucieuse, me dit-elle en
ouvrant la porte.

Et moi aussi, je regardai dehors.

Devant la maison était garée une limousine
blanche au lustre soyeux, la plus longue et la plus
pure de lignes que j'eusse jamais vue. Maman s'arrêta
sur le seuil et inspira une longue gorgée d'air. On
aurait dit qu'elle s'apprêtait à plonger dans une piscine olympique pour une compétition. Puis elle sortit
et referma la porte derrière elle.

J'allai aussitôt me poster à la fenêtre juste à temps
pour voir le chauffeur contourner la voiture et ouvrir
la portière pour maman. Elle y monta. J'entrevis brièvement les longues jambes de Winston Montgomery,
sa main qui se tendait pour l'aider. Puis le chauffeur
ferma la porte, reprit sa place et, lentement, la limousine quitta la résidence.

Je laissai retomber le rideau et reculai, en proie à
une confusion mêlée de crainte. Comment pouvait-
elle sortir avec un homme tellement plus âgé qu'elle ?
Un homme qu'on ne pouvait pas comparer à mon
papa si beau, si fort, et qu'elle avait tant aimé ?

Que lui arrivait-il ? Et que m'arrivait-il, à moi ?

Je regagnai ma chambre à pas lents et m'arrêtai au
pied du lit, les yeux fixés sur l'ours venu de Londres
que j'avais posé sur mon oreiller. Il semblait perplexe, lui aussi. Je le pris dans mes bras, me glissai

sous les couvertures et contemplai le plafond noyé d'ombre.

Il est bien vrai que l'on meurt deux fois, méditai-je. *Les secondes funérailles des disparus ont lieu dans notre mémoire. Nous les enterrons sous de nouveaux événements, de nouveaux visages, de nouvelles relations. Et en faisant cela, nous enterrons aussi un peu de nous-mêmes.*

Que m'avait dit Augustus, déjà ? Tout ce qui vit doit souffrir. Tout ce qui vit, vit aux dépens de ce qui meurt. Il voulait m'avertir, me faire savoir ce qui m'attendait. Si brève qu'ait été notre amitié, il m'avait fait là un présent riche de sens.

— Peu importe tout cela, papa, chuchotai-je à la nuit. Je ne permettrai pas que tu sois oublié, même si pour cela je ne dois plus jamais connaître le bonheur.

Ce fut avec cette promesse sur les lèvres que je m'endormis.

10

Un pont à traverser

Je n'entendis pas rentrer maman, ce que j'attribuai au lourd sommeil qui s'empara de moi. Un tremblement de terre ne m'aurait sans doute pas réveillée. J'étais épuisée, surtout par la tension émotionnelle que j'avais subie. Une fois levée, pourtant, alors que je préparais notre café, je m'avisai soudain que maman avait laissé la porte de sa chambre ouverte. Je m'en étonnai. Elle la fermait toujours avant de se coucher. Intriguée, j'allai jeter un coup d'œil dans la pièce... et j'eus l'impression de recevoir une claque en pleine figure. La chambre était vide, le lit n'était pas défait. Maman n'avait pas dormi à la maison.

Je reculai, toute tremblante. Cela pouvait signifier qu'il lui était arrivé malheur. Mon imagination s'emballa, échafaudant toutes sortes d'hypothèses. Ce Winston Montgomery était peut-être un tueur en série, après tout. Maman avait décidé de le quitter et une chose horrible s'était produite. Ou bien ils avaient eu un grave accident, et personne encore ne savait où elle se trouvait. La panique me gagnait. Je songeai à prévenir Dallas, mais elle s'inquiéterait, et plus tard maman risquait d'être très fâchée contre moi.

Pour m'occuper l'esprit, je retournai à la cuisine pour faire ce café. Juste comme j'allumais la cafetière électrique, la porte d'entrée s'ouvrit et maman entra. Elle n'avait pas l'air fatiguée du tout, bien que de toute évidence elle ait passé la nuit dehors. En fait, elle était entrée en souriant et souriait toujours, jusqu'au moment où elle me vit.

— Oh, Grace. J'espérais rentrer avant que tu te lèves, ma chérie.

— Où étais-tu ? C'est le matin. Comment as-tu pu rester dehors si tard ? attaquai-je d'une voix qui montait à chaque mot. Pourquoi n'as-tu pas téléphoné pour me prévenir ?

Elle avait l'air penaude, comme une adolescente qui a outrepassé sa permission de minuit. Tous ces événements avaient renversé les rôles. De nous deux, c'était moi l'adulte responsable à présent. Maman s'excusa.

— Tu as raison, je te demande pardon. Mais je passais des moments si agréables que je n'ai pas fait attention à l'heure. Tu sais ce que c'est, j'en suis sûre.

— Non, maman, je ne sais pas. Je n'ai jamais agi comme ça envers toi. Comment as-tu pu ne pas t'apercevoir que le matin venait ? Comment ? insistai-je avec emportement.

Elle eut l'air sincèrement étonnée.

— Je sais que ça paraît invraisemblable mais…

— Ça *paraît* invraisemblable ? *C'est* invraisemblable, maman ! J'ai cru qu'il t'était arrivé quelque chose d'épouvantable.

— Je suis navrée, Grace, mais même si je te le répétais cent fois, cela ne changerait rien, répliqua-t-elle, à bout de patience. Alors oublions ça, veux-tu ? Ça ne se produira plus.

Médusée, je la vis s'éloigner rapidement vers sa chambre. Oublier ça ? Qu'aurait-elle dit si c'était moi qui avais passé la nuit dehors sans la prévenir ? Je la suivis et la regardai se déshabiller.

— Comment as-tu pu ne pas te rendre compte de l'heure, maman ?

Elle resta quelques instants songeuse avant de répondre.

— Nous étions si bien dans ce club à écouter de la musique, à rencontrer du monde... Il y a si longtemps que cela ne m'était pas arrivé que j'avais oublié ce que c'était. Si tu avais vu les gens qui venaient là, leurs vêtements, leurs bijoux ! Un grand styliste italien, qui habille les stars de Hollywood, est venu saluer Winston. Nous avons été présentés, figure-toi.

— Mais vous n'êtes pas restés là toute la nuit, quand même ?

Maman eut un petit rire léger.

— Non, nous sommes allés chez Winston. Sa maison est un vrai petit château. La propriété est entourée de murs, comme presque toutes celles de Palm Beach. On est dans un autre monde, là-bas, Grace. Dallas avait raison. Quand on traverse Flagler Bridge pour entrer dans Palm Beach, on se retrouve dans l'univers des riches et des puissants. Tout est beau, rutilant, somptueux, et très bien protégé. On dirait que la maladie et la mort n'existent pas, de l'autre côté du pont. Là-bas, il n'y a ni hôpital ni cimetière.

Malgré son enthousiasme, maman dut faire une pause pour reprendre haleine.

— Quoi qu'il en soit, poursuivit-elle aussitôt, les grilles de la propriété se sont ouvertes comme les portes du paradis, et nous avons remonté une magnifique allée carrossable rose, étincelante de fraîcheur. On aurait juré qu'on la passait à l'aspirateur tous les matins.

— Une allée, passée à l'aspirateur ?

— Je dis ça pour rire, ma chérie, mais ça en avait tout l'air. Cette allée interminable a fini par nous amener devant une grande maison blanche, de style méditerranéen. Grâce à l'éclairage très étudié du parc, j'ai pu voir de hauts buissons de lauriers en fleur, dans les tons saumon, rouge et blanc. Une merveille ! Il y a des pièces d'eau, des fontaines, et de grands cocotiers bordent l'allée circulaire qui conduit à la maison. Avant de remonter l'allée, j'ai eu le temps d'apercevoir l'océan derrière la maison, et une espèce de villa en bas, sur la plage. Un grand pavillon qui sert de logement au personnel, je crois.

À ce point de son récit, la surexcitation de maman n'avait pas baissé d'un ton. On aurait dit qu'elle racontait un film.

— Même à cette heure de la nuit, c'est un maître d'hôtel en smoking qui nous a accueillis. J'ai cru que j'entrais dans un musée, avec toutes ces œuvres d'art, ces statues, ces tapis… et le personnel ! À l'instant où nous sommes entrés dans ce que Winston appelle le studio – mais qu'on prendrait pour une petite salle de bal –, une bonne est apparue et lui a demandé ce qu'il désirait. Tu imagines ça, Grace ? Avoir tellement de domestiques, toujours à votre disposition ?

Son exubérance commençait à m'inquiéter. N'était-ce pas un signe d'épuisement ? Le plaisir et l'excitation suffisaient-ils à expliquer un tel débordement d'énergie ? Je crois que j'étais un peu jalouse. Peut-être même très jalouse.

— Non, maman, me contentai-je de répondre. Je n'imagine pas.

— Nous n'avons pris qu'un digestif, d'ailleurs, bien que Winston m'ait bien fait comprendre que je pouvais commander absolument n'importe quoi. Je ne connaissais pas l'alcool qu'il a choisi, mais je dois dire que j'ai adoré ça. Et nous sommes restés là, à bavarder tranquillement.

— Tout ce temps-là !

— Il avait tant de choses à raconter... Il m'a tout dit sur son mariage, sur la mort de sa femme, les raisons pour lesquelles ils n'avaient pas eu d'enfants. Mais il m'a surtout parlé de ce que c'était pour lui de se retrouver seul, après une union de presque quarante ans. Nous avons beaucoup de choses en commun, en fait, même si ton père et moi n'étions mariés que depuis moitié moins de temps. C'est un homme beaucoup plus sensible que je ne l'aurais cru.

— Papa ?

— Mais non, voyons. Winston.

Je marquai une pause imperceptible avant de hasarder :

— Ensuite, qu'avez-vous fait ?

— Au lever du soleil, nous nous sommes regardés avec la même surprise, et nous avons ri d'avoir pu oublier si totalement le temps lui-même. Winston ne savait comment s'excuser, naturellement, et il a immédiatement demandé la limousine. Il ne se déplace qu'en limousine, en fait. Il dit qu'il n'a pas tenu un volant depuis au moins vingt ans, tu te rends compte ?

— Non, rétorquai-je. Et je ne crois pas que j'aimerais être promenée partout par quelqu'un d'autre.

— Bien sûr que tu aimerais ça. On évite de s'énerver, et on peut faire autre chose pendant qu'on roule. Il a toujours été un homme d'affaires très occupé, il travaillait en voyageant. Et il a été partout, Grace. Attends de savoir dans combien d'endroits il est allé, combien de choses il a vues !

— Il ne peut pas avoir voyagé plus que papa, ripostai-je d'une voix où perçait la colère.

Elle sourcilla.

— C'est vrai, mais ce n'est pas du tout la même façon de voyager. Ton père restait consigné à bord ou à sa base. Il ne fréquentait pas les grands hôtels ni les grands restaurants, ne flânait pas sur les fronts de mer. Il n'est jamais allé dans les montagnes d'Europe, à Monte-Carlo ou sur la Côte d'Azur, ces paradis pour gens riches et célèbres. Ce n'était pas la même chose.

— J'aurais préféré faire ce qu'a fait papa, m'obstinai-je.

Maman me décocha un sourire indulgent, comme si elle s'adressait à une enfant.

— Mais oui, bien sûr.

— C'est vrai ! Je n'ai pas besoin de chauffeurs, ni de limousines, ni de maisons grandes comme des hôtels !

— Inutile de te fâcher, Grace.

— Je suis ravie que tu aies passé d'aussi bons moments, renvoyai-je en crachant pratiquement mes mots.

Là-dessus, je regagnai ma chambre. Je venais de fermer la porte quand je me souvins que j'avais laissé la cafetière branchée. Que pouvais-je bien faire dans cette chambre, de toute façon, sinon ruminer ma colère entre quatre murs ?

Je retournai à la cuisine et me versai une tasse de café. Je pensai à manger un peu, mais j'abandonnai aussitôt cette idée. Je crois que mon estomac aurait protesté et que j'aurais rejeté ma nourriture. Je levai les yeux quand maman se montra sur le seuil, en robe de chambre.

— Le café est prêt, annonçai-je.

— Je pense que je vais plutôt faire une petite sieste, Grace.

— Une sieste.

— Je commence à sentir la fatigue, avoua-t-elle.

— Comment vas-tu pouvoir travailler ce soir, après une nuit pareille ?

Maman eut un petit geste désinvolte.

— Je pourrais prendre ma soirée. J'appellerai Dallas plus tard et nous en discuterons. Ne t'inquiète pas. Un peu de repos me remettra d'aplomb. Appelle-moi si tu as besoin de moi, dit-elle en retournant dans sa chambre.

Et cette fois, elle ferma la porte. Je m'assis à table et sirotai mon café, en réfléchissant à ce qu'elle m'avait dit. Peut-être étais-je injuste envers elle. Peut-être méritait-elle de s'amuser un peu. Peut-être n'étais-je qu'une gamine jalouse, finalement.

Juste avant midi, quelqu'un sonna chez nous. Maman dormait toujours profondément, aussi me hâtai-je d'aller ouvrir. Je me trouvai face à face avec un livreur chargé d'une longue boîte de roses.

— Jackie Lee Houston ? s'enquit-il.

— Non, c'est ma mère.

— Ah ! Alors ces fleurs sont pour elle, dit-il en me tendant la boîte.

Je le remerciai et portai la boîte sur la table. Elle contenait trois douzaines de roses mélangées, blanches, rouges et roses, qui paraissaient fraîchement cueillies. Tiges, feuilles et pétales étaient encore humides. J'aperçus la carte qui les accompagnait. Comme l'enveloppe n'était pas cachetée, je l'ouvris et lus le message. « Pardon d'avoir oublié jusqu'au temps lui-même, mais c'était si facile avec vous... Winston. »

Je remis la carte dans son enveloppe, et jetai celle-ci sur la boîte comme si elle me brûlait les doigts. Puis je sortis faire un tour dans le parc de la résidence. Au bord de l'étang, je m'arrêtai pour jeter des miettes à Canette et Caquet. Ils les engloutirent, puis restèrent sur place à me regarder fixement.

— Augustus vous manque, je parie, leur murmurai-je.

Ils eurent un léger mouvement de tête, comme pour dire oui, et je souris avant d'ajouter :

— À moi aussi. Au moins, il était intéressant, lui. Et sans être riche !

Une camionnette s'arrêta devant la maison d'Augustus. J'allai flâner de ce côté-là et vis deux déménageurs emporter une partie des meubles et les charger.

— Où emmenez-vous tout ça ? demandai-je à l'un d'eux, dans l'espoir d'obtenir une adresse.

— Dans un de nos garde-meubles, répliqua-t-il, prenant à peine le temps de s'interrompre pour me regarder.

En transportant l'un des bureaux, les hommes ne s'aperçurent pas qu'une feuille de papier s'en échappait, pour se poser en tournoyant sur la pelouse. Je la ramassai quand ils retournèrent à l'appartement : elle était couverte de chiffres, de formules et autres équations. Toutes ces élucubrations mathématiques n'avaient aucun sens pour moi, bien sûr. Mais ce feuillet représentait un lien entre Augustus et moi, et je décidai de le garder. Ces gens l'auraient jeté, de toute façon, me donnai-je comme excuse. Je le pliai et décidai de le cacher au fond de ma boîte à bijoux, un cadeau que papa m'avait rapporté de l'Inde.

Chez nous, le calme régnait toujours, la boîte de roses était intacte. Je me dis que maman aurait faim en se réveillant, quelle que soit l'heure, et je commençai à préparer son plat favori : des pâtes à la sauce aux clams. Elle les aimait assez épicées, j'espérais que l'arôme de la sauce irait lui chatouiller les narines. Ce fut le cas.

Je me retournai quand elle sortit de sa chambre et apparut à l'entrée de la cuisine, les cheveux en bataille et les yeux gonflés. Elle se frotta les joues avec les paumes et me sourit.

— Qu'est-ce qui sent si bon ?

— J'ai pensé que tu aurais faim, maman.

— Comme c'est gentil ! Je vais juste prendre une douche et…

— Il y a un paquet pour toi, l'interrompis-je avec sécheresse, en retournant à mes pâtes en sauce.

Elle entra dans la cuisine et aperçut les fleurs.

— Charmante attention, commenta-t-elle, sans même demander de qui venait l'envoi.

Je surveillai son visage quand elle lut la carte. Ses yeux fatigués retrouvèrent instantanément leur éclat, le plaisir lui rosit les joues.

— Le poisson est ferré, marmonna-t-elle à mi-voix.

— Qu'est-ce que tu dis ?

— Rien du tout, ma chérie. Quel geste délicat, non ? Elles viennent de Winston. Il faut que je les mette dans l'eau tout de suite. Elles sont superbes. Et il y en a juste assez pour une déclaration, tout en évitant l'ostentation. Ils savent vraiment bien faire les choses.

— Qui ça ?

Elle eut un rire bref et léger.

— Les multimillionnaires de Palm Beach, voyons ! J'ai une faim de loup, tout à coup. Je n'en ai pas pour longtemps, promit-elle en filant prendre sa douche.

À table, pendant notre déjeuner tardif, maman poursuivit sa description enthousiaste de cette soirée prolongée avec Winston Montgomery. Elle s'étendait à plaisir sur chaque détail, comme pour s'assurer que je ne manque rien de ce qu'elle avait fait ou vu dans cette somptueuse demeure.

— Il y a au moins dix chambres, à mon avis, et un logement séparé pour les domestiques, un pavillon de plage. Tu imagines ça : une villa en bord de mer pour des domestiques ? On comprend mieux quand on sait que Joya del Mar possède sa plage privée.

— Joya del Mar ?

Maman prit un petit ton insouciant.

— Oh, je ne t'ai pas dit le nom de la propriété ?

— La propriété a un nom ?

— Bien sûr, voyons ! Toutes ces grandes demeures célèbres en ont un. Elle s'appelle Joya del Mar, « le Joyau de la mer ». Attends de l'avoir vue !

— Je ne veux pas la voir, renvoyai-je avec humeur.

— Et pourquoi pas.

— Je n'ai pas l'impression que ce serait amusant pour moi.

— Mais bien sûr que si. La piscine est immense, avec un Jacuzzi bien sûr. Il y a un court de tennis, un terrain pour s'entraîner au golf, un petit voilier, un yacht et...

La sonnerie du téléphone interrompit cette énumération volubile, qui commençait à me donner la nausée. J'espérai que c'était Randy, cela faisait un certain temps qu'il ne m'avait pas appelée. Je décrochai en hâte, impatiente de parler à quelqu'un de mon âge.

— Allô, fit une voix masculine. Ici Winston Montgomery. Votre mère est-elle disponible ?

— Un instant, répondis-je en tendant le récepteur à bout de bras d'un air écœuré. Maman, c'est pour toi.

— Pour moi ? Merci, Grace.

Sitôt qu'elle eut le combiné en main, sa voix changea. Elle s'exprima de façon si mondaine et si parfaite, tout à coup, que je ne la reconnus pas.

— Ici Jackie Lee, annonça-t-elle.

Puis, après avoir écouté un moment, elle reprit sur le même ton châtié :

— Elles sont superbes, Winston. Merci pour ce geste et ces mots si délicats. Je dois avouer qu'il en a été de même pour moi. J'ai perdu la notion du temps, moi aussi. (Elle écouta encore quelques secondes.) Non, je vais très bien. Je me suis longuement reposée. Merci d'avoir pensé à cela.

Seigneur ! m'étonnai-je, presque choquée. Jamais je ne l'avais entendue parler de cette façon, à qui que ce soit.

— Naturellement, poursuivit-elle. Quand cela ? Je ne vois pas pourquoi elle s'y opposerait. Elle sera certainement ravie, elle aussi. Vos attentions me touchent, Winston. Le temps va me sembler long.

Maman marqua une nouvelle pause et libéra un petit rire flûté.

— Au revoir, Winston. Et merci encore pour vos ravissantes roses.

Elle reposa délicatement le combiné sur sa fourche et resta un moment songeuse, un petit sourire aux lèvres.

— Eh bien, dit-elle enfin. C'est magnifique, non ?

J'étais en train de débarrasser la table. Sans répondre, j'allai porter la vaisselle dans l'évier, puis je me retournai vers maman. Elle semblait ravie.

— Winston nous invite à passer l'après-midi sur son yacht, demain. Il enverra la limousine vers dix heures du matin. Ce sera très amusant, non ?

— Pas pour moi, pour toi.

— Mais non, Grace. Tu verras. Nous déjeunerons à bord et…

— Il ne tient pas vraiment à ce que je t'accompagne, maman, m'obstinai-je.

— Mais si, il y tient. Il a insisté là-dessus. Tu lui as beaucoup plu, hier soir.

— Pourquoi ? Je n'ai fait que le conduire jusqu'à sa table.

— Il ne te quittait pas des yeux. Il est très observateur, et se flatte de savoir juger le caractère des gens. Il te plaira, Grace. Il est très simple pour quelqu'un d'aussi riche.

— J'aimerais mieux rattraper les cours que j'ai manqués, rétorquai-je en achevant de débarrasser la table. D'ailleurs…

J'affectai le ton de voix le plus précieux que je parvins à prendre pour achever :

— Je n'ai pas les vêtements qui conviennent pour une journée sur un yacht.

Maman vit dans cette réponse un fléchissement de ma résistance et saisit la balle au bond.

— Je le sais bien. C'est une des choses que nous allons faire cet après-midi, justement. Acheter les vêtements qui conviennent, et peut-être aussi des chaussures.

— N'est-ce pas une dépense extravagante, pour une seule journée sur un yacht ?

La surexcitation juvénile de maman s'évapora, pour laisser place à une froideur calculatrice.

— Non, ma chérie. C'est un investissement.

— Un investissement ? Et dans quoi, au juste ?

— Notre avenir, répondit-elle sans sourire, avec une détermination pleine de gravité. Fais ce que je te demande, ajouta-t-elle en allant remplir un vase au robinet.

Elle y plaça les roses et recula pour les admirer.

— Elles sont magnifiques, n'est-ce pas ?

Je dus admettre que oui, et elle retrouva le sourire.

— Tu verras. Tu vas passer une bonne journée demain, Grace, et tu le mérites. Tu mérites tout le bonheur possible, ma chérie, et je vais tout faire pour te le donner. Je vais me préparer, conclut-elle hâtivement, avant que j'aie pu lui répondre.

Elle regagna sa chambre, et mon regard revint se poser sur les roses. Leur splendeur s'imposait de façon écrasante, dans notre modeste petit appartement, un peu comme l'eût fait un diamant au doigt d'une clocharde. Tout me paraissait irréel, surtout les événements de la dernière semaine. Mon univers était sens dessus dessous, et je ne parvenais pas à trouver un sens à tout cela. Je ne pouvais pas m'empêcher de me sentir entraînée, telle une feuille au vent, par la force du destin.

Cesse de résister, me souffla une voix intérieure. *Accepte. Fais en sorte qu'ils retrouvent le sourire et la joie, n'aie pas de ressentiment contre eux, ne leur fais pas de peine. C'est un ordre qui vient tout droit de ton cœur, moussaillon.*

Oui, mon commandant, fus-je sur le point de répondre.

Et j'éprouvai aussi, bien sûr, un désir fou de saluer.

Notre tournée de courses fut un vrai plaisir pour maman. Elle nous équipa de pied en cap pour la navigation de plaisance, sans regarder à la dépense. Mais moi, la seule vue des étiquettes me fit frémir. Chemisiers, vestes, shorts et chaussures nous coûtèrent près de huit cents dollars, à cause de la griffe du styliste.

— C'est une folie, maman, protestai-je. Combien de fois porterons-nous ces tenues ?

— Beaucoup plus souvent que tu ne le penses.

— Mais tu as travaillé si durement, si longtemps, pour gagner tout cet argent !

— Cesse de te tracasser, Grace. Ça donne des rides, me taquina-t-elle gentiment.

J'eus l'impression qu'elle avait renoncé à toute prudence et à toute raison. Était-ce une réaction normale pour une femme qui avait vu son existence bouleversée par une semblable tragédie ? Peut-être était-elle sur le point de faire une dépression nerveuse ? Le travail, l'incident du restaurant, ma mésaventure au lycée, tout cela devait être trop lourd à porter pour elle, en plus de la mort de papa.

Quand nous en eûmes terminé avec les vêtements, elle décida que nous avions besoin de nous occuper de nos cheveux. À mon insu, elle avait déjà pris rendez-vous avec un coiffeur-visagiste de Palm Beach. Elle tint à ce que je l'accompagne, afin de voir Worth Avenue et « avoir un avant-goût d'une vie meilleure ». J'eus l'idée d'appeler Randy, pour qu'il nous rejoigne là-bas. Mais maman me dit alors une chose que je trouvai vraiment très étrange d'entendre de sa bouche.

— Ne noue pas de relations trop étroites au lycée, Grace. Tu sais combien c'est difficile de devoir les quitter.

— Mais pourquoi les quitterais-je, maman ? Papa n'est plus là, nous n'aurons plus à déménager tout le temps.

— Suis mon conseil, répliqua-t-elle, énigmatique. Garde tes distances. Je ne veux plus jamais te voir souffrir.

— Je ne comprends pas, maman.

— Fais-moi confiance, insista-t-elle.

Sur ce, nous prîmes la direction de Palm Beach.

— On dirait que tu ne comptes pas travailler ce soir, m'étonnai-je.

— Non. Dallas me fera remplacer. D'ailleurs il est grand temps que je m'occupe un peu plus de moi-même, Grace. Dans notre intérêt, le tien autant que le mien.

Une fois de plus, j'eus l'impression d'être emportée au gré des vents, que cela me plût ou non.

Je n'étais jamais allée à Palm Beach. Je ne me représentais même pas ce lieu comme une entité à part, séparée physiquement de West Palm Beach, jusqu'à ce que nous traversions ce pont. Là, je compris, et je vis les choses avec le regard de maman. Tout était aussi beau, élégant et brillant qu'elle l'avait dit. Jamais je n'avais vu autant de luxueuses voitures, ni autant de gens chic que sur Worth Avenue, surtout les femmes. Les chiens eux-mêmes, avec leurs laisses incrustées de pierres précieuses, avaient l'air outrageusement gâtés.

Maman gara la voiture et se dirigea vers le salon de beauté comme une habituée de l'endroit. La salle d'attente respirait le luxe, avec ses coins télévision, ses présentoirs chargés de magazines et sa machine à café italien. Différents parfums flottaient dans l'air, celui des produits de beauté mêlé à celui des fleurs fraîches. Cela me faisait un peu mal au cœur, et je décidai d'aller faire un tour dehors pendant qu'on s'occuperait de maman.

Dès qu'elle donna son nom à la réception, le propriétaire du salon vint lui-même nous accueillir.

René, un grand brun au teint d'albâtre et aux boucles d'encre, en chemise noire et pantalon blanc, s'approcha de maman d'une démarche efféminée.

— Enchanté, minauda-t-il en lui tendant une main couverte de bagues, comme s'il s'attendait à ce qu'elle lui baise le bout des doigts.

Elle se contenta de les lui serrer. Je croyais qu'elle allait éclater de rire devant toutes ces simagrées, mais elle paraissait tout simplement ravie. Elle reprit instantanément sa voix maniérée de la veille.

— Bonjour. Navrée d'avoir appelé si tard mais…

René secoua si vigoureusement ses boucles noires que je crus entendre sa cervelle cliqueter.

— Non, non, non, non, ne vous excusez pas. Je ne suis que trop heureux de pouvoir rendre service à M. Montgomery. Je vous en prie, ajouta-t-il en s'effaçant devant maman pour la laisser entrer dans le salon.

Ainsi, c'était Winston Montgomery qui avait arrangé tout ceci ? Un petit détail qu'elle avait oublié de me signaler, constatai-je. Elle se retourna vers moi.

— Laisse-moi te donner un peu d'argent, Grace.

— J'ai toujours les vingt dollars que tu m'as donnés avant-hier, maman.

— Tu pourrais trouver quelque chose d'un peu plus cher, ici, plaisanta-t-elle, ce qui parut amuser René.

Elle me tendit un billet de cinquante dollars que je contemplai fixement.

— Prends-le, insista-t-elle, en me le fourrant presque de force dans la main.

Sous l'œil intéressé de la réceptionniste, je le glissai vivement dans la poche de mon jean. Maman sourit.

— Va explorer la ville. Vois par toi-même à quel point elle est merveilleuse.

— Ah, j'aimerais tellement être une jeune fille qui vient d'arriver à Palm Beach ! soupira René en roulant des yeux.

« Je vous vois très bien dans le rôle », fus-je sur le point de rétorquer, mais je me hâtai de sortir.

J'avais les nerfs si tendus que je m'attendais presque à les sentir vibrer, comme des cordes de guitare. Je restai plantée sur le trottoir, en m'efforçant de me calmer, sans rien regarder en particulier. Les voitures passaient tels des tapis volants, scintillantes dans le soleil d'après-midi. Certaines étaient conduites par des chauffeurs en uniforme, leurs passagers figés à l'arrière comme des mannequins de vitrine.

— Excusez-moi…, fit une voix sur ma droite.

Je me retournai. Une vieille dame aux cheveux gris bleuté, impeccablement coiffés, voulait que je recule afin d'avoir plus de place pour passer avec son chien. Un drôle de chien, qui me fit penser à un hippopotame miniature. Sa peau pendait en plis épais, en particulier sur son front. Il avait l'air aussi arrogant et impatient que sa propriétaire. Elle n'aurait eu qu'à tirer un peu sur la laisse, et ils auraient eu largement la place de passer. Je ne me gênai pas pour le dire.

— Vous avez tout l'espace qu'il vous faut, madame.

Elle rejeta la tête en arrière et me fusilla du regard. Je l'entendis grommeler un « Humph ! » coléreux, tandis qu'elle se débattait avec la laisse pour amener le chien plus près d'elle. Finalement, elle parvint à passer devant moi.

— Ces touristes ! cracha-t-elle avec dédain.

Le chien se retourna comme s'il avait compris, avec le même air dégoûté.

— Vous pourriez avoir une contravention pour ça !
lança une voix tout près de moi.

Au volant d'une Mercedes décapotable, un homme
au physique de jeune premier me regardait. Ses cheveux bruns aux reflets mordorés, de coupe élégante
et décontractée, formaient une vague souple sur son
front. Ses yeux d'un bleu céruléen paraissaient briller
dans le soleil. Sous sa veste sport bleu clair, sa chemise ouverte laissait entrevoir une chaîne d'or.

— Je n'ai rien fait d'illégal, répliquai-je.

— Si, à l'instant. Vous avez barré le passage à un
sharpeï chinois. C'est un délit passible d'emprisonne-
ment, ajouta-t-il avec un petit sourire plein
d'humour.

— Je croyais que c'était un petit hippopotame.

Il rit, puis se retourna brusquement vers une
femme qui sortait du salon de coiffure.

— Qu'y a-t-il de si amusant, Kirby ? s'enquit-elle.

— Mais rien, Muffy.

Elle me parut assez âgée pour être sa mère, mais il
la couvait d'un regard amoureux.

— Tu es ravissante, Muffy.

Elle se tourna pour capter son reflet dans la vitre.

— Tu trouves ? Je l'ai laissé foncer légèrement ma
couleur et me couper à peine un tout petit peu plus
court.

— C'est parfait, affirma-t-il, avec un bref coup d'œil
à mon adresse.

Je devinai qu'il n'en pensait pas un mot, et ce fut
comme si nous avions partagé un secret. Il sourit et
sortit aussitôt de la voiture, pour aller ouvrir la porte
à sa passagère. En regagnant sa place, il me décocha
un nouveau clin d'œil.

— Soyez prudente, me lança-t-il d'un air taquin.

Quand il remonta dans la voiture, il se pencha pour embrasser la femme sur les lèvres, puis il mit le contact et démarra.

Je continuai à longer le trottoir, sans manquer une seule boutique. La plupart des vêtements et des chaussures exposés en vitrine n'avaient pas d'étiquette, mais je pouvais presque sentir qu'ils coûtaient un prix fou. Je reconnus le nom de plusieurs stylistes célèbres. Les gens que je voyais sortir de ces magasins, des femmes pour la plupart, semblaient parfaitement à l'aise dans tout ce luxe, et chacune donnait l'impression de vouloir éclipser la suivante.

J'entrai dans une boutique renommée, passai en revue les vêtements, puis déambulai dans le quartier en buvant des yeux tout ce que je voyais, jusqu'à ce que je retrouve le chemin du salon. Maman n'en avait pas fini, aussi m'installai-je pour l'attendre en feuilletant des magazines. Finalement, j'entendis son rire et levai les yeux. Mon souffle se bloqua dans ma gorge, et pendant un moment je fus incapable d'articuler un son. Elle avait laissé René lui couper les cheveux plus courts que je ne les avais jamais vus. Je faillis ne pas la reconnaître.

Papa avait toujours adoré ses cheveux, c'était même pour cela que je n'avais jamais coupé les miens. Il les aimait même quand elle les nouait en lourde natte savamment travaillée, ou s'amusait à se faire des couettes. Il lui disait qu'ils étaient comme des écheveaux de soie. À maintes reprises, je l'avais vu y glisser les doigts avec une expression de pur plaisir.

Maman pivota pour que je la voie sous tous les angles. Ses cheveux bouclés s'arrêtaient juste au bas de la nuque et remontaient sur les côtés, un style de coiffure que j'avais vu sur presque toutes les femmes croisées dans les magasins chic.

— Ça te plaît ?

— C'est affreux, décrétai-je.

Dans le salon, les bavardages s'interrompirent net. René haussa un sourcil.

— C'est tout ce qu'il y a de plus tendance, ma chérie, expliqua maman. Je ne suis plus assez jeune pour porter les cheveux longs, maintenant. C'est parfait pour une adolescente mais…

— Tu avais promis à papa de ne jamais les couper.

Elle murmura d'une voix étouffée :

— Papa est mort, ma chérie.

— Pas pour moi ! ripostai-je en quittant précipitamment le salon.

Je ne savais pas où j'allais. Je marchais simplement sur le trottoir, d'un pas rapide et la tête basse, les bras croisés sous les seins. Je faillis me heurter à deux femmes qui papotaient, sans regarder où elles allaient, elles non plus. Elles poussèrent un hoquet de surprise et je n'eus que le temps de dévier sur la droite pour les éviter. L'une d'elles m'apostropha.

— Vous ne pouvez pas regarder où vous mettez les pieds, non ? Ah, les jeunes d'aujourd'hui !

Je fis halte près d'une fontaine dallée en forme de demi-lune, dans laquelle un robinet d'argent déversait de l'eau fraîche. Un peu plus tard, un vieux monsieur y vint avec son caniche, et je regardai le chien boire. Le vieil homme sourit.

— Rien n'est trop bon pour mon bébé, voyez-vous.

De toute évidence, les chiens de luxe étaient des personnages très importants, à Palm Beach !

Quand l'animal eut assez bu, il tira sur sa laisse et l'homme poursuivit docilement sa promenade.

— Mais qu'est-ce qu'il te prend, Grace ?

Je me retournai à la voix de maman et l'aperçus au volant de notre voiture, au bord du trottoir.

— Monte ! ordonna-t-elle.

J'obéis et elle repartit aussitôt.

— Je crois que je me suis montrée assez tolérante et compréhensive pour tes humeurs, tes problèmes affectifs et tes besoins, Grace, commença-t-elle. Je crois aussi que tu es assez grande, assez intelligente pour être aussi tolérante et juste envers moi que je l'ai été envers toi. Ce que tu viens de faire m'a mise dans une situation très gênante. Tu t'es conduite comme une gamine coléreuse et trop gâtée.

» Oui, poursuivit-elle, la voix plus dure que jamais, j'ai porté les cheveux longs comme ton père les aimait. J'ai fait tout ce que j'ai pu pour lui complaire. Bien souvent, quand tu étais petite et que je devais quitter brutalement une maison pour une autre, j'ai ravalé mes larmes et mon angoisse. Je faisais l'impossible pour préserver mon mariage, et pour que ton père ne porte pas un trop lourd fardeau sur les épaules. Nous nous aimions plus que la plupart des couples, et je ne regrette pas un moment de cette union. Mais rien n'est plus pareil, à présent. Je mène une existence tout à fait différente et je ne peux pas vivre dans le passé ni dans les souvenirs. Je dois penser à ton bien-être et à notre avenir.

» Je ne suis plus celle que j'étais. Cette femme-là est morte avec ton père, Grace. Si je m'accroche au passé, je ne peux pas aller de l'avant, et je n'ai pas le droit de m'apitoyer sur moi-même. C'est pourquoi j'ai choisi de déménager, d'accepter ce travail, et de repartir à zéro dans un environnement tout différent.

» J'ai besoin que tu te montres aussi adulte et aussi réaliste que je dois l'être moi-même, ajouta-t-elle en me regardant bien en face. Nous n'avons tout simplement pas le temps de nous attendrir sur nous-mêmes. Je ne le permettrai pas, mais je ne peux rien faire sans ta coopération. Puis-je compter sur elle ou non ? Veux-tu grandir avec moi ou pas ?

Elle contempla, devant nous, le pont que nous allions retraverser.

— Il y a bien des ponts à franchir dans la vie, et celui-ci n'en est qu'un parmi d'autres, Grace. Mais il se peut qu'il nous conduise à une vie meilleure.

Ses lèvres tremblaient. Elle porta la main à ses yeux et en chassa quelques larmes.

— Tu ne sauras jamais à quel point je voudrais que tout cela n'ait été qu'un cauchemar. Que nous nous réveillions toutes les deux et que ton papa revienne à la maison, mais il ne reviendra pas. Il ne reviendra pas. Maudit soit ce monde, il ne reviendra pas ! cria-t-elle en freinant brusquement pour arrêter la voiture.

Je pleurais si fort que j'en perdais le souffle. C'est à peine si je parvins à articuler :

— Je te demande pardon, maman.

Elle m'attira contre elle et nous nous serrâmes l'une contre l'autre. Nous restâmes si longtemps ainsi qu'une voiture de police s'arrêta derrière nous, et l'officier de patrouille s'approcha.

— Tout va bien, madame ? Un problème avec la voiture ?

Maman dénoua notre étreinte et regarda le jeune homme.

— Non, aucun problème, et oui, tout va bien. Tout ira toujours bien pour nous, désormais.

Le policier repoussa son couvre-chef d'un air perplexe.

— Parfait, mais vous ne pouvez pas stationner ici.

— Désolée, monsieur l'officier. Nous allons partir. Mais nous reviendrons, affirma-t-elle en souriant à travers ses larmes. Nous reviendrons.

Un peu déconcerté, il lui rendit son sourire. Nous repartîmes en regardant droit devant nous, toutes les deux, et sans trop savoir pourquoi, toutes les deux un peu plus fortes.

11

Le mythe d'Icare

— Je ne me rendais pas compte de ma fatigue, ni de tout ce que nous avons fait aujourd'hui ! soupira maman, peu de temps après notre retour.

Nous nous préparions à faire un dîner léger, juste quelques œufs brouillés. Même cela, elle était presque trop exténuée pour le manger, et pendant le repas elle s'assoupit à plusieurs reprises. Elle finit par décider :

— Je vais me coucher. Je tiens à être fraîche et dispose, demain.

En début de soirée, Randy réussit enfin à me joindre. Je sentis qu'il hésitait à me dire combien Phœbé et sa bande exultaient, devant les suites de mon altercation avec Ashley. Mais il finit par se laisser arracher la vérité, son bégaiement devenant de plus en plus prononcé, surtout quand il me révéla comment il avait pris ma défense. Je lui en fis le reproche.

— Je t'avais instamment prié de ne pas le faire, Randy !

— Tant... tant pis ! Tu es plus im... im... importante pour moi que tout... tout... toute cette clique !

— Bien, merci, mais promets-moi de ne plus recommencer, insistai-je. Promets, ou je t'éviterai comme je les évite.

— Je promets. Ils… ils… font une petite fête chez Wally, ce soir, m'informa-t-il.

— Je m'en serais doutée. Je suis sûre que c'est pour célébrer leur victoire. Grand bien leur fasse !

— Est-ce que je… je… je peux te voir demain ? On pourrait aller au cinéma.

— Non, je vais quelque part avec ma mère, je serai partie presque toute la journée. Nous nous verrons dans le courant de la semaine, je te le promets.

— D'accord, acquiesça-t-il, d'une voix morne qui trahissait sa déception.

Un peu plus tard, je tentai de finir le travail scolaire qu'il m'avait transmis la veille, mais mon esprit vagabondait. Je ne pouvais pas m'empêcher de penser à papa. J'aurais tant voulu qu'il soit là pour me conseiller, avec cette confiance en lui qu'il savait si bien communiquer, pour me rassurer, chasser mes angoisses et mes doutes. J'essayais d'imaginer ce qu'il aurait pensé de tout cela.

Il m'aurait certainement dit de faire confiance à ma mère, en tout cas. Et il aurait insisté pour que je cesse de le pleurer, que je laisse maman profiter de la vie et que j'en profite moi-même. Une de ses expressions préférées, surtout quand il s'agissait de batailles navales, était : « Triompher contre tout espoir. »

Es-tu la fille de ton père, oui ou non ? demandai-je à mon reflet dans le miroir.

En guise de réponse, je passai la tenue sport que m'avait achetée maman et pensai à la journée du lendemain. Je n'avais pas été très honnête avec maman, un peu plus tôt. En réalité, j'étais très impatiente de découvrir cette propriété, de rouler en limousine, de monter à bord d'un vrai yacht. Quel mal pouvait-il en advenir ? Je me trouvais même très fière allure dans cette tenue si coûteuse.

Maman se leva tôt le lendemain. Elle vaqua à ses occupations, fit sa toilette, se maquilla et se coiffa avec le plus grand soin. On aurait dit qu'elle se préparait pour une première dans un grand théâtre, tant elle était fébrile. Je remarquai qu'elle n'arrêtait pas de consulter la pendule et finis par lui demander pourquoi.

— Winston est très ponctuel, expliqua-t-elle. Je ne voudrais pas le faire attendre.

— Comment sais-tu ça, maman ? Tu ne l'as vu qu'une fois en dehors du restaurant. Là, tout le monde est toujours à l'heure, sous peine de perdre sa réservation.

— Je serais très étonnée qu'il perde jamais la sienne, Grace. Je le connais rien que pour l'avoir entendu parler de lui-même. Il déteste être en retard, ou qu'on le fasse attendre quand il est à l'heure. C'est pour ça que j'étais si fâchée contre ta directrice, quand elle nous a fait mijoter dans son antichambre. Je n'arrêtais pas de me dire que Winston ne l'aurait pas supporté.

Winston ne l'aurait pas supporté ? Combien de temps avait-elle passé avec Winston Montgomery ? Et pourquoi se conformerait-elle à ce que Winston Montgomery ferait ou ne ferait pas ? La soirée de la veille était-elle la première qu'ils passaient ensemble, au fait ?

Je ne voulais pas lui donner l'impression de lui faire subir un contre-interrogatoire. Je décidai de penser à autre chose et de me préparer. Comme maman l'avait prédit, la limousine s'arrêta devant nos fenêtres au moment où la pendule sonnait dix heures.

— Le voilà ! cria-t-elle en pirouettant sur elle-même comme une ballerine. De quoi ai-je l'air ?

— Tu es sensationnelle, maman. Détends-toi. Nous allons faire un pique-nique en bateau, c'est tout.

Elle fut prise d'un tel fou rire que je me demandai si elle allait pouvoir ouvrir la porte.

— Qu'y a-t-il de si drôle ? questionnai-je.

— Un pique-nique en bateau, ça c'est trouvé ! Un pique-nique en bateau !

Dès que nous fûmes installées dans la limousine, elle saisit la première occasion pour répéter à Winston ce que j'avais dit.

— Eh bien, commenta-t-il en m'enveloppant d'un regard approbateur, Grace a raison. C'est exactement cela. Vous êtes superbes, toutes les deux. Je regrette d'avoir prévu ce pique-nique à bord. J'aurais pu vous emmener déjeuner à Miami pour vous exhiber, la mère et la fille qu'on prendrait pour deux sœurs. Peut-être une autre fois, ajouta-t-il précipitamment.

Je dus m'avouer qu'il était lui-même assez fringant, avec son coupe-vent bleu ciel, son pantalon blanc et ses chaussures de voile bleu marine. À la lumière du jour, je remarquai l'intensité de son hâle, et combien il exaltait l'éclat de ses yeux saphir. Ses cheveux argentés accentuaient encore ce contraste. Il sourit en voyant que je l'observais, et je détournai la tête. Mais son attention resta fixée sur moi pendant presque tout le trajet jusqu'à chez lui.

— Quelle est votre matière préférée en classe ? voulut-il savoir.

— Je crois que c'est l'anglais, surtout la littérature. J'aime beaucoup lire.

— Personnellement, je ne suis pas très brillant en orthographe, plaisanta-t-il, et je préfère que vous ne regardiez pas par-dessus mon épaule quand j'écris.

Mais j'aime lire, moi aussi. Récemment, j'ai pris grand plaisir à lire les classiques et surtout le théâtre de Shakespeare. J'aime beaucoup *Roméo et Juliette*, par exemple.

Je lançai aussitôt un coup d'œil à maman. Elle savait que cette pièce était ma préférée. Je lui avais avoué l'un de mes fantasmes : tenir le rôle de Juliette dans une grande production. Elle s'empressa de regarder par la fenêtre. Elle avait mis Winston au courant, bien sûr. Comme tout cela sonnait faux !

Que lui avait-elle appris d'autre, à mon sujet ? Mes couleurs et mes plats préférés, mes chanteurs et mes acteurs favoris ? Allait-il proclamer qu'il les adorait, lui aussi ?

— Vraiment ? répliquai-je avec sécheresse, vous avez lu récemment *Roméo et Juliette* ?

Je songeais à lui poser quelques questions, histoire de révéler leur petite fraude à tous les deux. J'en fus pour mes frais quand il répondit :

— Oui, j'ai même vu plusieurs fois le ballet. Vous l'avez déjà vu ?

— Non.

— Vous savez, bien sûr, que *West Side Story* a été écrit d'après *Roméo et Juliette* ?

Je hochai la tête, un peu plus impressionnée. Disait-il la vérité ? Lisait-il beaucoup, et aimait-il vraiment *Roméo et Juliette* ?

— Si l'on joue la pièce ou le ballet en Floride, je vous y emmènerai, promit-il. Aimeriez-vous être actrice, ou mannequin ?

— Ni l'un ni l'autre.

— En tout cas vous êtes assez jolie pour ça. Qu'aimeriez-vous faire plus tard ? Vous avez déjà une idée là-dessus ?

— Professeur, peut-être. Professeur d'université.

— Je suis sûr que vous pourrez être tout ce que vous voudrez, décréta Winston.

— Et pourquoi ça ?

Il regarda maman et lui sourit.

— Vous avez... un je-ne-sais-quoi, une qualité difficile à décrire mais qui est bien là, Grace. Un sens aigu de ce que vous êtes, un objectif. Je peux le voir, et je parie sur vous.

— Je ne suis pas un cheval de course.

— Oh mais si, Grace. Nous le sommes tous, mais ne vous inquiétez pas. La compétition fortifie. Ne la redoutez pas. Vous êtes une gagnante, affirma-t-il avec assurance. Je sens que nous allons être de grands amis. Vous permettez que je vous tutoie ?

Après une imperceptible hésitation, je hochai la tête. Le regard de maman s'attarda sur moi et j'y lus sa satisfaction. Elle était très contente d'elle-même. Nous n'étions pas en compagnie d'un homme ordinaire, mais d'un homme taillé pour le succès, comme papa. Un homme qui possédait les qualités d'un chef et qui aurait quelque chose à m'apprendre.

— Je n'ai pas du tout l'impression d'être une gagnante, marmonnai-je entre haut et bas.

— Vous... tu le seras, Grace, m'assura Winston.

Je cherchai son regard et le trouvai plein de bonté. Peut-être étais-je injuste envers lui, peut-être lui plaisais-je vraiment. Cette seule pensée suffit à me détendre. Quand les murs et les grilles de Joya del Mar se profilèrent devant nous, je me sentis comme une petite fille qu'on emmenait à Disneyland.

Tout était comme l'avait décrit maman, et bien plus beau encore, car elle n'était venue ici que la nuit. Elle n'avait pas vu au grand jour les massifs de fleurs, les statues de marbre, toutes les pièces d'eau ni toutes les fontaines. On avait peine à croire qu'un homme seul vive dans un aussi vaste domaine. Partout où nos regards se posaient, des hommes travaillaient, coupaient, taillaient, plantaient, ratissaient, nettoyaient. Je comprenais maintenant l'allusion de maman à l'allée qui semblait passée à l'aspirateur. Toutes les pierres semblaient neuves, chaque fenêtre étincelait.

Plus près de la maison, grande bâtisse blanche de style méditerranéen, les majestueux palmiers semblaient monter la garde le long de l'allée circulaire. La demeure elle-même présentait une structure tout à fait originale. Quatre pavillons aux lignes élégantes, reliés entre eux par des arches, s'ajoutaient au corps de logis principal ombragé de grands arbres. L'entrée se trouvait sous une arcade en pierre de taille, formant une spacieuse loggia. Juste comme maman l'avait dit, nous pouvions voir l'océan derrière la maison et, en contrebas sur la gauche, une sorte de villa sur la plage.

— Où est le yacht ? questionnai-je, ce qui fit rire Winston.

— En bas, à l'embarcadère.

— Ce n'est pas le genre de bateau qu'on peut remorquer derrière sa voiture, s'égaya maman.

Ils échangèrent un sourire complice et je détournai la tête, en rougissant de ma propre sottise. Maman vint à mon secours.

— Ne sois pas froissée, ma chérie. C'est difficile d'imaginer tout ça, je sais. J'ai dit à Winston qu'avec une maison si grande, des invités pourraient rester là après une soirée de fête sans que personne s'en aperçoive.

Winston étouffa un petit rire.

— Mais cela s'est déjà produit. Une femme que je croyais partie avec d'autres amis n'avait pas quitté les lieux, en fait. Ce qui a été plutôt embarrassant, le lendemain matin, quand elle m'a vu apparaître en costume d'Adam !

Sa bonne humeur me détendit. Nous traversâmes la maison jusqu'à la terrasse du fond, sans que je puisse m'empêcher d'écarquiller les yeux. Comment un simple particulier pouvait-il réunir autant d'œuvres d'art chez lui ? On se serait cru dans un musée. Les salons étaient spacieux, mais les dimensions de la salle à manger dépassaient tout. On aurait dit la salle de bal que j'avais vue un jour à l'école des officiers de marine. Tout ce luxe m'effarait. Winston Montgomery devait être fabuleusement riche.

Nous fîmes halte devant un immense portrait de lui et de sa femme. D'allure très élégante, elle était presque aussi grande que lui, avec un regard et un sourire très doux. Winston paraissait plus jeune sur ce tableau, et l'artiste avait mis en valeur toutes ses qualités.

— Elle était vraiment très belle, Winston, murmura maman.

Et sans savoir pourquoi, je me demandai si c'était la première fois que maman voyait ce tableau.

Arraché à sa rêverie, Winston lui sourit.

— J'aime m'entourer de belles choses, fut sa réponse.

— Nous nous en rendons compte, n'est-ce pas, Grace ?

— Oui, répliquai-je, en remarquant la façon insistante dont il fixait maman, et l'air timide qu'elle prenait pour répondre à son regard.

— Nous visiterons le reste de la maison plus tard, Grace, décida-t-il. Allons à bord maintenant, pour arriver à l'un de mes endroits préférés de la côte à l'heure du déjeuner. Si tu te débrouilles bien, je dirai au capitaine de te laisser tenir la barre.

— C'est vrai ?

Maman sourit. Elle m'entoura les épaules de son bras et nous passâmes sur la loggia du fond, qui donnait sur l'autre côté de la propriété. La piscine était telle que maman l'avait décrite, aussi grande, aussi belle, avec une cabine de bain de la taille d'un bungalow. Je vis la plage privée, les tables et les parasols. Et beaucoup de jardins de ce côté-là aussi, avec autant de personnel occupé à soigner les fleurs. Légèrement sur la gauche se dressait le soi-disant pavillon de plage, qui à mes yeux était une imposante villa.

Et enfin il y avait la jetée... et le yacht. J'avais imaginé un bateau semblable à celui de Roger, mais la taille de celui-ci me coupa le souffle. Comment un seul homme pouvait-il posséder tout cela ?

— Maintenant, tu comprends pourquoi je riais quand tu parlais de pique-nique en bateau, dit maman, à qui mon air effaré n'avait pas échappé.

Nous prîmes la direction de l'embarcadère et, en montant à bord, Winston annonça sur un ton plein d'humour :

— Notre bateau de pique-nique mesure vingt-huit mètres de long. Il a trois ponts. Tout en haut, nous avons le bar, le pont-promenade et le gaillard d'arrière... tu sais ce que c'est, sans doute ?

— Oui.

— C'est vrai. J'oublie toujours que vous étiez une famille de marins.

Nous le sommes toujours, pensai-je avec émotion. Papa disait qu'il avait la marine dans le sang. Moi aussi.

— Au second niveau...

Je dus faire un effort pour prêter l'oreille à la description détaillée du yacht. Salle à manger et salon principal sur le second pont, chambres et salons de réception sur le pont inférieur – trois chambres et deux salons, dont le plus grand était réservé aux hôtes de marque.

— Il est à votre disposition pour la journée, tint à préciser Winston. Ce cockpit, c'est le domaine du pilote, le capitaine Gene que voici.

Nous échangeâmes un signe de tête avec le capitaine, un homme grand et mince au visage tanné par des années de haute mer, et Winston ajouta :

— Il navigue avec moi depuis que j'ai acheté le yacht.

— Vous naviguez donc tout le temps ? questionnai-je.

Winston éclata de rire.

— Oh que non ! Quand je ne me sers pas du yacht, je le loue à quelques clients triés sur le volet. Bien au-dessous de ce qu'il me coûte, d'ailleurs, commenta-t-il avec insouciance.

Il nous présenta les deux hommes d'équipage, qui se tenaient près du capitaine, puis nous emmena visiter le yacht.

— Toutes les pièces – à l'exception du logement du pilote, bien sûr – ont été spécialement décorées pour moi par Giovanni Marcello, annonça-t-il, comme si nous savions forcément de qui il s'agissait.

Maman hocha la tête d'un air pénétré, mais je vis bien qu'elle n'en savait pas plus sur ce Giovanni Marcello que moi-même.

— Il a décoré tous les yachts d'ici à Monte-Carlo, reprit Winston.

Il s'exprimait avec nonchalance, mais sans aucune prétention, je le remarquai et cela me plut. J'aimai aussi la façon dont il parla de sa femme.

— J'étais trop occupé pour rencontrer et comparer les différents stylistes et décorateurs, j'ai laissé ce soin à ma femme. C'est l'une des dernières choses importantes qu'elle ait faites, conclut-il sans cacher sa tristesse.

Cela aussi me plut. Qu'il parle ainsi d'elle devant une autre femme, en osant montrer combien il l'avait aimée, et combien elle lui manquait.

— Elle a fait un excellent choix, opina maman.

Il eut un sourire attendri.

— C'est vrai. Et il nous a valu beaucoup de compliments.

Nous arrivions à la coquerie, autrement dit la cuisine du bord. Deux femmes s'affairaient à préparer le déjeuner. Là, je compris vraiment à quel point j'avais été ridicule en parlant de pique-nique.

— Voici Louisa, mon chef. Le capitaine de la cuisine ! claironna Winston.

Une petite femme aux cheveux noirs striés de blanc se retourna, révélant un visage rubicond, amical et rayonnant.

— Je suis pas cap'tain, monsieur Montgomery. Cuisinière, c'est tout.

— Et voici sa fille Angelina, enchaîna Winston.

Angelina, aussi brune que sa mère mais beaucoup plus mince, était en train de pétrir ce qui devait être de la pâte à pain. Elle nous salua d'un signe de tête et baissa aussitôt les yeux. Winston se fit annoncer le menu, aussi raffiné que celui d'un grand restaurant, puis m'adressa un clin d'œil pétillant.

— Pas mal pour un pique-nique. Et comme dessert, Louisa ? Nous sommes tous très intéressés par le dessert.

— Une tarte aux truffes au chocolat, une crème brûlée et des petits gâteaux italiens, énuméra-t-elle, comme si c'était ce qu'on servait tous les jours.

— De la crème brûlée ! s'extasia maman. J'adore la crème brûlée.

Winston était ravi.

— Pour tout vous dire, j'ai volé Louisa dans un restaurant de Capri, un certain été. Et je ne l'ai jamais rendue, bien qu'elle me menace en toute occasion de retourner là-bas, précisa-t-il en roulant des yeux comme s'il était fâché.

La cuisinière entra dans son jeu.

— Peut-être bien que je le ferai un jour, d'ailleurs.

— Ce jour-là, je me jette par-dessus bord !

Un éclat de rire général accueillit la repartie de Winston. Nous allâmes observer le capitaine Gene pour l'appareillage, puis maman et moi descendîmes sur le pont pour nous prélasser dans des chaises longues. Winston, lui, demeura en compagnie du capitaine pour discuter de l'itinéraire.

Une brise tiède faisait voleter nos cheveux, nous pouvions sentir la fraîcheur tonique des embruns tandis que le yacht fendait les vagues. Vues dans cette perspective, comme toutes les choses semblaient belles ! Malgré moi, j'avais le sentiment d'être quelqu'un de différent. Maman devait éprouver la même sensation, elle aussi.

— Peux-tu croire à tout ça, Grace ? Peux-tu imaginer ce que ce serait de vivre ainsi tout le temps, de faire ce que tu veux quand tu as envie de le faire ?

— Non, répliquai-je. Et Winston ? A-t-il encore besoin de travailler ?

— Il a un directeur commercial pour gérer ses affaires. Il supervise tout, mais il n'est plus astreint à la routine quotidienne. Il a pris ses distances avec tout ça, après la mort de sa femme.

— Comment est-elle morte ? Tu le sais ?

— D'une rupture d'anévrisme cérébral. Heureusement, elle n'est pas restée longtemps dans le coma.

Après une brève hésitation, je me risquai à demander :

— Pourquoi n'ont-ils jamais eu d'enfants ?

— Ils ont essayé. Elle a fait deux fausses couches et ils y ont renoncé. Ils ont pensé à l'adoption, mais n'ont jamais fait les démarches, et finalement ils ont décidé qu'ils étaient trop âgés pour être de bons parents. C'est ce que m'a dit Winston. Il avait un neveu qu'il aimait beaucoup, et qu'il aidait financièrement. Il a fini dans la drogue, et Winston n'arrête pas de se demander s'il n'est pas en partie responsable de son comportement autodestructeur. Il est mort de façon misérable dans un asile de nuit de La Nouvelle-Orléans.

» Ses parents ont été brisés de chagrin, soupira maman. Il leur fallait un coupable et ils ont reproché à Winston d'avoir été trop généreux. Ils ont cessé de se voir. Son frère est mort l'année dernière, et sa belle-sœur l'a prévenu trop tard pour qu'il puisse assister aux funérailles.

— Il semble que la richesse ne suffise pas à vous protéger du malheur, commentai-je.

— Pas si l'on est irresponsable et qu'on n'est pas fait pour être riche, non. Tout le monde ne sait pas assumer la réussite, de même que certains semblent faits pour l'échec. C'est ce que dit Winston.

Ce n'était pas la première fois qu'elle évoquait les confidences de Winston. Je ne pus m'empêcher de le souligner.

— Vous vous êtes dit vraiment beaucoup de choses l'autre fois, en une seule soirée.

Maman eut un petit sourire secret, comme si elle en savait beaucoup plus long qu'elle ne voulait bien le dire.

— Tout le monde a mis de la crème solaire ? s'enquit Winston en revenant sur le pont.

Maman poussa un cri de panique.

— Oh, non !

— Ne vous affolez pas, j'ai ce qu'il faut. Je ne peux pas laisser mes deux beautés s'abîmer la peau, dit-il en nous tendant un flacon de lotion.

Puis, quand j'en eus passé un peu sur mon visage, il ajouta :

— Viens, Grace. Le capitaine Gene va te montrer comment fonctionne ce gros jouet.

Il me tendit la main pour m'aider à me relever, puis m'entraîna vers la cabine de pilotage. C'est là que je pris mon premier cours de navigation, pendant qu'au-dessous de nous maman et Winston bavardaient en contemplant la mer. Maman rayonnait, comme si toutes ces merveilles lui appartenaient déjà.

Quand nous atteignîmes la baie que Winston aimait tant, le capitaine jeta l'ancre, les provisions furent débarquées à l'endroit choisi et notre petit festin commença. Winston m'offrit du vin, et je consultai maman du regard pour savoir si je devais accepter.

— Tu as ma permission, ma chérie. Une cuisine aussi fine ne saurait se passer d'un bon vin.

Winston approuva.

— Bien dit. Voilà qui est digne d'une résidante de Palm Beach.

— Nous ne vivons pas à Palm Beach, rectifiai-je.

Redevenu soudain sérieux, Winston déclara d'un ton sentencieux :

— Palm Beach est un état d'esprit, un style de vie. Certains en abusent, comme on peut abuser des bons vins de France ou de la délicieuse cuisine de Louisa.

Le secret, c'est d'atteindre un certain niveau de jouissance, d'en profiter pendant un temps et de s'arrêter, ou de savoir quand il convient de s'arrêter.

Winston jeta un coup d'œil à maman, qui semblait suspendue à ses lèvres, puis il se tourna vers moi.

— Désolé, Grace. Il m'arrive d'être un peu ennuyeux quand je me laisse aller à philosopher. C'est un défaut courant quand on vieillit, que veux-tu !

— C'était merveilleux, au contraire, protesta maman. C'est bien de savoir partager sa sagesse avec les autres, Winston, et vous n'êtes pas vieux, loin de là.

Il sourit à maman, mais demeura soucieux.

— Je ne voudrais pas te gâcher la joie de cette journée, Grace, insista-t-il.

— Ne croyez pas cela, je comprends ce que vous voulez dire.

J'hésitai une fraction de seconde, le temps de jeter un bref regard vers maman, et posai la question qui me venait aux lèvres :

— Connaissez-vous le mythe d'Icare ?

Winston réfléchit un instant et secoua la tête.

— Dédale, un grand artiste et inventeur athénien, avait été exilé sur l'île de Crète avec son fils Icare. Il inventa un moyen de s'en échapper, en fabriquant des ailes avec des plumes et de la cire. Il recommanda vivement à son fils de ne pas voler trop haut, de crainte que la cire ne fonde à la chaleur du soleil. Mais Icare, exalté par la joie de voler, négligea la mise en garde. Il s'approcha trop près du soleil et fut précipité dans la mer.

Une fois de plus, je coulai vers maman un regard furtif. Elle semblait pensive, et même préoccupée. Se disait-elle que tout ceci était tout simplement trop beau, trop haut pour nous ? Winston était songeur, lui aussi, mais bientôt son visage s'éclaira.

— Je vois que nous avons une véritable érudite, parmi nous. Je suis de ceux qui croient qu'il n'est jamais trop tard pour s'instruire. Et je connais des hommes d'affaires à qui j'aimerais raconter cette histoire, Grace. Je suppose qu'il n'est pas bon d'avoir trop d'ambition, mais ne pas en avoir assez ne vaut pas mieux, tu ne crois pas ?

— Si.

— Bien ! dit-il en tapant dans ses mains, finie la philosophie, amusons-nous. Reprenons notre randonnée.

— Ne dois-tu pas rentrer pour te préparer à aller travailler, maman ? m'inquiétai-je.

— Pas ce soir. J'ai déjà pris mes dispositions.

— Tu as obtenu un autre jour de congé ?

— Tout est arrangé, Grace. Ne te tracasse pas pour ça, répliqua-t-elle fermement.

Winston n'avait pas cessé de sourire.

— C'est beau de voir une si jeune adulte se montrer aussi responsable.

Il pensait ce qu'il disait, je le savais. Mais je me sentais un peu trop pareille à Icare en laissant l'univers fabuleux, l'opulence et les compliments de Winston Montgomery m'emporter trop près du soleil. Ce qui m'effrayait le plus, c'est que maman s'en trouvait déjà bien plus proche que moi. Ses ailes risquaient de fondre très vite.

Oserai-je affirmer que je n'ai pas apprécié cette journée ? C'était tellement amusant de piloter le yacht, d'augmenter sa vitesse ou de la réduire. Comme le monde semblait différent, vu de ce nouveau point de vue. Je me sentais libre, importante. Maman m'étonna quand Winston suggéra que nous allions tous nous baigner dans sa piscine : elle avait emporté mon maillot de bain dans son sac.

À la tombée du jour, nous étions encore là. Louisa prépara un léger dîner de savoureuses salades, et nous mangeâmes sur la terrasse du fond en contemplant le coucher du soleil.

— Tout est si beau ici, et si paisible, s'émerveilla maman. C'est comme si on laissait tous les ennuis derrière soi.

— En effet. À mon avis, c'est pour cela que les premiers propriétaires ont nommé cette maison Joya del Mar. Cette sensation de bien-être, c'est cela le présent de la mer, dit rêveusement Winston.

Puis il fronça les sourcils en feignant d'être fâché.

— Et voilà, Jackie ! Vous avez recommencé.

— Recommencé à quoi ?

— À me faire perdre la notion du temps.

— Moi ? Je vous ai...

— Aussi ai-je trouvé une solution, l'interrompit Winston en tirant de sa poche une fine boîte plate couleur d'ivoire. Ceci pourrait nous aider.

Réellement surprise, maman ouvrit lentement la boîte. Avant même d'en avoir retiré le contenu, elle poussa un cri de joie aigu.

— Winston ! Ce n'est pas une vraie, n'est-ce pas ?

— Je me vois mal en train d'en acheter une fausse, répliqua-t-il en me décochant un clin d'œil. Je refuse d'avoir affaire avec tout ce qui n'est pas authentique, les choses aussi bien que les gens.

Maman éleva devant elle le contenu de la boîte : une montre Rolex.

— Je ne peux pas accepter...

Il ignora sa protestation.

— Laissez-moi vous aider à la mettre, dit-il en se penchant pour saisir la montre.

Il l'attacha à son poignet, et elle resta quelques secondes à la contempler, bouche bée. Puis elle tendit la main pour me la montrer. Je ne pus qu'admirer.

— Elle est superbe.

— Et d'une exactitude absolue, ajouta Winston.

Il eut un sourire entendu, puis fit signe à la bonne d'apporter le café. Maman était aussi radieuse que le croissant de lune dont, à chaque instant, l'éclat ne cessait de s'aviver.

Un peu plus tard, j'allai me promener seule sur la plage. La valeur du cadeau qu'avait offert Winston à maman ne m'avait pas échappé. Entre eux il ne s'agissait plus d'amitié, à présent, et cette découverte me laissait tremblante et stupéfaite. Maman et Winston étaient rentrés dans la maison, et quand je rentrai à mon tour, je ne les trouvai pas tout de suite. Je m'assis dans le studio et regardai un moment la télévision. Environ une heure plus tard, maman réapparut.

— Nous devrions rentrer maintenant, Grace. La journée a été bien remplie.

— Où est Winston ?

— Il a dû passer quelques coups de fil. La limousine nous attend.

— Mais ne devrais-je pas aller le remercier, maman ?

Elle eut un haussement d'épaules désinvolte.

— Tu pourras le faire demain.

— Demain ?

. — Il nous emmène dîner dans un endroit très spécial, annonça-t-elle avec un clin d'œil enjoué.

Demain ? J'attendis que nous soyons dehors pour demander :

— Tu prends une nouvelle soirée de congé, alors ?

— Oui. Dallas est d'accord, répondit-elle brièvement.

Elle somnola pendant le trajet de retour, et je passai le nez à la fenêtre. Je contemplai les rues brillamment illuminées de Palm Beach, puis nous traversâmes le pont et je vis défiler restaurants, night-clubs et stations d'essence, jusqu'à ce que nous arrivions chez nous. Jamais notre appartement ne m'avait semblé aussi petit.

— C'est comme une penderie à Joya del Mar, fis-je observer à maman.

— Exactement. Et nous ne ferons pas long feu ici, tu peux me croire.

Je n'avais pas voulu dire que je n'aimais pas notre maison, ni que j'en avais honte, pourtant c'était ainsi qu'elle avait pris ma remarque. Mais elle avait raison au sujet de cette journée. Même si elle avait été réussie d'un bout à l'autre, nous étions exténuées. Je n'étais pas au lit depuis cinq minutes que je dormais d'un sommeil bienheureux, pour la première fois depuis bien longtemps, peut-être. Ce fut l'éclat d'un soleil aveuglant qui m'éveilla.

Je fus tout étonnée de voir maman dans ma chambre. Elle passait en revue le contenu de mon placard.

— Qu'est-ce que tu fais, maman ?

— Je me demandais ce que tu pourrais bien mettre ce soir, pour dîner. Je ne crois pas que tu aies le genre de robe qui convienne.

Je me redressai en position assise.

— Quoi ? Mais quelle heure est-il ? À peine sept heures et demie ! m'exclamai-je après un coup d'œil à mon réveil.

— Je le sais, figure-toi. Je m'inquiétais à propos de ça et j'avais raison. Nous allons faire des courses.

— Aujourd'hui ?

— Le magasin où je compte aller ouvre à neuf heures et demie, aujourd'hui. Et tu as également besoin de chaussures. Pendant que j'y suis, je ferais bien de m'offrir quelque chose de neuf, moi aussi, dit-elle en se retournant. Dépêche-toi de te lever, que nous ayons le temps de prendre le petit déjeuner.

Je la regardai sortir en me demandant si j'étais bien réveillée.

Après avoir mangé et fait notre toilette, nous partîmes pour notre tournée de courses. Maman savait exactement où elle nous emmenait. À Palm Beach, une fois de plus, et dans un endroit qui sentait la richesse à plein nez. À quoi pensait-elle ? Les vêtements et les chaussures que nous examinions portaient la griffe de grands stylistes ou chausseurs célèbres, et les étiquettes allaient de quelques centaines à plusieurs milliers de dollars. Je me demandais si les vendeuses, qui se mettaient en quatre pour nous servir, avaient la moindre idée de nos ressources. Ce détail ne semblait inquiéter personne.

— Maman, chuchotai-je quand elle insista pour me faire essayer une robe noire Chanel, c'est beaucoup trop cher pour nous.

La robe avait des boutons dorés au corsage et aux poignets, arborant tous le logo de Coco Chanel, de même que la boucle de la ceinture.

— Mais c'est tellement pratique, insista maman. Tu pourras mettre cette robe en toute occasion, ou presque.

— Pratique ?

Peut-être cette robe coûtait-elle moins cher ailleurs, mais ici on en demandait neuf cent quatre-vingt-quinze dollars. Et maman qui cherchait déjà des chaussures pour aller avec ! J'espérais à moitié qu'elle m'irait atrocement mal, mais quand je m'avançai vers le miroir cet espoir s'évanouit. Certaines clientes s'arrêtèrent même près de moi pour me complimenter. Maman sourit de plaisir et ne dit qu'un seul mot :

— Parfait.

Les chaussures qu'elle trouva coûtaient presque aussi cher que la robe. J'en restai sans voix. Est-ce qu'elle avait perdu la tête ?

Il nous fallut à peu près deux heures pour trouver une robe qui lui plaise, et son choix m'étonna. Elle n'avait aucune toilette de ce genre à la maison. Ce n'était pas du tout son style... du moins jusqu'à présent.

D'après la vendeuse, ce modèle avait été initialement créé pour une comtesse. C'était une robe mi-longue sans bretelles, bleu nuit, au corsage drapé en plis verticaux. Il était parsemé de brillants qui semblaient jetés à la volée, tout comme la première des jupes en tulle superposées, tel un nuage saupoudré d'étoiles.

J'ouvris des yeux ronds quand je lus le prix sur l'étiquette : deux mille cinq cents dollars ! Les chaussures qu'elle choisit pour elle en coûtaient onze cents.

J'avalai péniblement ma salive, et gardai le silence pendant qu'on emballait nos achats. Au moment de payer, maman ne présenta pas sa carte de crédit. La vendeuse lui sourit et nos paquets furent portés jusqu'à la voiture. Quand je demandai à maman pourquoi elle n'avait pas utilisé sa carte, elle répliqua :

— Nous avons un compte ici, Grace. Ne t'inquiète pas. Tu es ravissante dans cette robe, ma chérie.

Un compte, dans cette boutique ? Je commençais réellement à croire que ma mère avait perdu la raison. Pendant tout le reste de la journée, je fus incapable de penser à autre chose. Nous devions partir vers cinq heures, un peu tôt pour un dîner, m'étais-je dit. Quand j'avais demandé pourquoi, maman m'avait répondu que c'était une partie de la surprise que nous réservait Winston, et qu'elle ne voulait pas la gâcher.

Elle se reposa pendant une heure, avec des tranches de concombre sur les paupières, puis elle me montra certains des nouveaux produits de beauté qu'elle venait de s'acheter. Elle était intarissable sur ce chapitre, décrivait en détail tout ce qu'elle avait appris sur la façon de s'occuper d'elle-même, au point que je me demandais sérieusement si le chagrin ne lui avait pas troublé la cervelle. Qui était cette nouvelle femme dans le corps de ma mère ?

Quand elle eut commencé à se préparer, elle me fit asseoir à sa coiffeuse et entreprit de vérifier mon maquillage et ma coiffure. À quatre heures et demie, nous étions fin prêtes et attendions, assises près de la fenêtre du séjour. Son mystérieux petit sourire aux lèvres, maman surveillait la rue qui passait devant la résidence, et une fois de plus Winston prouva son exactitude. À cinq heures précises, la limousine était là.

Winston était d'une élégance remarquable en smoking, je le trouvai extrêmement distingué. Lui-même s'émerveilla en nous voyant.

— Vous êtes fantastiques, toutes les deux ! Je sens que ce soir, je vais user pas mal de pellicule.

— Où allons-nous ? lui demandai-je abruptement.

Son regard pétilla de malice.

— Tu verras.

J'étais sur des charbons ardents tandis que nous filions sur l'autoroute. Je regardais sans arrêt par la fenêtre, en quête du moindre indice qui me mettrait sur la voie. Quand nous obliquâmes vers l'aéroport de West Palm Beach, je me retournai vers maman. Elle aussi semblait en proie à la plus vive excitation.

— Qu'est-ce que ça veut dire, maman ? Nous allons à l'aéroport ?

— C'est la meilleure façon d'aller là-bas, répondit Winston à sa place.

— D'aller où ?

— À mon restaurant préféré aux Bahamas. Sur Paradise Island.

Je les dévisageai, les yeux ronds. Tout cela n'était-il qu'une gigantesque plaisanterie ?

À l'aéroport, nous fûmes dirigés vers un hangar particulier où attendait un jet privé. Quelques instants plus tard, nous étions installés à bord. Je ne pus cacher ma surprise.

— Qu'est-ce que c'est que cet avion ?

— Je le loue à l'année avec quelques amis, expliqua Winston.

Et maman gloussa comme une enfant surexcitée :

— Maintenant, tu comprends pourquoi nous avions besoin de quelque chose de spécial pour ce soir, Grace.

Elle semblait sous l'effet d'une drogue puissante et dévorait des yeux le plus petit détail. Quand on nous offrit quelque chose à boire, maman et Winston prirent des cocktails au champagne. Maman dit que j'avais le droit d'en prendre aussi, mais j'avais l'estomac un peu chamboulé, et je savais quel effet me produisait l'alcool. Je demandai un jus de fruits. Quelques minutes plus tard nous décollions, et j'écrasai mon nez contre le hublot pour voir les lumières d'en bas. Je me serais presque pincée pour m'assurer que tout ceci était vrai.

C'était vrai. Moins d'une heure plus tard on nous conduisait dans un hôtel superbe, avec un aquarium géant dans la salle de restaurant. Nous eûmes droit à la table qui offrait la meilleure vue, et le personnel se mit en quatre pour satisfaire tous nos désirs. Des rois et des reines n'auraient pas été mieux traités, me dis-je avec émerveillement.

Je voyais bien que Winston savourait notre surprise et notre plaisir, à toutes les deux. Il s'adressait à tout le monde, même aux subalternes, avec la même courtoisie. Il était clair qu'il était très connu dans cet endroit, et très apprécié.

Il y avait de la musique, et quand une pause eut lieu au cours du repas, Winston invita maman à danser. Elle me jeta un bref coup d'œil, un peu anxieux, puis se leva et gagna la piste de danse avec lui. En les regardant évoluer, tous les deux, je songeais à toutes les fois où j'avais vu papa et maman danser ensemble. Il leur suffisait d'un instant pour harmoniser leurs mouvements, si gracieusement qu'on aurait pu les prendre pour des professionnels. J'étais toujours impressionnée par la façon dont les gens les observaient, sans pouvoir s'empêcher de sourire.

Maman et Winston dansaient de façon plus formaliste, mais il était bon danseur et se mouvait avec une certaine grâce, même s'il ne perdait jamais ses manières policées. Ils bavardaient en dansant. Je me demandais comment ils se seraient comportés si je n'avais pas été là pour les voir.

Juste avant qu'on serve le dessert, Winston me surprit une fois de plus en me demandant de danser avec lui. La musique avait pris un tempo plus vif, et je secouais déjà la tête pour refuser. Maman s'interposa.

— Vas-y, Grace. Amuse-toi. Tu t'en tireras mieux avec ce genre de danse que moi. Allez, vas-y.

Winston était debout et me tendait la main.

— Mademoiselle, puis-je me permettre ?

Mon hésitation ne venait pas tellement de ma timidité. Papa ne manquait jamais de m'inviter à danser quand nous sortions ensemble, tous les trois.

— Allons-y, disait-il. Nous allons leur montrer ce que c'est que danser.

L'émotion me nouait la gorge en y pensant. Je regardai la main de Winston, avalai ma salive et lui saisis le bout des doigts. Ils se refermèrent si rapidement sur les miens que j'eus l'impression d'être prise au piège. Il m'escorta jusqu'à la piste et, sans avertissement, se mit à danser comme un adolescent. Il me fut impossible de ne pas rire, et sans plus hésiter je suivis le mouvement. Quand je regardai maman, elle riait tellement qu'elle en avait les larmes aux yeux.

— Alors ? lui demanda Winston quand le morceau se termina. Comment nous en sommes-nous tirés ?

— Vous avez laissé tout le monde sur place. Tu es si belle, Grace ! Tu me donnes presque envie de pleurer.

Au retour, elle s'assit près de moi dans l'avion et je posai la tête sur son épaule. Tout ce qui s'était passé au cours de la soirée me faisait toujours un effet magique, presque irréel. À l'arrivée, la limousine nous attendait, et quelques instants plus tard nous roulions vers la maison.

— Passe devant, je te rejoins, me dit maman quand nous arrivâmes et que le chauffeur nous ouvrit la portière.

Je les laissai parler à voix basse, Winston et elle, et rentrai seule à l'appartement. Le signal du répondeur téléphonique clignotait. Je venais d'enclencher la touche « lecture » quand maman me rejoignit.

Il y eut un bip, puis la voix de Dallas. Il était presque impossible de la comprendre car elle sanglotait en parlant.

— Jackie, Phœbé vient d'avoir un terrible accident de voiture. Elle est en vie, mais un garçon qui était avec elle a été tué. La police a dit à Warren qu'elle avait pris de la drogue. Ils en ont trouvé dans la voiture. Elle est en soins intensifs. Warren est dans tous ses états.

Les mains plaquées sur la poitrine, maman ne m'avait pas quittée des yeux.

— Je connais le garçon aussi, maman. Je suis sûre que c'était Roger Winston, celui que tu as vu avec elle au restaurant. Oh, maman...

Elle m'attira contre elle et nous restâmes ainsi, dans les bras l'une de l'autre, pendant un long moment.

— Je ferais mieux d'appeler Dallas, dit-elle enfin.

J'acquiesçai d'un signe et gagnai ma chambre. Toute l'excitation, la magie, la joie de la soirée m'avaient quittée d'un coup, comme l'air s'échappe d'un ballon crevé. Je m'assis sur mon lit et contemplai fixement le plancher. Peu importait la méchanceté avec laquelle Phœbé nous avait traitées, maman et moi, je ne parvenais pas à lui en vouloir au point de me réjouir de son malheur. Et Roger, si beau garçon, qui avait tant à espérer de la vie...

Environ dix minutes plus tard, maman se montra sur le seuil. J'étais toujours assise au bord du lit, sous le choc. Maman avait une mine encore plus effroyable qu'un peu plus tôt. Instantanément, une question me vint aux lèvres :

— Est-ce que... Phœbé est morte, elle aussi ?

— Non. Mais le garçon qui a été tué... Ce n'était pas Roger Winston, ma chérie. Je suis désolée. C'était Randy Walker. Il était sur le siège arrière, mais il a été projeté dans le pare-brise.

J'eus la sensation qu'il n'y avait plus d'air dans la pièce.

Je fixai le visage de maman. Je vis remuer ses lèvres, puis tout devint noir.

12

Vingt douzaines de roses

Naturellement, je me demandai pourquoi Randy s'était trouvé dans la voiture de Phœbé. Ils avaient dû lui en vouloir terriblement d'avoir pris ma défense, et je pensais qu'il n'avait plus rien à voir avec eux. Je ne parvenais pas à imaginer ce qu'ils avaient bien pu lui promettre pour le décider à les accompagner. J'étais certaine qu'ils avaient beaucoup ri de son attitude et de ses sentiments pour moi.

On ne parlait que de l'accident au lycée, bien sûr, et c'est ainsi que j'appris peu à peu tous les détails. Phœbé n'avait pas mis sa ceinture de sécurité. Et bien que l'airbag ait fonctionné, elle avait été éjectée du véhicule. Roger avait sa ceinture, lui, et l'airbag lui avait sauvé la vie. Il s'en était tiré avec des contusions sans gravité. Ashley aussi était à bord, mais elle avait été projetée contre le siège avant, et le coussin avait amorti le choc. Malgré cela, elle avait quand même un bras cassé. Par chance, sa petite sœur n'était pas avec la bande.

Les événements avaient assombri le lycée tout entier, et cette ambiance déprimante se fit encore plus pesante à l'heure du déjeuner. À la cafétéria, toujours si bruyante et animée, le cliquetis des plats, des assiettes et des couverts dominait le murmure des conversations. Si quelqu'un riait, tous les regards convergeaient sur lui et son rire s'arrêtait net.

Nous savions tous, bien sûr, qu'aucun d'entre nous n'était invulnérable. Que la mort pouvait frapper à notre porte à tout instant. Mais l'ordre naturel des choses – naissance, jeunesse et force, maturité et réussite, retraite et sagesse, vieillesse et mort… –, cet ordre venait d'être bouleversé d'une façon dramatique. Et chacun, pour un moment au moins, voyait dans la mort du pauvre Randy l'image de sa propre fin. C'était presque comme si la mort avait triché, volé sa victoire en transgressant les règles. Notre univers en était ébranlé, le sol se dérobait sous nos pieds. La minute de silence que la directrice demanda par haut-parleur, ce matin-là, donna le ton pour toute la journée.

Je devinais que si cela avait été Phœbé qui était morte sur le coup, au lieu de Randy, ses amis auraient tourné leur chagrin et leur colère contre moi. Ils auraient pensé que je me réjouissais de sa mort. Après tout, elle m'avait déclaré la guerre, et on aurait forcément supposé que je me sentais victorieuse.

Toutefois, les élèves étaient également avertis de l'amitié qui nous liait, Randy et moi. Malgré ses blessures, Phœbé au moins était toujours en vie, et mon meilleur ami était mort. Mon allié, un garçon innocent et plein de gentillesse, était mort. Aussi, au lieu de chercher sur mon visage une expression de triomphe, ils y cherchèrent les traces de mon chagrin, et le plus souvent les trouvèrent. Chaque fois que je regardais la place vide de Randy, mes yeux s'embuaient de larmes.

Vers la fin de la journée, Wally trouva le courage de venir me parler. Il me rattrapa dans le couloir après la dernière sonnerie.

— Grace, appela-t-il en me touchant le bras.

Je me retournai vers lui. Toute la journée, ou presque, j'avais eu l'impression de me mouvoir et d'agir dans un état second, à peine consciente de ce qui m'entourait. Je regardai Wally sans rien dire.

— Je peux à peine y croire, commença-t-il. J'aurais pu être dans cette voiture, mais je n'ai pas pu sortir. Mon père avait besoin de moi à la maison.

— Une chance pour toi.

Il acquiesça et baissa les yeux d'un air coupable.

— Comment va Roger ? questionnai-je.

— Il reviendra au lycée demain, il a seulement été secoué. Je lui ai téléphoné à l'heure du déjeuner. Il a demandé de tes nouvelles.

— Ah bon ? Pourquoi ?

— Il pensait que... avec ce qui était arrivé à Randy...

C'était l'occasion ou jamais d'apprendre ce que je voulais savoir.

— Pourquoi est-il allé avec eux, Wally ? Je croyais que Phœbé était furieuse contre lui.

— Je n'en sais rien, répliqua-t-il très vite, les yeux toujours baissés.

— Je ne te crois pas. Je venais de lui parler, et il m'avait dit qu'elle était très fâchée parce qu'il avait pris ma défense.

— Je n'en sais rien, s'obstina-t-il.

Puis il releva la tête et me regarda enfin.

— Je crois qu'elle lui a dit qu'ils cherchaient un moyen de se réconcilier avec toi ; que les choses avaient mal tourné mais qu'ils voulaient tout arranger. Peut-être qu'elle se moquait de lui, je n'en sais rien. Tu sais comment elle est.

— Oh oui, et il ne m'a pas fallu longtemps pour le savoir. Toi, tu y auras mis le temps !

— Personne n'a souhaité sa mort, Grace. Grands dieux, non ! Tout le monde en est malade, et surtout Roger. Il essayait souvent de le protéger, tu l'as bien vu. Il ne supportait pas qu'on le taquine.

Je me radoucis un peu : je savais que c'était vrai.

— Comment s'est réellement passé l'accident, Wally ?

Il écarta les mains en signe d'ignorance.

— Comment veux-tu que je le sache ? Je n'y étais pas.

— C'est juste, ironisai-je. Ne rien voir, ne rien entendre, c'est tellement plus simple.

Je fis demi-tour et filai sans me retourner, jusqu'à la sortie. Wally m'emboîta le pas.

— Je t'assure, insista-t-il. Roger m'a seulement dit qu'elle conduisait trop vite.

— Et c'est tout ce qui n'allait pas chez elle, d'après toi ?

— Il a dit aussi qu'elle avait fumé de l'herbe, mais il pense que l'effet s'était déjà dissipé.

Je m'arrêtai net et le fixai droit dans les yeux.

— Tu sais comment les gens réagissent dans ce genre de situation, Wally ?

Il fit signe que non.

— Ils nient la réalité. Ils se mentent à eux-mêmes pour ne pas se sentir en faute, ou bien ils cherchent un autre coupable. La mort de Randy est trop dure à supporter, même pour quelqu'un d'aussi égoïste que Phœbé. Si Roger te demande encore de mes nouvelles, tu peux lui dire que je vais très bien. Je ne me suis pas laissé dominer par Phœbé, et je ne me sens coupable en rien. Tu crois que tu pourras te rappeler tout ça ?

Il me regarda comme s'il était prêt à pleurer, puis il hocha la tête.

— Dorénavant, quand elle conduira la voiture et que tu seras sur le siège arrière, souviens-toi de ça ! lui lançai-je en m'éloignant déjà.

La colère me mettait des ailes aux pieds. Je marchai, marchai, marchai, jusqu'à ce que je me décide à prendre un bus pour rentrer à la maison.

Maman était là. Elle revenait de l'hôpital où elle était allée tenir compagnie à Dallas et à Warren.

— Phœbé va se rétablir, m'informa-t-elle. Cela prendra du temps, et il faudra ensuite avoir recours à la chirurgie esthétique. Warren compte ouvrir le restaurant demain, il vaut mieux que tout le monde reprenne ses occupations normales. Et au lycée, comment s'est passée la journée ?

— C'était sinistre.

Maman soupira.

— Et moi qui espérais en avoir fini avec toute cette tristesse et nous avoir ouvert un nouveau monde...

— Peut-être ne pouvons-nous pas y échapper, maman. Peut-être durera-t-elle autant que notre vie, ou en tout cas la mienne.

— En voilà une façon de voir les choses, Grace !

— Je suis réaliste, c'est tout, renvoyai-je en prenant le chemin de ma chambre.

Je me jetai à plat ventre sur mon lit et enfouis mon visage dans l'oreiller. Était-ce un effet de mon imagination, ou tous les gens avec qui je m'étais liée, d'Autumn à Augustus et à Randy, en avaient-ils souffert peu de temps après ? Tout au fond de moi, à l'arrière-plan de mes pensées, je voyais tournoyer cette mouette qui avait surgi devant moi, juste avant le départ de papa pour sa dernière mission. Se pouvait-il que quelqu'un soit frappé par une telle malédiction ? Est-ce que je portais malheur à tous ceux que j'aimais, ou qui devenaient mes amis ?

Peut-être ne devrais-je nouer de relations amicales qu'avec des gens que je n'aime pas, me dis-je avec amertume.

Juste à cet instant, maman frappa à ma porte.

— Grace ?

Je me retournai pour lui faire face.

— Je n'aime pas t'entendre parler comme ça, ma chérie. Je sais que tu as de la peine pour ton ami, mais culpabiliser n'arrangera rien. Cela ne pourra que rendre les choses plus difficiles pour tout le monde.

— Je n'y peux rien si c'est ce que je ressens, maman.

— Je sais. Je viens juste de parler avec Winston. Il est absolument navré pour nous, et il va venir d'ici une heure pour nous emmener dîner.

— Je n'ai pas envie d'y aller, répliquai-je d'une voix morne.

— Je t'en prie, Grace. Je ne pourrai pas me détendre si je sais que tu es à la maison, enfermée avec tes idées noires. Nous devons aller de l'avant, essayer de prendre plaisir à la vie. Cela ne va pas continuer comme ça, je ne le permettrai pas, dit-elle d'un ton résolu.

— Qu'est-ce qui ne va pas continuer comme ça ?

— Cette spirale descendante vers la dépression et la malchance. Nous n'avons pas mérité ça.

— Randy n'avait pas mérité de mourir.

— Bien sûr que non, mais nous ne pouvons pas changer ce qui est arrivé. Nous complaire dans le malheur ne fera de bien ni à nous, ni à toi-même. Nous ne serons pas les jouets du destin, je le jure. Maintenant, mets quelque chose qui soit d'une couleur gaie, m'ordonna-t-elle, et laissons entrer un peu de soleil dans notre vie.

— Je ne peux pas, me lamentai-je.

— Grace !

Maman s'était raidie, les bras le long du corps et les poings crispés.

— Comment crois-tu que je supporte tout ça ? Comment crois-tu que je me suis réveillée, le lendemain de la mort de ton père, quand il a fallu continuer à vivre ? J'ai eu l'impression qu'on m'avait arraché les entrailles. J'aurais voulu sauter dans cette tombe avec lui. Cela aurait été tellement plus simple de tirer la couverture sur ma tête et de nier la réalité. Mais la vie ne nous le permet pas, Grace. Et nous n'allons pas être des perdantes et des victimes jusqu'à la fin de nos jours.

» Maintenant tu vas te lever, venir avec nous et regarder à nouveau le monde qui t'entoure, déclara maman d'un ton catégorique. Et tu vas apprendre à tirer parti de la moindre opportunité, du moindre cadeau, de la plus infime trace de chance que tu rencontreras sur ton chemin. Nos jours de sacrifice et d'épreuve vont prendre fin, conclut-elle avec conviction.

Je la dévisageai. Tant qu'elle avait parlé j'avais retenu mon souffle. Elle me semblait si différente d'avant ! J'étais sûre que si papa revenait, il croirait s'être trompé de maison.

— Quelque chose qui soit d'une couleur gaie, me rappela-t-elle en tournant les talons.

Et son pas décidé sembla faire écho à ses paroles.

Je passai dans la salle de bains et rencontrai mon reflet dans le miroir. J'avais une mine lugubre. Bien sûr que je ne voulais pas me complaire dans le malheur et la tristesse ! Mais je n'avais pas la force de maman qui m'aurait permis de les chasser, voilà tout.

Je commençai par prendre une douche. Puis je me coiffai, choisis un chemisier bleu roi et une jupe assortie, mis un soupçon de rouge à lèvres et vérifiai à nouveau mon apparence dans le miroir. Le résultat n'était pas très convaincant. J'essayai de sourire, mais ce fut pis que mieux. Il m'était impossible de me forcer.

Je me retournai en entendant maman frapper à ma porte.

— Winston est là, ma chérie.

— J'arrive !

Je lançai un dernier coup d'œil au miroir et la rejoignis. Elle était en beauté, comme toujours, et une fois de plus dans une nouvelle toilette. Une robe sans bretelles en soie cramoisie, fendue très haut sur le côté. Elle portait des boucles d'oreilles en or et un collier de perles fines, que je ne lui connaissais pas non plus. Il me fut impossible de ne pas demander :

— Où as-tu eu tout ça, maman ?

— À notre boutique de Palm Beach.

Notre boutique de Palm Beach ?

Je fis taire mes questions en apercevant Winston sur le seuil de la pièce.

— Gentes dames…, dit-il en nous offrant ses deux bras.

Maman se saisit aussitôt du droit et ils attendirent, les yeux fixés sur moi. Après une infime hésitation, je pris le bras gauche de Winston et il nous escorta jusqu'à la limousine. Je me sentais parfaitement idiote et demandai abruptement :

— Où allons-nous ce soir ? Pas aux Bermudes ou dans un coin pareil, quand même ?

Winston gloussa.

— Non, tout simplement au bord de l'eau, à vingt minutes de route. Pas de grosse surprise, c'est promis, s'égaya-t-il.

Puis il redevint sérieux.

— Je sais ce que tu ressens, Grace. Perdre un ami de cette façon…

— J'espérais que nous ne parlerions pas de ça, intervint maman.

Winston la reprit avec fermeté.

— Non, nous ne pouvons pas fuir nos désillusions et nous les cacher, au contraire. Nous devons trouver un moyen pour qu'elles nous aident à grandir.

Cela me plut. J'appréciai qu'il ait assez confiance en lui-même pour faire ce qu'il désirait, ce qu'il pensait devoir faire, même si cela déplaisait à la personne à qui il voulait tellement plaire. Il reprit avec mélancolie :

— En faculté, j'ai perdu mon meilleur ami de la même façon, dans un accident de la route. Nous étions coureurs, tous les deux. Eh oui, j'ai été un grand sportif en mon temps. Je faisais partie de l'équipe universitaire de course de relais, et j'ai été second aux rencontres inter-États de course de fond. Je courais comme une gazelle, à l'époque, mais bon. Ce n'est pas de moi qu'il s'agit.

Winston réprima un soupir et enchaîna aussitôt :

— Mon camarade de chambre, Paul Thoreau, était coureur lui aussi. C'était le plus rapide aux deux cents mètres, il aurait certainement été sélectionné pour les jeux Olympiques. Je n'ai jamais connu de garçon aussi gentil, sensible, respectueux. Il avait le sens de la famille et il était très croyant. Pendant tout le temps où je l'ai connu, je ne l'ai jamais entendu dire un mot grossier. Nous nous sommes si souvent moqués de lui pour cela ! se souvint-il avec un sourire. Il a été tué en rentrant à l'université. Un chauffeur de camion ivre l'a percuté de plein fouet.

» J'aime à croire qu'il court toujours là-haut, et qu'il gagne des trophées. J'ai pensé à abandonner la course après cela, mais mon entraîneur m'en a dissuadé. "Winston, m'a-t-il dit, cela ne servirait à rien. Paul ne sera jamais hors circuit. Il courra à tes côtés pour le reste de ta vie."

» Cela m'a fait sourire, avoua Winston. Et vous n'allez pas le croire, mais peu de temps après cela j'ai couru ma meilleure course. Mon entraîneur était là et, en quittant la piste, je lui ai dit : "Vous aviez raison. Paul ne m'a pas lâché d'une semelle."

» Quand on est très proche de quelqu'un, Grace, il reste avec vous pour toujours. Pense à cela. Cela ne fera pas disparaître ton chagrin, non. Mais tu pourras continuer ta route, courir ta propre course, accomplir ta propre tâche, et après tout c'est cela l'essentiel.

Je ne m'étais pas aperçue que je pleurais. Je ne m'en rendis compte que lorsqu'il se pencha sur moi, pour essuyer les larmes de mes joues avec son mouchoir. Ensuite il toucha ma main et je saisis la sienne. Nous restâmes ainsi un long moment, tandis que maman nous observait en souriant. Puis je les écoutai parler entre eux de je ne sais quelle soirée de bienfaisance à venir, à laquelle Winston souhaitait que nous assistions avec lui.

Il fallait bien que la vie continue, et elle continua sur un rythme plus rapide que jamais. Maman reprit son travail au restaurant, mais à mesure que les semaines et les mois s'écoulaient, cela devint de plus en plus un emploi à temps partiel. Chaque fois que Winston voulait l'emmener quelque part, seule ou avec moi, elle appelait Dallas et ne travaillait pas ce soir-là. Naturellement, je me demandais comment elle s'y prenait pour régler tous les achats qu'elle faisait pour elle, de même que pour moi. Et un matin, elle me révéla que c'était Winston qui payait nos factures à la boutique. Je n'en crus pas mes oreilles.

— Comment as-tu pu le laisser faire ça, maman ?

— C'était son idée depuis le début, Grace. Je ne connaissais personne à Palm Beach, et j'étais bien incapable de trouver toute seule les bonnes adresses, que ce soit pour m'habiller ou me faire coiffer.

— Tu veux dire que même pour cette séance au salon de beauté, c'est lui qui a tout arrangé, et tout payé ?

— C'est une chose qu'il adore faire, Grace. Financièrement, c'est sans importance pour lui et...

— Mais c'est comme... comme profiter des circonstances pour se servir de quelqu'un ! me récriai-je.

— Pas vraiment. J'imagine mal qu'on puisse se servir de Winston Montgomery ou profiter de lui. Ce serait plutôt le contraire.

Elle avait dit cela sur un ton presque critique, me sembla-t-il. Avec le temps, j'en étais arrivée à aimer beaucoup Winston, et je ne le croyais pas capable de mal agir envers qui que ce soit.

— Je ne lui ai rien demandé, Grace, ajouta maman. C'est lui qui a proposé de nous acheter tout ça.

— Mais...

— Pas de « mais » à ce sujet, m'arrêta-t-elle. C'est un des hommes les plus riches du monde, et s'il lui plaît de faire pleuvoir sur nous un peu de tout cet or, je n'ai pas l'intention d'ouvrir mon parapluie. Je te l'ai dit, j'en ai assez d'être la victime d'un destin qui s'acharne sur nous. Nous lui rendrons ses coups un par un, jusqu'à ce qu'il nous laisse tranquilles et cherche une proie plus faible à tourmenter. D'ailleurs, reprit-elle fébrilement, c'est Winston qui tient à nous emmener partout, nous montrer les meilleurs endroits, sortir dans le monde avec nous. Je lui ai dit que c'était impossible, que nous n'avions pas la garde-robe qu'il fallait pour cela. Il a répondu qu'il n'accepterait pas de manquer quoi que ce soit pour un motif aussi trivial que des vêtements ou des chaussures. Ce sont ses propres paroles. Je lui ai dit que je n'accepterais pas la charité de sa part, surtout pour des choses si coûteuses qui ne nous serviraient presque pas. Il a répliqué que nous lui rendrions service en acceptant. Il nous aime bien, Grace ! s'écria-t-elle comme pour se justifier. Quel mal y a-t-il à cela ?

Elle attendait ma réponse, et je ne savais pas quoi dire. Winston ne m'avait jamais donné l'impression qu'il me faisait la charité, ni qu'il nous rendait service. Maman avait raison. C'était lui qui semblait toujours reconnaissant, ou triste s'il nous voyait ne fût-ce qu'un peu malheureuses, ou bien si nous n'étions pas sûres de pouvoir accepter une de ses invitations.

« Vous me donnez l'impression d'être quelqu'un de bon, toutes les deux », aimait-il à dire. C'était même une de ses expressions favorites.

— C'est juste que… je trouve ça bizarre, voilà tout, balbutiai-je.

— Il n'y a pas de raison. Winston Montgomery n'est pas de ceux qui font ce qu'ils n'ont pas envie de faire.

Maman était-elle en train de tomber amoureuse de lui ? Ou éprouvait-elle de l'admiration pour lui, et appréciait-elle tout simplement sa compagnie ? Quelquefois elle semblait le trouver merveilleux, et quelquefois elle donnait une impression bien différente. Il me semblait alors qu'il n'était pour elle qu'une personne quelconque, dont elle s'occupait en attendant de trouver quelqu'un de mieux ou de plus important sur son chemin.

Le plus grand risque, quand on était riche, était que l'on cherche à profiter de vous, méditai-je. Mais après tout, si cela vous était égal, si ce que vous receviez en retour vous satisfaisait, quelle importance ? Surtout pour quelqu'un d'aussi fortuné que Winston Montgomery.

— Très bien, acquiesçai-je enfin.

Je ne tenais pas à me quereller avec maman, ni à la mettre mal à l'aise pour quelque raison que ce soit.

La liste des soirées mondaines auxquelles Winston souhaitait nous voir assister s'allongeait sans cesse. La plupart du temps, il m'était impossible d'y participer. J'avais toujours du travail en vue d'un examen, ou pour achever un devoir important. Je m'habituai à préparer mon dîner moi-même. Maman me suggérait toujours d'inviter un ou une amie, mais depuis la mort de Randy je me repliais sur moi-même. Le temps semblait n'avoir plus aucun sens. Les semaines se suivaient, toutes semblables à mes yeux.

J'avais des relations cordiales avec les autres élèves, je parlais travail et bavardais avec eux, mais je refusais toutes les invitations aux réunions et aux soirées. Deux garçons me proposèrent de sortir avec eux, mais je trouvais tellement de prétextes et d'excuses qu'ils abandonnèrent très vite. Maman avait beau me sermonner là-dessus, je ne parvenais pas à surmonter l'horrible impression que, d'une manière inexplicable, je portais malheur aux autres.

Quand Phœbé revint finalement au lycée, elle fut accueillie comme une sorte d'héroïne. Une coûteuse chirurgie esthétique avait effacé la plupart de ses cicatrices. Les rares qui subsistaient encore étaient considérées comme des distinctions honorifiques. Elle avait survécu, mais ni l'accident, ni ses suites éprouvantes ne semblaient l'avoir changée intérieurement. Au contraire, cela semblait avoir renforcé son arrogance et sa fatuité. Maintenant, elle était plus que jamais le centre de l'attention générale.

La seule différence était qu'elle avait cessé de me prendre pour cible. Je gardais mes distances, et elle finit par décider de m'ignorer. Peut-être étais-je pour elle un rappel constant de Randy et de sa mort, ce qu'elle tenait par-dessus tout à éviter. Ironie du sort, c'était le cadeau que m'avait fait Randy. Il voulait me débarrasser d'elle et il y était parvenu, mais à quel prix ! Je la haïs pour cela, mais je ne voulus pas m'attarder sur le passé.

Winston devint pour moi un confident plus présent que maman, au cours de ces quelques semaines. Elle avait atteint un point où elle ne voulait plus rien entendre ni rien voir qui fût triste ou déplaisant, ni même en discuter.

— Laisse une seule larme se glisser sous ta porte, me disait-elle, et la tristesse entrera chez toi comme une marée, en balayant tout sur son passage. Ne pense qu'à des choses agréables, amusantes, heureuses et belles.

Elle avait même cessé de regarder son feuilleton préféré, car il s'y produisait trop d'événements tristes. Elle n'avait plus beaucoup de temps à consacrer à la télévision, d'ailleurs. Le plus souvent, elle était trop occupée à se pomponner, ou à réfléchir à ce qu'elle allait porter.

Elle se mit à s'intéresser aux magazines de mode et lut religieusement la presse locale, jusqu'à ce qu'elle connût tous les potins de Palm Beach. Au début, Winston s'en amusa, mais par la suite il lui arriva de me regarder d'un air perplexe.

— Oh, Jackie ! s'exclama-t-il avec un soupçon de reproche, un soir où elle s'étendait sur les faits et gestes d'une héritière qui défrayait la chronique. Ne me dites pas que vous aimez ces gens-là, et encore moins que vous désirez leur ressembler. Ils n'ont pas d'âme. Quand ils mourront, il ne s'échappera de leur corps qu'une simple bouffée de fumée.

Il rit, et je ris avec lui, mais maman parut froissée. Plus tard, elle me fit cette réflexion :

— Winston peut se moquer de ces gens avec nous, mais crois-moi. Ce sont eux les citoyens de cet endroit, et lui aussi en fait partie.

J'aurais pu discuter ce point avec elle, mais à quoi bon ? Tout ceci ne durerait sans doute pas long-temps, et qui sait ? Peut-être quitterions-nous ce lieu. Nous avions si souvent déménagé ! Je ne soulèverais certainement pas d'objections si elle évoquait cette possibilité. L'hiver avait tout doucement fait place au printemps, et chez nous c'était souvent au printemps qu'on commençait à parler de partir pour une autre base, une nouvelle communauté.

Pour le moment toutefois, il n'en était pas ques-tion, bien au contraire, même si parfois il m'arrivait d'avoir des doutes. Un soir, vers la fin de mai, maman rentra plus tôt qu'à l'ordinaire d'un bal de bienfai-sance à Palm Beach. Je révisais mes cours de sciences sociales pour l'examen de fin d'année, et j'étais toujours à mon bureau quand j'entendis la porte d'entrée s'ouvrir, puis claquer violemment. Je courus à ma porte et appelai :

— Maman ?

Sans répondre, elle passa directement dans sa chambre. Je n'imaginais pas du tout ce qui avait pu se passer. Mais j'étais tellement habituée à ce qu'un malheur n'arrive jamais seul que je tremblais en attendant le suivant. J'allai jusqu'à sa chambre et jetai un coup d'œil par sa porte entrouverte. À moitié dévêtue, elle jetait ses bijoux et ses vêtements à terre avec rage.

— Que se passe-t-il, maman ? Pourquoi es-tu rentrée si tôt ?

Je n'espérais pas vraiment une réponse de sa part, mais elle cessa brusquement son déshabillage et se retourna.

— Ça ne me dérange pas qu'un homme soit jaloux, et qu'il se fâche quand on passe trop de temps avec un autre, ou même plusieurs autres. En fait je m'y attends et j'aime ça. Mais qu'un homme me critique parce que je vois d'autres femmes, et que j'accepte leurs invitations à déjeuner dans les clubs les plus chic, c'est... c'est... c'est intolérable ! s'emporta-t-elle.

Je suggérai prudemment :

— Peut-être voulait-il simplement t'éloigner de certaines femmes pas très sympathiques, parce qu'il connaît leur vraie nature ?

— Comment se fait-il que tous les hommes que j'ai rencontrés dans ma vie croient toujours tout savoir, y compris ce qui me convient le mieux ? Suis-je incapable de voir qui est sympathique ou pas, qui est sincère ou ne l'est pas ? Dois-je m'en remettre à eux pour ça ?

Pour moi, cette sortie était une révélation. Jamais je n'avais soupçonné la moindre trace d'insatisfaction dans ses relations avec papa. À moins, bien entendu, qu'elle ne l'ait pas inclus dans le lot.

— Papa n'était pas comme ça, n'est-ce pas ?

— Ah non ? Ton père était officier de marine, Grace. Il était accoutumé à commander. Ce n'était pas une chose qu'il laissait facilement à la porte quand il rentrait à la maison.

Elle lut mes sentiments sur mon visage et se détendit.

— Ce n'était pas désagréable, en fait. Nous ne nous disputions pas pour des broutilles, comme la plupart des couples, mais les hommes ont tendance à se sentir supérieurs. Tu ne l'as jamais remarqué ?

J'aurais voulu dire que non, mais je n'osai pas.

— Dans ce monde, reprit-elle, ce sont surtout les hommes qui ont le pouvoir, Grace. Ils prennent toutes les décisions importantes, et chaque fois qu'une femme essaie d'y avoir part, ils clament qu'elle n'est pas une vraie femme ou qu'elle a trop d'ambition. La vérité, c'est qu'ils ont peur de nous. Peur que nous soyons plus intelligentes qu'eux et que nous prenions tout en main, affirma-t-elle d'un air sentencieux.

Et brusquement, elle se laissa tomber sur le tabouret de sa coiffeuse.

— Alors tu t'es disputée avec Winston, maman ? Vous êtes fâchés ?

— Fâchés, non. Je lui ai seulement dit de me ramener à la maison le plus vite possible, ce qui l'a un peu calmé. J'ai ajouté que s'il avait d'autres critiques à me faire, je préférerais qu'il le fasse en privé, et qu'il tourne sept fois sa langue dans sa bouche avant de parler. Ce n'est pas tombé dans l'oreille d'un sourd.

311

» Ah, autre chose, dit-elle après avoir réfléchi un moment. Si le téléphone sonne, décroche. Et si c'est Winston, dis-lui que je dors ou que je prends un bain.

— Entendu, acquiesçai-je en me retirant.

Il faut croire qu'elle était télépathe. Une heure plus tard, le téléphone sonna et c'était Winston. Je lui dis qu'elle dormait.

— Ah ! Eh bien, dis-lui que je l'appellerai demain. Que deviens-tu, Grace ?

— Je révise pour mes examens de fin d'année.

— Déjà ? Comme le temps passe. Avant d'avoir eu le temps de t'en apercevoir, tu seras aussi vieille que moi, dit-il avec un petit rire. Profite de ta jeunesse pendant que tu l'as.

— Vous n'êtes pas si vieux que ça, Winston, rétorquai-je.

Cela lui fit plaisir, je l'entendis dans sa voix.

— J'espère te voir bientôt, Grace.

Je me sentis désolée pour lui quand il raccrocha. Maman se montra aussitôt sur le seuil de sa chambre.

— C'était Winston ?

— Oui. Je lui ai dit que tu dormais.

— Et ?

— Il m'a demandé de te dire qu'il t'appellerait demain.

— Je ne serai pas là, déclara-t-elle. Il attendra que je sois d'humeur à lui parler.

Elle referma sa porte, la rouvrit brusquement et chercha mon regard.

— Écoute bien ce que je vais te dire, Grace. Les hommes doivent être dressés, exactement comme… comme des animaux de compagnie. Nous sommes toujours en position défavorable, aussi devons-nous utiliser tout ce dont nous disposons, chaque geste, chaque mot que nous disons. Et en particulier le sexe, ajouta-t-elle. N'aie pas l'air si choquée, ce n'est jamais qu'une arme dans notre arsenal. Si les femmes ne s'en servent pas, c'est d'elles qu'on se servira. Les exemples ne manquent pas, il suffit de regarder autour de soi. N'en deviens pas un toi-même, conclut-elle.

Sur quoi, elle referma sa porte.

Je ne savais pas si je devais rire ou pleurer. J'en aurais été incapable, d'ailleurs, j'étais sous le choc. Et mes notes de sciences sociales ne pouvaient m'apporter ni réponse, ni le moindre soulagement.

Winston dut appeler quand j'étais au lycée. S'il le fit, maman tint certainement parole et ne décrocha pas. Quand je rentrai, pourtant, je fus accueillie par un capiteux parfum de roses, et quand je passai dans la cuisine je restai clouée sur place par ce que j'y vis. Pas seulement deux ou trois douzaines de roses, mais au moins vingt. Elles remplissaient toute la pièce, couvrant chaque surface disponible, le plan de travail, la table, les chaises et même une partie du carrelage.

— Et voilà, commença fièrement maman, les poings aux hanches, ce que j'appellerais des excuses convenables.

Je n'allais pas tarder à découvrir que ce n'étaient pas seulement des excuses. C'étaient les premiers travaux d'approche pour une demande en mariage.

Elle eut lieu deux jours plus tard. Maman s'était radoucie, et elle était allée dîner avec Winston le soir où les roses étaient arrivées. Elle ne revint que très tard, bien après que je fus allée me coucher. Je l'entendis vaguement rentrer. Le lendemain matin, elle n'était pas levée pour prendre le petit déjeuner avec moi. J'allai jeter un coup d'œil dans sa chambre et la trouvai profondément endormie. Elle n'avait même pas accroché sa robe. Je le fis pour elle et partis pour le lycée.

À mon retour, elle était d'une humeur délicieuse. Elle s'apprêtait à se rendre au restaurant, et je ne l'avais jamais vue aussi contente d'y aller.

— Je t'ai préparé un de tes plats favoris pour dîner, Grace, des crevettes au parmesan. Tu n'auras qu'à les réchauffer. Je rentrerai tard, ne t'inquiète surtout pas.

— Où vas-tu ?

— Quelque part, rétorqua-t-elle d'une voix chantante.

Et avec un petit rire, elle s'en alla.

Cette nuit-là encore, j'étais couchée depuis longtemps quand elle revint. Mais cette fois-ci, quand je me levai le lendemain, elle était déjà réveillée. Elle était assise dans son lit, le sourire aux lèvres et les yeux brillants de joie.

— Bonjour, maman. Où étais-tu, hier soir ?

— Dans un carrosse d'or et de diamants, répliqua-t-elle en riant. Si tu avais regardé par la fenêtre, tu m'aurais vue traverser le ciel.

Je m'efforçai de ne pas montrer ma perplexité.

— Pardon ?

— J'ai une surprise pour toi, annonça-t-elle en tendant la main vers moi.

Tout d'abord, je ne vis rien. Peut-être ne voulais-je pas voir. De toute évidence, elle attendait une réaction spectaculaire de ma part, mais je me contentai d'ouvrir des yeux ronds.

— Mais regarde, voyons ! s'impatienta-t-elle en levant bien haut la main.

À présent, le gros diamant scintillait si fort au soleil du matin que même un aveugle l'aurait vu. Je m'en rapprochai.

— Qu'est-ce que c'est ? questionnai-je, tout en connaissant déjà la réponse.

— Une bague de fiançailles. Winston l'a fait tout spécialement dessiner pour moi. Un diamant de six carats, pas moins. En tenant compte de sa pureté, de sa qualité, du prix de la taille, poursuivit-elle en tournant sa main en tous sens pour admirer la pierre, je ne serais pas surprise d'apprendre que cette bague vaut un quart de million de dollars.

— Tu es fiancée à Winston !

— Mais oui. Assieds-toi, que je te raconte tout.

Je reculai vers la porte.

— Je ne peux pas. Il faut que j'aille au lycée.

— Oublie le lycée pour un moment, tu veux ?

— Je ne peux pas, maman. J'ai un examen.

— Tu as le temps quand même, insista-t-elle. Je t'appellerai un taxi, tu y seras plus vite. Il s'agit d'une chose importante, Grace. Allez, viens. Et ne plisse pas ton front, ça donne des rides.

J'obéis. Un bourdonnement sourd prit naissance au creux de mon estomac et monta jusqu'à ma poitrine. C'était presque un grondement, à présent, si fort que je faillis ne pas entendre les premières paroles de maman.

— Dès notre première rencontre, j'ai su que Winston nous avait été envoyé.

— Envoyé ? Par qui ?

— Par notre ange gardien, bien sûr. Je le voyais dans sa façon de me regarder, de me sourire à travers la salle. Je savais d'avance qui il était, Dallas m'avait renseignée. Depuis le tout début elle s'efforçait de m'aider.

» Je n'insinue pas qu'une femme seule avec une fille adolescente ne puisse pas se débrouiller dans la vie, m'avait-elle dit, mais pourquoi ne pas essayer ?

Maman libéra un petit rire heureux.

— Dallas a toujours été comme ça, en quête de la solution la plus facile. Je ne le lui ai jamais reproché, et encore moins maintenant. Quoi qu'il en soit, je n'attendais pas grand-chose de mes conversations avec Winston. Mais il avait manifestement envie de me connaître, et j'ai laissé faire les choses.

Malgré moi, je plissai le front. Où maman voulait-elle en venir ?

— À mesure que nous nous connaissions mieux, je me rendis compte que c'était un homme charmant, en plus de sa fortune. Les deux ne vont pas forcément ensemble, tu sais. Et d'ailleurs, je n'ai jamais connu quelqu'un d'aussi riche que Winston.

Je ne devais pas avoir l'air emballée, car elle s'empressa d'ajouter :

— Je ne suis pas une aventurière, Grace. Je ne cherche pas à profiter des gens, et nous ne sommes pas exactement sans ressources. Nous avons juste assez pour vivre comme nous vivons.

— Alors pourquoi as-tu accepté la bague ? répliquai-je du tac au tac.

— J'ai dit : pour vivre comme nous vivons. J'ai décidé que nous méritions mieux. Je te le répète, je n'ai pas couru après Winston comme une aventurière. Je l'ai même sévèrement rabroué, l'autre soir, et obligé à me ramener chez moi.

— Mais tu as dit que c'était pour le dresser !

— Peu importe. J'étais prête à le perdre pour garder le respect de moi-même, et les aventurières ne connaissent pas ce respect-là. Il m'a courtisée, nous a couvertes de cadeaux, et je n'ai jamais eu le sentiment de lui devoir quelque chose. Je ne lui ai rien offert non plus, et je dois reconnaître qu'il n'a jamais rien demandé. Comme je te l'ai dit mille fois, il aime vraiment donner à ceux qu'il aime.

J'abordai la question de manière plus directe.

— Es-tu amoureuse de lui, maman ?

— C'est un homme très bien, Grace, un homme très bon, et il a besoin de moi autant que nous avons besoin de lui.

— De son argent, tu veux dire.

Maman fronça les sourcils.

— Ne méprisons pas ce qu'il peut nous apporter, Grace. De toute façon…

Elle jeta un regard à la bague, puis détourna les yeux et essuya furtivement une larme.

— Je ne trouverai jamais quelqu'un d'aussi merveilleux que ton père, et je ne veux plus être considérée comme une marchandise à vendre. La chose la plus précieuse que m'ait apportée Winston, c'est de m'avoir retirée du marché. Je voyais cette convoitise dans les regards des jeunes hommes qui fréquentent le bar de l'auberge Tremont. Quand ils ont su avec qui je sortais, je suis devenue invisible pour eux, et cela me convient tout à fait.

» Il m'a conféré une certaine classe, dit-elle en relevant la tête. J'ai senti que j'étais quelqu'un, et pas seulement une veuve de marin, que tout le monde s'attend à voir tomber dans les bras d'un autre homme. Et quand il a commencé à m'emmener dans ces soirées mondaines, et que j'ai rencontré ces gens si riches, riches au-delà de toute imagination…

L'expression mélancolique de maman s'évanouit, sa voix changea. On aurait dit qu'elle rêvait tout haut.

— J'ai réfléchi, Grace. Je me suis dit : « Ces gens ne sont pas meilleurs que nous. Pourquoi sont-ils comblés par le sort, alors qu'il nous gâte si peu ? Pourquoi devrais-je supporter cette injustice ? »

» Et quand j'ai vu combien tu étais belle dans cette robe de couturier, comme tu rayonnais sur le yacht et pendant ce dîner, à Paradise Island, quand tu as dansé avec lui... j'ai su ce que je devais faire pour nous, et je l'ai fait. Je n'en ai pas honte et je ne me sens aucunement coupable.

— Mais... tu n'es pas amoureuse de lui, maman. Tu vas épouser un homme que tu n'aimes pas !

— Je l'aime bien, Grace, et il m'aime assez pour deux. Tout se passera bien entre nous, insista-t-elle. Je le sais.

J'en aurais pleuré.

— Oh, maman ! me lamentai-je. Il est tellement plus âgé que toi. Il pourrait être ton père.

— Ton père lui-même disait souvent qu'il aurait pu être mon père, Grace. Qu'il avait deux filles, deux jeunes femmes sous sa garde, et je trouvais ça très bien comme ça. Je ne suis pas de ces femmes qui veulent prouver qu'elles sont aussi fortes et aussi capables que les hommes. Je n'ai pas à le prouver, je le sais. Mais si j'avais le choix, je choisirais d'être dorlotée, gâtée, protégée, et d'appartenir à la classe privilégiée.

» Tu n'as pas apprécié la façon dont les vendeuses se mettaient en quatre pour nous faire plaisir, dans cette boutique ? Moi, si, et j'ai bien l'intention que ça continue. Je peux faire un pied de nez au destin, maintenant. Et pour toi aussi le malheur est fini, Grace. L'année prochaine tu iras dans une école privée, tu n'auras plus à affronter des filles comme Phœbé, ni personne qui se croie supérieur à toi. Tu seras assez riche pour les acheter, tous autant qu'ils seront, et ils le sauront.

Dans les yeux de maman flamboya une lueur farouche.

— Non ! déclara-t-elle en criant presque, je ne suis pas amoureuse, mais j'ai le confort et la sécurité. J'ai déjà eu l'amour. Il m'a été arraché du cœur, mais je ne vais pas me laisser dépérir comme une fleur privée d'eau et de soleil. J'aurai mon propre soleil quand je le voudrai, et nous arroserons nos fleurs au champagne.

» Sois heureuse pour moi, Grace. Sois heureuse pour nous deux. Winston t'aime vraiment, il m'arrive même de me demander s'il ne t'aime pas plus que moi. Tu es la fille qu'il n'a jamais eue mais qu'il désirait tellement, et tu l'aimes, toi aussi. Je le sais…

— Je n'ai jamais dit le contraire.

— Tant mieux, dit-elle d'un ton définitif, comme pour couper court à toute réflexion à venir. Nous nous marions dans deux mois, le mariage aura lieu à Joya del Mar et sera célébré royalement.

» Ton père et moi n'avons pas eu un grand mariage, juste une cérémonie toute simple avec quelques parents. Nous avons eu deux jours de lune de miel à Atlantic City. Nous parlions souvent de nous remarier et d'avoir une vraie lune de miel.

Ces révélations ravivèrent mes scrupules.

— Est-ce que Winston sait tout ça, maman ? Est-ce qu'il croit que tu l'aimes vraiment ?

— Je me contenterai de te répéter ce qu'il m'a dit hier soir, avant de m'offrir la bague. Il a dit que le jour où je me suis fâchée contre lui a été le plus triste de sa vie, depuis la mort de sa femme. Et qu'il avait su, ce soir-là, qu'il avait besoin de ma présence pour que sa vie vaille la peine d'être vécue. Il m'a demandé si je voulais faire cela pour lui, j'ai dit oui et je le ferai. Je serai une bonne épouse pour lui, Grace, comme tu seras une bonne fille. Nous lui apporterons le bonheur, et c'est plus qu'il n'est donné à bien des hommes de trouver dans leur mariage, crois-moi.

» Sois heureuse pour nous, je t'en prie, implora maman en prenant mes mains dans les siennes.

Je baissai les yeux sur nos mains jointes et réprimai un soupir.

— Très bien, maman. Si c'est ce que tu veux.

— Oui, je le veux. Vraiment.

— Il faut que je parte, maintenant, lui rappelai-je.

— Je vais appeler le taxi.

— J'ai encore le temps d'attraper le bus.

— Mais tu n'as même pas pris ton petit déjeuner ! protesta maman, et tu as un examen. Allons, mange un morceau et j'appellerai ce taxi. Nous n'aurons plus à nous inquiéter pour la dépense, ajouta-t-elle avec un sourire.

Non, en effet, pensai-je en la regardant.

J'allai me préparer des toasts à la confiture et avalai une tasse de café. Quand le taxi arriva, je criai au revoir à maman et elle me cria en retour :

— Bonne chance, ma chérie. Nous aurons toujours de la chance, désormais.

Je courus jusqu'au taxi et donnai l'adresse au chauffeur. Quand il démarra, je me retournai vers notre petit immeuble, simple halte parmi tant d'autres qui avaient ponctué notre route. Notre long voyage n'était pas fini. Je voulais sincèrement me réjouir pour maman. J'y parvins, et je compris tout ce que ce mariage avec Winston Montgomery représentait pour elle ; combien il la sécurisait et la motivait, alors que tout lui avait été si tragiquement retiré.

Elle voulait laisser tout cela derrière nous, et je supposai que c'était une bonne chose.

Mais quand elle épouserait Winston, pensai-je avec mélancolie, ce jour-là papa nous aurait quittées pour de vrai, pour toujours. Maman ne porterait plus son nom. Elle deviendrait la femme d'un autre homme.

C'était comme refermer un livre et le ranger sur son étagère, enterrer officiellement ses souvenirs et ses émotions. Il n'y aurait plus jamais de rires et de sourires à cause d'une chose que papa aurait dite: Plus de gestes d'adieu, plus de saluts.

Tout cela s'en allait à la dérive sur les ailes d'une mouette et me laissait seule sur une plage inconnue, à scruter l'océan, guettant un signe de ce qui allait advenir.

13

Le bonheur pour toujours

J'obtins des résultats remarquablement bons aux examens, compte tenu de tout ce qui s'était passé autour de moi ces temps derniers. Maman cessa le travail presque immédiatement après que Winston lui eut offert la bague. Nous n'avions plus besoin de ce complément de revenus, bien sûr, et elle avait suffisamment à faire de son côté pour préparer le mariage. Winston lui donna carte blanche sur tous les plans et lui dit de ne pas regarder à la dépense.

— Je sais que tu me crois obsédée par tout ça, Grace, me dit-elle un matin, quand je bougonnai que ce mariage prenait toute la place dans notre vie.

À peine levée, elle était déjà pendue au téléphone. Et dès qu'elle avait expédié un semblant de petit déjeuner, elle entamait la ronde des rendez-vous avec tous les professionnels impliqués dans l'événement. Winston avait mis à sa disposition la limousine et le chauffeur, pour lui simplifier la tâche. Il m'arrivait de l'accompagner, mais la plupart du temps je restais à la maison. Elle ne semblait pas remarquer si j'étais là ou pas là, d'ailleurs. J'étais effarée par la quantité d'énergie qu'elle dépensait pour choisir des nuances, des styles de décor, des caractères d'imprimerie pour ses invitations. Le président des États-Unis ne devait pas se donner autant de mal pour organiser ses fêtes d'inauguration !

Elle poursuivit, comme pour se justifier :

— Tu dois comprendre que nous nous marions plus tôt qu'il n'est habituel de le faire, du moins pour ce qui s'appelle un mariage convenable à Palm Beach.

— Convenable ?

— Eh bien… la durée idéale pour des fiançailles est de trois à cinq mois. Les nôtres en dureront à peine deux. Sans l'influence de Winston nous aurions eu toutes les peines du monde à retenir des traiteurs, des décorateurs et tous ces gens-là.

» Nos fiançailles ont été annoncées le matin où je t'ai montré la bague, et tout le monde est au courant, maintenant. Normalement, nous aurions dû donner une réception, mais le temps manquait. Malgré tout, les cadeaux de fiançailles ont commencé à affluer à Joya del Mar, et il faut que j'envoie des cartes de remerciements aussi vite que possible. Je m'occupe du style de décoration et du texte en ce moment même, avec l'aide de la secrétaire personnelle de Winston. Tu connais déjà Virginia Wilson. Elle est parfaite pour ce genre de choses.

» Nous devrons envoyer les invitations pour le mariage très rapidement, elles aussi, ajouta maman d'un air affairé. Nos invités ont un calendrier mondain très chargé, ils doivent être prévenus au moins un mois à l'avance.

Ici, elle marqua une pause avant d'annoncer fièrement :

— Beaucoup d'entre eux vont reporter des voyages d'affaires ou des vacances, uniquement pour ne pas manquer la réception.

— Mais tu ne connais personne ! m'écriai-je sans réfléchir.

J'aurais mieux fait de me taire. Maman rejeta la tête en arrière et me toisa d'un air outré.

— Il se trouve que j'ai rencontré un certain nombre des associés de Winston ces temps-ci. Je connais beaucoup plus de gens que tu ne l'imagines. J'ai assisté à des lunchs et à des galas de bienfaisance, et je me suis liée avec certaines personnes qui comptent parmi les plus riches de la ville...

— Ta seule véritable amie, c'est Dallas, insistai-je.

Elle se radoucit aussitôt.

— Je le sais, et je ne risque pas de l'oublier. Dallas sera ma dame d'honneur, et elle est enthousiasmée par cette perspective.

— Autrement dit, Phœbé viendra aussi, grommelai-je.

— Je veux qu'elle vienne, qu'elle puisse voir où tu vis. Son ego se dégonflera si vite qu'elle se ratatinera sous tes yeux, répliqua maman.

Elle semblait plus réjouie par cela que par tout le reste, et l'était certainement plus que moi. Elle ajouta pour faire bonne mesure :

— Naturellement, tu seras à la table d'honneur, sous le dais, alors que Phœbé ira s'asseoir à n'importe quelle table, dans la foule.

— J'aurais préféré qu'elle ne vienne pas du tout, m'obstinai-je.

Mais maman n'entendit pas... ou ne voulut pas entendre. Elle planait si haut que ma voix ne devait pas l'atteindre.

— Tu seras ma demoiselle d'honneur, annonça-t-elle. Je te rédigerai une liste de tes responsabilités. Le plus important, ce sont nos robes. Ce sera un mariage en blanc, très protocolaire. Je porterai une robe longue à traîne et j'ai décidé d'avoir aussi un voile. En principe c'est facultatif, mais l'idée me plaît. Pas à toi ?

Je haussai les épaules. Rien ne pouvait m'être plus indifférent, et ce n'était certainement pas ce détail qui m'empêcherait de dormir.

Une semaine après l'annonce des fiançailles, la chasse à la robe idéale commença. Le FBI n'avait jamais dû poursuivre le plus recherché des criminels avec autant d'acharnement, j'en aurais juré. Maman tint conseil avec des experts en la matière, qui lui fournirent un historique détaillé des grands mariages de Palm Beach. Elle prit même des notes ! Puis elle pesa mûrement son choix, et passa ensuite des nuits à se retourner dans son lit, malade d'angoisse à l'idée d'avoir pris la mauvaise décision.

Un matin, au petit déjeuner, je commis l'imprudence de vouloir la rassurer.

— Ce n'est pas une bataille navale, maman. C'est seulement un mariage.

— Seulement un mariage ! Est-ce que tu as toute ta tête ? Ce n'est pas *seulement* un mariage. C'est un moyen de m'introduire à Palm Beach. Je vais être la femme de Winston Montgomery, Grace. C'est quelque chose qui compte aux yeux des gens d'ici, tâche de le comprendre et de te faire à cette idée. Nous ferons partie de la haute société, notre nom sera cité dans la rubrique mondaine, nous serons invités à tous les bals de bienfaisance et les somptueuses réceptions. Ce sera un peu comme si j'étais la femme d'un amiral, en somme.

En ce qui me concerne, c'était exactement ce qu'il ne fallait pas dire. Être la femme d'un amiral évoquait les fantasmes que papa et elle entretenaient, c'était leur rêve pour rire, une chimère et un jeu tout à la fois. Un jeu dont j'avais fait partie, dès que j'avais été assez grande pour le comprendre et l'apprécier.

— Mais tu n'es pas la femme d'un amiral ! renvoyai-je, avec une telle âpreté qu'elle en tressaillit. Et tu ne le seras jamais.

Avant qu'elle ait eu le temps de répondre, j'avais quitté la cuisine. En temps normal elle m'aurait suivie, apaisée, consolée. Mais elle était déjà au téléphone, en grande conversation avec un décorateur. Peu de temps après la limousine arriva, et en moins d'une minute elle était partie.

— Sois heureuse pour moi, Grace, implora-t-elle encore, le jour où nous allâmes essayer nos robes. Les gens d'ici sont affreusement cancaniers. Ne laisse croire à personne que tu puisses être contrariée, si peu que ce soit.

J'obéis, et veillai à cacher mes sentiments personnels en public. Maman m'associait à toutes ses décisions concernant les cadeaux-souvenirs, la décoration, le style des invitations, toutes choses qui me dépassaient totalement. Je me contentais d'approuver tous ses choix, mais cela suffisait à la satisfaire. Je jouais le jeu devant tous ceux qui participaient aux préparatifs, c'était l'essentiel. Et même si cela leur était complètement égal, au moins personne n'avait la moindre idée de mes véritables sentiments.

Une semaine avant la cérémonie, nous déménageâmes. Quand je dis que nous déménageâmes... j'entends par là que nous prîmes nos possessions les plus précieuses avec nous, seulement ce que nous pouvions transporter nous-mêmes, et que nous quittâmes l'appartement. Pour le reste, Winston avait fait en sorte que des déménageurs viennent le chercher. Ce fut vraiment comme si nous avions été emportées par tapis volant : À Joya del Mar, on m'avait laissé le choix entre une demi-douzaine de chambres, et je m'étais décidée pour la plus proche de ce qui serait l'appartement de maman et de Winston. Cette semaine-là, comme une jeune fiancée virginale, maman s'installa dans l'une des chambres d'amis. Tandis qu'elle s'affairait aux préparatifs, je pris le temps de mieux connaître les femmes de chambre et le maître d'hôtel, ainsi que le chef cuisinier. Je fis même la connaissance du jardinier en chef.

Pendant un moment, j'eus l'impression d'être descendue dans un hôtel quatre étoiles. Je n'avais pas le sentiment d'être dans ma nouvelle maison. On préparait notre petit déjeuner à l'heure qui nous convenait, nous pouvions commander ce qui nous plaisait, et nous aurions très bien pu nous faire servir dans nos chambres. Je n'avais plus de corvées domestiques. Je pouvais passer mon temps à lire, à me baigner, à apprendre à naviguer, à faire du shopping en ville ou aller où je voulais. Le chauffeur était toujours à ma disposition. C'était un peu comme dans les contes de fées où, du jour au lendemain, une pauvre fille de cuisine se retrouve changée en princesse.

Maman n'avait pas beaucoup de temps à me consacrer. Quand elle pouvait enfin se libérer pour un moment, elle n'arrêtait pas de se plaindre de sa fatigue.

— J'aurai besoin de prendre des vacances avant notre voyage de noces, disait-elle avec humour.

Elle ignorait où se passerait leur lune de miel. Winston ne devait lui en faire la surprise que le jour du mariage.

— J'aime cette façon qu'il a de me surprendre sans arrêt, me confia maman. Il adore faire ça, comme ce fameux soir à Paradise Island. C'était charmant, non ?

Elle me dévisagea, le sourcil arqué, attendant ma réaction.

— Oui, finis-je par admettre.

Je n'avais vraiment aucune critique à formuler contre Winston. Il était toujours très attentif à mes besoins et à mes sentiments, et il passa même plus de temps avec moi que maman, cette semaine-là.

Il me décrivit les invités, m'expliqua que son garçon d'honneur était son associé de toujours, en qui il avait toute confiance. Il s'inquiétait de savoir ce que j'allais pouvoir faire pendant leur lune de miel.

— Et si tu venais avec nous ? suggéra-t-il.

Je secouai vivement la tête. Voir maman à son bras au cours des bals et des dîners, ou les voir s'embrasser sur la joue de temps en temps, c'était une chose. Mais être là pendant ce qui, à mes yeux, restait le moment le plus romantique dans la vie d'un couple... non. Cela aurait été trop difficile à supporter. Leurs baisers seraient bien plus passionnés, leurs moments d'intimité plus fréquents et beaucoup plus tendres.

— Tout ira bien pour moi, affirmai-je.

— Tu te feras bientôt de nouveaux amis, rassure-toi.

Tous deux avaient déjà choisi l'établissement où je poursuivrais mes études. C'était le collège Edith Johnson Wood, ainsi nommé d'après sa principale bienfaitrice. Fondé depuis vingt ans à peine par un groupe de richissimes habitants de Palm Beach, il ne ressemblait à aucune des écoles que j'avais fréquentées, et Dieu sait qu'elles étaient nombreuses !

Il était situé à North Palm Beach, au cœur d'un parc d'environ cent vingt hectares dessiné par les meilleurs paysagistes. La rivière, les ponts, les fontaines et les hauts palmiers composaient un décor de toute beauté, et l'ensemble des bâtiments paraissait flambant neuf. Il comportait un petit théâtre de huit cents places, une salle d'informatique ultramoderne, un superbe gymnase, et des classes prévues pour une dizaine d'élèves, quinze au grand maximum. La population totale de l'école, du jardin d'enfants à la terminale, était strictement maintenue au chiffre de sept cent cinquante inscrits.

En règle générale, tout nouvel élève potentiel devait subir une procédure d'admission rigoureuse, qui n'était pas sans rappeler celle des huit plus grandes écoles du pays, la prestigieuse Ivy League. Mais la contribution de Winston aux fonds privés du collège, plus que généreuse, me valut de figurer tout en haut de la liste. Tout le monde faisait preuve envers moi d'une sollicitude presque exagérée. Je n'étais pas habituée à ce que des professeurs, ou des administrateurs, se soucient tellement de mon bien-être et de mes désirs. Cela me mettait plutôt mal à l'aise.

Mais personne, en tout cas, n'aurait pu s'empêcher d'être impressionné par l'éventail des possibilités offertes aux étudiants. Il y avait un programme musical très complet, un autre d'art dramatique, un vaste choix de cours de langues vivantes, d'arts graphiques et d'histoire de l'art. Quant à l'éducation physique et sportive, chaque élève avait pratiquement son entraîneur personnel.

Maman battit des mains en découvrant tout cela.

— Je voudrais avoir ton âge et être dans ce collège, déclara-t-elle. Tu dois être emballée, non ?

— Oui, répliquai-je, mais « emballée » n'était pas exactement le mot que j'aurais choisi.

Débordée me semblait mieux convenir. L'année scolaire commençait fin août, à Edith Johnson Wood, et je devrais rentrer en classe plus tôt que prévu. Malgré tout, je ne m'en plaignais pas, je m'en réjouissais plutôt. Car j'avais désespérément besoin de m'occuper, avec d'autres distractions que celles dont je disposais à Joya del Mar.

La veille du mariage, Winston ne passa pas la soirée avec nous, prétextant un dîner avec des amis proches. Il dit à maman qu'il voulait la laisser respirer. Nous dînâmes sur la terrasse du fond, qui dominait toutes les installations en place pour le lendemain. Le dais, les tables, le parquet de danse, et les différents kiosques où se tiendraient les bars et les buffets. L'autel avait été entièrement décoré de fleurs.

— Tout cela pour moi ! murmura maman, presque incrédule. Je dois me pincer toutes les cinq minutes pour être sûre que je ne rêve pas.

Elle me sourit et tendit la main pour saisir la mienne.

— Nous avons vaincu le sort, ma chérie. Nos malheurs sont finis. Si quelque chose ne nous plaît plus, nous nous en débarrasserons et le remplacerons. S'il nous arrive d'avoir des idées noires, nous réserverons une table dans l'un des meilleurs restaurants du monde. Et si nous nous ennuyons, nous prendrons le jet privé pour aller voir quelque chose de nouveau. Au collège, personne ne te regardera de haut ; tu pourras faire ce que tu voudras, être tout ce qu'il te plaira.

Elle attendait que je lui rende son sourire. Je savais combien tout cela était devenu important pour elle, et je lui souris à mon tour.

— Mais oui, maman. Nous serons toujours heureuses.

— Ah, je te retrouve ! s'exclama-t-elle. Je retrouve mon petit mous...

Elle s'arrêta net et se mordit la lèvre.

— Tu peux le dire, maman. Rien de tout ceci ne changera jamais rien au passé, affirmai-je avec fermeté.

— Je sais, ma chérie, je sais.

Chassant résolument toute trace de tristesse, elle bondit littéralement sur ses pieds.

— Je suis tellement nerveuse que je ne peux rien manger, annonça-t-elle. Je vais prendre un bon bain en espérant que ça me détendra. Passe me voir avant de te coucher, d'accord ?

— D'accord, maman.

Je la regardai rentrer, puis je me renversai en arrière et regardai le soleil s'enfoncer dans la mer, en guettant la première étoile. Je l'attendis si longtemps que lorsque je passai voir maman, je la trouvai endormie, un bienheureux sourire aux lèvres.

— Bonne nuit, chuchotai-je.

Et je gagnai ma chambre, où le silence et la solitude ramenèrent mes pensées vers la journée du lendemain.

*
**

Le mariage combla tous les rêves de maman et dépassa tout ce que j'avais pu imaginer. Je la trouvai ravissante dans sa robe de mariée, et je lus sur les visages des invités qu'ils étaient nombreux à partager mon avis ; surtout les hommes, qui regardaient Winston avec envie. Parmi les amis de sa génération, certains lui jetaient des regards entendus, et d'autres se penchaient pour lui parler à l'oreille. J'aurais pu jurer qu'ils le traitaient d'heureux gaillard, ou de tout autre nom du même style.

Pour sa part, maman m'étonna en se montrant bien moins nerveuse que je ne l'avais prévu. En fait, elle paraissait aussi à l'aise que si elle avait grandi avec tous ces gens richissimes. Elle en connaissait beaucoup par leur prénom, en fait. Il devint évident pour moi qu'en chaque occasion où Winston l'avait emmenée dans le monde elle avait mentalement pris des notes. La plupart des invités à qui elle s'adressait ainsi semblaient trouver que c'était la moindre des choses, d'ailleurs. Qui pourrait oublier qu'une telle et une telle s'appelaient Brownie, Muffy ou Bunny, même si leurs époux portaient les plus grands noms de la politique ou de la finance ?

Quand on me les présentait, je lisais leurs pensées dans leurs yeux. La même pour tous : Winston était assez âgé pour être mon grand-père, et non mon beau-père.

Je tremblais sur mes jambes en descendant l'allée fleurie avec maman, pour gagner l'autel. L'opulence prestigieuse de ce mariage me rendait toutes choses irréelles. L'armée de serviteurs, les tables décorées, les sculptures de glace, les buffets somptueux et variés au possible, la piste de danse et l'orchestre de vingt-six musiciens... tout cela ne pouvait être vrai. Je devais être entrée par erreur dans le rêve d'une autre femme. Et j'allais me réveiller dans mon lit, cligner des yeux et découvrir que rien de tout ceci n'était arrivé.

Quand la cérémonie commença, la voix de l'officiant me convainquit que tout était réel. Maman évita de me regarder pendant presque tout le service. Je crois qu'elle avait peur de ce que révélerait mon visage et de l'impact que cela aurait sur elle. Elle concentra son attention sur Winston, et tous deux prononcèrent les vœux traditionnels, avant que le prêtre ne les déclare mari et femme. Winston

333

embrassa rapidement maman, de façon presque paternelle, et l'assistance les acclama.

Tout se déroula selon le plan prévu, depuis les toasts en l'honneur des époux, en passant par les discours des amis, brefs au possible, jusqu'aux propos de l'inévitable plaisant qui adjura Winston « de ne pas se montrer un mari trop entreprenant ». La plupart des couples ressemblaient à celui que formaient maman et Winston, pourtant. Les femmes semblaient bien plus jeunes que leurs maris. Probablement, supposai-je, grâce aux milliers de dollars dépensés en chirurgie esthétique.

Dallas et Warren se réjouissaient tous deux pour maman et moi. À un moment donné, j'entendis par hasard maman dire à Dallas qu'elle lui devait tout. Elles se jurèrent de rester bonnes amies, versèrent quelques larmes et s'étreignirent. Je détournai les yeux et me retrouvai face à face avec Phœbé, qui me fusillait du regard. Elle était si jalouse et si furieuse qu'elle en avait les larmes aux yeux.

— Tu as bien de la chance ! cracha-t-elle quand je m'avançai à sa rencontre.

Puis elle rejeta la tête en arrière et ajouta, retrouvant son agressivité coutumière :

— J'épouserai quelqu'un de très riche et j'aurai autant de choses que toi.

— C'est bien possible, Phœbé.

— Tu te figures que tu vaux mieux que moi, maintenant, je suppose ?

— Sûrement pas à cause de l'argent ni de cette propriété, en tout cas.

— Tant mieux, bougonna-t-elle. Je ne voulais pas venir, mais mon père a dit que si je ne venais pas il ne remplacerait pas ma voiture.

— Eh bien, je suis heureuse que tu ne sois pas venue parce que tu le voulais. Je me serais fait encore plus de souci.

Elle me jeta un regard de travers et pinça les lèvres.

— Ne t'imagine pas que tu vas attirer tous mes amis ici, ou inviter Roger et Wally pour les retourner contre moi, je te préviens.

— Sois tranquille. Je te les laisse.

— Ah, parce que tu vas te faire des amis plus intéressants dans ton école de riches, c'est ça ?

Je tournai mon regard vers la foule animée des invités, ces femmes couvertes de bijoux avec leurs rires artificiels, qui s'embrassaient du bout des lèvres, se complimentaient sur leurs toilettes, comparaient les couturiers. Puis aussitôt après se lançaient dans des commentaires, toujours désobligeants, sur la personne qu'elles venaient d'accueillir avec des démonstrations de joie. J'avais l'impression d'assister à un bal costumé, plutôt qu'au mariage de ma mère. Pourquoi Winston et elle n'avaient-ils pu se contenter d'une cérémonie intime et authentique, entourés simplement de quelques amis proches et sincères ? En quoi tout cet étalage était-il nécessaire ? Rendrait-il leur mariage plus solide, leur garantirait-il davantage de bonheur ? Enfin... Ils auraient toujours leurs albums et autres souvenirs, pour conférer à ce jour un semblant d'immortalité !

— Tu sais quoi, Phœbé ? dis-je soudain, sans détourner les yeux de la fête. Si à cet instant même un ange apparaissait et me demandait si je voulais donner tout ça, dussé-je vivre dans la pauvreté, pour que Randy revienne...

Je me retournai vers elle pour achever :

— ... j'accepterais sans hésiter une seconde.

Son masque de défi hautain s'effrita comme de la porcelaine brisée. Ses lèvres tremblèrent.

— Bonne chance à toi, lui dis-je en m'éloignant.

Après cela, je passai le plus de temps possible seule, assise à l'écart, à observer les festivités. Malgré la qualité et la variété du buffet, j'avais peu d'appétit et ne mangeai presque rien. Winston finit par s'aviser que j'étais solitaire et vint m'inviter à danser. Je secouai la tête.

— Oh, mais tu dois accepter, m'enjoignit-il. Nous allons montrer à tous ces gens si guindés la vraie façon de s'amuser. S'il te plaît, Grace, implora-t-il.

Je fus obligée de sourire et lui tendis la main. Il m'entraîna sur la piste de danse et, comme il l'avait prédit, tous les regards convergèrent sur nous. J'aperçus maman sous le dais, qui nous suivait des yeux en souriant fièrement. Winston me tenait fermement, et je me dis qu'il avait dû être un excellent athlète dans sa jeunesse. Il avait un remarquable sens du rythme.

— Tu crois que nous avons rendu ta mère heureuse ? me demanda-t-il.

— Oui.

— Je l'espère. Elle mérite de l'être, et toi aussi, Grace. Vous rendre heureuses me rend heureux moi-même. Laisse-moi cette joie, d'accord ? ajouta-t-il avec un éclair d'humour dans les yeux. Ne sois pas fâchée parce que je désire te donner trop.

Il était vraiment sincère. Sa main effleura légèrement mes cheveux, et je me sentis fléchir sous le poids de tant de joie et de tant de tristesse mêlées. J'aurais voulu m'effondrer dans ses bras, le laisser me garder, me protéger, écarter de moi tous les démons. Maman avait sans doute raison. Peut-être cela n'était-il possible que dans ce château.

— D'accord, acquiesçai-je d'une petite voix.

Winston sourit et m'embrassa sur le front.

— Bienvenue à Joya del Mar, Grace, dit-il dans un souffle.

Le tempo de la musique s'accéléra soudain.

— Oh, non ! feignit-il de se désoler.

Mais il se garda bien de me lâcher. Nous commençâmes à danser comme nous l'avions fait à Paradise Island, et quelques-uns des invités nous acclamèrent. D'autres semblaient complètement sous le choc. Avant que le morceau ne finisse, je croisai le regard de Phœbé qui, depuis un moment, bavardait avec quelques jeunes gens. Elle tourna les talons et s'en alla précipitamment, les poings serrés. La première fois que je l'avais vue, je l'avais – pendant un temps très bref – réellement enviée. J'aurais voulu être comme elle : jolie, populaire, influente. Il me semblait, tout à coup, que c'était il y a des années. Que j'étais devenue adulte en une nuit. Je n'étais plus une enfant. Plus jamais je ne penserais comme une enfant. Tout cela était fini pour toujours.

Maman et Winston avaient décidé de partir en voyage de noces le lendemain matin. La soirée se poursuivit très tard. En fait, j'allai me coucher avant que tout le monde soit parti. Je me rendais compte que, pour la plupart de ces gens, festoyer la nuit entière n'avait rien d'inhabituel. Après tout, qu'avaient-ils d'autre à faire, le lendemain, sinon dormir autant qu'il leur plairait ?

Moi-même, je dormais encore lorsque maman entra chez moi peu avant midi pour me dire au revoir. Elle était habillée et prête à partir. Je me frottai les yeux pour chasser le sommeil, mais j'avais toujours l'impression de voir trouble.

— Tu t'es bien amusée, ma chérie ?

Je m'entendis répondre d'une voix pâteuse :

— Ou-oui...

J'avais quand même mangé, très tard, et savouré le délicieux gâteau de mariage. D'autres hommes, bien plus jeunes que Winston, m'avaient invitée à leur tour après m'avoir vue danser avec lui. J'avais accepté, mais je ne me rappelais pas tous leurs noms. J'avais bu aussi un peu de champagne et mes idées s'embrouillaient.

— C'est un mariage dont on parlera longtemps à Palm Beach, fit observer maman. Je suis sûre de faire la première page des *Shiny*, tu sais bien ? Le journal des potins mondains. Et on verra nos photos dans les magazines. Je t'appellerai du yacht, conclut-elle.

— Du yacht ?

— C'était ça la surprise de Winston. Il a loué un yacht en France, qui nous attendra à Nice pour explorer des endroits charmants en Méditerranée. Il pense louer une villa dans le Midi l'été prochain. Ce serait merveilleux, non ?

Je fis signe que oui. Je souffrais d'un léger mal de tête, en fait, et ce qu'elle disait n'avait pas grand sens pour moi. Elle finit par le remarquer.

— Tu sembles avoir besoin de sommeil, Grace. Ne te presse pas de te lever. Tu peux inviter quelqu'un, si tu veux.

— Je n'ai personne à inviter, maman.

Ma réponse parut la peiner.

— Eh bien, quand tu seras dans ton nouveau collège, tu te feras de nouveaux amis, tu verras.

Elle m'embrassa, s'éloigna vers la porte mais, au moment de sortir, elle se retourna.

— Nous l'avons fait, Grace ! Nous avons envoyé le mauvais sort par-dessus bord.

Elle s'en fut sur ces mots, et je laissai retomber ma tête sur l'oreiller. Je dormis jusqu'à une heure avancée de l'après-midi, et en m'éveillant je pris conscience que tout était vrai. Nous étions bel et bien là, et j'étais une princesse américaine des Temps modernes.

Mais j'étais seule.

Maman téléphona le lendemain. Elle était surexcitée.

— Je t'appelle du yacht, Grace, en contemplant le port de Nice. Nous sommes en route pour Monte-Carlo et pour l'Italie. Winston a promis à Louisa que nous ferions escale à Capri, pour rendre visite avec elle à son frère et sa belle-sœur. Le paysage est... il n'y a pas de mots pour le décrire. Je prendrai des tas de photos. Tu vas bien ?

Je faillis éclater de rire. Il n'y avait pas vingt-quatre heures qu'elle était partie.

— Oui, maman, je vais bien. Je vais commencer à lire les livres du programme pour mon nouveau collège.

— Tâche de trouver aussi quelque chose d'amusant à faire, Grace.

— C'est promis, affirmai-je sans y croire moi-même.

Si cela pouvait la rassurer...

— Tu peux nous joindre à tout moment, Jakks a les numéros, ajouta-t-elle encore, en se référant au maître d'hôtel.

Elle m'appela chacun des jours suivants, et même la veille de leur retour, mais cette fois c'était pour me communiquer une information toute spéciale.

— Winston et moi avons choisi une villa pour l'été prochain, Grace. Nous prenons une vidéo pour que tu puisses t'en faire une idée suffisante. Comment vont les choses là-bas ?

— Rien n'a changé depuis ton appel d'hier, maman.

Elle me dit combien elle était impatiente de me revoir et m'assura que je serais enchantée des cadeaux qu'ils avaient choisis pour moi.

Le lendemain, j'allai lire au bord de la piscine et m'endormis dans ma chaise longue. Ce fut la voix de maman qui m'éveilla : elle m'appelait de la terrasse. Pendant un moment, je ne la reconnus pas. Elle avait à nouveau changé de coiffure – celle-ci était encore plus courte –, mais elle avait aussi changé de couleur de cheveux.

— Grace, nous voilà ! cria-t-elle en pivotant pour me montrer sa nouvelle apparence sous toutes les coutures.

Elle portait un ensemble pantalon ravissant, et aussi de nouvelles chaussures.

— Qu'est-ce qui est arrivé à tes cheveux, maman ?

— Tu n'aimes pas ? Je suis allée chez le coiffeur à Monte-Carlo. Le styliste a décrété que je ferais sensation avec des cheveux noirs. Winston aime beaucoup.

— Tu es… différente, commentai-je avec un temps de retard.

Ce fut tout ce que je fus capable de dire.

— C'était le but visé, gros bêta ! s'égaya-t-elle en déposant un baiser dans mes cheveux. Maintenant, viens voir ce que nous t'avons rapporté. J'ai tout fait monter dans ta chambre. J'ai tellement de choses à te raconter, de photos à te montrer ! Arrête de me regarder comme ça et dépêche-toi.

Je me levai et la suivis à l'intérieur, où Winston donnait leurs instructions aux domestiques. Dès qu'il m'aperçut, il s'interrompit net et s'approcha pour me serrer dans ses bras.

Puis il ébaucha un petit sourire ironique.

— Comment trouves-tu ta nouvelle maman ?

Je répondis avec franchise :

— Je ne sais pas trop, je suis encore sous le choc. Cela fait un tel changement…

— Oh, tu t'y habitueras, m'assura maman. Allez, viens ! ordonna-t-elle en saisissant ma main pour m'entraîner vers ma chambre.

Je m'arrêtai sur le seuil. Le lit était couvert de boîtes, il y en avait même qui s'empilaient à côté, sur le tapis.

— Qu'est-ce que c'est que tout ça ?

— Des vêtements, des bijoux, des chaussures, quelques gravures pour décorer ta chambre et des parfums. Ah ! Et aussi cette merveilleuse crème faciale française, qui te donnera une peau de pêche pour toute ta vie. J'en ai fait provision à Saint-Tropez.

Je commençai à déballer mes cadeaux. C'était absolument renversant.

— Il y en a beaucoup trop ! protestai-je, ce qui la fit rire de plaisir.

— Tu t'y feras, m'affirma-t-elle.

Et elle se lança dans l'histoire des cadeaux, en expliquant où elle était allée, comment Winston l'avait aidée à marchander, et aussi ce qu'elle avait acheté pour elle-même.

Je ne pouvais pas nier que maman était heureuse. Quelquefois, au cours des jours et des semaines qui suivirent, j'eus l'impression qu'elle se forçait un peu à le paraître, mais n'était-ce pas ce que je faisais moi-même ?

Son premier soin fut de s'installer dans l'un des petits salons pour en faire son propre bureau, à seule fin de tenir à jour son agenda mondain. La secrétaire personnelle de Winston ne tarda pas à y travailler avec elle, et parfois davantage qu'avec Winston lui-même, me sembla-t-il. Un calendrier géant fut affiché au mur. Des mois à l'avance, chaque week-end était pris par un événement mondain ou un autre, et bientôt les jours de semaine se remplirent, eux aussi. Non que maman eût envie d'assister à toutes ces manifestations, loin de là. Elle me tint tout un discours sur celles qui comptaient vraiment – la « liste A » des gens du monde – et les autres. Celles que l'on considérait comme vraiment select étaient bel et bien marquées d'un A sur le calendrier.

L'une des premières publications qu'acheta maman fut ce que la secrétaire de Winston appelait « le livre noir ». C'était un répertoire où figuraient les noms de tous les gens importants, leurs adresses et d'autres renseignements précieux les concernant. C'étaient ces gens-là qu'elle comptait inviter à Joya del Mar à chacune de ses réceptions. Et chaque fois qu'ils l'inviteraient à l'une des leurs, elle se ferait un devoir d'y aller. Quand je dis que tout cela empestait le snobisme, elle se fâcha tout rouge et passa sa colère sur moi.

— Je pourrais en dire autant de toi, Grace. On ne peut pas mépriser les gens simplement parce qu'ils sont riches et influents. Il n'y a pas de mal à fréquenter ceux qui appartiennent à votre classe sociale.

— Notre classe sociale ? Nous ne faisons pas partie du grand monde, maman. Nous sommes des gens simples.

— Nous, des gens simples ? Sûrement pas. Mes ancêtres, comme ceux de ton père, étaient des gens très importants.

J'eus un sourire incrédule, et elle se hâta de détourner les yeux. Quelle fiction était-elle en train d'échafauder dans sa tête ?

Quelques heures plus tard, Winston me trouva sur la plage, assise dans le sable, ruminant des pensées moroses en contemplant la mer.

— Eh bien, Grace ? Tu es restée seule toute la journée. Quelque chose qui ne va pas ?

— Non !

La brutalité de ma réponse l'ébranla. Il s'assit à côté de moi et soupira.

— Combien de fois ne suis-je pas venu rêver ici, comme toi. On se laisse accaparer par toutes sortes de choses et on oublie jusqu'au parfum des roses. On ne prend même plus le temps de s'arrêter pour le respirer. Passer une heure ou deux ici est une excellente médecine pour l'esprit. Je pourrais y rester pendant des heures sans me lasser.

Ses paroles me détendirent, et je lançai un coup d'œil furtif dans sa direction. Il fixait intensément les brisants. Très loin sur notre droite, un cargo glissait sans hâte, silhouetté sur l'horizon.

Ce fut Winston qui rompit le silence.

— Ta mère pense que nous devrions donner une fête rien que pour toi, où seraient invités les jeunes gens de certaines familles que nous connaissons. Qu'en dis-tu ?

— Je n'y assisterai pas.

— À une fête donnée en ton honneur ?

— Je n'ai pas besoin d'être exposée en vitrine, ni de mendier l'amitié des gens, Winston.

À ma grande surprise, il m'approuva.

— Tant mieux. Je n'aimais pas trop cette idée, de toute façon.

Je le regardai bien en face et vis qu'il était sincère.

— Mes parents faisaient toujours ce genre de choses, révéla-t-il avec simplicité. Ils m'incitaient à fréquenter un tel ou une telle, parce que c'étaient des relations sociales intéressantes. Ils ont même tenté d'arranger mon mariage, une fois.

— Vraiment ?

— Mais oui. Avec la fille d'un roi du pétrole qui avait une propriété ici, une à Palm Strings, une dans les Hamptons et une à Monte-Carlo. J'étais vraiment désolé pour cette fille. Elle savait qu'elle était manipulée, elle aussi. Finalement, nous nous sommes parlé sincèrement et nous avons mis fin au projet avant que rien n'ait été entrepris.

» Les relations véritables, celles qui ont vraiment un sens, cela n'a rien à voir. Si on ne cherche pas à forcer les choses, elles trouvent toujours le moyen de s'imposer.

— C'est bien vrai, approuvai-je avec élan.

Winston sourit.

— Je sais que c'est dur pour toi de changer de vie aussi radicalement, Grace. S'adapter à tant de choses à la fois prend du temps, mais j'espère que tu seras aussi heureuse que ta mère paraît l'être. Et si tu as un problème quelconque, je serais heureux que tu viennes m'en parler.

— Entendu, Winston.

Il déposa un baiser sur ma joue et se leva.

— Tu sais, Grace, je me demandais... Est-ce que tu as ton permis de conduire ?

— Non. Mon père devait me donner des leçons cette année mais...

— J'aimerais beaucoup le faire, m'interrompit-il. Tu devrais savoir conduire, même si nous avons un chauffeur. Tu dois connaître tous ces petits détails que savent les filles de ton âge, tu es d'accord ?

— Bien sûr.

— Nous commencerons dès demain, promit-il. Et fais attention au soleil. La brise de mer est trompeuse, on ne se rend pas compte qu'il fait si chaud.

— Je sais. Merci.

Winston me lança un clin d'œil affectueux et s'en alla.

Il tint sa promesse. Nous démarrâmes mes leçons de conduite dans la propriété. Puis il engagea un moniteur privé, qui paracheva ma technique et m'aida à obtenir mon permis.

Pour fêter l'événement, Winston décida que nous prendrions le yacht pour aller passer le week-end à Key West. En fait, maman et lui semblaient prendre plaisir à jeter l'argent par les fenêtres. Ils allaient à New York pour une exposition, ou faire une tournée de courses, ou encore allaient passer quelques jours aux Bermudes. Tous les prétextes leur étaient bons.

— Je ne pourrai jamais mettre tout ce que tu m'achètes, me plaignis-je à maman.

— Bien sûr que si, et d'ailleurs ce n'est pas ça qui compte. L'important, c'est de pouvoir choisir. Les vêtements s'accordent à ton humeur et la font valoir, expliqua-t-elle.

— Qui t'a dit tout ça ?

— Le couturier que j'ai rencontré à Monte-Carlo. Il a raison. Certains matins, on s'éveille en se disant : « Aujourd'hui est un jour turquoise, ou un jour gris perle », et si on a les vêtements qui conviennent on se sent bien. Et le style compte, lui aussi...

Elle pouvait discourir interminablement sur ces sujets, si je la laissais faire. Je choisissais de l'approuver, puis j'allais m'occuper d'autre chose. Winston, toujours un peu en retrait, observait tout cela du coin de l'œil, avec son petit sourire énigmatique. Lui et moi échangions des regards complices. Maman ne voyait rien. Je n'osais pas imaginer sa colère si elle s'en était aperçue, mais je ne pouvais pas m'empêcher d'y prendre plaisir.

En fait, Winston et moi devînmes de plus en plus proches cet été-là. Certains jours nous restions simplement assis près de la piscine, à discuter de livres ou de nouvelles. Quelquefois il me racontait des histoires de sa jeunesse. Maman était souvent en ville avec l'une ou l'autre de ses nouvelles relations, pour un déjeuner ou une conférence artistique. Elle avait renoncé à essayer de m'emmener, mais cela ne la satisfaisait pas du tout.

— Il y a certaines jeunes filles que j'aimerais te faire connaître, Grace. Des filles avec qui tu pourrais partager certaines choses, à présent, mais pour cela il faudrait que tu m'accompagnes de temps en temps.

— Je me ferai de nouveaux amis au collège, lui promettais-je, et pour le moment cela lui suffisait.

— Je l'espère, Grace. En tout cas, tu sais que les filles et les garçons qui étudient là-bas viennent de très bonnes familles.

— Pourquoi, parce qu'ils sont riches ?

— Oui, répondit maman sans hésitation. Et aussi parce qu'ils portent des grands noms et ont une réputation à préserver. Quand on ne respecte pas le nom de sa famille, on se conduit n'importe comment et on se moque bien que les gens le sachent.

Cette nouvelle sagesse m'étonnait toujours.

— Mais d'où tiens-tu tout cela ?

— Je n'ai pas besoin qu'on me les dise ! se hérissa-t-elle. Elles sont évidentes pour ceux qui savent voir et écouter.

Je me le tins pour dit et renonçai à défendre mes opinions, ce qu'elle finit par ne plus remarquer, d'ailleurs. Cela me froissa, mais au moins nos discussions cessèrent.

Deux jours avant la rentrée scolaire, Winston vint frapper discrètement à ma porte. Étendue sur mon lit, je finissais de lire *La Lettre écarlate*, un des livres au programme de littérature américaine. Je ne m'attendais pas du tout à le voir et encore moins à l'entendre demander :

— Tu as une minute, Grace ? J'aurais besoin de ton aide.

Je m'assis, tout étonnée qu'il puisse avoir besoin de moi pour quoi que ce soit.

— Vous aider en quoi ?

— On vient de nous livrer quelque chose, et je ne vois pas du tout ce que cela signifie. Tu auras peut-être une idée ?

— Qu'est-ce qu'on vous a livré ?

— Tu verras par toi-même, se contenta-t-il de répondre. Tu peux venir ?

— Bien sûr.

Je glissai les pieds dans mes sandales et le suivis au rez-de-chaussée.

— Où est cette chose mystérieuse ?

— Juste devant la maison.

En traversant le hall, j'aperçus l'une des femmes de chambre qui nous observait, un sourire béat sur les lèvres, ce que je trouvai un peu curieux. Winston ouvrit la porte d'entrée en grand et s'effaça pour me laisser sortir. Une fois dehors, mon regard tomba sur une BMW rouge décapotable. Il n'y avait rien d'autre à voir et je m'en étonnai.

— Eh bien, de quoi s'agit-il ?

— De cette voiture. On l'a amenée devant la porte et laissée là.

— Et vous ne savez pas à qui elle appartient ?

— Non, et je n'y comprends rien. On a laissé cette enveloppe avec.

Je pris la petite enveloppe qu'il me tendait, sur laquelle figurait mon nom, et levai les yeux sur lui.

— Qu'est-ce que c'est ?

— Je ne sais pas. Je ne l'ai pas ouverte. C'est à toi qu'elle est adressée, j'ai pensé que tu pourrais m'expliquer de quoi il s'agit.

Intriguée, j'ouvris l'enveloppe et y trouvai deux trousseaux de clés, ainsi qu'un permis de conduire que j'examinai. Mon nom y figurait comme celui du propriétaire.

Je regardai la voiture, puis Winston. Mon visage devait exprimer une surprise totale et certainement assez comique, je le devinai à son sourire. Puis, sortant brusquement de sa cachette derrière un buisson, maman s'écria :

— Surprise !

— Cette voiture est pour moi ?

— Tu vas devoir faire l'aller-retour entre ton collège et la maison, désormais, et j'ai trouvé que ce serait trop cher de louer une seconde limousine avec chauffeur. Et puis tu as ton permis, maintenant, conclut Winston en riant.

— Et cela revient moins cher ?

— Absolument. Si tu essayais ta voiture ? Je monterai avec toi et je t'apprendrai à la connaître.

Je restai un long moment sans voix, pendant lequel maman se contenta de me sourire.

— Profite bien de ton cadeau, Grace, dit doucement Winston.

Ce fut plus fort que moi. Même si je redoutais toujours que cette nouvelle vie ne fût qu'une illusion trompeuse, cette voiture, *ma* voiture, exerçait un pouvoir irrésistible. Je sautai au cou de Winston.

Maman et lui échangèrent un sourire de plaisir et pendant un instant, une fraction d'instant, je me demandai de qui Winston était véritablement le complice. D'elle ou de moi ?

Dès que je fus assise au volant de ma fabuleuse voiture, je cessai de me poser la question.

14

Bienvenue à Palm Beach

Pour moi qui venais d'un lycée public, la différence avec une école privée se fit sentir de bien des façons. Mais en faisant abstraction du vernis de surface, de l'équipement coûteux, des classes réduites, on découvrait très vite les similitudes profondes qui étaient l'essence même de la vie scolaire partout ailleurs, que l'établissement soit public ou privé. Comme dans tous ceux que j'avais fréquentés, il existait une conscience du groupe et un besoin de s'y intégrer. À Edith Johnson Wood, presque tous les élèves de terminale se connaissaient depuis longtemps et avaient noué des relations sociales. Ils formaient un ensemble très soudé, une sorte de noyau. Mais la différence qui me frappa le plus, chez les filles que je rencontrai à EJW, ce fut leur étonnante ressemblance avec leurs mères. Les décrire comme des clones n'était pas une exagération. Leurs conversations étaient centrées sur les vêtements de couturiers qu'elles venaient de s'acheter ou comptaient s'acheter, leurs nez rectifiés par la chirurgie esthétique ou leurs lèvres gonflées au collagène. Il y avait même une élève de seconde qui s'était fait refaire les seins. À cela s'ajoutaient, bien sûr, les descriptions d'hôtels prestigieux où elles avaient séjourné pendant leurs vacances. Certaines allaient jusqu'à comparer leurs itinéraires, pour savoir qui avait vu le plus grand nombre d'endroits renommés. Elles me faisaient penser à ces camping-cars qui portaient, collés à l'arrière, des étiquettes publicitaires de tous les lieux qu'ils avaient visités.

Le vieil adage « Tel père, tel fils » me semblait tout aussi valable pour les élèves masculins et leurs pères. Les garçons passaient le plus clair de leur temps libre à comparer leurs voitures haut de gamme, leurs vêtements coûteux, sans oublier leurs joujoux de grand luxe tels que hors-bord, skis nautiques, motos et matériel hi-fi. C'était un perpétuel concours où chacun se vantait de surpasser l'autre. Pendant la première semaine, il parut indispensable de glisser dans la conversation qu'on avait fait, ou qu'on pouvait faire, « bien mieux que ça », surtout en ma présence. Garçons et filles ne cessaient de le répéter devant moi. À seule fin de me prouver, supposai-je, quelle place inférieure j'occupais dans leur échelle de valeurs, même si je vivais à Joya del Mar.

Je fus stupéfaite de découvrir tout ce que chacun d'eux savait déjà, à mon sujet, avant même que je mette un pied dans l'établissement. À leur accueil glacial, je devinai instantanément ce qu'on leur avait dit de nous. Que nous devions notre richesse au mariage de maman, et que nous ne faisions pas partie des soi-disant « bonnes familles » de Palm Beach. J'avais souvent l'impression qu'ils me croyaient atteinte d'une maladie contagieuse, simplement parce que je n'étais pas née dans leur petit univers de privilégiés. Pour certains d'entre eux, traverser Flagler Bridge revenait à s'encanailler.

— J'ai l'impression que c'est toi qui deviens snob, Grace, observa maman quand je lui décrivis ma première journée à EJW, et les élèves à qui j'avais été présentée.

Marjorie Meriweather, une fille de ma classe, avait été désignée pour me servir de mentor et me présenter à tout le monde. Elle parvint à me donner l'impression d'être aussi gênante pour elle qu'un bouton sur le nez.

— Voici Grace Houston, marmonnait-elle hâtivement à qui voulait bien l'écouter. Une nouvelle élève, précisait-elle, ce qui faisait davantage l'effet d'une mise en garde que d'une présentation.

— Pourquoi ne pas leur laisser une chance avant de les condamner ? insista maman. Apprends d'abord à les connaître.

— Leur laisser une chance ? Apprendre à les connaître ? Comment peut-on faire ça, quand la fille à qui on vous présente grimace un sourire contraint et vous tourne le dos, avant même que vous ayez fini votre phrase ?

— Je suis certaine que tu exagères. C'est parce que tu n'es pas sûre de toi que tu parles comme ça, Grace. Quand elles te connaîtront mieux, elles voudront toutes devenir tes amies. Dès que tu trouveras deux ou trois filles qui te plaisent, ou même des garçons, invite-les à Joya del Mar pour déjeuner et se baigner. Une fois que tu auras fait ça, tu verras comme ce sera facile de te lier avec la plupart des autres.

— Je n'ai pas envie d'avoir ce genre d'amis, maman. Je ne veux pas avoir à payer l'amitié de qui que ce soit.

— Mais qui te parle de cela ? C'est comme ça que les choses se pratiquent, voilà tout. Tu t'en rendras compte toi-même, quand tu seras habituée à vivre ici. Cela se fera tout seul, me rassura-t-elle.

M'habituer à vivre ici ? Je ne m'y habituerais jamais, je le savais, mais j'abandonnai la discussion. Maman ne comprenait tout simplement pas, ou ne voulait pas comprendre. La seule chose qui m'aidait à aller de l'avant, dans ce collège, c'est que j'aimais mes professeurs, tous sans exception. Et au bout de la première semaine, je vis bien qu'ils m'appréciaient, eux aussi. À ma connaissance, aucun des élèves de ma classe d'anglais, par exemple, n'avait lu les ouvrages que nous étions tenus de lire au cours de l'été. En fait, la plupart d'entre eux n'avaient même pas pris connaissance des titres. J'étais presque toujours la seule à lever la main quand M. Stieglitz nous posait une question sur l'une ou l'autre de ces œuvres. Il avait, en outre, un sens de l'humour assez percutant.

— Êtes-vous sûre de ne pas vous être trompée d'établissement ? me demanda-t-il cette semaine-là. Vous êtes au collège Edith Johnson Wood. Ici, les élèves ne lisent pas et n'écrivent pas non plus. Ils se contentent de soupirer, de gémir et de se plaindre.

Je ris de sa boutade, bien sûr, mais les autres élèves me décochèrent des regards indignés, ou même furibonds. Et la même chose se produisit dans les autres classes. La majorité des élèves ne faisaient pas leurs devoirs à la maison, ou les bâclaient. On aurait dit que pour la plupart d'entre eux, le collège n'avait qu'un rôle social et mondain. Il ne servait qu'à se réunir, papoter, projeter des soirées et flirter.

— Les études, la préparation à la vie professionnelle ou l'éducation n'ont pas pour les élèves d'ici l'importance qu'elles ont ailleurs, me dit un jour un certain Basil Furness à la cafétéria.

Si on pouvait appeler cet endroit une cafétéria. On aurait plutôt dit le buffet d'un grand hôtel, où l'on trouvait des plats dignes des meilleurs restaurants de Palm Beach. Le personnel y était plus nombreux que dans n'importe quel lycée de ma connaissance. Les élèves n'étaient pas tenus de remporter leur plateau après avoir mangé. Deux vieilles femmes nettoyaient les tables derrière eux. En fait, ce fut à ce propos que je fis la connaissance de Basil. Je m'apprêtais à emporter mon plateau quand il m'arrêta.

— Tu veux priver ces pauvres femmes de leur travail ? s'enquit-il, mi-sérieux, mi-plaisant.

— Je te demande pardon ?

Les élèves ne se bousculaient pas pour m'adresser la parole. Pendant quelques secondes, je crus qu'il parlait à quelqu'un d'autre.

— Si tu commences à faire ça, les employés dont c'est le travail vont se retrouver au chômage. Lâche ce plateau ! m'ordonna-t-il, l'air vraiment fâché.

C'était un garçon maigre au teint brun maladif, qu'il essayait de dissimuler plus ou moins en portant la barbe. Mais il avait le poil si rare que cette pitoyable tentative n'arrangeait rien, au contraire. Elle ne faisait qu'attirer l'attention sur ses problèmes de peau. Il avait de petits yeux enfoncés, un long nez en lame de couteau, et sa lèvre inférieure était tellement plus grosse que l'autre qu'elle paraissait tuméfiée. Toutefois, ce n'était pas seulement ce physique ingrat qui éloignait de lui les autres élèves. J'appris très vite qu'il était beaucoup trop sarcastique et agressif à leur goût.

Je me hâtai de retirer mes mains du plateau. Ce fut juste à ce moment-là qu'une des élèves de ma classe de maths, Enid Emery, s'arrêta pour me demander si j'avais fait mon devoir.

— Naturellement, m'étonnai-je.

— Ah, tant mieux. Puis-je te l'emprunter pour le copier rapidement ? Je n'ai pas eu une minute pour le faire hier soir.

— Non, répliquai-je fermement.

355

— Comment ?

— Je ne prête pas mon travail pour qu'on le copie.

Elle rejeta la tête en arrière comme un cobra sur le point d'attaquer.

— Quel égoïsme ! Mais qu'est-ce que tu crois ? Ce n'est quand même pas si important que ça !

— Alors pourquoi t'inquiéter pour ça ? ripostai-je, ce qui fit glousser Basil.

Elle lui lança un regard furieux et partit à grandes enjambées pour aller se plaindre de moi. C'est alors que Basil me dit que pour ce genre d'élèves, les études n'avaient pas grande importance.

— Ils savent que leurs parents leur préparent un avenir doré, marmonna-t-il.

Et sans me laisser le temps d'émettre une opinion, il s'éclipsa.

Au cours des semaines suivantes, je fus pratiquement la seule à qui il adressa la parole ou qui lui parla. Nos conversations étaient brèves, et il ne manifestait aucun intérêt particulier pour moi, pas plus que moi pour lui. C'est pourquoi je fus stupéfaite quand, un vendredi après-midi, maman me questionna à son sujet.

— Il paraît que tu t'es fait un ami au collège, Grace. Un certain Basil, je crois ?

— Quoi ! Qui a pu te raconter ça ?

— Je déjeune souvent avec les mères de trois filles de ton école, Sonya Wilhelm, Barbara Johnson et Marjorie Meriweather. Pourquoi es-tu devenue si intime avec ce garçon ? J'ai appris qu'il avait suivi plusieurs psychothérapies, et qu'il serait dans une institution spéciale si ses parents ne faisaient pas de généreuses donations à Edith Johnson Wood.

— Nous ne sommes pas si liés que ça, maman. Nous bavardons un peu de temps en temps, c'est tout. Mais dis-moi, est-ce que toutes ces femmes espionnent leurs enfants, pour savoir avec qui ils parlent ou ne parlent pas ?

— Bien sûr que non. Elles se sentent concernées par leurs fréquentations, c'est tout. Quand on a une position sociale et une certaine fortune, on doit s'intéresser davantage à ses enfants. Il n'y a pas de mal à ça.

Je dévisageai maman pendant quelques secondes. Ce discours ne lui ressemblait pas. Quelqu'un d'autre s'était glissé dans le corps de ma mère et l'habitait. Elle vit mes yeux se rétrécir de colère et se raidit.

— Et toi, maman ? T'intéresses-tu plus à moi et à mon bien-être qu'avant, maintenant que nous avons de l'argent ?

— Bien sûr que non. Ce n'est pas ce que je suis en train de dire.

— Qu'es-tu en train de dire, maman ?

Elle attacha un long regard sur moi et soupira.

— Bon, laissons cela. Nous n'allons pas nous chamailler pour des bêtises. Si tu ne veux pas te lier avec des gens convenables, il faudra que je t'aide, voilà tout.

Je faillis bondir.

— Comment ça, m'aider ? Comment comptes-tu m'aider ?

— Nous donnerons une soirée, où nous inviterons certains élèves et leurs parents. J'en ai déjà discuté avec Winston, et je l'ai convaincu que c'était une bonne idée.

— Non, tu ne l'as pas convaincu. Tu l'as forcé à reconnaître que c'était une bonne idée. Tu ferais mieux de ne pas faire ça, je te préviens.

— Ça suffit, Grace ! Plus tard, tu apprécieras mon geste et tu m'en remercieras, lança-t-elle avec humeur.

Et avant que j'aie pu protester davantage, elle s'en alla.

Dès que j'en eus l'occasion, je me plaignis à Winston. Il rentrait d'une partie de golf et se dirigeait vers leur appartement quand je l'appelai de ma porte.

Il cacha son étonnement sous un sourire.

— Eh bien, qu'arrive-t-il à ma fille préférée ?

Je ne lui rendis pas son sourire. Je voulais qu'il comprenne tout de suite qu'il s'agissait d'une chose vraiment sérieuse. Il comprit, et je vis à son expression qu'il devinait ce que j'allais dire.

— Maman menace de donner une soirée pour me faire des relations, attaquai-je. Elle dit que vous avez donné votre accord.

— Je vois.

Il entra dans ma chambre et s'assit sur le canapé.

— C'est très embarrassant, Winston. Je ne veux surtout pas laisser croire à ces filles que je meurs d'envie de devenir leur amie.

Il m'approuva en silence.

— Et j'avais cru comprendre que vous n'approuviez pas l'idée.

— En effet.

— Alors ?

Il croisa les jambes et referma les mains sur son genou.

— Eh bien... il y a amis et amis, commença-t-il. Par exemple, je connais des tas de gens et quand je donne une soirée, je les invite presque tous. Il nous arrive d'avoir trois cents personnes, ici.

» Mais si tu me demandes combien j'ai d'amis, de ce que j'appelle vraiment des amis, je pourrais les compter sur les doigts d'une seule main. Il faut du temps, un engagement de soi et beaucoup de confiance en l'autre avant de s'en faire un véritable ami. Avec tous ces déplacements qui t'ont été imposés tout au long de ta jeune vie, je comprends qu'il t'ait été difficile de développer des relations durables. J'espère que tout cela est fini pour toi, Grace. Ta mère n'a pas tort d'insister là-dessus. Les choses n'ont pas été exactement les mêmes pour toi que pour moi.

— Mais une soirée ! protestai-je. Et pour des gens que je ne connais pas, en plus ?

Winston haussa les épaules.

— Ce n'est jamais qu'une occasion de plus de les connaître. Parfois, il vaut mieux voir les gens dans un autre environnement, d'autres circonstances. Peut-être n'y en aura-t-il aucun dont tu souhaiteras devenir l'amie. Peut-être y en aura-t-il un ou deux. Vois par toi-même, au moins. Donne-toi cette chance. Ou bien, ajouta-t-il en souriant, donne à ta mère celle de faire cela pour toi.

Je détournai les yeux. J'étais déçue par sa logique, et par la façon dont il avait changé d'avis pour plaire à maman.

— Je te promets que je ne la laisserai pas donner ce genre de réunion toutes les semaines. Ni même tous les mois. Mais elle est si impatiente de te créer des relations !

— Elle n'a jamais rien fait de tel avant, observai-je. Et comme vous le disiez, j'ai passé d'un endroit à l'autre sans jamais avoir de vrais amis.

— Il y a des tas d'autres choses que tu n'as jamais faites avant, je parie, répliqua-t-il avec une pointe d'amusement. Par exemple, je me disais l'autre jour que tu ne sais pas manœuvrer un voilier. À quoi nous sert ce bateau si tu ne sais pas t'en servir ? Si tu veux, ajouta-t-il en se levant, dès ce week-end je vais commencer à te donner des leçons.

359

— Vraiment ? Oh oui, je voudrais bien !

— Bon. Et pour cette réception, contente-toi de laisser arriver les choses. Ce ne sera pas si terrible que tu l'imagines. D'ailleurs, il est grand temps que nous ayons des activités un peu plus réjouissantes, par ici. D'accord ?

— D'accord, admis-je à contrecœur comme il allait sortir. Merci, Winston.

Il se retourna et m'embrassa sur la joue.

— Tu sais, Grace... c'est seulement après t'avoir connue que j'ai pensé à épouser ta mère. Je savais que j'allais y gagner une fille remarquable et déjà toute faite.

Ce compliment me fit monter le sang au visage.

— Que ce soit notre petit secret, ajouta-t-il avec un clin d'œil.

Il ne remplacera jamais mon papa, pensai-je quand il fut parti. Mais au moins, j'avais quelqu'un qui se souciait de moi. J'aurais dû être plus reconnaissante, et je me promis de ne plus lui reprocher de faire tant d'efforts pour plaire à maman.

Elle décida que la soirée aurait lieu le week-end suivant, et je ne tentai plus de m'y opposer. Ses nouvelles amies de Palm Beach, parmi lesquelles se trouvaient deux sœurs ayant épousé deux frères, les sœurs Carriage, devinrent ses conseillères en matière de réceptions locales. Les deux sœurs se nommaient Thelma et Brenda, et presque tous les après-midi précédant l'événement, je les trouvais en réunion d'état-major. Elles épluchaient les listes d'invités comme si elles recherchaient d'éventuels terroristes. Je ne pouvais pas m'empêcher d'écouter leurs propos. Les sœurs Carriage avaient l'air de connaître la vie de tout le monde, savaient quels couples étaient au bord du divorce, qui sortait avec qui. Maman semblait savourer ces détails plus que toute autre chose.

Pendant ce temps-là, fidèle à sa promesse, Winston avait programmé ma première leçon de voile pour le samedi.

— Ce petit bateau est parfait pour apprendre, commença-t-il comme nous descendions vers l'embarcadère. Il est gréé à l'ancienne, c'est un cutter à un seul mât. Il faudra que tu apprennes le jargon si tu veux devenir un vrai loup de mer. Cette barre horizontale sous la grand-voile, c'est la bôme – on dit le gui sur les grands voiliers – et celle d'en haut, c'est la corne. Bon, allons-y. Embarque.

Je ne me le fis pas dire deux fois.

— Naviguer à la voile, c'est un peu comme voler, Grace, reprit Winston dès que nous fûmes à bord. On se sent comme un magicien, qui transmue la force du vent en force motrice.

Son enthousiasme me plaisait, il ne faisait qu'augmenter mon désir d'apprendre.

— Bon, continuons, enchaîna-t-il. On peut utiliser plus d'une voile à la fois. Celle-ci, tout à l'avant, c'est le foc...

Il m'apprit que, depuis le temps de la vieille marine à voile, chaque partie du bateau, chaque élément du gréement, chaque manœuvre avait son nom précis, ce qui était indispensable pour exécuter rapidement les ordres sans risque d'erreur. Il m'expliqua qu'on ne pouvait naviguer directement face au vent, mais qu'on tournait la difficulté en décrivant des zigzags, ce qui s'appelait tirer des bords.

La seule chose que je savais, ou presque, c'était la distinction entre bâbord et tribord. Quand on regardait vers l'avant, on avait le côté bâbord à sa gauche et tribord à sa droite. Pour naviguer le plus possible

361

contre le vent, il fallait donc changer de bord très fréquemment, et ce fut la première manœuvre que m'enseigna Winston.

— C'est ce qu'il y a de plus sportif, tu verras. On amène le bateau dans le lit du vent – autrement dit dans l'axe du vent –, et c'est le moment délicat. Tu es nez au vent et tu dois changer de bord sans faire claquer les voiles. La bôme change de côté. Si tu as un passager, tu dois le prévenir chaque fois en annonçant : paré à virer. Observe bien ce que je vais faire.

Il y eut un moment où le bateau fut complètement déventé, puis la bôme changea de bord et nous reprîmes de la vitesse.

Les embruns me fouettaient la figure. Je criai de plaisir, ce qui fit rire Winston.

— Le vent nous arrive de tribord à présent, me fit observer Winston. On dit que nous sommes bâbord amures. Tu as compris ?

— Je crois que oui.

Nous passâmes ensuite aux allures plus faciles, comme le grand largue, où le vent nous poussait, et j'appris alors à virer vent arrière. Heureusement, la mer était calme, et même s'il m'arrivait de « cafouiller » comme disent les matelots, je finissais toujours par m'en tirer. Je ne m'étais jamais autant amusée.

Winston se montra très patient, il ne se fâcha jamais. Quand je commettais une erreur, il prenait le temps de me l'expliquer et de me montrer comment l'éviter. J'avais perdu toute notion de l'heure quand il regarda sa montre et me demanda :

— Tu n'as pas faim ?

J'avais faim, en effet, mais je n'avais pas la moindre envie de m'arrêter.

— J'ai une idée, proposa Winston. Mettons le cap au sud. Je connais un bon petit restaurant avec un ponton privé. Nous pourrons nous y amarrer.

Je fus tout à fait d'accord pour changer de route. À table, je ne fis que parler de tout ce que je venais d'apprendre. Winston m'écoutait, riait souvent, et quand nous repartîmes j'aurais été bien incapable de me rappeler ce que j'avais mangé.

— Tu me donnes l'impression d'avoir retrouvé mes vingt ans, Grace, dit-il en revenant au ponton.

Il me laissa manœuvrer pratiquement seule jusqu'à Joya del Mar.

— Quand recommencerons-nous ? demandai-je en accostant.

— Chaque week-end où je serai là, si tu veux, et si le temps le permet. Il faut faire très attention au temps si tu veux devenir un bon marin, Grace, et aussi aux marées. Ce sera l'objet de la leçon numéro deux, d'accord ?

— D'accord, approuvai-je avec enthousiasme.

Et nous reprîmes le chemin de la grande maison.

— Où étiez-vous, tous les deux ? s'écria maman dès que nous eûmes passé la porte.

Je préférai laisser à Winston le soin de répondre.

— Grace a pris sa leçon de navigation, tu sais bien ? Je t'en ai parlé hier.

— Mais je pensais que ça ne durerait qu'une heure, ou quelque chose comme ça. Il est presque cinq heures, Winston ! Tu as manqué les Hobson. Je t'avais dit qu'ils venaient prendre un cocktail cet après-midi.

— Ma foi... cela m'était sorti de l'esprit.

Maman se tourna vers moi, vit mes cheveux emmêlés par le vent, mes yeux brillants de joie, mais cela ne parut lui faire aucun plaisir.

— Tu as pris un coup de soleil, Grace, va te regarder dans la glace. Tu auras sûrement besoin d'une crème calmante.

— Ça m'est égal. C'était merveilleux !

— Très bien. Souffre si ça te chante. Je vais m'habiller pour dîner, Winston. J'espère que tu n'as pas oublié ? Nous allons aux Brisants, ce soir.

— Non, non, répliqua-t-il, mais je vis bien à sa mine qu'il avait bel et bien oublié ce dîner. Je vais me dépêcher.

Maman pinça les lèvres et prit la direction de l'escalier.

— Je crois que j'ai créé un monstre, marmonna Winston à mi-voix.

Il sourit aussitôt après, espérant me donner l'impression qu'il voulait plaisanter. Mais pas un seul instant je ne fus tentée de le croire.

Le samedi suivant, maman nous interdit formellement de sortir en mer. Elle alléguait qu'il y avait beaucoup trop de choses à faire avant la soirée, que je devais me reposer afin de remplir correctement mes devoirs d'hôtesse. Au lieu de quoi, j'allai bouder dans ma chambre. Nous ne pourrions pas naviguer le lendemain non plus, parce que Winston et maman allaient à un déjeuner, au bénéfice d'une œuvre de bienfaisance. Elle insista pour que je les y accompagne.

— Il faut que tu rencontres plus de gens, Grace, et que tu te fasses connaître. Que cela te plaise ou non, nous sommes des gens importants dans cette communauté, à présent.

Je ne tenais pas à être quelqu'un d'important, dans aucune communauté que ce soit. Sans l'attitude merveilleuse de Winston à mon égard, j'aurais voulu qu'ils ne se soient jamais rencontrés, et que nous habitions toujours notre petit appartement. J'en arrivai à ne plus pouvoir me passer de voir Winston en rentrant du collège, de lui parler, de partager des activités avec lui, d'apprendre avec lui. Maman avait raison sur un point : c'était un homme du monde, très au courant des usages et très sûr de lui.

Devinait-il à quel point il m'arrivait de me sentir orpheline, et combien je m'attachais à lui ? Un soir, à table, il posa son couvert et me dévisagea en souriant. Ce sourire prolongé m'intrigua.

— Qu'y a-t-il, Winston ?

— J'ai une requête à te soumettre, Grace. Mon avocat s'occupe du projet, cela devrait aller très vite.

Mon regard s'arrêta sur maman, qui me parut aussi perplexe que moi, puis revint vers Winston.

— J'aimerais t'adopter officiellement, Grace. J'aimerais que tu sois Grace Montgomery.

Maman émit une sorte de soupir rentré, et presque aussitôt elle fondit en larmes. Je regardai Winston en retenant mon souffle. Allais-je devoir abandonner le nom de papa ?

Winston n'attendit pas ma réponse.

— Pour le moment, tu t'appellerais seulement Grace Houston Montgomery, suggéra-t-il d'un ton léger, comme si ce détail était sans importance. Cela me rendrait si heureux, Grace.

Maman ne me quittait pas du regard. Je lus dans ses yeux combien c'était important pour elle aussi.

— D'accord, m'entendis-je répondre d'une voix presque inaudible.

Et voilà, c'était fait. J'avais renoncé pour toujours à une part de mon cœur.

*

La veille de la soirée, les élèves qui étaient invités prirent la peine de venir me parler, mais je ne ressentis aucune sincérité dans leur démarche. Ils voulaient savoir qui d'autre était invité, quelle sorte de musique nous aurions. Quelques-uns demandèrent même qui nous avions pris comme traiteur. Par pure provocation, je répliquai :

— Aucun. Ma mère préparera tout elle-même.

La vérité, c'est que j'ignorais quel traiteur avait choisi maman. Je ne connaissais même pas le menu. Et si je savais que nous avions un orchestre de quatre musiciens, c'était uniquement parce qu'ils étaient venus un jour voir où ils seraient installés, et que je les avais rencontrés. Je me souvenais de leur nom : les Renners. Denise Hovington dit qu'elle les avait eus pour l'anniversaire de ses seize ans, qu'ils étaient géniaux parce qu'ils mettaient beaucoup d'ambiance et faisaient danser tout le monde. Du coup, mon quotient de popularité monta, mais je ne me fis pas d'illusion. Cela finirait avec la fête.

J'étais presque tentée d'inviter Basil Furness. Il était au courant, bien sûr, depuis une semaine il n'était plus question que de cela dans les couloirs. J'étais désolée pour lui, mais quand j'en parlai à maman elle faillit faire une attaque.

— Si les autres mères apprenaient que tu as envisagé de l'inviter à ta fête, elles ne laisseraient pas leurs enfants y assister. Ne t'avise pas de le faire, menaça-t-elle.

Je dus promettre que je n'en ferais rien, mais je n'aurais pas juré qu'elle m'avait crue.

Comme il fallait s'y attendre, elle m'emmena acheter une nouvelle robe spécialement pour l'occasion. Quelqu'un, Thelma Carriage à mon avis, lui avait parlé d'un nouveau styliste qui faisait fureur en

Europe, et elle voulait à tout prix une de ses créations. Le prix de la robe était proche des trois mille dollars. Je restai figée sur place quand elle me dit de l'essayer.

— Arrête de me regarder comme ça, Grace. Cette soirée sera un peu comme le premier bal d'une débutante, et ces choses-là ont beaucoup d'importance, ici. Cela n'a rien d'inhabituel de faire quelques petites extravagances.

— Petites ?

— Contente-toi d'essayer cette robe ! me rabroua-t-elle.

Maman était bien résolue à entrer dans cette société, à s'y faire reconnaître et accepter. Elle m'aurait traînée dans la cabine d'essayage s'il avait fallu. Je cédai. Un tailleur arriva presque instantanément pour procéder aux ajustements nécessaires.

De là, nous passâmes à l'espace beauté. Une certaine Dawn Meadows, qui était devenue l'esthéticienne attitrée de maman, fut priée de me trouver un nouveau style de coiffure. Je me plaignis qu'elle coupait mes cheveux trop court, mais maman lui donna raison, approuva chaque coup de ciseau et négligea mes protestations comme si je n'étais qu'un mannequin de vitrine. Pour finir, ce fut à peine si je me reconnus. J'étais devenue la copie conforme de toutes les filles de notre nouveau milieu.

Insensiblement, je me perdais moi-même. Mon identité sombrait lentement dans le miroir. J'aurais pu me reconnaître à n'importe quelle page du registre-souvenir annuel d'EJW.

La corvée de coiffure terminée, maman insista pour que je l'accompagne chez « son » parfumeur. Toutes ces boutiques, tous ces magasins et maisons de couture étaient subitement devenus « les siens ».

C'était ainsi que s'exprimaient ses nouvelles relations féminines. Cette façon de parler donnait à croire que les autres clientes des mêmes endroits n'y étaient que tolérées, et encore : par faveur exceptionnelle.

Chez le parfumeur, j'eus droit à une leçon de maquillage. On m'expliqua quels produits convenaient à mon teint, quelles nuances choisir, comment préparer ma peau à recevoir tous ces soins... Une fois de plus, mes objections furent totalement ignorées. Je n'étais même plus certaine de les avoir vraiment formulées.

Pendant que maman et l'esthéticienne discutaient, je m'abandonnai à la rêverie. Palm Beach était décidément un autre monde, méditai-je. Traverser Flagler Bridge était comme franchir une porte magique. De l'autre côté, comme l'un des personnages du *Magicien d'Oz,* je m'étais retrouvée transformée en poupée grandeur nature. Je bougeais et me déplaçais comme une poupée, les traits figés dans un petit sourire heureux... mais je n'en pensais pas moins.

Si maman soupçonna quelque chose de mon mécontentement, elle s'empressa de l'oublier, ou de l'inscrire sur sa liste des « choses en attente ». De retour à Joya del Mar, elle se conduisit comme un général, aboyant des ordres aux domestiques, déplaçant les meubles, appelant tous les professionnels impliqués dans le projet, pour vérifier et confirmer les dispositions prises.

J'essayai bien de me tenir à l'écart de tout cela. Mais la veille de la fête, maman m'appela au salon, où elle tenait une réunion stratégique avec les sœurs Carriage. Je devais y recevoir mes ordres, moi aussi, ainsi que la liste de mes responsabilités et des conseils sur la conduite à tenir.

— Tu dois accueillir chaque invité personnellement, dès qu'il arrive, commença maman, récitant de toute évidence la leçon qu'elle venait d'apprendre.

Et Thelma précisa :

— Tu es censée rester au même endroit pendant les premières heures de la soirée, afin que l'on puisse facilement te repérer. Tu dois tendre la main et dire quelque chose comme : « Bienvenue à la maison. Amusez-vous bien. »

— C'est à moi de leur demander de s'amuser ?

— Ce n'est qu'une façon de parler, répliqua sèchement Thelma. Il ne faut pas la prendre au pied de la lettre.

— Alors à quoi bon le dire ? Pourquoi ne pas dire plutôt ce qu'il faut vraiment comprendre ?

Thelma jeta un coup d'œil significatif à maman, qui traduisit le message.

— C'est l'usage, Grace. Fais-le, c'est tout.

— Une fois que la fête est en route, mêle-toi à la foule, poursuivit Thelma. Il est on ne peut plus discourtois de parler à certaines personnes en ignorant les autres. Quand tes invités commenceront à partir, n'oublie pas de souhaiter le bonsoir à chacun d'eux, ni de les remercier d'être venus.

Je n'étais pas très emballée par ce programme.

— Si je comprends bien, je dois rester plantée près de la porte toute la soirée.

— Bien sûr que non. Tu ne dois pas rester près de la porte. C'est le rôle du maître d'hôtel.

— Thelma et Brenda essaient de t'aider à réussir ta fête, Grace, me sermonna maman. Tu pourrais leur montrer un peu plus de reconnaissance.

Je leur souris l'une après l'autre.

— Merci, madame Carriage et madame Carriage, dis-je en m'adressant à chacune d'elles tour à tour.

J'écrirai vos recommandations et les apprendrai par cœur.

Puis, après une brève révérence, je quittai le salon. Un peu plus tard, maman me reprocha mon impolitesse.

— Je te préviens, Grace. Si tu ne m'aides pas à faire de cette soirée une réussite…

— Tu cesseras de m'acheter des vêtements ruineux et de m'emmener chez ton esthéticienne ?

Les yeux de maman s'emplirent de larmes, et je regrettai aussitôt mon insolence.

— Je te demande pardon, maman. Je suis juste…

— Un peu nerveuse, je sais. Moi aussi, mais je le cache en me tenant occupée. Ne t'inquiète pas, ma chérie. Nous leur montrerons qui nous sommes.

C'était bien là le problème. Elle se sentait obligée de faire ses preuves, ici, et je n'étais qu'un accessoire utile pour la circonstance. J'étouffai un soupir et me dis que je devrais sans doute prendre davantage en considération ses sentiments. C'était elle qui était sous pression. Et elle avait à moitié avoué qu'elle avait fait ce choix de vie dans notre intérêt, prête à tous les sacrifices personnels qui s'imposeraient.

— Entendu, maman. Nous leur montrerons.

— Ah, enfin ! s'écria-t-elle en me serrant dans ses bras. Je retrouve notre petit moussaillon.

Plus tard, dans ma chambre, je pleurai en silence et je me mis au lit, où je cherchai le sommeil comme une porte de sortie.

La participation de Winston à la soirée fut une surprise : il avait fait installer des spots. Quand il nous emmena, maman et moi, les voir scintiller dans l'obs-

370

curité, maman faillit sauter de joie. Quant à moi, je ne savais plus où me mettre. Quel rôle étais-je censée jouer ? Celui d'une vedette ? On se serait cru à la soirée de lancement d'un film.

Winston remarqua mon embarras et chuchota :

— Ce n'est rien, j'ai fait tout ça pour ta mère. N'y pense même plus. Ce n'est pas rare dans les galas, ici.

Peu après, la parade des Rolls-Royce, des Mercedes et des Jaguar commença. Les sœurs Carriage et leurs époux étaient arrivés plus tôt, et avaient accompagné maman dans sa tournée d'inspection finale. À la table centrale trônait un grand cygne sculpté dans la glace.

L'orchestre commença à jouer, une atmosphère de fête se répandit sur la propriété. Des bouchons de champagne sautèrent, et, tels des automates bien remontés, serveurs et serveuses s'éparpillèrent dans les jardins avec leurs plateaux.

Les filles de ma classe portaient des toilettes aussi sophistiquées que la mienne, si ce n'est plus. Les filles arboraient presque autant de bijoux que leurs mères, au grand désespoir de maman. Elle en aurait pleuré.

— J'aurais dû te prêter plus de bijoux, se désola-t-elle. Tu as l'air d'une pauvresse !

— Je me sens très bien comme je suis, répliquai-je avec mon sourire de poupée.

Fidèle aux consignes des sœurs Carriage, j'accueillis personnellement tous mes invités, répétant à chacun le même souhait inepte de les voir s'amuser. Un peu plus tard, j'eus l'impression de me retrouver au collège. Les filles reformèrent leurs groupes et se comportèrent comme si je n'étais pas là. L'orchestre jouait toujours, mais personne ne s'avançait sur la piste de danse. Winston se hâta de me rejoindre et m'invita à danser.

— Viens, Grace. Nous allons leur montrer l'exemple.

Nous n'atteignîmes jamais la piste : maman nous intercepta.

— Ne fais pas ça, Winston ! ordonna-t-elle, sur un ton qui me surprit autant que lui. Si tu danses avec elle, aucun garçon ne le fera.

— Je voulais seulement donner le coup d'envoi. Je n'avais pas l'intention...

— Grace, va rejoindre tes invités, m'enjoignit maman.

Je regardai Winston. Il m'adressa un clin d'œil et s'en fut avec maman. J'eus l'impression qu'on venait de me jeter à la mer en me commandant de nager.

— Est-ce que tous tes invités sont arrivés ? s'enquit Marjorie Meriweather, comme je m'approchais d'une table où se tenaient plusieurs élèves du collège.

— Il me semble, oui. Pourquoi ? Il manque quelqu'un ?

Comme je n'avais pas eu connaissance de la liste d'invitations, j'aurais été bien en peine de le dire.

Marjorie décocha un sourire à Sonya Wilhelm.

— Peut-être, rétorqua-t-elle, et toute la table éclata de rire.

Je me demandai bien pourquoi.

— Qu'y a-t-il de si drôle ? m'étonnai-je. Franchement, je ne comprends pas.

Ce fut à ce moment-là que Sandy Marko, un garçon de ma classe de maths, vint m'inviter à danser. À sa mine, on aurait juré qu'on l'avait menacé de le jeter dans l'huile bouillante, s'il ne l'avait pas fait. J'eus un instant d'hésitation, et je vis ses yeux briller dans l'espoir d'un refus. Étais-je donc si indésirable, parmi eux ?

— Volontiers, répondis-je, et il s'avança vers la piste de danse comme s'il allait à sa propre exécution.

Ses yeux se posaient partout, sauf sur moi. Il semblait nerveux et effrayé. Les autres élèves nous rejoignirent bientôt, cependant, et tout le monde dansa avec entrain, surtout quand les Renners accélérèrent le tempo. Maman semblait ravie et je soupirai intérieurement. *Joue ton rôle, Grace. Fais semblant de t'amuser.* Pendant quelques minutes, je crus vraiment y être arrivée. Sandy lui-même parut se détendre. Peut-être la fête allait-elle être très réussie, finalement. Après tout, comme disait Winston, rien ne m'obligeait à tomber amoureuse ce soir, mais cela ne m'empêchait pas de prendre du bon temps.

On se rassemblait autour des tables et des buffets, le vin coulait à flots. Maman était en beauté, et elle attirait l'attention de bien des maris, je m'en rendais compte. Elle avait obtenu ce qu'elle voulait, la communauté l'acceptait. Winston lui-même paraissait plus heureux, observai-je, qu'à toutes les réceptions qu'ils avaient données jusqu'ici. J'étais sur le point de soupirer de soulagement, quand je m'avisai qu'autour de moi les élèves ne dansaient plus, bien que l'orchestre jouât toujours. Tous s'étaient tournés vers l'escalier de la terrasse et personne ne soufflait mot.

Sandy aussi cessa de danser et leva les yeux vers la terrasse. J'en fis autant. Pour découvrir Basil Furness, vêtu d'un blazer bleu roi et d'un pantalon blanc immaculé.

— Il ne sait même pas en quelle saison nous sommes, pouffa Vanessa Waterman, et les autres rirent avec elle.

Cette suspension d'activité attira l'attention de quelques adultes, puis d'un groupe de plus en plus nombreux. Lentement, telle une onde se propageant sur un lac, le silence s'étendit, et l'on put entendre le hoquet de surprise de maman. Elle se retourna vers moi, et je secouai la tête. Je n'avais pas la moindre idée de ce qu'il venait faire ici.

Il descendit les marches et se dirigea aussitôt vers un barbecue. Aussi lentement qu'il s'était tu, le brouhaha des conversations recommença.

— Je savais bien qu'il te manquait un invité ! lança Marjorie, à la grande joie de ceux qui se tenaient près d'elle. Tu ne vas pas l'inviter à danser ?

Mon regard dériva sur Basil, puis sur maman qui s'avançait vers moi.

— Qu'est-ce que tu as fait ? demandai-je à Marjorie.

— Moi ? Qu'est-ce que j'ai bien pu faire ? feignit-elle de s'étonner.

Puis ils retournèrent tous danser, en gardant un œil attentif sur maman et sur moi.

— Après tout ce que je t'ai dit, tu es allée inviter ce garçon ! s'indigna-t-elle.

— Non, maman. Je ne l'ai pas invité.

— Alors comment peut-il se trouver là ? Tu ferais mieux de tirer ça au clair tout de suite, Grace. Allez, va !

Sa voix durcie me fit mal. Je me hâtai de rejoindre Basil.

— Quelle charmante petite réunion de famille, dit-il avant que j'aie pu placer un mot. Je ne voulais pas venir, mais au dernier moment j'ai décidé que j'avais faim.

J'étais abasourdie.

— Tu n'étais pas invité, Basil.

Il arqua un sourcil et se tamponna les lèvres avec une serviette.

— Vraiment ? Votre secrétaire se serait-elle trompée ? dit-il en tirant une invitation de sa poche de poitrine.

Il me la tendit et j'y jetai un coup d'œil. C'était de toute évidence une reproduction.

Je me retournai vers le groupe de filles qui entouraient Marjorie. Elles nous observaient en souriant d'aise.

— Quelqu'un a voulu te jouer un mauvais tour, Basil. Je suis désolée.

— Oh ! Je vois...

— Tu n'es pas obligé de partir, tu sais.

— Non, tu te trompes, rectifia-t-il. Je ne suis pas obligé de rester.

Sur ce il se retourna, remonta les marches et retraversa la terrasse. J'en étais malade pour lui.

La soirée eut beau se dérouler le mieux du monde après cela, maman n'y croyait plus. Je la voyais devenir de plus en plus paranoïaque. Chaque fois qu'un groupe se formait pour bavarder tranquillement, elle imaginait le pire. Dans son esprit, si des gens qui avaient de bonnes raisons de partir tôt prenaient congé, c'était à cause de l'incident. Et rien de ce que Winston ou moi pouvions lui dire ne la faisait changer d'avis.

Après ce qu'ils avaient fait, il me fut impossible de dire bonsoir aux élèves invités, ou de les remercier d'être venus. Certains avaient honte de ce que Marjorie et les autres avaient comploté, mais leurs regrets ne suffisaient pas et ils venaient trop tard. Quelqu'un aurait dû avoir la correction de me prévenir, estimais-je, mais personne ne l'avait fait. Je serais toujours une étrangère dans cette ville.

Je n'attendis pas le départ du dernier invité pour monter dans ma chambre. J'entendis l'orchestre plier bagage, et bientôt le bruit et les voix s'éteignirent. Le temps que maman et Winston se retirent pour la nuit, j'étais au lit et sur le point de m'endormir. J'entendis maman s'approcher dans le couloir et s'arrêter, comme pour se demander si elle allait entrer chez moi. Quelques instants plus tard, ma porte s'ouvrit lentement et maman jeta un coup d'œil dans la pièce. Je gardai les yeux fermés. Il m'était pénible de l'ignorer, mais j'avais assez entendu parler de cette soirée pour aujourd'hui.

Maman referma doucement la porte, tout redevint obscur et calme. Je libérai un soupir et chuchotai pour moi seule :

— Bienvenue à Palm Beach, maman.

15

Un homme
comme Winston Montgomery

— Ce que ces collégiens ont fait à ce garçon a été encore plus cruel pour lui que pour nous, reconnut maman le lendemain matin, au cours du brunch.

Après une aussi longue soirée, nous nous étions levés trop tard pour prendre un petit déjeuner. J'avais remis à maman la fausse invitation, ou plutôt le duplicata manifeste de la vraie. Il n'était plus question à présent de se livrer à une revue enthousiaste de la fête, même si maman avait reçu les compliments des sœurs Carriage pour sa présentation, qui devait d'ailleurs beaucoup à leurs conseils.

Cet incident avec Basil eut un résultat appréciable, au moins pour moi. Il mit fin aux tentatives de maman pour me faire accepter par la soi-disant bonne société de Palm Beach, représentée par les étudiants privilégiés d'EJW. Tout comme Winston, elle reconnaissait à présent qu'il fallait me laisser libre de trouver ma propre voie au collège, mes propres amis et préférences. J'avais même perdu presque tout intérêt pour cet aspect des choses. En revanche, je m'absorbai dans mon travail scolaire, devins une solitaire notoire, et passai mes week-ends à faire de plus en plus de choses avec Winston, ou avec maman et lui.

Winston tenta bien de m'introduire dans un cadre mondain plus jeune, en m'entraînant dans les soirées de bienfaisance que fréquentaient des jeunes gens. Il alla même jusqu'à organiser pour moi une sortie en mer avec le fils d'un de ses amis, venu d'Allemagne pour lui rendre visite, Joachim Walter. Un garçon charmant, courtois et vraiment beau, mais rien ne nous attirait l'un vers l'autre. Et après une agréable journée passée ensemble, nous nous séparâmes pour ne plus nous revoir. Nous savions tous les deux que cela finirait comme ça, et nous n'en éprouvâmes aucun regret.

Mes leçons de voile avec Winston pendant le week-end continuèrent, chaque fois que cela fut possible, jusqu'à ce qu'il me déclare capable de sortir en mer toute seule. Maman et lui espéraient que j'inviterais quelqu'un à m'accompagner, je le savais, et de préférence un charmant jeune homme. Je sortis aussi souvent que j'en eus le loisir, mais sans jamais emmener personne. Je commençais réellement à apprécier ma solitude. Je me sentais bien et en sécurité, tout en sachant que cela n'enchantait pas maman. Un soir après le dîner, je l'entendis se plaindre à Winston. Peut-être souhaitait-elle que je l'entende, en fait.

— Elle devient tellement introvertie, disait-elle. Cela me fait peur.

Winston s'efforça de prouver que cela n'avait rien d'inquiétant.

— Quand elle sera prête, elle aimera faire tout ce que font les jeunes de son âge, Jackie. Tu verras, promit-il. Donne-lui le temps. Il y a eu tant de changements dramatiques dans sa vie.

Malgré tout, un certain malaise s'insinua dans notre vie – autrement si parfaite –, à Joya del Mar. Je m'en rendais compte au froncement de sourcils de maman, quand je rentrais du lycée pour aller directement dans ma chambre, ou me promener seule sur la plage. De son côté, elle continuait à se rendre à toutes sortes de réceptions, ou plus exactement : elle ne manquait aucune de celles auxquelles elle était invitée. La nouveauté de sa situation de nouvelle Mme Montgomery commençait à s'émousser. De plus en plus souvent, elle s'apercevait qu'elle avait été tenue à l'écart de telle ou telle réunion ; et même s'il ne s'agissait que d'un déjeuner entre femmes pour préparer un gala quelconque, elle en était blessée. Elle se lamentait sans cesse de la difficulté d'entrer dans les cercles mondains de Palm Beach, et de l'injustice des autres femmes envers elle.

Tout cela retombait sur les épaules du pauvre Winston, qui devait faire front de tous côtés. Il s'ingéniait à me trouver des activités intéressantes, des endroits où aller. Et il se répandait en excuses ou en explications pour les rebuffades dont maman était l'objet, pour panser les blessures de son nouvel ego. Quand l'été arriva, et que nous partîmes pour la villa découverte par maman pendant leur lune de miel, j'éprouvai une sensation de délivrance.

La villa était aussi belle que sur les photos, et nous avions une piscine presque aussi grande que celle de Palm Beach. Tous les trois, nous passâmes beaucoup de temps à visiter les lieux les plus célèbres de la côte, et les villages de haute Provence. J'adorai Saint-Paul-de-Vence. Nous allâmes même passer une semaine à Paris, pour que maman puisse découvrir les nouvelles tendances. Nous soupâmes au restaurant de la tour Eiffel, et en voyant Paris la nuit je compris pourquoi on la nommait la Ville lumière. Pendant que maman faisait la grasse matinée, Winston m'emmenait au Louvre, à Notre-Dame ou dans les vieux quartiers. L'après-midi, nous déjeunions avec maman dans un café de la rive gauche, et le soir nous allions dîner à Montmartre. Avant de quitter Paris pour retourner à la villa, nous allâmes visiter le château de Versailles et les jardins.

Le temps fila comme l'éclair, avec toutes ces distractions. En fait, je vis arriver sans plaisir le moment de rentrer chez nous. Dans l'avion, Winston et moi discutâmes de mon avenir. Il approuva mon idée de m'inscrire dans une faculté pour une année préparatoire, et de tenter de passer mon diplôme de fin d'études secondaires avec un semestre d'avance. La formule était possible, ce qui me permettrait de quitter EJW plus tôt que prévu, tout en gagnant des unités de valeur pour l'université. Il dit à maman que j'étais trop mature pour EJW, et que ce serait une excellente idée de prendre de l'avance sur mes études supérieures. Elle se cantonna dans l'attitude qu'elle avait adoptée depuis peu : laisser faire et voir venir.

— Nous ferons ce qui sera le mieux pour elle, répondit-elle une fois de plus.

Pour moi, cette nouvelle perspective me facilita la rentrée à EJW pour ma terminale, que j'espérais abréger. J'étais plus détendue, ce qui me permit de rester indifférente aux vantardises des élèves qui racontaient leurs vacances. Maintenant, j'étais moi aussi en mesure de donner des détails flatteurs sur mon séjour en France, mais cela ne me tentait même pas. Très vite, je me retranchai dans mon univers personnel, me remis au travail, et j'obtins mon diplôme dans les délais que je m'étais fixés.

Maman, Winston et moi fêtâmes ce résultat en allant passer un week-end aux Bermudes, où je fis de la voile avec Winston. Nous parvînmes même à convaincre maman de sortir une ou deux heures en mer avec nous. Winston et moi avions visité quelques universités offrant l'année d'études préparatoires, et en avions choisi une à Jupiter Beach. Je m'inscrivis pour le semestre de printemps, et c'est ainsi que je me retrouvai au milieu d'étudiants plus âgés, dont la plupart n'appartenaient pas aux milieux privilégiés de Palm Beach.

J'appréciais particulièrement mon professeur de philosophie, le Dr Berger, et je finis par m'avouer que j'étais même très amoureuse de lui. Il était marié et il avait deux jeunes enfants, un garçon et une fille, dont la photo encadrée trônait sur son bureau. Je saisissais toutes les occasions possibles de me trouver seule avec lui, ne fût-ce que pour discuter philosophie. J'allais même jusqu'à faire semblant de ne pas comprendre certaines choses pour justifier un entretien et des conseils. Il n'était ni distant, ni froid, mais il veillait à ne pas se montrer familier avec ses étudiants. Il était rare qu'il me pose une question personnelle, et quand on le croisait dans les couloirs, il saluait d'un bref signe de tête ou d'un simple « bonjour ».

C'était presque comme s'il reconnaissait sa propre vulnérabilité devant ces étudiantes séduisantes et provocantes, bien que pour ma part je n'aie jamais laissé paraître mes sentiments. En fait, je me comportais typiquement comme une adolescente amoureuse.

Je sais que maman, malgré son apparente indifférence, attendait que j'annonce à brève échéance une relation sentimentale, ou au moins que je me montre en société avec un jeune homme. Elle attendait cela chaque fois que je rentrais de la faculté, ou presque, et en arriva même à m'interroger sans prendre de gants sur les étudiants de Jupiter. Peut-être mon béguin pour le Dr Berger m'empêchait-il de répondre aux regards d'intérêt que me jetaient les étudiants. La plupart me semblaient tellement immatures ! Je devais avoir des manières distantes qui les rebutaient, mais cette indifférence ne tarda pas à irriter maman. Je discernais une note d'exaspération aiguë dans sa voix chaque fois qu'elle me parlait de l'université et de ma façon de gâcher ma vie sans prendre du bon temps.

Winston, lui, essayait désespérément de dédramatiser l'atmosphère. Sans résultat. Un soir où il annonça qu'il avait des billets pour un concert, maman explosa.

— Il faut que tu arrêtes de lui servir de mentor ! glapit-elle.

Le pauvre Winston en resta pantois.

— Je te demande pardon ?

Depuis le début de leur mariage, jamais je ne les avais vus se quereller pour de bon. Quoi qu'elle puisse dire ou faire, Winston semblait incapable de se fâcher contre elle. Il se contentait de secouer la tête, ou se retirait, ou cédait pour éviter l'orage.

— C'est en partie ta faute si elle ne fréquente pas de jeunes de son âge, Winston. Chaque week-end tu lui trouves quelque chose à faire avec toi, ou avec moi. Comment veux-tu qu'un jeune homme ait une chance d'attirer son attention ? Que devrait-il faire, d'après toi : retenir son tour deux mois à l'avance ?

Winston chercha mon regard, et je baissai le nez sur mon assiette.

— J'essayais seulement…

— Eh bien, n'essaie plus ! vociféra maman en lui arrachant les tickets de la main.

Elle les réduisit en miettes et reprit sur le même ton :

— C'est fini, tout ça. Si elle ne trouve pas à s'occuper, ni d'amis avec qui sortir, qu'elle reste à la maison. Nous ne faisons pas la moitié des choses que nous pourrions faire pendant le week-end, toi et moi, parce que tu as toujours peur qu'elle s'ennuie en nous accompagnant, ou ne sache pas s'occuper seule.

Winston, qui jusque-là était resté très calme, devint tout rouge et riposta :

— J'aurais cru que tu t'inquiéterais de cela autant que moi, Jackie Lee, et même plus que moi.

Maman poussa un soupir à fendre l'âme.

— Je l'ai fait, Winston, mais je m'en suis lassée. Je ne dors plus la nuit, à force de penser à... à cette maudite obstination qu'elle met à gâcher le plus beau moment de sa vie. C'est ce qu'il devrait être, en tout cas, comme il l'a été pour moi et toutes les femmes que je connais.

Je levai sur elle un regard soudain brouillé de larmes.

— Alors je suis un monstre, maman, c'est ça ?

— Bien sûr que non, mais Winston ne t'aide pas en agissant comme il le fait. Je ne vois pas ce qui pourrait encore t'aider, ajouta-t-elle avant qu'il ait eu le temps d'ouvrir la bouche pour se défendre. Je fais tout pour que tu sois à ton avantage, habillée au goût du jour, bien coiffée, conseillée par les meilleures esthéticiennes. Nous t'avons acheté une voiture magnifique. Tu as tout ceci...

Elle embrassa d'un geste large la maison et ses alentours.

— ... tout ceci à partager avec qui tu veux : une plage privée, un voilier, une superbe piscine. Et qu'est-ce que tu fais ? Tu restes assise dans ta chambre à lire, ou tu vas te promener seule sur la plage, ou tu sors toute seule en mer pendant des heures. Comment peux-tu prendre plaisir à être tellement seule, Grace ?

— J'ai peut-être une personnalité multiple ! rétorquai-je à travers mes larmes, et je ne suis pas seule.

— Quoi !

Levée d'un bond, je me ruai hors de la pièce et grimpai quatre à quatre dans ma chambre. Là, je m'abattis à plat ventre sur mon lit, en étouffant mes sanglots dans l'oreiller. Les voix de Winston et de maman me parvenaient d'en bas, très amorties, mais assez distinctes pour que j'en distingue le ton. Et à ma connaissance, c'était leur première dispute sérieuse. Peu de temps après, j'entendis maman monter l'escalier rapidement et en pleurant. Une porte claqua, puis tout redevint silencieux.

Je me retournai, les yeux au plafond. Étais-je vraiment un monstre ? Y avait-il quelque chose d'anormal chez moi ? Ne devrais-je pas désirer plus que tout avoir un petit ami, ce qui n'était pas vraiment le cas ? Accordais-je trop d'importance à mes études, au détriment de ma vie sociale ? Peut-être aurais-je dû me comporter davantage comme les filles d'EJW, ou comme Phœbé Tremont ? Apprendre à glousser pour un rien, à battre des cils, à jouer des épaules, et cesser de rabrouer les garçons de ma classe. Peut-être devrais-je cesser de mépriser ce que j'avais fini par considérer comme le jeu de l'amour.

Winston ne vint pas me voir dans ma chambre après cela, et maman non plus. Chacun de nous se réfugia dans son cocon et, le lendemain, nous fîmes comme si rien ne s'était passé. Au cours des mois qui suivirent, Winston s'abstint de s'occuper de moi, ne me proposa plus aucune sortie. Maman et lui reprirent une vie sociale plus normale, fondée en grande partie sur les relations personnelles de Winston.

J'espaçai mes sorties en mer et, un peu comme on se force à avaler une cuillerée d'huile de foie de morue, j'acceptai une invitation à dîner d'un étudiant de Jupiter, Charlie Packard.

Si maman avait elle-même choisi le garçon avec qui elle souhaitait me voir sortir, je suis certaine qu'il aurait eu sa préférence. Grand, les cheveux châtain clair, des yeux bleu porcelaine, Charlie se trouvait être l'un des meilleurs basketteurs de l'équipe universitaire. Je l'avais aidé dans une recherche pour un travail d'anglais, et j'avais l'impression qu'il me trouvait sympathique, mais sans plus. Je fus réellement surprise quand il m'invita. Pour avoir observé de loin la vie sociale du campus, je savais qu'il était sorti avec plusieurs autres filles. J'en déduisis que, n'ayant pas réussi à nouer de relations suivies avec elles, il cherchait quelqu'un d'un peu moins superficiel. Déduction hasardeuse qui, je ne tardai pas à le découvrir, révélait mon innocence, mon inexpérience et une confiance injustifiée.

Maman faillit lui sauter au cou quand il vint me chercher. Sa famille était loin d'être aussi riche que la nôtre, pourtant. Je lus dans ses yeux l'étonnement sans bornes qu'il éprouvait. Je pouvais presque deviner les questions qu'il allait me poser, et qu'en effet il me posa.

— Comment se fait-il que tu sois dans cette petite faculté préparatoire, et non dans une des grandes universités du Nord ?

— J'ai choisi Jupiter parce que j'y ai trouvé tous les programmes qui m'intéressent, et que c'est tout près de chez moi.

— Mais quel âge as-tu, au juste ?

Il parut content de savoir que j'avais déjà dix-huit ans, mais ne cacha pas sa surprise. Pourquoi n'étais-je pas allée étudier à Paris ou dans une capitale d'Europe ? Pourquoi n'étais-je pas fiancée au fils d'un roi du pétrole ou quelqu'un de ce genre ? Comment pouvais-je me comporter de façon si modeste à l'université ?

— Je suis simplement moi-même, Charlie. Je ne me prends pas pour une personne de sang royal.

Je vis bien qu'il avait honte d'avoir choisi, pour notre dîner, un restaurant aussi modeste.

— Tu vas avoir l'impression de t'encanailler, non ?

— C'est parfait comme ça, m'évertuai-je à le rassurer.

J'ajoutai même que j'étais fatiguée de dîner dans ces endroits guindés, où on rencontrait toujours les mêmes personnes. Mais je vis qu'il interpréta cela comme une simple tentative pour le mettre à l'aise, et je décidai d'y parvenir. Je lui résumai à grands traits notre histoire, et il se détendit sensiblement. Après le dîner, il suggéra que nous allions faire un tour chez un de ses amis de l'équipe de basket, qui donnait une petite soirée.

Bon nombre d'étudiants de Jupiter y assistaient, et je lus la stupéfaction sur certains visages à notre entrée. La maison était agréable, avec un grand living-room, mais Charlie grommela qu'elle tiendrait tout entière dans notre salon. Avant la fin de la soirée, il aurait parlé de moi à tout le monde, sans aucun doute. Et le confortable anonymat dont j'avais joui à l'université ne serait plus qu'un souvenir.

Apparemment, il existait entre Charlie et son coéquipier un accord spécial, selon lequel la chambre d'amis était réservée pour lui et son invitée. J'entendis même ses amis lui dire au passage : « Ta chambre t'attend, mon vieux. » Tout le monde buvait, dans la cuisine quelques étudiants sniffaient de la poudre, ce qui fournit à Charlie une bonne raison de quitter le groupe.

— Ne restons pas en compagnie de ces irresponsables, prétexta-t-il pour s'isoler avec moi.

J'étais tout à fait d'accord quant au motif, mais pas du tout certaine de vouloir m'enfermer avec lui dans une chambre, surtout chez un inconnu. Mais j'imaginais la déception de maman si je rentrais en annonçant l'échec de cette soirée, et je suivis Charlie. Il s'affala sur le lit et commença aussitôt à parler des « pauvres types » d'en bas, et des filles « qui n'avaient aucune vue à long terme sur les choses ». Je n'étais pas très sûre de saisir ce qu'il entendait par là, mais il m'assura que moi, je l'avais. Il me fit signe de le rejoindre et, après une courte hésitation, je m'assis à ses côtés.

— Tu es non seulement très jolie, Grace, mais aussi intelligente et très mature. (*Mature* était vraiment son mot passe-partout. Il le mettait à toutes les sauces !) J'aurais juré que tu avais au moins vingt ans.

— Je ne vois pas vraiment de différence entre dix-huit, dix-neuf et vingt ans, Charlie. Et toi ?

Il haussa les épaules. Puis, sans le moindre avertissement, il se pencha et m'embrassa. Sur les lèvres d'abord, puis sur le menton, puis dans le cou, tandis que ses mains se plaquaient sur mes seins. Sa bouche et ses mains se déplaçaient si vite que c'était comme si des araignées me couraient partout sur le corps. Je tentai de le repousser mais il me tenait fermement, et il utilisait sa bouche et son nez pour commencer à déboutonner mon chemisier. Il était d'une telle dextérité qu'en un instant il eut défait deux boutons, et sa langue s'insinua au creux de mon décolleté, si vite que je hoquetai de surprise.

— Tu sais quoi ? Tu es une des rares filles que je connaisse qui porte un soutien-gorge, constata-t-il avec ennui. Je parie que tu n'en as pas besoin.

Il avait déjà presque entièrement déboutonné mon chemisier et glissait les mains sous mon soutien-gorge qu'il releva d'un seul geste. Ses pouces taquinèrent mes mamelons et il reprit brutalement mes lèvres en me renversant sur le lit.

— Je savais que tu n'avais pas besoin de ce soutien-gorge, gloussa-t-il.

Et je l'entendis baisser la fermeture de son pantalon.

— Attends ! protestai-je.

— Tout va bien, j'ai ce qu'il faut, ne t'en fais pas.

Dans un claquement de doigts, tel un magicien, il fit apparaître un contraceptif. Il le brandit comme si c'était un ticket d'entrée lui donnant accès à mon corps.

— Impossible, l'arrêtai-je. Pas de spectacle ce soir.

Il grimaça de contrariété.

— Qu'est-ce que tu racontes ? C'est une plaisanterie ou quoi ?

— Non. Je veux dire que pour moi, faire l'amour a quelque chose à voir avec l'amour, c'est tout. Jusqu'ici, nous n'avons rien partagé d'autre qu'un repas, Charlie. Nous n'avons pas eu le temps de nous connaître, et encore moins de tomber amoureux.

Je me redressai, remis mon soutien-gorge en place et commençai à reboutonner mon chemisier.

— Qu'est-ce qu'il te prend, Grace ? Je croyais que tu voulais être avec moi.

— Nous n'avons pas la même définition de « être avec », Charlie.

— Comment se fait-il que toutes les filles intelligentes soient tellement…

— Intelligentes ?

— Non, riposta-t-il. Frigides.

Et avant que j'aie pu répondre, il ajouta en levant la main devant lui :

— Non, ne le dis pas. Nous n'avons pas la même définition du mot *frigide.*

Je souris.

— Je crois que je ferais mieux de rentrer, maintenant.

— Je suis bien d'accord, grommela-t-il en se levant.

Le retour fut on ne peut plus silencieux, nous n'échangeâmes que quelques mots pendant tout le trajet. Mais juste avant d'arriver au portail, Charlie se tourna vers moi.

— Je suppose que tu gardes ça pour un gars bourré de fric, je me trompe ?

— Je ne juge pas les gens sur leur compte en banque, Charlie, rétorquai-je. Et tu ne devrais pas le faire non plus.

Quelle ironie, méditai-je après l'avoir quitté. Notre nouvelle et fabuleuse fortune n'était pas toujours un avantage, en fin de compte.

Comme je l'avais prévu, maman m'avait attendue pour savoir comment s'était passée ma soirée. Winston était déjà couché.

— Alors, tu t'es amusée ? s'enquit-elle immédiatement.

— Non, maman. Nous ne sommes pas faits pour nous entendre, finalement.

— Et pourquoi ça ? gronda-t-elle avec irritation.

Je la regardai droit dans les yeux.

— Eh bien, quand j'ai vu qu'il ne commandait pas de dessert, j'ai pensé que c'était par discipline sportive, qu'il suivait un régime ou quelque chose comme ça.

— Et alors ?

389

— Ce qu'il espérait, en fait, c'était que je sois son dessert.

Maman cilla et rejeta la tête en arrière. Quelques secondes s'écoulèrent avant qu'elle ne se décide à parler.

— Il avait l'air d'un jeune homme charmant et très courtois, Grace. Tu ne dois pas avoir trop peur d'une certaine... intimité.

— Nous n'avons pas la même définition du mot *intimité* ! lançai-je en m'éloignant vers l'escalier.

— Quoi ?

Je ne me retournai pas à son appel, mais je l'entendis marmonner entre ses dents :

— J'y renonce, et le diable l'emporte !

Repousser un garçon populaire peut faire grand tort à une fille, devais-je apprendre. L'ego de Charlie Packard ne lui permettait pas de supporter la moindre rebuffade. Il fallait que ce soit la faute de la fille, et malheureusement pour moi, j'étais cette fille-là.

Les invitations pour des soirées à deux se firent encore plus rares, après cela. Mais dès mon entrée en préparatoire, j'avais posé ma candidature pour différentes universités, dans l'intention de suivre un programme d'études de quatre ans. Alors, que les étudiants d'ici m'apprécient ou non, et tout spécialement les garçons, était le cadet de mes soucis. L'important à mes yeux, c'est qu'à la fin de l'année scolaire j'aie amassé un nombre impressionnant d'unités de valeur, et ces UV me seraient un grand avantage quand j'aborderais pour de bon l'université.

L'été suivant, nous retournâmes en France, mais maman avait envie de voir du pays. Je décidai d'étudier le français et m'inscrivis dans un cours de langues à Villefranche, pendant que Winston et maman se lançaient dans une série de petits voyages, y compris une croisière à Venise. À l'école de langues, je me liai avec une Anglaise, Kaye Underwood, qui se destinait à l'hôtellerie et au tourisme. Elle n'était pas très attirante, avec sa grosse figure ronde et ses kilos en trop. Elle n'avait aucune coquetterie non plus, et portait pratiquement toujours les mêmes vêtements : un tee-shirt flottant, un short et des chaussures de marche fatiguées. Quand maman finit par faire sa connaissance, elle se montra un peu trop froide et snob, à mon avis. Elle alla même jusqu'à se demander tout haut ce qui me poussait à me lier avec « ce genre de gens ».

— Tu as si peu de choses en commun avec elle, Grace, déplora-t-elle. Winston t'a présentée à des filles de familles très importantes et très fortunées, et vous n'avez même pas échangé votre numéro de téléphone !

— J'attache plus d'importance à la richesse intérieure d'une personne qu'à sa fortune, répliquai-je.

En fait, ce qui me plaisait surtout chez Kaye, c'était qu'avec elle je me sentais bien. Elle n'exigeait rien de moi, ne parlait jamais de garçons, ne suggérait jamais que l'amour nous manquait, et n'était absolument pas compétitive.

Ma réponse fit de la peine à maman, je vis ses traits se crisper.

— Je me demande pourquoi nous continuons à nous tracasser pour toi ! soupira-t-elle.

Elle n'avait pas besoin de s'inquiéter. Quand la session d'été se termina, au cours de langues, mes relations avec Kaye cessèrent presque complètement. Elle prit un job dans un petit hôtel de Beaulieu-sur-Mer, une ravissante petite ville de la côte, et peu de temps après nous retournâmes à Palm Beach.

Kaye et moi avions échangé nos adresses, en promettant de nous écrire. Mais quand j'eus laissé deux lettres sans réponse, elle n'écrivit plus. Mes débuts à l'université m'accaparaient, ce qui me servit de justification pour ne pas poursuivre nos relations. Mais maman avait raison, m'avouai-je. Kaye et moi venions d'horizons trop éloignés l'un de l'autre, nous aurions aussi bien pu venir de différentes planètes.

Ma candidature fut acceptée partout, mais je me décidai pour l'université de South Florida, à Saint Petersburg. Je suppose que malgré mes airs bravaches, je ne souhaitais pas m'éloigner trop de maman et de Winston. Le jour où je devais me rendre à la faculté, pour m'installer au pavillon-dortoir, se trouva être celui d'une excursion aux Bahamas organisée par une association caritative. Maman tenait absolument à y aller. Elle devait se dire que si elle ne manquait pas une seule de ces manifestations, elle retrouverait la place qui avait été la sienne sur la scène mondaine juste après son mariage avec Winston. On établit un compromis : elle irait aux Bahamas et Winston m'accompagnerait. J'affirmai que je n'avais besoin d'aucun d'eux, mais il insista et maman donna son accord.

Quand je pense à tout ce qu'il a fait pour moi et avec moi, c'est ce geste que je place en tête de liste. Papa aimait tellement imaginer le jour où il me conduirait à l'université ! Ses paroles étaient encore vivaces dans ma mémoire.

« Quitter son foyer pour la première fois est l'une des émotions les plus fortes que tu vivras, moussaillon », affirmait-il.

Et il me décrivait comment cela s'était passé pour lui.

Nous fîmes le voyage dans le jet privé. Winston avait d'abord pensé retenir une voiture avec chauffeur qui nous attendrait sur place, mais je me voyais mal arriver en limousine conduite par un chauffeur. Il le comprit et nous arrivâmes à l'université dans une banale voiture de location, comme la plupart des étudiants dont les parents visitaient le campus avec eux, avant de les accompagner à leur pavillon.

Ma compagne de chambre était une Cubaine de Miami, Celia Caballero, un ravissant petit bout de fille aux yeux d'ébène. Pétillante, très extravertie, c'était exactement le genre de personnalité dont j'avais besoin, et elle plut aussi beaucoup à Winston.

— Eh bien, dit-il quand il fut temps pour lui de partir. Je sais que tu nous rendras fiers de toi, Grace. Tu l'as déjà fait si souvent, et de tant de façons différentes.

— Ce n'est pas l'avis de maman, objectai-je.

— Oh, c'est simplement qu'elle prend tout à cœur et s'inquiète un peu trop. Avec le temps, elle apprendra à se relaxer. J'y veillerai, promit-il.

Puis, après avoir regardé autour de lui un moment, il ajouta :

— Tu sais quoi, Grace ? Je donnerais tout ce que j'ai pour avoir ton âge et pouvoir tout recommencer. Maintenant je comprends l'humour de Bernard Shaw quand il disait « C'est du gâchis de donner la jeunesse aux jeunes ! »

Je ris avec lui, et nous nous séparâmes sur une chaleureuse étreinte.

J'avais l'habitude des changements et des séparations, c'était notre lot dans la communauté navale. Et pourtant, voir partir Winston et penser que maman était occupée à des mondanités, au lieu d'être avec moi, me serra le cœur. Jamais je ne m'étais sentie aussi seule.

— Viens ! me cria Celia en me happant par la main, avant même que j'aie le temps de refuser. Allons rejoindre les autres nouveaux.

J'avais l'intention de rester pour défaire mes valises, mais je la suivis. Je ne le regrettai pas, d'ailleurs, car je découvris que je pouvais m'inscrire dans l'équipe de voile. J'en profitai pour adhérer, du même coup, à l'association étudiante des sciences de l'éducation. Après tout, j'avais toujours pour objectif de faire carrière dans l'enseignement. Celia, qui jouait de la clarinette et, après audition, avait été acceptée dans l'orchestre, s'inscrivit au comité de loisirs. Nous avions des intérêts tout à fait dissemblables, mais à mon avis cela n'était pas un obstacle à notre cohabitation.

Maman fut contente d'apprendre que je ne m'enfermais pas totalement dans mes études. Cette fois encore, je devinai ce qu'elle espérait de mes autres activités. Celia rentra aussitôt dans le jeu des rencontres, pratiquement le lendemain, en fait. Et bientôt, elle m'entraîna dans son sillage pour me présenter à des amis d'amis. Je sortis avec trois garçons différents pendant le premier semestre, mais sans m'engager sérieusement avec aucun d'eux. Peut-être devenais-je trop difficile. Je savais que j'avais déjà la réputation d'être trop prude. Certains garçons m'avaient surnommée la Reine Vierge, en référence à la grande Élisabeth Ire qui, pour des raisons politiques, avait éconduit nombre de prétendants.

Avec le temps, Celia finit par se lasser d'essayer de me caser, et je fus laissée à moi-même. C'est alors que je me liai avec l'un des garçons de l'équipe de voile, Walker Thomas. Naviguer était sa passion, et au début toutes nos conversations tournaient autour de cela. Il venait de Marco Island, sur la côte ouest de la Floride, et possédait le même bateau que Winston. Au cours de multiples sorties, nous passâmes des heures merveilleuses à naviguer ensemble.

Il me plaisait beaucoup, surtout parce qu'il ne semblait pas chercher à en venir tout de suite à une intimité physique. Il n'était pas timide, simplement très accommodant, et progressait sans hâte vers une relation plus intense. Peut-être avais-je une mentalité d'une autre époque, mais je m'étais déjà fixé une date pour nos premiers rapports sexuels. Peu à peu, je m'étais autorisée à me montrer plus affectueuse envers lui qu'envers aucun autre garçon, et je me croyais prête.

Il devait venir me retrouver au pavillon-dortoir, un soir où Celia sortait. Elle m'avait fait clairement comprendre qu'elle ne rentrerait pas de la nuit. Nous avions prévu de prendre un dîner léger, d'aller au cinéma et de revenir au pavillon. Mais vers cinq heures et demie, il appela pour m'avertir qu'il ne pourrait pas venir. En fait, il était en route pour rentrer chez lui. Sa mère venait d'avoir ce qui semblait être une crise cardiaque.

Quelques jours plus tard, il me rappela, pour m'apprendre qu'il s'agissait bien d'une attaque, et même très sérieuse. Sa mère était dans le coma. J'étais en plein milieu de mes examens de fin d'année, mais je lui proposai quand même d'aller le rejoindre. Il ne voulut même pas en entendre parler. Deux jours plus tard, sa mère mourut. Je venais de passer mon dernier examen, et je faisais mes valises pour rentrer à Joya del Mar.

Walker et moi avions prévu de passer une grande partie de l'été ensemble, et j'avais déjà prévenu maman et Winston que je n'irais pas en Europe avec eux. J'allais avoir vingt ans, après tout. Rien ne s'opposait à ce que je dispose de mes vacances comme je l'entendais. Un soir, je téléphonai à Walker pour lui annoncer mon intention d'aller le retrouver à Marco Island. Quand je sentis qu'il hésitait, je pris mon courage à deux mains et lui demandai pourquoi.

Parfois, un simple silence – même très bref – peut être infiniment révélateur. Votre cœur sait déjà ce que l'autre va dire avant même qu'il ait parlé. Il en fut ainsi pour moi. Je fermai les yeux et écoutai.

— Il y a quelqu'un ici, Grace, une fille que je voyais avant de partir à l'université. Elle m'a soutenu pendant toute cette épreuve, et nous nous sommes plus ou moins rapprochés. Je suis désolé.

— Ne t'en fais pas pour moi, répondis-je précipitamment. Du moment que c'est OK pour toi, c'est très bien comme ça.

— Grace…, appela-t-il, mais je reposais déjà le combiné.

— Maudite ! lançai-je à mon image dans le miroir.

Et je me glissai sous ma couverture, en souhaitant pouvoir m'enfoncer dans le matelas et disparaître.

Le lendemain matin, j'informai Winston et maman que j'avais changé d'avis, et que je les accompagnerais en Europe, finalement. Winston fut enchanté, mais maman – qui s'était d'abord inquiétée à l'idée de me laisser seule – parut déçue.

— Que s'est-il passé avec ce garçon ? questionna-t-elle. Walker ?

— Rien. Il n'était pas censé se passer quelque chose.

Je refusai d'ajouter un mot sur le sujet.

À Cannes, Winston loua un voilier pour moi et les mêmes journées recommencèrent, avec la mer, le vent, les mouettes… et la solitude. Je lus beaucoup, me joignis souvent aux excursions de Winston et maman, pris des leçons de tennis. Avant la fin de l'été, Winston et moi disputions des doubles contre d'autres couples, ou jouions simplement tous les deux. Maman ne mordait pas au tennis, elle abandonna très vite. Elle prétendait préférer le golf, et bientôt l'emploi du temps de Winston se compliqua. Il devait choisir entre le golf avec elle ou le tennis avec moi, et il tentait parfois de concilier les deux.

— Faire plaisir à deux jeunes femmes en pleine santé est un véritable défi, déclarait-il parfois.

Il avouait aussi, entre haut et bas, qu'il préférait le tennis. « Jouer au golf avec ta mère ou regarder sécher la peinture, c'est la même chose », lui arrivait-il de me dire. Mais jamais devant elle, évidemment. À mes yeux, c'était vraiment quelqu'un de remarquable. Un véritable trésor.

Autrefois, j'étais sûre de ne jamais me marier tant que je n'aurais pas trouvé un homme comme papa. Maintenant, j'attendais d'en rencontrer un qui fût exactement comme Winston Montgomery.

À la rentrée, Walker ne revint pas à l'université. J'appris bientôt qu'il s'était inscrit à celle de West Florida, à Pensacola. Par un garçon de l'équipe de voile, je sus qu'il s'était fait transférer là-bas parce que son amie de Marco Island y étudiait. Du coup, ma passion pour la navigation m'abandonna et je ne tardai pas à quitter l'équipe, sous prétexte que mon travail m'accaparait. En réalité, mon intérêt pour les études vacillait, et menaçait même sérieusement de s'éteindre. Une fois de plus, je me réfugiai dans la solitude. Et avant la fin du semestre Celia demanda à quitter notre chambre pour le dortoir, estimant ma compagnie trop déprimante. Je ne lui parlais presque pas, je n'écoutais pas de musique, je ne partageais aucune activité avec elle, me reprochait-elle. Je ne lui en voulus pas, ne cherchai pas à discuter. Après son départ, je m'attendais à ce qu'une autre fille s'installe, mais ma réputation semblait s'être répandue comme un virus. Et personne, même les filles qui étaient déjà trois par chambre, ne demanda à venir dans la mienne.

Quand je rentrai à la maison pour les vacances, je me demandai sérieusement si j'allais poursuivre mes études. Peut-être avais-je besoin d'une année de réflexion. Je n'abordai pas le sujet avec maman, mais j'en parlai à Winston, et je vis bien que la suggestion le troublait beaucoup. Il resta un long moment silencieux, puis hocha la tête avec circonspection.

— Peut-être est-ce moi qui me suis montré aveugle en ce qui te concerne, Grace. Peut-être ai-je ignoré tes difficultés, ou trop cherché à te distraire. T'enfermer à Joya del Mar et te retirer du monde ne résoudra rien. Réfléchis encore, et deux fois plutôt qu'une, implora-t-il. Je te le demande.

En fin de compte, je n'eus pas à réfléchir à la question. Le destin, que maman était si certaine d'avoir vaincu, n'avait fait que guetter dans l'ombre, attendant son heure. Quand elle vint, il se glissa sans bruit dans notre élégante demeure et gravit les marches sur la pointe des pieds. Il fit cela de nuit, en jetant peut-être un regard dans ma direction, avant de continuer son chemin en souriant jusqu'à la porte de maman et de Winston. Là, il s'arrêta et regarda par-dessus son épaule, fit un geste à l'intention d'une autre ombre qui se tient toujours prête et, tel un serviteur obéissant, n'attend qu'un signe du doigt. Ensemble, ils entrèrent, et ensemble ils s'en allèrent.

Le cri de maman déchira la lumière du matin, et une autre nuit s'abattit sur Joya del Mar, tissée de toutes les plaintes et de toutes les larmes de tous les temps. J'ouvris les yeux et mon cœur s'arrêta, puis se remit à battre. Je tremblais si violemment que je pouvais à peine mettre un pied devant l'autre. Quand je sortis dans le couloir, les domestiques se ruaient dans l'escalier, accourant de tous les côtés.

Maman m'aperçut, debout et immobile, les mains crispées sur la poitrine.

— Je n'arrête pas de le secouer mais il ne se réveille pas ! hurla-t-elle. Il ne se réveille pas !

Quelque part, dehors, une autre mouette tournoyait en poussant des clameurs, emportée vers la mer par un vent de panique.

Tout au fond de moi, audible pour moi seule, monta le rugissement des hélicoptères.

16

Il n'est pire sourd...

Je refusai de sombrer dans l'apitoiement sur moi-même, après la mort de Winston. Il me semblait que ce serait égoïste de ma part. Malgré tout, et plus que jamais, j'étais convaincue qu'un sort cruel frappait tous ceux que j'aimais. J'étais comme ces porteurs de germes, qui sont une source d'infection pour les autres sans jamais contracter la maladie.

Maman était encore là, bien sûr, mais cela ne voulait pas dire qu'elle ne risquait rien. Je ne pouvais pas m'empêcher de croire que, le moment venu, quelque chose de terrible lui arriverait, à elle aussi, et que ce serait ma faute. Je ne fis part à personne de ces pensées. Elles s'imposèrent à moi, encore et encore, et particulièrement pendant les funérailles de Winston. À l'église, quand je regardais autour de moi, j'étais certaine de ne rencontrer que des visages accusateurs. Les gens me regardaient durement et avec colère, ils chuchotaient en me désignant de la tête. Je croyais voir un rempart de longs index pointus braqués dans ma direction. Peut-être tous ces gens croyaient-ils que j'avais pris trop de temps à Winston, que je lui avais causé trop de soucis, trop de fatigue, jusqu'à l'épuisement. Pourquoi un athlète comme lui avait-il succombé à une crise cardiaque, alors que des hommes bien plus âgés que lui étaient toujours en pleine activité, et en parfaite santé ?

Les assistants ne regardaient plus maman du même œil, elle non plus. Seuls Dallas et Warren lui manifestaient de la sympathie. Bien des visages arboraient des sourires torves et teintés de sarcasme : tout le monde savait que maman était l'héritière d'une fortune considérable. Désormais, elle n'était plus qu'un fruit juteux parmi tant d'autres, et mûr pour la cueillette. Je surpris des commentaires en ce sens à Joya del Mar, après la cérémonie, quand la plupart de ces gens vinrent présenter leurs condoléances. Quelques hommes célibataires ou veufs allèrent même jusqu'à inspecter les lieux en calculant la valeur de chaque chose, comme s'ils décidaient si maman valait ou non la peine d'être épousée. Entre eux et les avocats, les hommes d'affaires et autres spéculateurs, j'eus l'impression qu'un vol de vautours s'était abattu sur Joya del Mar.

Je fus soulagée quand tout se termina. À mon âge, on réagit encore en enfant, et je m'étais accrochée à l'espoir que tout cela n'était qu'un mauvais rêve ; que le lendemain matin, en sortant sur la terrasse, j'allais y trouver Winston en train de lire tranquillement le *Wall Street Journal.* Il lèverait les yeux, me sourirait avec chaleur, et nous prendrions le café en discutant de l'état de la mer et du vent, tandis que le bateau danserait sur les vagues.

Maintenant, il me semblait que je ne naviguerais plus jamais. La seule pensée de sortir en mer et de rentrer dans une maison où Winston ne serait pas là pour partager mon enthousiasme m'était insupportable. Un vide m'habitait, aussi profond que celui que j'avais ressenti à la mort de papa. Et tout comme j'avais fui tout ce qui pouvait me rappeler la marine, je ne voulais plus rien savoir de tout ce que Winston et moi avions aimé, pratiqué, partagé. Sans lui, ces choses ne pourraient plus que raviver mon chagrin. Je haïssais jusqu'à l'idée de vivre ici, dans un palais devenu pour moi une prison de souvenirs et de mélancolie.

Je m'aperçus que je ne pensais pas assez à maman. Après tout, elle avait subi deux fois de suite une perte douloureuse, elle aussi. J'avais toujours su qu'elle n'aimait pas Winston comme elle avait aimé papa, mais je savais aussi qu'elle s'était profondément attachée à lui. Et elle était devenue très dépendante de lui, au cours des cinq dernières années. Elle avait parfaitement conscience que ce nouveau monde, cette nouvelle vie qu'elle avait tant voulue pour nous, étaient désormais sérieusement compromis. Le lendemain, au petit déjeuner, je la vis trembler d'angoisse malgré tous ses efforts pour paraître sûre d'elle.

Pendant un moment, nous fixâmes toutes les deux la chaise vide de Winston, puis elle se ressaisit.

— Eh bien, Grace, commença-t-elle, nous revoilà seules toutes les deux. On dirait que le mauvais sort ne s'est pas retiré aussi loin que je l'espérais, après tout.

» Cependant, poursuivit-elle avec détermination, nous n'allons pas nous terrer comme des lapins effrayés. Nous allons continuer à profiter de la moindre chance qui s'offrira à nous. Pour commencer, je n'aime pas trop cette idée que tu as d'abandonner tes études.

— Je ne suis pas encore très sûre de savoir ce que je veux faire, maman.

— Mais l'université n'est-elle pas le meilleur endroit pour le découvrir ?

— Non, rétorquai-je avec assurance. Il y a beaucoup trop de distractions. Je vais prendre le temps d'y réfléchir et…

— Et faire quoi, Grace ? Te cacher dans ta chambre ? Te promener sur la plage ? Naviguer en solitaire pendant des heures et des heures ? Refuser toutes les occasions de sortir avec des jeunes de ton âge ? Eh bien ? Que comptes-tu faire au juste pendant ce temps-là ?

— Je ne sais pas encore, maman. Laisse-moi le temps, répondis-je, avec une autorité qui me surprit moi-même.

— Parfait, mais écoute-moi bien, Grace. Je n'ai pas l'intention de devenir une veuve éplorée drapée dans ses voiles noirs. Je veux rester aussi dynamique et aussi vivante qu'avant. Sinon, c'est que le destin aura réussi à m'abattre. Et je te conseille de m'imiter, sous peine de faire ton malheur toi-même. Maintenant, laisse-moi te dire ceci. Je ne vais pas passer ma vie à te sermonner, ni à essayer de t'amener à agir dans ton intérêt. Tu es assez grande pour prendre tes décisions toute seule, à présent.

Je ne répondis rien et nous mangeâmes en silence, moi chipotant ma nourriture et maman dévorant la sienne à belles dents. La vieille horloge de parquet sonna, les domestiques s'affairèrent à leurs travaux et Joya del Mar, tel un vaisseau dont le parcours était tracé, reprit sa vie de tous les jours.

Toutefois, maman ne tarda pas à s'apercevoir que ses projets et ses espoirs étaient un peu trop optimistes. Ils n'avaient pas plus de réalité qu'un rêve. Même les amis qu'elle s'était faits au cours des dernières années prirent leurs distances avec elle. Les invitations se raréfièrent. Il devint très vite évident que la seule raison qui l'avait fait admettre parmi la soi-disant bonne société de la ville, c'était Winston. Sa famille comptait parmi les plus anciennes de Palm Beach, et y jouissait de privilèges quasi royaux. Maman n'était qu'une pièce rapportée, une usurpatrice. C'est à Winston qu'était due la considération, et il n'était plus là. Elle n'avait pas plus d'importance que des ragots mondains périmés depuis plusieurs semaines.

Et les six mois qui suivirent la mort de Winston s'avérèrent difficiles. Presque immédiatement, le cauchemar commença. Maman déambulait dans la maison en fronçant les sourcils, comme si elle avait constamment la migraine. Je l'entendais souvent bougonner toute seule, se plaindre de ceci ou de cela. Même les sœurs Carriage cessèrent de venir et d'appeler. Quand maman laissait un message à quelqu'un, il était rare qu'on prenne la peine de lui répondre. Et chaque fois qu'elle entendait parler d'un gala ou d'une réception dont elle avait été exclue, elle entrait dans une rage noire. J'en arrivai à m'efforcer de l'éviter. Heureusement, la maison et le parc étaient si vastes qu'il était facile de passer une journée sans se croiser.

Je m'en tins à ma décision et pris un congé sabbatique, pour une durée que je comptais limiter à six mois. Je continuai à lire mais je sortais rarement, sauf pour aller à la librairie, faire quelques courses personnelles, ou encore aller au cinéma, toujours seule. Je savais que je tournais à la vieille fille, même si je n'avais pas beaucoup plus de vingt ans. Quand il m'arrivait de sortir, je sentais que je me refermais comme une huître, et je me mettais à trembler intérieurement. Était-ce un signe d'agoraphobie ? Avais-je besoin d'une psychothérapie ? Je commençais à me le demander.

De temps en temps, maman parvenait à réunir un certain nombre d'invités pour un dîner à Joya del Mar. Bien avant elle, je découvris qu'ils ne venaient pas là par amitié mais pour voir ce qu'elle devenait, ce que devenait la propriété, afin d'avoir quelques nouveaux commérages à répandre. À Palm Beach, rien n'égalait le privilège d'être le premier au courant des potins. On y gagnait un moment de popularité, et c'était la monnaie avec laquelle s'achetaient les relations et l'amitié, dans cette ville. La popularité.

La seule véritable amie de maman, Dallas, vint aussi souvent que possible, ou aussi souvent que maman l'invita. Elles s'étaient un peu perdues de vue, depuis quelques années, car maman et Winston évoluaient dans un milieu tout à fait différent. Quand Dallas et Warren venaient à une réception à Joya del Mar, c'était surtout avec moi qu'ils parlaient, en regardant maman aller et venir d'un invité à l'autre. On avait un peu l'impression qu'ils étaient là en étrangers.

Phœbé avait commencé des études supérieures, elle aussi. Mais elle avait très vite rencontré quelqu'un et, dès la fin du premier semestre, elle était fiancée. Winston, maman et moi avions assisté à son mariage et appris qu'elle était enceinte. Moins de deux ans plus tard, elle s'était séparée de son mari et travaillait au restaurant, ce qu'elle avait toujours dédaigné. Elle avait une fille au pair pour s'occuper de l'enfant, ce qui à mon avis valait mieux pour l'enfant. Peu désireuse de la fréquenter, je perdis toute trace de mes anciennes relations du lycée. Tous les liens qui nous rattachaient au passé, maman et moi, semblaient être rompus ou sur le point de se rompre. Je n'avais aucun contact avec qui que ce soit. J'étais comme une petite planète égarée dans l'espace, passant fugitivement près de quelqu'un, pour reprendre aussitôt sa route à travers les ténèbres.

Si l'un des invités à nos rares dîners me demandait comment j'allais, maman ne me laissait même pas le temps de répondre. Elle expliquait que j'étais en congé sabbatique, que je poursuivais des recherches personnelles et que j'allais bientôt partir étudier en France, en Suisse ou en Italie. L'idée lui en était venue en me voyant consulter une vieille brochure que m'avait procurée Winston, à l'époque où il s'efforçait de m'inciter à voyager.

Je ne la contredisais jamais, ce qui était le meilleur moyen de détourner l'attention de ma personne. Et bien sûr, maman essayait vraiment de m'amener à faire l'une de ces choses-là. Elle recourait à tous les arguments possibles, allant jusqu'à soutenir qu'en faisant certaines études, je pourrais l'aider à gérer les complexités de nos finances.

— Je ne sais jamais quoi répondre à notre agent de change, notre directeur commercial ou nos avoués, quand ils m'appellent. C'était Winston qui s'occupait de tout ça. Depuis sa mort, nous avons perdu pas mal d'argent, révéla-t-elle un jour, dans l'espoir que je me sentirais plus concernée. Il y a eu des problèmes en Bourse, et certains de nos partenaires commerciaux commencent à se plaindre. On m'a conseillé de renoncer au jet.

— Il ne nous sert à rien, de toute façon, maman.

— Là n'est pas la question ! s'emporta-t-elle.

Je me replongeai dans ma lecture, et elle se calma.

Et puis, un beau soir, elle ne vint pas dîner avec moi. Elle se montra sur le seuil de la salle à manger pour m'annoncer qu'elle sortait.

— Pour aller où ? questionnai-je.

Elle était beaucoup plus maquillée qu'à son habitude, et moulée dans une robe ultracollante au décolleté plongeant, qui semblait sortir d'un catalogue de mode sexy. Sa tenue ne rappelait en rien l'élégance raffinée qui était la sienne depuis ces dernières années.

— Dehors, rétorqua-t-elle sèchement. Avec toi qui traînes ici toute la journée, les domestiques qui attendent des instructions, les agents de change, comptables et compagnie qui sont suspendus à mes basques, je deviens folle. J'ai décidé que j'avais besoin de changer d'air.

Je n'eus pas le temps de lui poser une seconde question : elle était partie. Et je ne sus jamais à quelle heure elle revint car je dormais depuis longtemps. Bientôt, elle prit l'habitude de sortir ainsi deux ou trois fois par semaine. Le téléphone se remit à sonner. Elle s'était fait de nouveaux amis. Naturellement, j'aurais bien voulu en savoir plus, mais chaque fois que je commençais à poser une question, elle montait sur ses grands chevaux. Et elle me tenait tout un discours sur le fait qu'elle était toujours jeune et séduisante, et qu'elle gâchait toutes ses chances. Une leçon dont je ferais bien de profiter, soulignait-elle.

Et un matin, alors que je prenais mon petit déjeuner sans espérer qu'elle me rejoigne, ce qui arrivait souvent, je l'entendis descendre l'escalier, mais pas seule : j'entendis également une voix d'homme. Mon cœur battit plus vite, et plus leurs pas se rapprochèrent, plus il s'accéléra. Maman apparut sur le seuil et me sourit.

Un homme aux épaisses boucles noires et aux yeux saphir l'accompagnait. Il portait l'une des robes de chambre de Winston, qui d'ailleurs lui allait très bien.

La première chose qui me frappa fut qu'il était beaucoup plus jeune que maman. Il y avait aussi quelque chose qui m'était vaguement familier, dans ce visage aux traits parfaits, et pendant quelques instants je me demandai s'il n'était pas acteur de cinéma.

Maman fit les présentations.

— Kirby, ma fille, Grace. Grace, voici Kirby Scott.

— Salut, lança-t-il avec désinvolture. Elle a ta beauté, Jackie Lee.

Maman rayonnait.

— Je meurs de faim, annonça-t-elle avant d'appeler la bonne.

Kirby Scott s'assit en face de moi.

— Il paraît que vous êtes une grande navigatrice, Grace.

— Je ne suis pas sortie en mer depuis un certain temps, répliquai-je, toujours un peu effarée par sa présence.

Et aussi par le fait que, de toute évidence, ils avaient passé la nuit ensemble à quelques mètres de moi, de l'autre côté du couloir.

— C'est une honte. J'ai beaucoup navigué moi-même, bien que je n'aie jamais fait partie d'une équipe sportive. Ce devait être très amusant, non ?

Je lançai un regard perplexe à maman. Combien de choses qui me concernaient avait-elle révélées à cet étranger ? Elle semblait très contente d'elle-même, comme si c'était un exploit d'amener un homme jeune et beau à la table du petit déjeuner.

— Peut-être pourrions-nous sortir en mer aujourd'hui, reprit-il. Jackie Lee ne demande que ça, n'est-ce pas, Jackie ?

— Oui, approuva maman, tout sourire. J'aimerais bien.

— Mais tu détestes la voile, maman !

— Pas du tout. Mais j'aime me sentir en sécurité, comme c'est le cas quand je suis avec un homme qui connaît son affaire, répondit-elle avec un sourire suave pour Kirby Scott.

J'eus l'impression que quelque chose se tordait dans ma poitrine.

— Winston était un excellent marin, maman. Lui aussi connaissait son affaire. Il m'en a appris assez pour que je sois admise d'emblée dans l'équipe de voile à l'université ! ripostai-je âprement.

Elle garda le sourire, mais son masque satisfait semblait sur le point de craquer à tout instant comme une fragile porcelaine.

— Alors, pourquoi ne viendriez-vous pas avec nous cet après-midi ? s'interposa Kirby.

Je lui décochai le regard le plus dur et le plus froid dont je fus capable, mais il ne se troubla pas. Ses yeux s'attachèrent aux miens et son sourire s'élargit.

— Je n'en ai aucune envie, répondis-je avec lenteur, en prononçant chaque syllabe d'un ton aussi coupant que possible.

Il haussa les épaules.

— Si vous changez d'avis, nous serons ravis de vous avoir à bord. Disons... vers midi ? Nous pensions emporter de quoi déjeuner.

Une fois de plus, je dévisageai maman. *Nous pensions* emporter de quoi déjeuner ? Pour qui se prenait cet homme ?

— Je croyais que tu ne supportais pas de manger en mer, maman. Que tu trouvais la houle trop forte. Tu ne voulais plus jamais déjeuner à bord, tu te souviens ?

— Nous trouverons des eaux plus calmes, affirma Kirby, comme s'il parlait désormais pour elle, à sa place et en son nom.

Je répliquai sans ménagement :

— Je l'espère, sinon elle risquerait de vomir.

— Grace ! s'indigna maman. Nous sommes à table.

Je me levai aussitôt.

— Pas moi, j'ai fini.

— À tout à l'heure, lança Kirby sans quitter son sourire éblouissant.

Je tournai les talons en bougonnant :

— Ça m'étonnerait !

Je n'avais pas encore atteint le bas des marches que je les entendis rire. Une fois dans ma chambre, j'envisageai d'aller faire un tour à la librairie du centre commercial et pris rapidement ma douche. Après m'être brossé les cheveux, je me campai devant la fenêtre et regardai au-dehors.

Kirby et maman s'en allaient côte à côte vers la jetée, Kirby en slip de bain et sandales, une serviette-éponge sur les épaules, maman dans l'une de ses coûteuses tenues de bateau qu'elle ne portait jamais. Elle était suspendue au bras de Kirby et rit quand il lui dit quelque chose, puis ils coururent jusqu'au bateau comme deux adolescents en vacances.

Je me hâtai de m'habiller, subitement pressée de me trouver n'importe où ailleurs.

Après cela, Kirby Scott devint le chevalier servant de maman. Quand il ne dormait pas à la maison, il était là le lendemain dès midi, avec un programme de choses à faire ensemble. Quand je questionnai maman à son sujet, et en particulier sur son âge, elle me dit de ne pas m'inquiéter de tout ça, qu'il n'était pour elle qu'une distraction.

411

— Mais qu'est-ce qu'il fait dans la vie ? m'obstinai-je à savoir. Il est toujours libre pour faire quelque chose avec toi, à n'importe quelle heure, et il n'a pourtant pas l'âge de la retraite.

— Il s'occupe de différentes choses, répondit-elle évasivement, sans éclairer ma lanterne.

Je ne pouvais pas nier que je n'avais jamais vu d'homme aussi beau de ma vie. En smoking, quand il venait chercher maman pour une soirée quelconque, il était absolument fascinant. Qu'elle ait été invitée ou non, maman s'arrangeait toujours pour savoir ce qui se passait en ville et où avait lieu l'événement. Et s'il s'agissait d'un gala de bienfaisance, par exemple, elle achetait deux billets, quel qu'en soit le prix. Il était clair pour moi qu'elle tenait à se montrer avec lui. Peut-être était-ce un moyen pour elle de faire sa rentrée sur la scène mondaine, raisonnai-je. Mais j'avais l'impression que maman était irrésistiblement attirée par lui, qu'elle se fondait en lui. Je faisais des cauchemars, dans lesquels Kirby était pétri de sable mouvant qui aspirait maman. Elle tentait de lui échapper, sans y parvenir, et malgré tous mes efforts pour la tirer de là, moi non plus je n'y parvenais pas.

Un jour où je faisais quelques courses personnelles au centre commercial, les sœurs Carriage s'appro-chèrent de moi.

— Oh, Grace, ma chère ! m'aborda Thelma d'une voix sirupeuse. Que devenez-vous ? Brenda et moi parlions justement de votre mère. Nous nous inquié-tions à votre sujet, à toutes les deux.

Ma voix fut tout aussi doucereuse quand je rétorquai :

— Nous aussi, nous nous inquiétions pour vous, madame Carriage. Il y a si longtemps que nous étions sans nouvelles !

Thelma battit des cils.

— En effet, nous avons été tellement occupées. Avec la saison qui bat son plein et tout ça... vous savez ce que c'est. Ce que je voulais dire, c'est que nous étions inquiètes pour votre mère, rectifia-t-elle d'une voix nettement moins douce, pour ne pas dire coupante.

— Pour ma mère ?

— Il paraît que ce Kirby Scott l'accompagne partout où elle va, ces temps-ci, observa Brenda.

— Ah ? Vous connaissez Kirby Scott ?

Malgré la couche de rouge qui les empâtait, Thelma parvint à pincer les lèvres.

— Nous connaissons sa réputation, ma chère. Pas lui. Il a servi d'« escorte » à de nombreuses femmes riches de Palm Beach. Il a très peu de moyens, et guère plus de caractère, j'en ai peur. J'espère qu'elle ne songe pas à engager une relation sérieuse avec lui. Toute femme disposant d'une certaine fortune devrait s'en méfier.

Je conservai mon sourire forcé.

— Je ne manquerai pas de lui faire part de vos conseils, madame.

— Et vous-même, comment allez-vous ? s'enquit Brenda. Êtes-vous retournée à l'université ?

— Pas encore. J'ai été tellement occupée, ces temps-ci, avec la saison qui bat son plein et tout ça... Vous savez ce que c'est. Ravie de vous avoir rencontrées, de voir combien vous avez peu changé, et combien vous êtes au courant des affaires des autres. Au revoir, mesdames.

Je m'éloignai aussitôt, les laissant clouées au trottoir, cherchant vainement la riposte qui leur restait coincée dans la gorge.

Je m'en étais bien tirée, mais je tremblais si fort qu'il me fallut un moment pour être en état de reprendre le volant. Si les sœurs Carriage avaient eu le toupet de me dire de pareilles choses en face, il ne fallait pas demander ce que les gens racontaient sur maman. Mais qu'est-ce qu'il lui prenait ? Pourquoi s'était-elle engagée à ce point avec un homme pareil ? Prendre un amant était une chose, avoir de bonnes raisons d'être fière de lui en était une autre. Croyait-elle faire monter sa cote auprès de tous ces snobs, en agissant ainsi ?

En rentrant à la maison, j'étais prête à discuter la question avec elle. Il y avait des mois qu'elle voyait Kirby Scott, à présent. Elle ne pouvait plus prétendre qu'il n'était pour elle qu'une distraction. Elle m'avait même obligée à sortir avec lui le jour de mon anniversaire, un jour privilégié que j'espérais garder pour nous deux. À vrai dire, il était toujours là dans les occasions spéciales, maintenant. Parfois, j'avais même l'impression qu'il m'accordait plus d'attention qu'à maman, et que son regard s'attardait plus longtemps sur moi que sur elle. À deux reprises, au cours de soirées où elle m'avait décidée à les accompagner, il m'avait invitée à danser, et serrée de si près que j'en étais gênée. Une fois même, j'avais senti son excitation et cela m'avait rendue nerveuse. Il n'arrêtait pas de me toucher, trouvait toujours un prétexte pour m'embrasser, pas sur les lèvres mais souvent bien près. Trop souvent pour mon goût. J'avais essayé d'ignorer les faits, mais je ne pouvais plus me cacher la tête dans le sable. Il fallait que je ramène maman au bon sens.

Malheureusement, quand j'arrivai à la maison, je les entendis rire aux éclats. J'allais devoir attendre une meilleure occasion. Je me dirigeais déjà vers l'escalier quand une femme de chambre m'arrêta, pour me dire que ma mère voulait me voir tout de suite au petit salon. Je m'y rendis, sans enthousiasme. Ils écoutaient de la musique, et je les trouvai au bar en train de trinquer au champagne.

— Grace ! Nous t'attendions, ma chérie. Nous avons juré de ne pas déboucher de nouvelle bouteille de champagne avant ton retour, n'est-ce pas, Kirby ?

— Absolument, mais c'était il y a deux bouteilles de ça, répliqua-t-il.

Sur quoi ils éclatèrent de rire, pressèrent leurs fronts l'un contre l'autre et s'embrassèrent.

Je n'avais pris qu'un déjeuner léger, mais je crus que j'allais le restituer sur place.

— Je suis fatiguée, maman. Je monte.

— Attends, attends ! cria-t-elle avec excitation.

Elle remplit un autre verre de champagne et me le tendit.

— Joins-toi à nous pour un toast, ma chérie.

Une petite cloche d'alarme carillonna dans mon cœur.

— Un toast ? En quel honneur ?

Pour toute réponse, elle tendit la main devant elle, paume en bas. À la lumière qui entrait par les portes-fenêtres de la terrasse, le nouveau diamant scintilla.

— Kirby et moi sommes fiancés, ma chérie. Mais ne t'inquiète pas, s'empressa d'ajouter maman. Nous n'allons pas faire un de ces mariages fracassants à la mode de Palm Beach, et te mêler à tout ça. Non, nous irons nous marier discrètement, sans tambour ni trompette. Probablement aux îles Vierges.

Je ne pus que la regarder, incapable de répondre, et elle retira brusquement sa main comme si je l'avais giflée.

— Tu pourrais dire quelque chose de gentil, Grace. Nous souhaiter bonne chance, par exemple, au lieu de nous dévisager comme ça, la bouche cousue.

— Bonne chance, articulai-je en tournant les talons.

Je me ruai hors du salon et montai l'escalier au pas de charge, fuyant leurs éclats de rire idiots qui cascadaient derrière moi.

Une bonne heure plus tard, ils montèrent à leur tour, gloussant et pouffant si bruyamment qu'il était impossible de ne pas les entendre. J'entrouvris ma porte et coulai un regard dans le couloir. Je vis Kirby Scott soulever maman dans ses bras et la porter ainsi jusqu'à leur chambre.

— Exactement comme Clark Gable dans *Autant en emporte le vent*, plastronna-t-il, déclenchant un nouvel éclat de rire de maman.

Moins d'un quart d'heure plus tard, le calme était revenu dans la maison. Étendue dans mon lit, je boudais et roulais des pensées moroses, jusqu'au moment où je m'assoupis. Mais peu de temps après, j'entendis frapper à ma porte.

— Qui est là ? demandai-je sans aménité.

— C'est moi, Kirby. Est-ce que je peux te parler une minute ?

— Non.

— Je t'en prie. Rien qu'une minute.

Il n'était pratiquement jamais arrivé que nous soyons seuls ensemble, et malgré tout son charme je m'en félicitais. Mais je ne voyais pas comment éviter indéfiniment cette situation, et encore moins maintenant. Je m'enquis d'une voix rogue :

— Qu'est-ce que vous voulez ?

Il ouvrit lentement la porte et resta sur le seuil. Il était pieds nus, le col de chemise ouvert et les cheveux en désordre, lui toujours si soigné de sa personne. Il ne se montrait jamais en négligé, surtout devant moi.

— Je sais que tu es fâchée, commença-t-il.

— Ah bon ? Vous savez ça ?

— Oui. Ta mère a introduit un nouvel homme dans ta vie, et si vite.

— Vous ne faites pas partie de ma vie, ripostai-je, mais de la sienne.

— Ne sois pas comme ça, Grace. Une fois que nous serons mariés, ta mère et moi, tu feras partie de ma vie tout autant qu'elle.

Je fus sur le point de dire : « J'espère que non », mais quelque chose me fit hésiter. Peut-être valait-il mieux éviter de badiner avec lui. Je détournai la tête, espérant qu'il comprendrait le signal et s'en irait, mais ce ne fut pas le cas. Il s'avança dans la chambre et s'assit au pied de mon lit.

Ma surprise fut telle que mon cœur s'emballa.

— J'aimerais que vous sortiez, maintenant. Je suis fatiguée, je voudrais dormir.

— Dans un instant. Je veux seulement que tu saches combien je prends vos intérêts à cœur, à toutes les deux. Je sais que ta mère a connu de grandes déceptions, dans sa vie, et qu'à présent elle se sent très seule. Je veux tout faire pour lui rendre le bonheur. C'est une femme merveilleuse et elle le mérite. Toi aussi.

— Vous parlez de nous comme si nous étions des réfugiées, répliquai-je.

Il rit, puis reprit aussitôt son sérieux.

— Nous sommes tous des réfugiés, Grace, des rescapés d'une crise émotionnelle ou sentimentale. Nous en avons tous connu. Je ne fais pas exception à la règle, et j'espère qu'avec le temps nous nous ferons assez confiance pour nous parler à cœur ouvert. Je sais que tu traverses un moment difficile. Tu n'es pas sûre de savoir ce que tu veux faire de ta vie, et je veux t'aider à te décider. Tu es trop douée, trop intelligente et beaucoup trop jolie pour laisser tout cela se perdre, même dans un endroit aussi beau que Joya del Mar.

Il s'exprimait avec une telle chaleur, une telle sincérité que je mis de côté mes doutes et mes sarcasmes. Je le regardai d'un autre œil.

— C'est tout ce que je voulais dire, Grace, reprit-il en se levant. La seule chose que je te demande, c'est de me donner une chance. Ne me juge pas d'après les autres, mais seulement d'après mes actes et mes paroles. D'accord ?

Je fis signe que oui.

— Merci, dit-il avec un grand sourire.

Il hésita un instant, et j'eus le temps de penser qu'il se demandait s'il allait m'embrasser. Il décida de s'abstenir et retraversa la pièce.

— J'espère qu'un jour viendra où tu m'appelleras papa, Grace. Fais de beaux rêves, chuchota-t-il en refermant doucement la porte.

L'appeler papa ? J'eus l'impression qu'une créature sans nom s'était glissée dans mon cœur pour me l'arracher.

Kirby Scott faisait partie de nos vies. La question était de savoir quelle place il y tenait, et pour combien de temps.

Dans la rubrique mondaine de la presse locale, les fiançailles de maman furent annoncées en quelques lignes, complétées de cette information : « À peine fiancée, discrètement remariée. Les époux auraient prononcé leurs vœux dans une chapelle des îles Vierges américaines. Nous ne sommes pas en mesure de fournir d'autres détails. »

Suivait une allusion au précédent mari de maman, « le regretté Winston Montgomery, récemment disparu ». Le reste de l'article était surtout consacré à Winston, et vers la fin on mentionnait rapidement que Kirby Scott avait déjà été marié trois fois. Maman ne m'en avait jamais rien dit, et je me demandai même si elle le savait.

Bien que cet article n'eût rien de flatteur pour elle, tant s'en fallait, maman l'avait découpé et collé dans son album, avec toutes les autres coupures de presse où figurait son nom. Totalement inconsciente du sarcasme, elle prenait un tel plaisir à ces potins que j'en restais pantoise. Je fus sur le point de lui rappeler le proverbe, qu'elle m'avait souvent cité : « Il n'est pire sourd que celui qui ne veut entendre », mais je savais trop bien comment elle aurait réagi. Elle se serait contentée de rire, ou de me dire que j'étais trop sérieuse ou trop stupide. Les deux mots avaient pris le même sens pour elle, maintenant.

Maman s'absenta une semaine pour se marier. Une semaine pendant laquelle je me sentis assez bizarre, surtout quand je pensais à la raison de cette absence. Je suppose qu'au fond de moi j'avais toujours su qu'elle se remarierait. Après tout, elle était loin d'être vieille. Mais j'imaginais qu'elle épouserait un homme comme Winston, mature, solide et responsable. Peut-être étais-je en quête d'une autre image de père. Peut-être n'avais-je aucun droit de décider qui elle épouserait, pas plus que je ne lui reconnaissais le droit de décider pour moi.

En tout cas, il était hors de doute qu'elle appréciait pleinement ces vacances avec Kirby Scott. Elle n'appela qu'une fois, juste après la cérémonie qu'ils avaient programmée ensemble.

— Je suis désormais Mme Kirby Scott ! proclama-t-elle triomphalement.

— Ne t'attends pas à ce que je devienne Grace Scott, surtout !

— Je n'attends rien de pareil, Grace. J'espère que tu deviendras un jour Grace Quelque Chose, mais pas Scott. À moins que tu ne rencontres un homme aussi excitant que Kirby, et qui par hasard s'appellerait justement Scott, s'égaya-t-elle. Tu vas bien ? Rien de neuf ?

— Je vais bien, oui. Rien de neuf, maman. Amuse-toi bien.

Nous raccrochâmes, et je n'eus pas d'autres nouvelles d'elle jusqu'à leur retour, ce qui ne lui ressemblait pas. Elle adorait m'appeler d'un hôtel ou d'un yacht, quand elle voyageait avec Winston. Et elle savait que je serais surprise par ce silence inhabituel.

— Nous étions si bien là-bas que je n'ai pas vu le temps passer, annonça-t-elle en arrivant, tandis que les domestiques montaient leurs innombrables bagages.

J'étais sur la terrasse, en train de lire, et elle s'était hâtée de me rejoindre.

— Je n'étais pas certaine que tu rentres aujourd'hui, maman. Tu ne m'as pas dit quand vous reveniez.

— Je voulais t'appeler tous les jours, mais Kirby a dit que je te maternais trop et que cela ne t'aiderait pas à prendre ta vie en main.

— Vraiment, répliquai-je avec sécheresse. Quel plaisir de voir quelqu'un d'aussi raisonnable entrer dans la famille.

— Il n'a peut-être pas tort, Grace. C'est un homme qui a beaucoup d'expérience.

— Encore plus que Winston ?

— Non, mais celle de Kirby est... différente, insista-t-elle.

C'est le moment qu'il choisit pour apparaître, bronzé, décontracté, les yeux plus bleus que jamais.

— Grace, m'aborda-t-il en m'embrassant, avant que j'aie eu le temps de m'écarter. Comment va notre petite fille ?

— Votre petite fille va très bien.

— Tu as fait de la voile ?

— Non.

— Nous, oui, dit-il en entourant maman de son bras. Et ça nous a beaucoup plu, n'est-ce pas, Jackie Lee ?

— Absolument, confirma-t-elle.

Ils s'embrassèrent, puis maman déclara qu'elle montait défaire ses bagages.

— Je t'ai acheté trois nouveaux ensembles, Grace, et aussi un maillot de bain. En fait, c'est Kirby qui a choisi le maillot. Monte vite voir tout ça, me pressa-t-elle.

— Je te rejoindrai, maman. Je voudrais finir ce que je suis en train de lire. Commence à déballer sans moi.

— J'y vais.

Elle embrassa une dernière fois Kirby et s'engouffra dans la maison. Kirby la suivit des yeux, puis se retourna pour me faire face.

— C'est une nouvelle femme, tu verras. Elle a rajeuni de plusieurs années. Ça se voit sur son visage, non ?

— Oui, admis-je à contrecœur en détournant les yeux.

— Avoir à s'occuper de quelqu'un d'autre est une chose importante, Grace. Tu as besoin de nouer de nouvelles relations, de reprendre contact avec le monde. Rien ne rendra ta mère plus heureuse que de te voir heureuse, et si elle l'est, je le suis aussi. Alors tu vois, tout dépend de toi, conclut-il.

Les yeux me brûlaient mais je retins mes larmes. J'en voulais à maman d'avoir introduit dans nos vies quelqu'un comme lui, de lui révéler nos plus intimes secrets.

— Je ne crois pas que son bonheur dépende du mien, bougonnai-je.

— Oh mais c'est ce qui te trompe, Grace. Il ne m'a pas fallu longtemps pour voir quelle femme aimante elle est.

— Ça, je veux bien le croire.

— Je veux parler de sa compassion pour autrui, et pas seulement de son amour pour moi. Pourquoi ne pas recommencer à zéro, toi et moi ? Prenons le temps de nous connaître, passons un peu plus de temps ensemble, tu veux bien ?

Je commençai à secouer la tête, mais il insista :

— Si tu ne m'aimes pas, si tu es certaine de ne jamais pouvoir te rapprocher de moi, je te laisserai tranquille, promit-il en levant la main droite. Tout ce que je demande, c'est une chance de me montrer tel que je suis, de prouver ma sincérité. J'ai eu des aventures, c'est vrai, mais on ne rencontre pas souvent une femme comme ta mère. Avec elle je me sens plus conscient, plus responsable. Elle me donne envie de m'occuper d'un tas de choses, et surtout… de ne plus être aussi égocentrique.

Je libérai un long soupir. Il y avait eu un temps où j'aurais dit la même chose de maman, me rappelai-je avec mélancolie. Comme j'aurais voulu que ce fût encore vrai !

Kirby reprit sa plaidoirie.

— Je parie qu'il t'est arrivé, plus d'une fois dans ta vie, de souhaiter la présence de quelqu'un qui te consacrerait du temps, qui te donnerait une chance de tirer le meilleur de toi-même. Ce n'est pas vrai ?

— C'est possible.

— Bien sûr que c'est vrai, et c'est tout naturel. Écoute, je ne serai jamais l'homme que Winston a été pour toi. Il était plus âgé que moi, et beaucoup plus averti que moi. Il avait toutes sortes d'expériences à son actif.

— Et de succès, ajoutai-je.

— Et de succès, oui. Mais j'en ai remporté quelques-uns moi-même, surtout dans les cercles mondains. Et pour être honnête, Grace, c'est une chose qui pourrait t'être utile, à toi aussi. Je n'ai pas raison ? Allez, sois franche.

— C'est possible, me contentai-je de répéter.

— Bien. Il n'y a pas de quoi avoir honte.

— Mais je n'ai honte de rien !

— Il n'y a aucune raison pour ça, effectivement. Au fait, dit-il soudain en regardant l'océan, tu as déjà pratiqué le surf ?

Je réprimai un sourire. Cette façon qu'il avait de passer du coq à l'âne était si désarmante ! On aurait dit un petit garçon quand il faisait ça. Et dans ces moments-là, il était difficile de lui en vouloir.

— Quand on aime la mer, on devrait savoir surfer, s'obstina-t-il. J'ai beaucoup pratiqué à Maui, l'été dernier. C'était très excitant et follement amusant.

— Nous n'avons pas de planche.

— Vous n'*aviez* pas, tu veux dire.

— Pardon ?

Il pointa le menton dans la direction de l'océan, comme pour désigner un point précis de la côte. Je me levai et suivis la direction de son regard. Deux hommes apportaient sur la plage des planches de surf aux couleurs vives, rutilantes de tout l'éclat du neuf.

— C'est moi qui les ai commandées, expliqua-t-il. Que dirais-tu de venir faire un essai avec moi demain matin, juste après le petit déjeuner ? Comme ça, tu verrais si ça te plaît. D'accord ?

Il avait commandé ces planches ? Quand avait-il fait cela ? Comment pouvait-il savoir si cela m'intéresserait le moins du monde ? Tout allait si vite avec lui ! Je le connaissais à peine que déjà, il prenait nos vies en main. J'en avais le souffle coupé. Mais quand je jetai un regard aux planches toutes neuves, je ne pus m'empêcher de ressentir une certaine excitation.

— Ta mère n'en fera jamais, observa Kirby, mais nous lui montrerons ce que nous savons faire. En quelques heures tu fileras sur l'eau avec le vent dans les cheveux. C'est un excellent exercice, en plus. Alors ? Dix heures, ça t'irait ?

— Je n'en sais rien. Je ne suis pas sûre d'en avoir envie.

— Eh bien, tu pourras toujours apprendre en regardant, nous attendrons que tu sois prête à essayer. Donne-toi la permission de retrouver la joie de vivre, Grace. Une fois que tu auras recommencé, tout le reste suivra. Tout ce que tu désires arrivera tout seul, tu verras. En attendant... (Kirby jeta un coup d'œil en direction de l'appartement de maman.) Tu devrais aller voir ce qu'elle t'a rapporté, Grace. Elle était toujours en train de chercher quelque chose de joli pour toi. Même pendant notre lune de miel, elle pensait tout le temps à toi.

Je me sentis coupable, en entendant cela, et je me dirigeai vers une porte-fenêtre pour rentrer dans la maison.

— J'espère que le maillot te plaira ! me lança Kirby en riant. Il est assez audacieux.

Appuyé à la rambarde, les cheveux au vent, il avait l'air d'un mannequin posant pour une photo de mode. *Il a un charme diabolique,* pensai-je en le voyant ainsi. Je ne pouvais vraiment pas en vouloir à maman. Dans un moment très sombre de sa vie, Kirby avait surgi comme une comète, illuminé son horizon, lui avait rendu le sourire et aussi, je ne pouvais le nier, la jeunesse du cœur.

Et au mien ? me surpris-je à penser. Au mien, qu'allait-il faire ?

17

Un avant-goût de ce qui m'attend

Tout ce que m'avait acheté maman était magnifique, et m'allait à la perfection. Elle me fit tout essayer, déambuler devant elle, et bien qu'elle ne le dît pas l'intention était claire. Ces vêtements étaient destinés à des soirées mondaines ou des rendez-vous. Ils me plaisaient tous beaucoup et je ne m'en cachai pas. Malgré ma tendance à m'enfermer dans la retraite, je prenais toujours plaisir à me sentir jolie, même si c'était pour le seul bénéfice des mouettes.

Le maillot de bain qu'avait choisi Kirby, par contre, m'enchantait moins. Le bas se réduisait presque à un string, et le haut était coupé de telle sorte qu'il laissait pratiquement la poitrine à nu. En l'imaginant sur moi, je ne pus que m'en plaindre à maman.

— Aux îles Vierges, toutes les jeunes femmes qui ont une jolie silhouette portent ce genre de maillot, Grace. C'est très tendance.

— Très peu pour moi, grommelai-je en rejetant le maillot loin de moi.

— Comment ai-je pu mettre au monde une prude comme toi ? Tu devrais être fière de ton corps, et non le cacher. Crois-moi, des milliers de femmes t'envieraient ta silhouette pour pouvoir porter ce deux-pièces.

— Eh bien, dis-leur de venir le chercher !

— Je t'en prie, gémit maman. Ne dis pas à Kirby qu'il te déplaît. Il était si content d'acheter quelque chose pour toi.

Je haussai les sourcils.

— Vraiment ? C'est lui qui l'a acheté ?

— Mais oui.

— Avec son propre argent ?

Maman détourna les yeux d'un air coupable.

— Nous ne voyons plus les choses sous cet angle, Grace. Quand un homme et une femme se marient, en principe ils devraient ne faire qu'un. Ce qui est à lui est à moi, et ce qui est à moi est à lui.

C'était bien répondu mais je ne désarmai pas.

— Je n'ai rien contre ce principe, maman, mais avait-il quelque chose à lui ?

Cette fois, elle se fâcha.

— Inutile de te montrer si désagréable, Grace ! Tous les deux, nous ne cherchons qu'à te faire plaisir. Est-ce que tu t'en rends compte ? Ai-je été une si mauvaise mère, pour toi ? Est-ce que je mérite ça ?

— Je n'ai rien dit de pareil, maman. Je ne veux pas te voir malheureuse, c'est tout.

Sa grimace chagrine s'effaça instantanément.

— Moi ? Je ne pourrais pas être plus heureuse ! J'étais très déprimée, c'est vrai. Mais ne vois-tu pas quel élan tout neuf, quel dynamisme il a introduits dans notre vie ? Nous allons montrer à ces snobinards de Palm Beach qu'on ne nous écrase pas si facilement.

— Très bien, maman.

J'étais fatiguée de ces éternelles discussions. Elle était obsédée par cet aspect des choses, c'était ainsi, et je n'y pouvais strictement rien.

428

— Essaie simplement d'être... un peu plus aimable. C'est tout ce que je te demande, implora-t-elle en écartant une mèche de mon front pour y déposer un baiser. Tu es si belle et si intelligente, Grace. Cela me brise le cœur de te voir si déprimée, si malheureuse et si peu sûre de toi. C'est pour ça que tu as rejeté ce maillot. Tu n'as pas une bonne image de toi, et il n'y a aucune raison pour ça.

Elle plaqua le maillot devant elle et ajouta en ondulant des hanches :

— Ce que tu as de bien, montre-le !

Il me fut impossible de ne pas rire. Le visage de maman s'éclaira et elle me tendit le maillot.

— Allez, prends-le et porte-le. Est-ce que je te conseillerais quelque chose qui ne soit pas pour ton bien ? Ne peux-tu pas au moins essayer, Grace ?

Elle attendit ma réponse, et je pris le maillot.

— Entendu, maman. J'essaierai.

— C'est merveilleux, Grace. C'est tout ce que je souhaite, dit-elle en me serrant dans ses bras.

Ce soir-là, nous eûmes un très agréable dîner, tous les trois. Kirby et maman revivaient leur lune de miel, évoquant des choses amusantes qu'ils avaient faites ou qui leur étaient arrivées. Maman riait sans contrainte, ses yeux brillaient de plaisir, elle paraissait toute rajeunie. Les années difficiles qui l'avaient marquée s'étaient comme envolées.

Un peu plus tard, nous allâmes nous promener sur la plage. C'était la pleine lune, l'océan miroitait de reflets. Au début, Kirby donnait le bras à maman. Au bout d'un moment, il me tendit son bras libre et nous continuâmes à marcher tous les trois, Kirby entre nous deux.

— Mes deux beautés, commença-t-il avec emphase. Nous allons faire de cet endroit le palais du bonheur.

Tu entends, Palm Beach ? cria-t-il en tendant le poing dans la direction de West Avenue. Ce sera le palais de la joie !

La brise emporta le rire de maman vers la mer. Et je priai pour que tout ce qu'elle attendait lui soit donné, pour qu'une fois de plus elle se sente victorieuse du mauvais sort.

Gagnée par l'enthousiasme de Kirby, elle se lança dans une nouvelle campagne contre ceux qui avaient osé la snober. Kirby et elle donnèrent soirée après soirée, chacune dépassant la précédente en extravagance. Si nous avions eu, à telle réception, un orchestre de cinq musiciens, pour le suivant nous en avions quatre fois plus. Les traiteurs en vogue étaient engagés sans regarder à la dépense, et créaient pour chaque occasion des plats et des compositions uniques, tels qu'on n'en avait jamais vu ailleurs.

Pour l'un de ces galas, ils engagèrent deux douzaines d'intervenants : magiciens, chanteurs, diseuses de bonne aventure et voyantes, danseurs qui se mêlaient à la foule et créaient un mini-spectacle sur la piste. Tout cela éclairé par des spots, bien sûr, et dans un cadre toujours différent, dont les meilleurs décorateurs renouvelaient chaque fois le thème.

Très vite, Joya del Mar devint la capitale des festivités. Les réceptions y étaient si fabuleuses que tout le monde voulait y être invité, ne fût-ce que pour avoir été vu à l'une des folles soirées de Jackie et Kirby. Pour obtenir des invitations, certains les invitaient à leurs propres fêtes, mais ce n'était pas vraiment la reconnaissance à laquelle maman aspirait. Elle ne figurait toujours pas sur la fameuse liste A. Et elle ne pouvait se défaire de l'impression qu'on la traitait toujours en outsider, presque comme un phénomène, une curiosité, un sujet de cancans savoureux pour les déjeuners de commères.

Je n'avais aucune idée de l'argent que maman dépensait pour ces folies, jusqu'à ce que je surprenne une conversation entre elle et son homme d'affaires. De toute évidence, il l'avertissait qu'elle dilapidait le capital amassé par Winston et compromettait ses meilleurs investissements.

— Ces réceptions constituent une autre sorte d'investissements, répliqua-t-elle. Selon mon point de vue, ce qu'elles me rapporteront vaut bien le prix que j'y mets.

Je tentai d'aborder ces questions avec elle, mais elle ne voulut pas en entendre parler.

— Kirby est beaucoup plus au courant que moi de ces choses-là, se justifia-t-elle. Pour lui, nos conseillers financiers sont de la vieille école et beaucoup trop conservateurs.

— Mais ce n'était pas l'avis de Winston, pourtant ?

— Winston était pratiquement retiré des affaires, ma chérie. Kirby a des antennes partout, le monde de la finance n'a pas de secrets pour lui, affirma-t-elle.

Loin de me convaincre, cette réponse m'inquiéta. Si Kirby était si doué pour les affaires, pourquoi n'était-il pas riche lui-même ? Je me posai la question, mais je ne demandai plus rien à maman. Elle flottait dans sa bulle rose, et je ne tenais pas à être celle qui la ferait éclater.

Et en parlant de bulles... je trouvais que maman commençait à aimer un peu trop le champagne, depuis quelque temps. Elle qui ne buvait pas beaucoup, jusqu'ici, semblait brusquement s'intéresser au vin. Elle accompagnait Kirby à des ventes aux enchères, et ils achetaient à prix d'or des grands crus pour notre cave. Ils allèrent jusqu'à payer certain champagne renommé jusqu'à deux mille dollars la bouteille.

— À notre prochaine soirée, nous en déboucherons une sous le nez des sœurs Carriage, décida maman. On verra si elles garent leurs grands airs méprisants, après ça !

Presque chaque soir, Kirby et elle sortaient en ville, toujours dans des endroits où l'on buvait du vin, du champagne, et un nouveau cocktail à base de vodka dont Kirby lui avait donné le goût. Il appelait cela un Cosmopolitan. Maman ne supportait pas très bien les alcools forts. Ils la rendaient sentimentale, pour commencer, puis elle avait tendance à devenir agressive. Je détestais la voir boire, si peu que ce fût. Avec le temps, cela finit d'ailleurs par avoir un effet sur son physique. Elle se levait de plus en plus tard, se traînait dans la maison, avalait des pilules pour chasser la migraine. J'essayais, quelquefois, d'attirer son attention sur cette lente, mais réelle dégradation. Alors elle s'en prenait à moi, me reprochait ma pruderie et mon inaptitude à profiter de ma jeunesse.

— Je n'ai pas eu l'occasion de faire des folies de jeunesse, déplorait-elle, comme si c'était une chose que tout le monde était tenu de faire. J'ai dû être une femme d'officier modèle, pour commencer, puis j'ai eu tous ces nouveaux fardeaux sur les épaules. Juste quand tout s'arrangeait, le sort nous a pris Winston.

» Que l'on soit bon ou pas, qu'est-ce que ça change ? On finit tous par se retrouver dans le même petit trou noir. Avec Kirby, au moins, je me sens vivante, jeune, belle, et tout ce que nous faisons nous donne du plaisir. Du plaisir, tu m'entends, Grace ? Tu m'entends ? hurla-t-elle, au bord de la crise de nerfs.

— Très bien, maman.

Je m'en allai, je ne pouvais rien faire de plus. Elle devrait tirer ses conclusions sur tout cela elle-même, et le plus tôt serait le mieux. Du fond du cœur, je souhaitai qu'elle se reprenne avant qu'il soit trop tard.

Il s'avéra que, dans tout cela, c'est surtout pour moi que j'aurais dû me faire du souci.

Dès le début, Kirby sut nous faire croire qu'il avait décidé de faire de moi sa priorité, la nouvelle cause qu'il voulait défendre.

— Si je dois apporter quelque chose de bon à cette famille, nous dit-il un soir à table, j'espère que ce sera un moyen d'aider Grace. De faire d'elle une jeune femme plus heureuse et qui ait davantage confiance en elle-même.

Maman écouta cette déclaration en le regardant avec adoration, puis elle leva son verre à ma santé. J'avais l'impression d'être une handicapée quand Kirby parlait de moi de cette façon. J'aurais voulu le dire, mais je vis bien ce que pensait maman. Elle croyait en lui, et elle appréciait tout ce qu'il disait ou essayait de faire.

Je conservais une certaine méfiance envers Kirby, ou du moins je m'y efforçais. Pour être tout à fait franche, j'estime être autant à blâmer que lui pour ce qui est arrivé ensuite. Peut-être suis-je trop sévère envers moi-même, mais j'ai manqué de jugement. J'avais souvent vérifié la justesse de l'expression : « Trop poli pour être honnête. » J'aurais dû m'en souvenir.

Après que maman m'eut presque suppliée de donner sa chance à Kirby et d'avoir plus confiance en moi-même, je me demandai si je n'étais pas injuste envers elle. Une partie de moi-même désirait croire en lui, et le désirait même tellement qu'elle étouffait les avertissements répétés de l'autre partie.

433

Alors que Winston s'était montré paternel, aimant, aussi prêt à me soutenir que pouvait l'être un père, Kirby se comportait comme un grand frère, pratiquement comme s'il avait mon âge.

Je me souviens de ce qu'il avait dit ce matin-là, juste après leur retour :

— Tu ne peux pas faire uniquement ce que font les gens de l'âge de ta mère et du mien, Grace. Le surf, c'est pour les jeunes.

— Mais vous disiez que vous veniez d'en faire à Maui, lui rappelai-je.

Il éclata de rire.

— Eh bien, Grace, rétorqua-t-il d'un ton bonhomme on ne peut plus convaincant, je vois qu'il vaut mieux être honnête avec toi. J'ai toujours essayé de garder l'esprit jeune, mais là, je crains d'avoir voulu en faire trop.

Maman sourit, pour montrer qu'il existait entre eux, à ce sujet, une certaine complicité. Il était clair que l'allusion avait une connotation sexuelle, et je faillis rougir.

— Mais, reprit Kirby en levant l'index, un vieux sage m'a dit un jour que la jeunesse était une question de mentalité. Qu'en ce domaine, l'esprit influençait le corps. Pensez jeune et vous serez jeune, voilà le secret, affirma-t-il. C'est comme ça que tu tiens à me voir, n'est-ce pas, Jackie Lee ?

— Absolument. Je vois suffisamment de gens âgés autour de moi, j'en ai assez.

Cette déclaration fit l'effet d'un mot d'ordre, brandi comme un drapeau sur notre nouvelle existence. Dans ces conditions, il me devint de plus en plus difficile, pour ne pas dire impossible, de me retrancher dans ma solitude. Bon gré, mal gré, je me laissai persuader par maman de porter le nouveau maillot de bain que Kirby m'avait choisi. Ce jour-là, nous descendîmes tous les trois sur la plage, et il me donna mes premières leçons de surf. L'océan n'était pas des plus calmes, ce premier jour, mais Kirby estima que cela rendrait les essais encore plus excitants.

— Il faut oser prendre des risques, Grace. Les choses n'en sont que plus passionnantes.

Il commença par faire la démonstration de ses instructions devant nous, et nous le regardâmes bondir et glisser sur les vagues. Maman était en contemplation devant lui.

— Quel corps d'athlète ! s'extasiait-elle. Tu as vu ces muscles ? Et quelle grâce il a dans ses mouvements !

Son manque de pudeur quand elle admirait le corps de Kirby, et parfois même son côté animal m'embarrassaient beaucoup. Bien que nous n'ayons jamais parlé ouvertement des hommes et du sexe, elle et moi, le temps et les expériences que nous avions vécues m'avaient changée. Peu à peu, ils m'avaient attirée hors de cet univers plus ou moins asexué où vivent les très jeunes filles, vers celui de la sophistication, de la conscience de soi et surtout de son propre corps, avec tous les émois qui l'agitent et nourrissent les fantasmes les plus secrets. Je ne me rappelle pas avec précision quand maman cessa de me considérer comme une enfant. Mais après la mort de papa, peu de temps après qu'elle eut commencé à sortir avec Winston, elle fit des allusions de plus en plus fréquentes à sa propre sexualité. Elle en était arrivée à me considérer comme son égale en ce domaine, et pour être franche, j'y étais beaucoup moins à l'aise qu'elle ne l'imaginait. Des années plus tard ce malaise subsistait toujours, et tout particulièrement quand il s'agissait de Kirby. Ce jour-là, surtout, je dus prendre sur moi pour ne rien en laisser paraître.

Kirby revint sur la rive et me guida pour mettre en pratique les techniques qu'il venait de m'enseigner. Je pris vite de l'assurance, et même une certaine aisance, et bientôt nous glissâmes ensemble sur la houle. C'était aussi amusant et aussi excitant qu'il l'avait dit, et je pris vraiment du bon temps. Maman nous faisait de grands signes, et nous criait des encouragements. Mais elle se lassa vite du rôle de spectatrice et se retira près de la piscine. En revenant vers le bord, un faux mouvement me déséquilibra et je basculai avec ma planche. Instantanément, Kirby me rejoignit et sauta à l'eau pour s'assurer que j'allais bien. Il me soutint par la taille, le temps que je reprenne mon souffle. Quand j'y parvins, je m'aperçus que le haut de mon maillot avait été emporté par les vagues. J'avais les seins nus, et je me retournai aussi vite que possible.

Kirby ne fit aucune remarque, ce que j'appréciai. Son attitude pouvait laisser croire qu'il n'avait rien vu, même si cela ne me paraissait pas très plausible.

Après cela, chaque fois que nous sortîmes les planches je portai un maillot une pièce. Je pris très vite goût à ce sport, et je surfai beaucoup avec Kirby. Je finis même par l'emmener à bord de mon voilier. Il était très bon marin, et contrairement à Winston, il aimait la vitesse et le risque. En fait, tout ce que je faisais avec Kirby avait des allures de grand jeu, même rouler en décapotable. Quand il était au volant, il conduisait comme un coureur automobile et je lui recommandais la prudence à grands cris, ce qui le faisait rire. Il fallait bien reconnaître qu'avec lui tout ce qu'on faisait avait un certain piment : on ne s'ennuyait jamais.

Mais il y avait aussi des accalmies, comme les soirées où ils n'avaient rien de spécial à faire et où nous jouions aux cartes. Kirby était toujours drôle et charmant. À ma grande surprise, il savait très bien faire cuire les pâtes et se chargea quelquefois de préparer le dîner. Quand cela arrivait, il voulait toujours que je l'aide afin d'apprendre quelque chose de lui.

Au cours de ces dix-huit premiers mois trépidants, maman et Kirby prirent de nombreuses vacances entre leurs soirées et leurs fêtes, et chaque fois ils insistèrent pour m'emmener. Je refusais toujours, en dépit de toutes les prières de maman.

— J'aurais l'impression d'être la cinquième roue de la charrette, alléguais-je.

Et cette raison-là, non seulement elle la comprenait, mais elle l'appréciait.

— Tu vas finir par t'encroûter, plaisantait Kirby.

Mais il ne cherchait plus à m'emmener dans les soirées où je pourrais rencontrer des jeunes gens et conseilla même à maman de l'imiter.

— Laissons-la se débrouiller, décida-t-il. Elle trouvera sa voie toute seule.

— C'est ce que disait toujours Winston, fit observer maman.

— Eh bien, c'était bien vu !

Je finis par me dire que j'avais mal jugé Kirby et qu'il avait eu raison de vouloir être mis à l'épreuve. Maman et lui se permettaient bien trop d'extravagances, c'est vrai, mais je ne pouvais pas rejeter entièrement le blâme sur lui. En outre, il tenait toujours compte de mes désirs et de mes sentiments, quels que soient leurs projets ou les suggestions de maman. Et s'il ne me demanda jamais de l'appeler « papa », comme il l'avait une fois suggéré, ce fut lui qui insista pour que je le tutoie. Cela me fut moins difficile que je l'aurais cru.

Peut-être commencions-nous à reformer une vraie famille, après tout, m'accoutumai-je à penser. Était-ce vraiment trop espérer ?

Presque deux ans après le mariage de maman et de Kirby, je reconsidérai ma décision de ne pas poursuivre mes études. J'écrivis à plusieurs universités pour avoir une documentation et je parcourus les différents programmes. Je songeais toujours à une carrière dans l'enseignement.

Kirby entrait souvent dans ma chambre, quand il m'arrivait de laisser la porte ouverte. Il restait un moment, histoire de faire un brin de conversation, me semblait-il. Jamais il ne pénétra chez moi sans s'être annoncé à sa manière.

— Salut, comment ça va ? Je peux entrer une minute ?

À deux reprises, j'oubliai de m'enfermer au moment de me coucher et je l'aperçus dans l'encadrement de la porte alors que je me déshabillais. Il s'éloigna aussitôt, sans dire un mot ni frapper, comme s'il n'avait rien remarqué.

Cette fois-là encore, il s'annonça familièrement.

— Salut, qu'est-ce que tu lis ? Je peux voir ?

— Juste quelques programmes d'université, répondis-je en lui tendant les brochures.

Il s'approcha et y jeta un coup d'œil.

— Los Angeles ? Tu irais aussi loin que ça ?

— Nous avons beaucoup voyagé, Kirby. Aller en Californie n'a rien d'impressionnant pour moi. Nous avons vécu à San Diego, pendant un certain temps.

— Oui, je sais, mais c'est quand même à l'autre bout du pays. Tu nous manqueras.

Son regard changea quand il dit cela. Il paraissait vraiment triste.

Je haussai les épaules.

— Si tu le dis…

— Mais je suis sérieux, Grace, je t'assure. Nous formons un trio soudé, maintenant. Et même si je te prends un peu trop de ton temps, j'en suis heureux, et j'espère que c'est pareil pour toi.

— Bien sûr. Si ce n'était pas le cas, je ne ferais pas tant de choses avec toi.

Il eut un sourire un peu forcé.

— Pourquoi prends-tu toujours tout au pied de la lettre ? Tu es trop sérieuse, Grace. Trop rigoureuse. Je crois que c'est une partie de ton problème.

— Quel problème ?

— Ta difficulté à te lier, à te faire des amis. Je peux être franc avec toi ? demanda-t-il en s'asseyant à côté de moi sur le lit.

— C'est ce que j'ai toujours attendu de ta part, Kirby.

Cette fois, son sourire n'eut rien de forcé.

— Tu sais à quoi tu me fais penser quand nous parlons tous les deux, ces temps-ci ? J'ai l'impression que nous nous renvoyons une balle de tennis. Je suis sûr que tu te comportes comme ça quand un garçon t'approche. Tu es trop sur la défensive.

Je me détournai vivement et il posa la main sur mon bras.

— Je ne veux pas te blesser, Grace, mais j'espère que nous en sommes arrivés au point où nous pouvons nous parler à cœur ouvert. Je me trompe ?

Je ramenai mon regard sur lui et secouai la tête.

— Bien, alors cesse de prendre cet air supérieur.

Je voulus protester mais il leva la main.

— Je t'observe quand nous avons du monde ici, tu sais ? Surtout quand nos invités viennent avec des jeunes gens. Tu as toujours un air condescendant, comme si tu les toisais du haut d'une montagne.

Il réfléchit un moment, le regard sombre.

— Puis-je te poser une question très personnelle ?

— Tu peux, mais je ne te promets pas d'y répondre.

— Tu vois ? Enfin, je prends le risque. As-tu déjà été avec quelqu'un ?

Je le transperçai du regard.

— Qu'entends-tu par là ?

— Tu sais parfaitement ce que je veux dire, Grace. Tu as presque vingt-deux ans, et je te crois beaucoup plus intelligente que moi. Tu as très bien compris ma question.

— Et quelle différence cela fait-il, que j'aie été avec quelqu'un ou non ?

— Une énorme différence, Grace. Je n'ai jamais pensé que tu étais snob. Je pense que tu as peur.

J'esquissai un sourire amusé.

— Peur ?

— De la vie, oui. D'en faire pleinement l'expérience.

Mon embryon de sourire s'évanouit.

— Tu suis des cours de psychologie ou quoi ?

— Non. Ma seule école, c'est la vie réelle. Je n'ai jamais pris de cours de quoi que ce soit. Alors ?

— Je ne crois pas nécessaire que tu connaisses la réponse à cette question, Kirby.

— Très bien, dit-il avec un haussement d'épaules. Je voulais seulement te dire qu'il n'y a aucune raison d'avoir peur de te donner à quelqu'un, Grace.

Les larmes qui me brûlaient les paupières devinrent impossibles à contenir.

440

— Tu ne sais pas de quoi tu parles, Kirby. Tu ignores à qui je me suis donnée, ce que j'ai donné et ce qui s'est passé ensuite. Laisse-moi tranquille !

— Très bien, ne te fâche pas. J'essaie simplement d'être un père pour toi, de m'occuper de toi, de t'aider.

— Je n'ai pas besoin de ton aide pour l'instant !

— D'accord, j'ai compris. Quand tu seras prête, je serai là. C'est tout ce que je veux que tu saches.

Je balayai les larmes de mes joues et respirai un grand coup. Kirby semblait tout penaud.

— Je suis désolé de t'avoir fait pleurer, Grace. Vraiment.

— Ce n'est pas grave.

— Désolé, répéta-t-il, en se penchant pour m'embrasser sur la joue.

Ses lèvres s'y attardèrent un peu plus longtemps que je ne m'y attendais, puis il se redressa lentement et sourit, le visage toujours très près du mien.

— Tu me pardonnes ?

— C'est oublié, murmurai-je en cherchant mon souffle.

J'avais du mal à respirer tant ses lèvres étaient proches des miennes.

— Tant mieux.

Il m'embrassa encore, en plein sur la bouche cette fois, ce qui me prit totalement par surprise.

— Ton seul problème, c'est l'inexpérience, Grace. Une jolie femme est comme un beau cheval de race. Il faut simplement qu'elle trouve son rythme. Je peux t'y aider, chuchota-t-il.

— Quoi ? De quoi parles-tu ?

— De bien peu de chose… comme la façon d'embrasser, par exemple. Je parie que tu n'as jamais embrassé un homme comme ça, dit-il en reprenant mes lèvres.

Il m'avait saisie par les épaules, et quand sa langue s'insinua dans ma bouche je voulus me libérer, mais il me tenait trop bien. Il prolongea son baiser comme si ses lèvres étaient collées aux miennes.

— Voilà, murmura-t-il. On ne t'avait jamais embrassée comme ça, n'est-ce pas ?

Je le dévisageai, le souffle coupé, encore tout étourdie. Je suis sûre qu'il y vit l'effet de ses charmes car il sourit.

— Le jour où tu as perdu le haut de ton maillot, je me suis dit : « Voilà une ravissante jeune femme, une vraie fleur qui a besoin de s'épanouir. » Pourquoi ne pas me laisser t'y aider, Grace ? Tu peux me faire confiance, pour ça.

Je secouai la tête sans répondre. De quoi parlait-il ? Que me suggérait-il de faire ?

— Ne crois pas que je n'aie pas remarqué comment tu flirtais avec moi, Grace. Il n'y a pas de mal à ça, c'est ton instinct qui parle, c'est naturel. Tu as des besoins que tu n'as même pas commencé à satisfaire.

— Je ne flirte pas avec toi.

— Ah non ? Peut-être n'es-tu pas consciente de ce que tu fais, mais tu le fais, affirma-t-il.

Il sourit et posa les mains en coupe sur mes seins.

— Tu es parfaite, murmura-t-il en se penchant sur moi. Bien plus belle que Jackie, et tu le seras toujours. Je sais ce que tu veux, laisse-moi te le donner.

— Arrête !

Je plaquai les mains sur sa poitrine et le repoussai, mais il résista, le visage toujours aussi près du mien.

— Allez, repousse-moi, continue, murmura-t-il, ses lèvres déjà sur les miennes.

Je voulus continuer, mais ce fut comme si ma force m'abandonnait. Mes bras faiblirent. Il m'embrassa encore une fois, puis se leva.

— C'est juste un avant-goût de ce qui t'attend. Il vaut mieux que tu restes sur ta faim, tout te paraîtra encore plus merveilleux, plus délicieux.

Il demeura un moment debout devant moi, puis s'éloigna sans se hâter.

— À bientôt, lança-t-il de la porte.

Je fus incapable de trouver assez de souffle pour répondre. L'instant d'après, il était parti, et j'éprouvai le besoin de me replier sur moi-même, les bras étreignant mes épaules. Pourquoi ne l'avais-je pas repoussé plus rudement ? Pourquoi n'avais-je pas crié ? Pourquoi était-il si sûr que je n'appellerais pas ma mère ?

Avais-je réellement flirté avec lui ?

Je me haïssais moi-même pour ce qu'il avait éveillé en moi.

Si les gens m'avaient trouvée introvertie et renfermée jusque-là, je dus leur paraître quasiment comateuse pendant les quelques semaines qui suivirent. Je ne pouvais pas me débarrasser du sentiment de culpabilité qui s'était emparé de moi. Je redoutais qu'il soit inscrit sur mon visage, et à cause de cela j'évitais maman. Toujours levée bien avant elle et Kirby, je prenais mon petit déjeuner seule. Ils étaient rarement là au déjeuner ou au dîner, de toute façon. Quand ils ne sortaient pas, je trouvais un prétexte quelconque pour monter un plateau dans ma chambre. Je me couchais de plus en plus tôt, et je faisais souvent la sieste près de la piscine, à l'ombre.

443

J'avais l'impression d'être un coquillage qui refermait peu à peu sa coquille. Les journées les plus radieuses me semblaient maussades, et quand il pleuvait je savourais le temps gris et le vent, comme ces malades qui fuient la lumière.

Maman était particulièrement prise par ses activités sociales, à cette époque-là. Elle était parvenue, je ne sais comment, à s'introduire dans un comité de bienfaisance qui se réunissait à l'hôtel des Brisants pour préparer ses galas, et ne manquait pratiquement aucune réunion. En réalité, la plupart des femmes qui se retrouvaient là y venaient surtout pour papoter, plus que pour travailler. Maman, en revanche, éprouvait un réel besoin de se rendre utile, et acceptait toutes les responsabilités qu'on lui confiait. Elle était heureuse de rechercher des nouveaux fournisseurs et d'aller les voir, d'écrire des lettres, d'envoyer des e-mails. Il devint vite évident pour moi qu'on l'exploitait. Mais comme les membres de certaines sectes dévouées à leur culte, elle devint une adepte des fêtes de charité. Sur les invitations, son nom figurait dans la liste des organisateurs, et pour elle c'était une reconnaissance.

Chaque fois que je voyais Kirby, il me souriait, mais pas du tout de la même façon qu'avant. C'était comme si nous partagions un secret très intime, à l'insu de maman. Je n'avais aucune raison de penser cela, ne cessais-je de me répéter, mais c'était plus fort que moi, l'impression persistait. Et j'étais terrifiée à l'idée que maman surprenne cet échange entre nous et se pose des questions. Pour l'instant, toutefois, elle était aussi absente de ma vie que je l'avais été de la sienne.

Elle commença même à négliger Kirby. Au bout d'un mois, je m'aperçus qu'ils avaient de moins en moins d'activités communes. Kirby faisait souvent de courts voyages, soi-disant pour affaires. Je remarquai que ces prétendues affaires l'appelaient assez souvent à Las Vegas, et une partie de moi s'en réjouit. Peu importait la raison de ces déplacements : ils offraient l'avantage de l'éloigner de moi. Il y avait deux mois que nous n'avions pas fait de bateau ensemble, par exemple, et même s'il m'en avait priée, je n'aurais pas accepté.

En fait, il était rare qu'un exercice physique me tente, que ce soit avec lui ou non, et mes lectures aussi se ressentaient de cette humeur. Mon regard s'évadait sans cesse de ma page pour dériver au loin, et je tombais dans une sorte de transe dont je n'avais pas conscience. Jusqu'au moment où je clignais brusquement des yeux, consultais ma montre et découvrais que j'avais passé près de vingt minutes à regarder dans le vague.

Puis une chose étrange m'arriva. Je commençai à avoir du mal à m'endormir le soir. Parfois, je restais étendue sans bouger à contempler le plafond, en attendant que mes yeux se ferment. Je ne dormais pas, mais très souvent – comme dans un rêve –, les visages des gens que j'avais connus depuis la mort de papa m'apparaissaient, telles des images projetées sur le mur. Je vis ainsi Autumn Sullivan, les traits rongés d'anxiété à cause des cruelles révélations de ces filles à son sujet. Puis Augustus Brewster, presque hébété par la « disparition » de sa grand-mère, et ce pauvre Randy cherchant péniblement ses mots. Winston semblait confiné dans un coin sombre, à m'observer sans cesse en souriant avec douceur. Subitement, la lumière du matin le chassait avec les ombres, et il était trop tard pour dormir. Je n'avais pas fermé l'œil de la nuit.

Le résultat fut que je me mis à somnoler toute la journée, ou presque. Je me rendais vaguement compte qu'il m'arrivait quelque chose de grave. C'était comme si mon identité, ma conscience de moi-même s'évaporait, comme si je devenais peu à peu translucide. Bientôt, le regard des gens me traverserait et j'aurais complètement disparu, comme Augustus annonçait qu'il le ferait. Et personne ne s'en apercevrait.

Un soir où maman était absente, et Kirby retenu je ne sais où par ses occupations du moment, je me glissai dans leur chambre et fouillai la pharmacie de maman pour y prendre ses somnifères. Je savais qu'elle en avait souvent besoin. Je détestais avoir recours aux drogues, mais j'en étais arrivée à un point où le manque de sommeil me rendait presque folle. Je décidai que je n'avais pas le choix.

Je pris un comprimé, puis me couchai. Il me plongea dans un état léthargique, et je finis même par m'assoupir. Mais je m'éveillai au milieu de la nuit pour ne plus me rendormir, et voir défiler sur les murs les mêmes visages, jusqu'aux premiers rayons du jour.

Encouragée par ce résultat, je pris deux comprimés le lendemain soir, et je dormis plus longtemps. Après cela, je devins de plus en plus dépendante du somnifère, et j'envoyai même une des femmes de chambre à la pharmacie. L'ordonnance donnait droit à un renouvellement. Je n'en dis rien à maman, bien sûr. Maintenant, j'avais ma provision personnelle.

Le sommeil devint pour moi un moyen d'évasion délectable. J'adorais m'envelopper dans ma couverture et me laisser dériver dans le brouillard. Il n'y avait plus de conflits, plus de mauvais souvenirs à affronter, plus de décisions à prendre. Dans le sommeil, j'étais vraiment libre et en paix. Je ne ressentais ni culpabilité ni insécurité. Je n'avais plus besoin d'être sur mes gardes.

J'avais vaguement conscience que mon apparence changeait. Le matin, je ne prenais plus la peine de me brosser les cheveux, et il m'arrivait même de ne pas me doucher. Moi qui ne m'étais jamais beaucoup fardée, je ne mettais même plus de rouge à lèvres. Je portais la même robe pendant plusieurs jours d'affilée. Une fois, maman m'adressa une remarque à propos de mes cheveux. Mais elle était si absorbée par ses activités sociales qu'elle ne fit guère attention au reste, ce qui me confirma dans l'idée que j'étais en train de disparaître.

J'ignorais si Kirby se rendait compte de quoi que ce soit, ou s'il s'en souciait le moins du monde. Lui aussi paraissait très occupé, depuis quelque temps. Il entrait et sortait sans même me dire bonjour ou au revoir. Je pensais qu'il était dégoûté de moi, ou de ce que je l'avais laissé me faire, et qu'il avait choisi de m'ignorer.

Puis, un soir – j'ignore quand au juste tant mes souvenirs sont confus –, il entra dans ma chambre. J'étais déjà au lit et, sous l'effet des somnifères, plongée dans un état proche de l'hibernation. J'étais incapable de distinguer la réalité du rêve, et ce fut en rêve que je crus entendre frapper. C'était papa, et j'étais dans ma chambre à Norfolk. Puis je l'entendis demander :

— Tu es réveillée ?

Je sentis mon visage se détendre dans un sourire.

— Oui, répondis-je avec une joyeuse impatience.

Dans mon souvenir, c'était la pleine lune et j'avais oublié de tirer les rideaux. La chambre rayonnait d'une telle lumière qu'elle paraissait en feu.

— Bonsoir, fit la voix que j'attendais. Comment vas-tu ?

— Bien. Je suis contente que tu sois là.

Je sentis qu'il s'asseyait sur mon lit, puis que sa main écartait une mèche de ma joue.

— J'ai beaucoup pensé à toi. Je regrette d'avoir été si souvent absent, mais cela ne veut pas dire que tu n'occupais pas mes pensées. J'aurais voulu te consacrer plus de temps. Je m'en veux de t'avoir fait attendre et de n'avoir pas tenu ma promesse.

Je n'avais toujours pas ouvert les yeux, ni cessé de sourire.

— Je sais, mais ce n'est pas grave.

— Je ne veux pas que tu te sentes seule ni abandonnée, Grace.

Grace ? Pourquoi ne m'appelait-il pas moussaillon ?

— Tu manques tellement de choses dans la vie. Tu perds tes plus belles années. Tu ne peux pas continuer à vivre comme ça, repliée sur toi-même. Il faut que tu apprennes à ressentir, à expérimenter, à grandir. Celui qui a essayé de te l'apprendre ne savait pas ce qu'il faisait, ou alors c'était un égoïste. Le meilleur des amants est celui qui donne autant qu'il reçoit.

La couverture glissa de mes épaules jusqu'à ma taille.

— Tu dors nue, ces temps-ci ? Ou as-tu oublié de mettre une chemise de nuit ? demanda-t-il dans un rire.

— J'ai dû oublier…

Ses doigts descendirent le long de mon dos, repoussèrent la couverture plus bas, jusqu'au pli de mes genoux. Sa main effleura légèrement mes fesses.

— Comment trouves-tu ça ?

— Agréable.

— Oui, c'est agréable, approuva-t-il.

Et à ma stupéfaction totale, ce fut là qu'il m'embrassa.

— Tu es si douce, murmura-t-il. Si spéciale…

Dans un instant, il allait m'appeler moussaillon, j'en étais sûre. Je le sentais.

Ses mains descendirent le long de mes jambes, jusqu'à mes pieds qu'il massa doucement. Je gémis de plaisir.

— J'ai appris ça en Orient, dit-il. Tu aimes ?

C'est vrai, pensai-je. *Il est allé partout dans le monde.*

— Certaines parties du pied affectent d'autres parties du corps. Ça te plaît ?

— Oui.

Ses doigts remontèrent, entre mes jambes cette fois, et j'éprouvai un choc quand ils me touchèrent à l'endroit le plus intime de mon corps. Je sursautai violemment.

— Du calme, détends-toi, m'apaisa-t-il. Tu dois apprendre à te détendre, sinon tu n'éprouveras pas de plaisir. Là, voilà… C'est bien.

Je sentis mon corps mollir, et une sensation de plaisir aigu naquit au creux de mon ventre pour se diffuser aussitôt, tel un courant électrique, jusqu'à ma poitrine.

Il s'était remis à m'embrasser, ses lèvres parcouraient mon corps. Avec une ferme douceur, il me tourna sur le flanc et arrondit les paumes sur mes seins. Ses pouces agaçaient mes mamelons, puis ce fut sa bouche, sa langue… À nouveau, je m'entendis gémir.

Le contact de son corps nu, puis de son sexe en érection, fut un choc brutal. Tout était faux. Ce n'était plus un rêve. Je m'efforçai d'ouvrir les yeux mais mes paupières semblaient cousues. Elles refusèrent de s'ouvrir. Quand je voulus protester, la bouche de Kirby écrasa mes lèvres et sa langue chercha la mienne.

— Tu es aussi délicieuse que je l'imaginais, chuchota-t-il.

Ses mains s'insinuèrent sous mes cuisses et il me souleva pour s'introduire en moi. Je hoquetai, secouai la tête et tentai de me raccrocher où je pouvais, pour me hisser hors du puits de ténèbres où il m'attirait. Mais ses assauts répétés, de plus en plus rudes et rapprochés, m'y ramenaient de force. Je commençai à sangloter, ou du moins je le crus. J'entendais ce qui ressemblait à des sanglots, mais aucune larme ne s'échappait de mes paupières lourdes. Bientôt je n'offris pas plus de résistance qu'une poupée de chiffon, bougeant comme il voulait que je bouge, ma maigre résistance faiblissant jusqu'à disparaître. Une plainte sourde m'échappa, je l'entendis crier de plaisir et il jaillit en moi. Pendant un long moment nous restâmes soudés l'un à l'autre, figés comme dans un arrêt sur image. Puis il se retira, et je sentis son souffle lourd contre mon oreille.

Je me laissai rouler sur le dos et j'attendis que l'orage émotionnel qui m'agitait s'apaise. Et à nouveau le puits noir m'attira, m'attira de plus en plus dans ses profondeurs. Je ne sus jamais combien de temps s'écoula ainsi.

Avant le matin, je le sentis à nouveau m'approcher, promener ses lèvres sur moi, avidement, partout. Mon corps était comme du plomb, inerte, mes doigts raides. Il me pénétra une seconde fois, me tournant et remuant à sa convenance pour mieux prendre ses aises. Je perçus la chaleur, l'humidité, puis le retrait.

Je ne crois pas avoir proféré un seul son. Quand la lumière du matin m'éveilla enfin, j'étais seule. Pendant un long moment, je restai toute songeuse en me demandant si j'avais rêvé. Je compris vite qu'il n'en était rien, et cette soudaine certitude me paralysa. J'eus l'impression qu'*il* pouvait à tout instant surgir devant moi, debout au pied de mon lit.

Au lieu de quoi, j'entendis les sons étouffés produits par les domestiques au travail. Puis la sonnerie du téléphone, puis des pas, et après cela tout redevint à peu près calme. Je finis par me lever : j'avais besoin d'une douche. Je la pris aussi chaude que possible, presque brûlante, et me frictionnai si vigoureusement que j'en eus la peau toute rouge. J'avais l'air d'une terre cuite sortant du four. Je trouvai quelque chose de frais à me mettre et descendis à la salle à manger.

En passant devant le bureau de maman, je l'aperçus en train de téléphoner. Elle me vit aussi et m'arrêta d'un signe.

— Oh, Grace ! Il faut que j'aille à Boca Raton rencontrer un nouveau traiteur. Veux-tu m'accompagner ? Kirby a horreur de ça et il a autre chose à faire, de toute façon.

— Petit déjeuner, répondis-je brièvement. C'est l'heure.

— Quoi ! Tu veux dire que tu n'as pas pris ton petit déjeuner ? Mais il est presque deux heures de l'aprèsmidi ! Est-ce que… (Elle hésita.) Est-ce que tu te sens bien ?

Je lui souris. *Intéressante question*, pensai-je en même temps. Est-ce que je me sens bien ? Il faudra que j'y réfléchisse.

Je gagnai la salle à manger et m'assis à ma place habituelle. Maman vint jusqu'au seuil de la pièce, me dévisagea un instant, puis secoua la tête et repartit vers son bureau et son téléphone.

La bonne vint me servir et je mangeai tranquillement, lentement, en m'efforçant désespérément de rassembler mes souvenirs. Il y avait une chose que je devais absolument me rappeler, mais quoi ? Quelque chose qui était arrivé. *Réfléchis*, m'ordonnai-je. *Réfléchis*.

Rien ne me vint à l'esprit, et je finis par renoncer. Je sortis. Étendue sur une chaise longue, je contemplai rêveusement la course des nuages. De temps en temps, une mouette entrait dans mon champ de vision. Je suivais son vol jusqu'à ce qu'elle disparaisse, puis je regardais l'océan et les bateaux qui glissaient à l'horizon. Comme ils paraissaient petits ! On aurait vraiment dit des jouets. Peut-être ce monde n'était-il pas réel, finalement. Peut-être me croyais-je éveillée alors que je rêvais ?

Un très ancien poème chinois resurgit dans ma mémoire. « Un homme s'endormit sous un arbre et rêva qu'il était un papillon. À son réveil, il ne savait plus s'il était un homme rêvant qu'il était un papillon, ou un papillon rêvant qu'il était un homme. »

La question demeurait. Quand sommes-nous réellement éveillés ? Quand sommes-nous réellement endormis ?

— Grace ! m'entendis-je appeler. Viens voir qui est là. Viens vite, ma chérie !

Je me redressai et regardai autour de moi. De la terrasse, maman me faisait signe de la rejoindre. Je me levai. Derrière elle, quelqu'un s'approchait.

Papa ?

Je le vis s'avancer à côté d'elle, ôter sa casquette et saluer, deux doigts levés.

— Papa ! m'écriai-je, en m'élançant vers la terrasse aussi vite que je le pouvais.

Mais quand j'y arrivai, il n'y avait personne.

Même pas maman.

Je sentis mes jambes se dérober sous moi.

18

Subterfuge

Quand j'ouvris les yeux, ce fut pour voir le visage de maman. J'étais dans mon lit, au bout duquel se tenait Jakks, notre maître d'hôtel, ses sourcils broussailleux froncés par l'inquiétude.

— Merci pour votre aide, Jakks, le congédia maman. Elle va se remettre, j'en suis sûre.

— Si vous avez besoin de moi, je serai dans le hall, madame Scott.

— Je vous remercie, Jakks. Et maintenant, Grace, bois un peu d'eau, m'ordonna maman quand il fut sorti.

Elle me tendit un verre et posa la main sur mon front.

— Allez, bois. Je ne comprends rien à cette crise émotionnelle, c'est presque de l'hystérie ! Apparemment, tu n'as pas de fièvre et ton teint est tout à fait normal.

Je pris le verre et bus une gorgée d'eau.

— Est-ce que je suis réveillée, maman ?

— Non, tu es au pays des fées ! Mais qu'est-ce qu'il t'arrive, Grace ? Ta conduite est plus bizarre que jamais, et juste au moment où j'ai tellement de choses à faire. Eh bien ?

Je me contentai d'avaler encore un peu d'eau.

— Si j'en crois la bonne, tu as pris un bon petit

déjeuner, et tu avais bien mangé la veille, donc tu as bon appétit. Qu'est-ce que je dois faire de toi ? T'envoyer en clinique psychiatrique ? C'est ce que je finirai par faire, si tu ne sors pas de ce marasme. Je parle sérieusement, Grace. Tu as eu plus de temps qu'il ne t'en fallait pour décider ce que tu veux faire de ta vie. Ça ne peut pas continuer comme ça.

Je bus encore un peu d'eau et rendis le verre à maman, ce qui ne lui plut pas du tout.

— Je n'ai pas l'intention de servir d'infirmière à une fille qui a plus de vingt ans, Grace. Si tu as mal quelque part, je t'emmènerai à l'hôpital, décida-t-elle, sur un ton qui donnait plutôt l'impression d'une menace. Alors ? Est-ce que tu souffres ?

— Non, maman.

Elle m'observa un moment et secoua la tête.

— Tout ça n'est que de l'émotivité, de la sensiblerie stupide. Nous connaissons tous des déceptions dans la vie, Grace, mais nous devons aller de l'avant. Reprends-toi et cesse de t'apitoyer sur ton sort. C'est inconvenant de la part d'une jeune femme. Alors voilà. Je sors pour quelques heures. À mon retour, je veux te voir debout, les cheveux lavés et coiffés, dans une de tes plus jolies toilettes. Nous dînons en ville, ce soir, et nous partirons dès le retour de Kirby.

Maman parut attendre une réponse, qui ne vint pas, et déclara d'un ton résolu :

— Dès aujourd'hui, je prends les choses en main. Je t'emmènerai partout, jusqu'à ce que tu te sois fait des relations et que tu sortes de ton plein gré, sans nous. J'en ai parlé à Kirby et il m'approuve. As-tu besoin de quoi que ce soit, avant que je parte ? Je dirai à la bonne de te le monter, mais je veux que tu te lèves, Grace. Tu m'entends ?

J'articulai le plus clairement possible :

— Oui, maman. J'entends, maman. Au revoir, maman.

— C'est ça, au revoir ! renvoya-t-elle en s'en allant.

Je restai allongée, laissant mes pensées vagabonder. J'errais dans un labyrinthe de souvenirs, où des images de ma petite enfance en côtoyaient de plus récentes, qui avaient jalonné notre parcours vers Joya del Mar.

Ce fut le vrombissement d'un hélicoptère qui, finalement, m'arracha à mon lit pour m'attirer vers la fenêtre. Il volait bas sur l'océan. Je savais qu'il appartenait à l'un des privilégiés richissimes qui vivaient ici. Ce n'était pas un appareil militaire, mais il ne m'en ramena pas moins vers le passé. Grâce à lui je redevins, ne fût-ce que pour un moment, la petite fille que j'avais été.

Plus tard (combien de temps plus tard ?) je me levai, pris une douche et me coiffai. J'entendis maman donner des ordres aux domestiques, puis monter, et enfin s'approcher de ma chambre. J'étais prête, pensai-je avec soulagement. Prête à la suivre où elle voudrait. Elle ouvrit la porte, jeta un coup d'œil au lit vide et tourna la tête, pour me découvrir près de la porte de la salle de bains. Pendant un moment, je me demandai si elle m'avait vraiment vue. Elle ne bougeait pas, gardait les yeux fixés sur moi. Mais dans son visage durci, ses lèvres n'étaient plus qu'une mince ligne cramoisie. Elle finit par ouvrir la bouche, qui resta un instant ouverte, dessinant un rond parfait.

— Mais qu'est-ce que..., commença-t-elle en s'avançant vers moi. Qu'est-ce que tu crois faire, si ce n'est pas trop te demander ?

— Je me prépare à sortir avec toi, maman.

Je crus qu'elle allait exploser.

— Tu te prépares à sortir avec moi ! Pour aller où ? Au cirque ? Si c'est une de tes plaisanteries débiles, Grace, elle n'est vraiment pas drôle.

— Je suis désolée, maman.

Je ne voyais aucune raison de m'excuser, mais il me sembla que c'était la chose à dire dans une conversation.

— Tu es désolée ?

Maman leva les yeux au plafond. Elle prit une grande inspiration, s'avança encore, m'empoigna par les épaules et me fit brutalement pivoter vers le miroir.

— Eh bien, Grace ?

Il y avait quelqu'un devant moi. Une jeune femme. Elle portait un chemisier bleu, mais elle avait mis son soutien-gorge par-dessus. Elle avait aussi une jupe rouge, mais enfilée au-dessus d'un jean. D'un côté, ses cheveux étaient brossés en arrière et de l'autre, ils étaient coiffés en couette. Elle avait un trait de rouge sous la lèvre inférieure, un autre au-dessus de la lèvre supérieure, celui-là dessinant une moustache écarlate. Une unique boucle d'oreille en forme de larme pendait à son oreille gauche. Je me retournai vers maman.

— Qui est-ce ?

— Bonne question. Qui est-ce ? Certainement pas Grace Montgomery. Enlève-moi tout ça, lave-toi et va te coucher, m'ordonna-t-elle.

Puis elle poussa un lourd soupir et ajouta :

— Tu as gagné. Je vais appeler le médecin. Allez, Grace ! Fais ce que je te dis.

Je restai immobile, intriguée, mais maman tourna les talons et s'en alla. Restée seule, je fixai à nouveau le miroir. Ce soutien-gorge me dérangeait, j'élevai la main pour le toucher... et je compris. Je ne me trouvais pas en face de quelqu'un d'autre. Cette femme qui me regardait, c'était moi.

Qu'étais-je censée faire, maintenant ? Ah oui. Me déshabiller, me laver la figure, me coucher. C'étaient les ordres de maman : je les exécutai. Elle ne tarda pas à revenir en compagnie de notre médecin de famille, le Dr Cook. Il avait été le médecin de Winston et l'avait beaucoup aimé.

Il approcha une chaise du lit, s'assit et s'enquit avec bienveillance :

— Alors, qu'est-ce qu'il nous arrive ?

Je regardai maman. Debout au pied du lit, les bras croisés sous les seins, elle plissait le front d'un air sombre.

— Nous allons dîner en ville, annonçai-je au docteur.

— Ah bon ?

Il saisit mon poignet, prit mon pouls, puis se pencha pour examiner mes yeux.

— Avez-vous pris des médicaments, Grace ?

— Seulement pour dormir, docteur. Il fallait que je dorme.

— Pour dormir ?

Le Dr Cook leva les yeux vers maman, qui secoua la tête.

— Je ne lui ai rien donné, Bob, et elle n'est allée consulter personne d'autre.

— Grace, questionna-t-il, où sont ces comprimés ?

Je soulevai la tête, puis l'oreiller. Il vit le flacon et le prit pour lire l'étiquette.

— C'est votre ordonnance, Jackie Lee. D'après la date inscrite sur le flacon, elle l'a fait renouveler.

Maman ouvrit des yeux ronds.

— Grace ! Quand as-tu fait cela ?

— Je ne m'en souviens pas.

Le Dr Cook versa le reste des comprimés dans sa main et les compta.

— D'après ce qui manque depuis qu'elle s'est procuré ceci, elle en a pris au moins trois ou quatre par jour.

Maman fronça les sourcils.

— Je ne m'étonne plus qu'elle ait erré comme un zombie dans la maison, depuis quelque temps. Tu me déçois beaucoup, Grace. Comment as-tu pu faire ça ? C'est dangereux, n'est-ce pas, Bob ?

— Bien sûr que oui.

— Il fallait que je dorme, répétai-je.

Le médecin remit les comprimés dans le flacon.

— Mieux vaut s'attaquer d'abord à ce qui vous empêche de dormir, Grace. Vous êtes jeune. Vous ne devriez pas avoir besoin de prendre ceci tous les jours, dit-il en tendant le flacon à maman. Avez-vous mal quelque part, souffrez-vous de troubles de la vue, ou de l'audition ?

— Non.

— Votre mère m'apprend que vous avez perdu connaissance. Vous en souvenez-vous ?

— Non.

Le Dr Cook se leva.

— Bien. Je vais vous adresser à un neurologue, décida-t-il. Vous la conduirez chez le Dr Mark Samuel demain, Jackie, je me charge de prendre le rendez-vous. Il faut savoir au plus tôt ce qu'il en est.

— Merci, Bob.

— Pour l'instant, je préfère que vous restiez au lit, Grace. Prenez un repas léger et tâchez de vous détendre.

— Entendu, docteur.

— Tout ira bien, ajouta-t-il avec un bon sourire.

460

Puis il sortit avec maman et ils s'éloignèrent en parlant à voix basse, mais je distinguai le mot « dépression ».

La bonne m'apporta mon dîner un peu plus tard. Je mangeai avec appétit, puis je tâchai de m'endormir sans somnifère. Je somnolai par intervalles, jusqu'au moment où j'entendis maman rentrer dans ma chambre. Elle revenait du restaurant et je la trouvai ravissante, ce que je lui dis.

— Merci, Grace. Comment te sens-tu ?

— Fatiguée.

— Tu es toujours fatiguée, se plaignit-elle. Même avec ces comprimés. Tu ne fais rien et tu es toujours fatiguée !

Elle alla jusqu'à la fenêtre, regarda au-dehors et annonça, le dos tourné :

— Kirby n'est pas rentré. Il était censé m'emmener dîner. J'ai laissé un mot pour lui au restaurant mais il n'y est pas passé, il n'est toujours pas là et il n'a toujours pas appelé. C'était très gênant d'être toute seule à table. Tout le monde regardait de mon côté en chuchotant. Et il faut que tout arrive en même temps !

En voyant ses épaules s'affaisser, je me sentis navrée pour elle.

— Je suis désolée, maman.

— Tu n'as aucune raison de l'être, Grace. Contente-toi de guérir. Demain après-midi, nous irons chez ce neurologue. J'espérais que Kirby serait rentré et nous accompagnerait, mais non… Enfin ! Essaie de dormir, ma chérie.

Elle me caressa la joue, se pencha et déposa un baiser sur mon front.

— Je vais finir par prendre ces comprimés moi-même ! soupira-t-elle d'un air dégoûté en s'en allant.

Je fis l'impossible pour me rendormir. J'essayai même de compter des moutons, mais bientôt ils m'apparurent avec la tête de gens que j'avais connus, ce qui eut pour résultat de me tenir éveillée. Ce fut seulement vers le matin que je m'assoupis. Maman me dit plus tard qu'elle était passée voir si j'étais prête pour le petit déjeuner, mais que je dormais si bien qu'elle m'avait laissée tranquille. Elle finit quand même par me réveiller.

— Il faut manger un peu et te préparer pour aller chez ce docteur, Grace. Allez, debout !

Je me frottai les yeux et la regardai sans comprendre.

— Quel docteur ?

— Oh, Grace ! Ne me dis pas que tu as déjà oublié. Le Dr Cook est venu hier, il a pris rendez-vous pour toi chez un neurologue aujourd'hui. Lève-toi et habille-toi correctement. Veux-tu que je t'envoie Luisa pour t'aider ?

— Non, merci, maman. Ça ira.

J'avais encore les idées un peu embrouillées, mais je ne voulais pas en parler. Je voyais bien que quelque chose la tracassait, elle aussi.

Je me forçai à manger un peu, et nous partîmes pour le cabinet du Dr Samuel, au centre neurologique de West Palm Beach. Tout le monde fut très gentil avec nous. Tout d'abord, le médecin eut un entretien avec moi, puis il me fit passer quelques tests incluant des examens des yeux, des oreilles et même des pieds, sans compter un scanner. Cela nous prit le reste de la journée, ou presque, pour apprendre finalement que je ne souffrais d'aucun trouble physique. Maman déclara qu'elle s'en doutait. Le médecin conclut que mes problèmes étaient d'un autre ordre et m'orienta vers un psychanalyste. Il nous conseilla un certain Dr Anderson, et maman prit rendez-vous pour le lendemain.

Pendant ce temps-là, Kirby était rentré à la maison, et même s'ils ne se querellèrent pas devant moi, je les entendis se chamailler dans leur appartement. Plus tard dans la soirée, il vint me voir dans ma chambre. J'essayais de me remettre à lire, en espérant que cela me fatiguerait assez pour me donner sommeil. J'avais l'impression d'avoir déjà lu ce livre, mais sans pouvoir en être sûre, et je poursuivis ma lecture.

Kirby frappa à la porte et l'entrouvrit.

— Alors, dit-il en se glissant dans la chambre, avant de refermer doucement la porte derrière lui. Ça ne va pas très fort, si je comprends bien ?

Je lui jetai un bref coup d'œil, sans prendre la peine de répondre. Il semblait nerveux, son regard allait d'un côté de la pièce à l'autre, en évitant de croiser le mien. Je m'étonnai de le voir mal rasé, les cheveux en broussaille, et les vêtements fripés comme s'il avait dormi avec.

— Ta mère me rend fou, finit-il par dire. Il paraît que c'est moi qui la néglige, maintenant, et non le contraire. Ah, les femmes ! On ne peut pas vivre avec elles et on ne peut pas vivre sans elles, s'efforça-t-il de plaisanter.

Puis il s'approcha de ma coiffeuse et s'examina dans le miroir.

— J'ai eu un mal fou à revenir de Dallas. Avions retardés, annulations… j'ai dû dormir dans un aéroport en attendant le prochain vol, mais tu crois qu'elle en tient compte ? Non. Tout ce qu'elle voit, c'est que je n'étais pas là pour ce dîner. Un dîner, pour l'amour du ciel ! Ce n'est quand même pas si important que ça, se plaignit-il, les bras levés en un geste d'impuissance.

Je ne l'avais pas quitté des yeux. Il laissa retomber ses bras et me jeta un regard soupçonneux.

— Qu'est-ce que tu es censée avoir, au juste ? Elle me dit que tu vas bien, mais que tu t'es évanouie et que tu as fait je ne sais quelles extravagances, avec des vêtements et du maquillage ? Je m'attendais à ce que tu sois pleine d'énergie, toute ragaillardie, prête à en faire voir de toutes les couleurs à ces messieurs les étudiants ! Alors ?

Mon silence le rendait de plus en plus nerveux.

— Écoute, reprit-il. J'apprends que tu vas voir un psychanalyste, demain. Tu sais comment sont ces gens-là : ils fourrent leur nez dans tous vos petits secrets. Sois prudente avec ça. La plupart du temps, ce ne sont que des pornographes, qui tirent un plaisir malsain des expériences excitantes de leurs patients. Tu comprends de quoi je te parle, Grace ? Si cela vient à se savoir, je ne serai pas le seul qu'on accusera. Ta mère t'a vue avec moi. Elle croit même que tu as le béguin pour moi, et que c'est à cause de ça que tu ne sors pas. Un homme peut être séduit aussi facilement qu'une femme, tu sais ? N'oublie pas ça ! conclut-il sur un ton menaçant.

Et comme je ne disais toujours rien, il s'impatienta.

— Tu comprends ce que je dis ? Ne reste pas là sans desserrer les dents. Parle !

— Je suis fatiguée de parler. Bonsoir.

— Bonsoir ? Tu me renvoies ? Comme tu voudras, mais n'oublie pas ce que je t'ai dit. Et laisse-moi te dire autre chose.

Il marcha vers la porte et, la main déjà sur la poignée, se retourna :

— J'ai l'impression de vivre avec deux folles, si tu veux le savoir ! lança-t-il comme une dernière flèche.

Là-dessus, il sortit pour de bon.

Au cours des jours et des semaines qui suivirent, beaucoup de choses changèrent à Joya del Mar. Les absences de Kirby se multiplièrent, ce qui contrariait de plus en plus maman, mais certainement pas moi. J'en remerciais le ciel, au contraire. J'entrepris ma thérapie avec le Dr Anderson, qui s'avéra très sympathique. Puis maman commença à se retirer de ses comités de bienfaisance et autres activités charitables. Elle savait qu'elle était à nouveau la cible des commérages, à cause de la conduite de Kirby. Elle faisait de son mieux pour cacher mon état de santé, mais avec le nombre de domestiques qui vivaient chez nous, et le goût prononcé des gens pour les ragots, la tâche n'était pas simple. Les sœurs Carriage, par exemple, ne cessaient de la harceler pour glaner des informations croustillantes, qu'elles pourraient distiller au cours de leurs lunchs et de leurs thés.

Environ quatre mois après le début de ma thérapie, en revenant de ma séance, je m'arrêtai au beau milieu du hall. Les sons qui me parvenaient du bureau de maman étaient distinctement reconnaissables : elle pleurait. Je courus à sa porte et la trouvai affalée sur son bureau, la tête entre les bras. J'appelai doucement :

— Maman ?

Elle se redressa lentement, comme si le poids de sa tête l'accablait, et leva sur moi des yeux rougis.

— Oh, Grace, hoqueta-t-elle. Grace !

En trois pas, je l'avais rejointe.

— Qu'y a-t-il, maman ?

— Kirby...

— Est avec une autre femme ? anticipai-je.

— Non, c'est pire. Il a dilapidé notre fortune avec ses placements malheureux, ses dépenses et ses dettes de jeu. Notre conseiller financier vient de m'annoncer la mauvaise nouvelle. Nous ne pouvons pas garder cette maison, Grace. Le mieux que nous puissions faire est de la louer, et de nous installer dans la villa d'en bas. Le pavillon de la plage, avec les domestiques ! Tu imagines comment les gens vont nous traiter, ce qu'ils vont dire de nous ? Je ne pourrai plus me montrer dans Palm Beach, maintenant.

— Où se trouve Kirby, en ce moment ?

— En enfer, j'espère ! s'emporta maman.

Puis elle respira longuement et reprit d'un ton plus calme :

— En fait, je n'en sais rien. Il doit se cacher de ses créanciers, je suppose. J'ai demandé à mes avocats d'entamer une procédure de divorce. Il faut que j'obtienne très vite la séparation, si je veux sauver quelque chose pour nous.

Elle poussa un long soupir désolé.

— Tout ça est ma faute, Grace. Je n'aurais jamais dû m'attacher à lui. J'aurais dû suivre les conseils des gens avisés, au lieu d'écouter mon cœur. Quelle sotte j'ai été ! Regarde ce que je nous ai fait.

— Tu ne nous as rien fait du tout, maman. C'est lui qui a tout fait.

— Peut-être, mais sans moi il n'aurait rien pu faire, répliqua-t-elle en se frappant la poitrine à coups de poing, si fort que j'en eus mal pour elle.

Elle s'assit bien droite sur son siège, essuya ses larmes et son expression se raffermit.

— Bon, j'ai du pain sur la planche et mieux vaut m'y mettre tout de suite. Nous avons déjà connu des mauvaises passes, et nous en sommes sorties. Nous nous en sortirons encore, affirma-t-elle avec détermination. Du moment que tout va bien pour toi, Grace. L'essentiel, c'est que tu ailles mieux.

Je me mordis la lèvre. Comment pouvais-je lui dire, à présent, ce que je lui avais caché ? Elle prendrait encore la faute sur elle, ou alors... elle m'accuserait peut-être de ce que je ne m'expliquais pas moi-même. J'avais bien trop honte, je me sentais bien trop coupable pour en parler. Le Dr Anderson s'était évertué à me faire ouvrir cette dernière porte secrète, mais j'avais résisté, tout en sachant qu'il avait de sérieux soupçons et n'abandonnerait pas la partie.

Je n'avais pas seulement couché avec le mari de ma mère.

Même si cela ne se voyait pas encore, je savais que j'étais enceinte. Il n'y avait plus le moindre doute là-dessus.

Et j'étais terrifiée à la seule idée d'en parler à qui que ce soit, en particulier à maman.

*
**

Combien de fois, au cours des deux mois suivants, m'efforçai-je de me persuader que ce n'était pas ma faute ? Combien de fois fus-je sur le point de tout révéler ? Chaque fois que j'y pensais, les mêmes questions se posaient à moi, comme si je m'infligeais sans cesse le même interrogatoire.

Est-ce ta faute ? As-tu flirté avec lui, comme il t'en a accusée une fois ? Étais-tu obligée de passer tout ce temps avec lui, de faire tant de choses avec lui ? Étais-tu amoureuse de lui ? Pourquoi n'as-tu pas crié, ne t'es-tu pas débattue plus fort cette première fois, quand il t'a embrassée comme un homme embrasse une femme ? Et si tu as été violée, pourquoi avoir attendu si longtemps sans rien dire ? Pourquoi avoir laissé ta mère coucher avec l'homme qui t'avait fait cela ? Pourquoi n'as-tu pas eu la décence, l'honnêteté de la protéger ? Comment peux-tu supporter de te regarder chaque matin dans le miroir ?

Par chance, Kirby avait vraiment disparu de nos vies, surtout pour fuir certains créanciers irascibles, pensait maman. Il n'opposa aucune résistance légale aux démarches entamées pour le divorce. Et notre conseiller financier, de même que nos avocats, firent de leur mieux pour l'empêcher de mettre la main sur les débris de notre fortune.

Maman l'avait aimé avec passion, à présent il n'était personne au monde qu'elle haït plus que lui. Et j'aurais dû lui annoncer, après tout cela, qu'il nous avait fait beaucoup plus de mal encore ?

Chaque fois que je pensais pouvoir le faire, ma gorge se nouait. Je vivais dans la peur, et je ne connaissais personne qui eût pu m'aider à trouver une issue secrète à mon dilemme. Ma grossesse n'était encore qu'à peine visible, mais je savais qu'il allait devenir difficile de la cacher plus longtemps.

Pendant que je débattais avec ces problèmes, notre conseiller financier avait trouvé un couple très intéressé par la location de Joya del Mar, les Eaton. Ils ne voyaient aucune objection à ce que nous habitions la villa d'en bas, et songeaient même à garder nos domestiques. Des dispositions furent prises pour que nous emménagions dans le plus grand appartement du pavillon. Et maman entreprit de vendre une grande partie des trésors de la maison, en vue de renflouer notre compte en banque et de nous procurer une certaine sécurité.

Le jour de notre emménagement dans la villa, elle se conduisit comme si quelqu'un était mort dans la famille. À tout moment, elle éclatait en sanglots silencieux, puis se reprenait pour donner ses ordres aux domestiques. Les femmes de chambre emballèrent tous nos effets personnels et les descendirent à l'appartement, où la place était beaucoup plus mesurée. L'une des chambres à coucher dut être utilisée comme espace de stockage. Et maman se lamenta sur ses magnifiques toilettes qui, compressées de la sorte, ne pourraient que s'abîmer.

Un autre aspect de cette nouvelle vie fut l'absence de domestiques. Ils ne travaillaient plus pour nous, à présent. Ils étaient au service des nouveaux venus : les Eaton.

— Il y a si longtemps que je n'ai pas fait la cuisine, gémit maman. Nous allons mourir de faim.

Ses soupirs étaient si profonds et si fréquents, maintenant, que je m'attendais à tout moment à la voir s'effondrer. Mais quand nos deux voitures durent quitter le garage, pour être garées dans une allée latérale, elle se montra plus philosophe.

— Autant les vendre, maintenant, décida-t-elle. Conduire ne me manquera pas. Je n'ai plus envie d'aller nulle part.

Maman se comportait comme si elle venait de perdre un amoureux, ou un ami très cher. Elle s'isolait, le plus souvent sur la petite terrasse qui donnait derrière la villa. Elle ne tenait pas à voir les nouveaux arrivants débarquer avec leurs biens. Elle les avait rencontrés une fois dans le bureau de notre avocat, pour la signature du contrat de location. Elle les jugeait sans intérêt, et les décrivait sans complaisance.

— La femme n'arrête pas de glousser, et elle insiste pour qu'on l'appelle Bunny. Quant à son mari, Asher… je parie que de toute sa vie, il n'a rien eu de plus difficile à faire que de soulever le siège des toilettes !

» Winston doit se retourner dans sa tombe. Je lui ai fait autant de tort qu'à nous, s'accusait-elle. Je me moque bien de ne plus jamais remettre les pieds dans cette propriété ! La seule idée de me trouver nez à nez avec les sœurs Carriage me fait frissonner. Je sais trop bien ce que cachent leurs sourires hypocrites : elles pensent que ce qui m'arrive est bien fait pour moi. Mais pour qui se prennent-elles ?

Je ne répondais rien. Je me contentais d'écouter, comme le Dr Anderson m'écoutait pendant nos séances. Je m'efforçais de bannir de mon visage toute expression qui eût pu être interprétée comme un jugement, alors qu'au fond de moi une voix hurlait : « Il est temps de le lui dire ! Il est temps de le lui dire ! »

Je cherchais pour cela le meilleur moment possible. Un soir, presque une semaine après notre installation dans la maison d'en bas, il me sembla que maman avait presque accepté notre nouvelle situation. Elle venait de réussir un rôti de veau, un des plats préférés de papa, ce qui l'avait mise de bonne humeur. À table, nos conversations roulaient principalement sur lui, ou plutôt sa conversation, devrais-je dire. Je préférais l'écouter évoquer ses souvenirs et, ce soir-là, l'un d'eux me fournit l'occasion espérée.

Elle me racontait comment elle lui avait appris qu'elle était enceinte.

— Nous désirions un enfant, bien sûr. Et peu de temps après que j'eus subi un test de grossesse, il était parti pour des manœuvres qui avaient duré près d'un mois. J'aurais pu lui écrire, mais j'avais estimé que ce n'était pas une chose à annoncer par courrier. C'était trop important. Je voulais être là quand il l'apprendrait, partager ce moment avec lui et m'en souvenir toute notre vie.

» J'ai donc gardé le secret, poursuivit-elle. Le jour de son arrivée, je suis allée l'attendre à l'aéroport de la base, comme toutes les femmes de marins en avaient le droit. La semaine d'avant, j'avais déniché un adorable petit costume marin pour le premier âge. Il y avait même un petit calot pour aller avec ! Je l'avais acheté et fait emballer dans un paquet-cadeau. J'étais là, avec les autres femmes, quand il a descendu la passerelle. Il s'est précipité pour m'embrasser, puis j'ai dit que j'avais un cadeau pour lui et lui ai tendu la boîte. L'année d'avant, pendant nos vacances, je lui avais acheté quelques chemises de couleur flamboyante et il me taquinait toujours à ce sujet. Il a souri. "Ce n'est pas une nouvelle chemise taillée dans les sous-vêtements de quelqu'un, j'espère ?" – Je ne crois pas, non. »

» Il était dévoré de curiosité. Il a déchiré le papier, ouvert la boîte... et quand il en a tiré le petit uniforme, il a eu l'air surpris, puis intrigué, et d'un seul coup il est devenu tout rayonnant de joie. Il a crié comme si nous venions de remporter un prix : "On y est arrivés !" – Oui, ai-je répondu. Je suis enceinte. »

» Et sais-tu ce qu'il a fait, Grace ? Ce que cet homme si fort et si beau, ce grand gaillard d'officier de marine a fait à cet instant, devant tout le monde ?

Je secouai la tête.

— Il a pleuré. Il a laissé couler ses larmes, comme ça, tout simplement. Puis il m'a serrée contre lui à m'étouffer, jusqu'au moment où il s'est dit qu'il risquait de nous faire mal, à toi et à moi. Alors il m'a lâchée. Je me suis moquée de lui. « Je suis enceinte, Roland, mais je ne suis pas en porcelaine ! »

» Quelle soirée merveilleuse ! se souvint maman, les yeux illuminés par la douceur des souvenirs qui revivaient pour elle.

J'eus beau me mordre les lèvres, mes larmes jaillirent, impossibles à contenir. Pendant un moment, maman ne s'aperçut de rien, puis elle cligna des yeux et vit que je pleurais.

— Oh, ma chérie, je te demande pardon ! Je sais que je te fais de la peine quand je parle de papa.

Je respirai à fond avant de répondre :

— Non, maman. Ce n'est pas ça.

Son regard plongea dans le mien. Elle se renversa lentement sur son siège et ses yeux s'étrécirent, assombris par une intuition soudaine, déjà presque un soupçon.

— Qu'y a-t-il, Grace ? Pourquoi pleures-tu ?

Je voulus parler, mais j'avais la gorge si serrée que pendant un moment, je fus incapable d'émettre un son.

— Eh bien, Grace ? Qu'y a-t-il ? répéta-t-elle, plus sévèrement cette fois.

— Je... je suis enceinte, maman.

Ce fut comme si le tonnerre venait d'éclater sur nos têtes. Maman ne fit pas un geste, ne cilla même pas. Mais après quelques instants ses lèvres tremblèrent, jusqu'à ce qu'elle trouve la force de parler.

— Enceinte ? Comment peux-tu être enceinte, Grace ? Tu n'es jamais allée nulle part, tu n'es sortie avec personne pendant toute l'année.

Les larmes ruisselaient sur mes joues, sur mon menton, mais je ne fis rien pour les essuyer, ni même pour les retenir.

— Il est venu me trouver une nuit où j'avais pris des somnifères, maman. J'étais complètement hébétée, je ne savais pas ce qui m'arrivait.

Les yeux de maman s'agrandirent sous l'effet du choc.

— Je ne me rappelle plus très bien, maman, mais je sais qu'il a fait ça plus d'une fois.

Elle secouait la tête, maintenant, comme pour chasser les mots de ses oreilles avant qu'ils n'atteignent son cerveau.

— Non, proféra-t-elle. Non.

— Je te demande pardon, maman. Je te demande pardon.

Elle se leva et me toisa, défigurée par la souffrance qui lui broyait le cœur. Et aussi, je le savais, par les pensées torturantes qui s'agitaient sous son crâne.

— Non, Grace. Tu as dû imaginer tout ça. Tu ne peux pas être enceinte. Il y a presque cinq mois qu'il est parti, maintenant.

— Cela commence à se voir, maman. C'est pour ça que je porte toujours ces robes vagues.

Les yeux fixes, elle assimila lentement le sens de mes paroles.

— Et tu as gardé ce secret pendant tout ce temps ?

— Je te demande pardon, maman.

— Lève-toi ! ordonna-t-elle.

J'obéis. Elle s'approcha de moi, promena les mains sur mon ventre et mes hanches pour y plaquer l'étoffe de ma robe. Le doute n'était plus permis.

— Oh, mon Dieu ! s'exclama-t-elle en reculant, comme si j'étais contagieuse. Tu es enceinte, et de lui. De lui !

Les mains pressées sur les tempes, elle grimaçait de douleur, crispant les doigts dans ses cheveux jusqu'à les arracher. Puis elle laissa retomber ses mains, saisit une assiette sur la table et l'envoya s'écraser contre un mur.

— Dois-je comprendre que tu es enceinte de plus de sept mois ?

J'eus tout juste la force de hocher la tête.

— Tu aurais dû me le dire des mois et des mois plus tôt ! Comment as-tu pu garder cela secret,

Grace ? Te rends-tu compte de ce que tu as fait ? Peux-tu imaginer les ragots des gens, la honte dont ils vont nous abreuver ? Nous allons être la risée de toute cette bande de snobs. Jamais ils n'arrêteront de parler de nous.

— Je te demande pardon, répétai-je une fois de plus.

Elle hurla d'une voix suraiguë :

— Mais pourquoi ne m'as-tu rien dit ?

— J'avais peur. Peur que tu me fasses des reproches.

— Des reproches. Mais dis-moi…

Elle me regarda d'une façon différente, tout à coup.

— Toutes les fois où tu as été seule avec lui, en voilier, sur la plage, pendant toutes ces sorties que vous faisiez ensemble… A-t-il tenté quelque chose, Grace ? L'as-tu laissé faire ?

Je fis « non » de la tête.

— Je ne crois pas, maman.

— Tu ne crois pas ? Tu ne crois pas l'avoir laissé faire ? Qu'est-ce que ça signifie ?

— Il a dit que je flirtais toujours avec lui, mais ce n'est pas vrai. Je n'ai jamais voulu faire ça, maman.

Elle me dévisagea longuement, partagée entre la confiance et le doute. Je le lisais dans ses yeux.

— Bien sûr qu'il a dit ça, conclut-elle. Et c'est ce qu'il dira. Il racontera partout que tu l'as séduit, si jamais cette histoire s'ébruite.

Elle se laissa retomber sur sa chaise et réfléchit à haute voix.

— Impossible de tenter une IVG aussi tard sans risquer un scandale encore plus grand. Mais alors, que pouvons-nous faire ? Que pouvons-nous faire ?

Je m'assis en face d'elle, et elle garda les yeux fixés sur moi pendant un temps interminable, sans prononcer un mot. J'essuyai mes larmes et attendis.

— Qui d'autre est au courant de ceci, Grace ? En as-tu parlé au Dr Anderson ? Ce ne serait pas si grave, d'ailleurs. Il est lié par le secret professionnel.

— Non, maman. Je ne crois pas lui en avoir parlé.

— Tu ne crois pas lui en avoir parlé ? Qu'est-ce que tu me chantes là ? Tu ne sais pas si tu l'as fait ou pas ?

— Il me fait dire des tas de choses, et quelquefois je dis ce que je ne voulais pas dire.

— Qui d'autre ? insista-t-elle.

— Personne. À qui aurais-je bien pu parler ?

— C'est juste. Pas aux femmes de chambre, au moins ? Elles t'aiment bien, et je sais que tu apprécies de parler avec elles. Elles ne savent rien ?

— Non, maman.

— Bien. Nous n'allons pas le laisser nous faire encore plus de tort, décida-t-elle. Toutefois...

Elle eut un étrange sourire glacé, presque diabolique, et acheva :

— Nous pouvons le faire apparaître encore plus fautif.

Les mains à plat sur la table, elle se pencha en avant et attacha sur moi un regard dur.

— Tu n'es pas enceinte, Grace, tu m'entends ? Tu comprends ?

— Non, maman. Je *suis* enceinte.

— Non, tu ne l'es pas. Écoute : c'est moi qui le suis. C'est moi qu'il a abandonnée dans tout ce gâchis. Sept mois, c'est parfait. Quand je t'attendais, ma grossesse n'a commencé à se voir qu'au septième mois. Je vais commencer à paraître enceinte, et à laisser filtrer la nouvelle. En fait, ajouta-t-elle – en souriant pour de bon, cette fois-ci –, j'appellerai Thelma Carriage et j'en parlerai comme si cela m'avait échappé. Ce sera suffisant.

— Et moi dans tout ça, maman ?

— Tu feras exactement comme d'habitude. Mais tu suspendras ta thérapie pendant deux mois environ, sous un prétexte quelconque, et je ferai ce qu'il faut pour que ma soi-disant grossesse commence à se voir. D'ici un mois, je me montrerai en ville avec mon gros ventre, et tout le monde s'y trompera.

» Par chance, je ne suis pas sortie beaucoup ces temps-ci, les gens n'y verront que du feu. Je sais que je peux compter sur l'aide et la discrétion du Dr Cook. Le moment venu, il mettra le bébé au monde ici. Nous dirons simplement que le temps nous a manqué pour nous rendre à l'hôpital. En général, les femmes accouchent plus vite la deuxième fois que la première, cela paraîtra normal.

Maman marqua une pause, réfléchit encore et poursuivit sur un ton péremptoire :

— C'est la seule solution, Grace, et nous nous y tiendrons. Quand ton état sera vraiment apparent, je ne veux plus qu'on te voie nulle part. Dans la journée, tu resteras cloîtrée dans la maison tant que je ne t'aurai pas donné le feu vert pour sortir, et encore. Avec précaution. Tu ne te promèneras jamais du côté de la grande maison, seulement derrière le pavillon. Il nous suffira de jouer la comédie pour les Eaton, et ils se chargeront de la publicité. Tu es tellement sauvage que personne ne s'étonnera de ne pas te voir.

Maman eut une petite moue ironique en me regardant.

— Je suppose que je devrais me réjouir que tu vives en ermite, pour une fois. Cela rend notre subterfuge possible. D'ailleurs, je suis bien certaine que tu n'es pas la seule jeune femme à accoucher clandestinement, dans cette ville.

Je ne fis aucun commentaire, et elle reprit son ton de commandement.

— Débarrasse la table, ramasse les débris de cette assiette et charge le lave-vaisselle. Je vais jeter un coup d'œil à ma garde-robe pour voir ce qui pourra nous servir, pendant ces deux mois. En fait...

Elle eut à nouveau son petit sourire froid.

— Je vais acheter des vêtements de grossesse, pendant que j'y suis. Cela donnera du poids aux commérages de Thelma.

Je ne savais plus comment m'excuser.

— Pardon de te causer tous ces tracas, maman. Je suis désolée.

— Moi aussi, Grace. On dirait que le mauvais sort ne veut pas nous lâcher, finalement. Mais nous nous défendrons comme nous l'avons toujours fait, tu verras. D'ailleurs nous n'avons pas le choix. C'est ça, ou nous en aller d'ici comme des voleuses, conclut-elle.

Sur quoi, elle passa dans la pièce réservée au rangement pour inventorier sa garde-robe.

C'est alors que la réalité, que j'avais si bien su dissimuler, et me dissimuler, reprit tous ses droits. Pour la première fois peut-être, je pensai vraiment à l'enfant que je portais.

Avec tout le regret que j'avais d'être enceinte, toute la haine que m'inspirait celui qui en était cause, quelle sorte d'enfant serait ce bébé non voulu ? Que trouverait-il à son arrivée dans ce monde ?

19

Un dernier salut

Quand ma mère avait décidé quelque chose, elle consacrait toute son énergie à parvenir à ses fins. Cette simulation de grossesse ne fit pas exception à la règle. Elle apporta un soin extrême à son changement d'apparence physique, jusqu'à accepter ce qui, je le savais, lui faisait horreur. Elle prit délibérément du poids, et cela le plus rapidement possible. Certains jours, elle ingurgitait tellement de glaces, de gâteaux et de sucreries qu'elle passait près d'une demi-heure à vomir dans la salle de bains. Elle en ressortait pâle et défaite, mais toujours aussi obstinée. Prisonnière de son imposture, elle retournait à la cuisine et se préparait un milk-shake. Dans ce combat entre elle et son corps, elle devait gagner et elle gagnerait.

Pendant qu'elle appliquait son programme, cependant, je la surpris parfois en train de me jeter des coups d'œil de reproche ou de colère. Malgré tout ce qu'elle avait pu dire au sujet de Kirby, je savais qu'elle m'en voulait, à moi aussi. Ses regards me donnaient des cauchemars. Dans l'un de ces mauvais rêves elle était même enceinte, comme si ma grossesse était contagieuse. Elle hurlait de douleur en accouchant et je lui tenais la main, alors que j'étais toujours enceinte moi-même ! Je la suppliais d'arrêter la supercherie, d'avouer la vérité, mais tout à coup j'entendais le cri d'un bébé. J'en avais des frissons en soulevant la couverture. Heureusement, avant d'avoir pu voir quoi que ce soit je me réveillai, couverte d'une sueur froide. Je respirais si difficilement que la douleur me poignait le cœur.

Au bout d'un mois, je n'étais sortie que deux fois de la villa, et seulement après minuit. Je redoutais tellement d'être découverte que je n'allais jamais très loin. Et je me tenais toujours dans l'ombre, telle une créature de la nuit que la lumière pouvait détruire ; vampire sans force, ne partageant avec ces maudits que la malédiction.

Point par point, maman exécutait rigoureusement son plan. Elle alla dans un magasin pour futures mères acheter des vêtements de grossesse. Elle eut deux ou trois conversations avec Thelma Carriage, et dès la seconde lui fit son numéro. Elle éclata en sanglots, et révéla que Kirby l'avait laissée non seulement presque ruinée, mais avec un enfant. Elle supplia Thelma de lui garder le secret, ce qui revenait à claironner l'information dans toute la ville.

Parmi ses anciennes relations, quelques personnes commencèrent à téléphoner, sous prétexte de lui manifester leur sympathie. En réalité, elles ne visaient qu'une chose : obtenir des détails inédits qu'elles pourraient colporter à leur tour. Avec beaucoup d'adresse, maman sut les distiller au compte-gouttes, sans avoir l'air de rien, dans le courant de leurs entretiens. Elle prétendait ne pas vouloir connaître d'avance le sexe de l'enfant, et laissait entendre qu'elle n'était pas sûre de le garder. Elle disait qu'elle tenait à accoucher à la villa, pour éviter qu'on en sache trop. Elle sut convaincre chaque personne qu'elle lui confiait un secret, en feignant de croire à ses serments de loyauté. Elle se montrait si persuasive que je devais faire un effort pour me rappeler qu'il s'agissait d'une ruse.

Le Dr Cook venait me voir une fois par semaine, toujours comme s'il venait pour maman, bien sûr. Malgré tout, elle craignait qu'une de ses réceptionnistes ne découvre la vérité. Aussi fit-elle savoir à Brenda Carriage que, par discrétion, le médecin venait la voir à domicile.

Et c'est là qu'elle réussit son coup de maître, le fin du fin de sa supercherie. Elle « confia » à Thelma qu'elle essaierait de me faire passer pour la mère de l'enfant, afin de ne pas perdre ses chances de se remarier. Elle lui raconta qu'elle me faisait porter un oreiller sous ma robe, pour que j'aie l'air d'une femme enceinte. Elle fit cela par précaution, au cas où je commettrais une erreur, et en particulier si quelqu'un m'apercevait par hasard. Et elle prépara une petite mise en scène pour le jour où les sœurs Carriage devaient venir prendre le thé.

Elle était parvenue à prendre plus de trois kilos, à présent. Elle avait le visage bouffi, et sa silhouette de femme enceinte était très convaincante. Elle m'expliqua son plan pour l'après-midi. Je devais rester hors de vue, jusqu'à ce qu'elle me donne le signal convenu, puis apparaître comme si j'ignorais qu'il y avait quelqu'un. Et bien sûr, me retirer en hâte, après leur avoir laissé tout juste le temps de m'apercevoir.

La comédie finie, maman jubila. Les sœurs Carriage avaient avalé l'hameçon, affirmait-elle. Personnellement, je trouvais qu'elle agissait de façon bizarre depuis quelque temps, et qu'elle se montrait un peu trop contente de son succès. Puis une chose étrange m'arriva : je m'aperçus que je devenais jalouse de maman. Elle savourait sa fausse grossesse, et se réjouissait de l'arrivée prochaine du bébé, bien plus que moi, alors que c'était moi qui l'attendais !

Quelquefois, j'avais l'impression qu'elle ne croyait pas à ma grossesse. Elle jouait si bien la comédie qu'on finissait par s'y laisser prendre, et on ne savait plus à quoi s'en tenir. C'est à cette époque-là que je trouvai dans un livre une phrase qui me frappa : « On devient ce qu'on fait semblant d'être, aussi faut-il faire très attention à ce qu'on fait semblant d'être. »

Et maintenant, voilà qu'elle peinait pour se lever de sa chaise et me réclamait sans arrêt de lui apporter ceci ou cela. Sa démarche de canard était parfaitement au point, elle ahanait et soupirait, exactement comme aurait pu le faire une vraie femme enceinte. Et tout cela sans autre public que moi ! Peut-être pensait-elle ainsi me punir, me rendre la pareille ? J'étais trop stupéfaite et trop effrayée pour dire quoi que ce soit, et pour cause. La première fois qu'elle avait joué ce petit jeu devant moi, elle avait hurlé avec colère :

— C'est pour toi que je fais ça, espèce d'idiote ! Il faut que je m'exerce pour ne pas commettre d'erreur en public. Comment peux-tu être aussi brillante dans tes études et aussi stupide dans la vie, Grace ?

J'avais battu en retraite, les larmes aux yeux, puis j'avais réfléchi. Tout se passait comme si maman éprouvait les sautes d'humeur que j'avais éprouvées moi-même, celles dont toutes les femmes enceintes font l'expérience. Je l'avais même surprise devant le miroir en pied de sa chambre, en train de soupirer devant son visage empâté, sa silhouette déformée. Elle savait forcément que cela n'allait pas durer, qu'il ne s'agissait pas d'une vraie grossesse. Et au cours de mon huitième mois, elle fit une chose qui me donna des cauchemars, même en plein jour. Un matin, elle m'appela à grands cris et me demanda de téléphoner au Dr Cook.

— Dis-lui qu'il vienne tout de suite, c'est urgent !

Je fus sur le point de lui demander pourquoi, mais son expression hagarde m'effraya. Je courus au téléphone et obtins la réceptionniste. Le Dr Cook était à l'hôpital, mais elle me promit de le prévenir, et j'allai aussitôt en informer maman. Elle gémissait, couchée sur le flanc, et me fit signe de sortir.

Quelques heures plus tard, le Dr Cook arriva, mais maman m'avait devancée à la porte d'entrée pour l'accueillir.

— J'aimerais que vous l'examiniez, Bob. Elle a eu des contractions tout à l'heure.

Je reculai, stupéfaite, mais j'allai m'asseoir sur mon lit et attendis que le docteur vienne me voir.

— L'enfant est très bas, remarqua-t-il, mais je ne pense pas que vous accouchiez avant terme. Ne vous inquiétez pas, c'est une chose fréquente pour un premier bébé. Vous devez vous en souvenir, Jackie Lee ?

Maman hocha la tête. Quand ils sortirent de ma chambre, elle le remercia avec effusion, pleura, et j'entendis qu'il la réconfortait.

— Allons, allons, tout se passera bien. Vous allez vous en sortir, ne vous inquiétez pas.

Elle le remercia encore et il s'en alla. Quelques secondes plus tard, elle était à ma porte.

— Tu peux lui être reconnaissante, Grace, il nous rend un grand service. Il aimait Winston comme un frère.

— Je sais, maman, mais... pourquoi l'as-tu fait venir ? Je n'avais pas de contractions.

— Tu aurais pu en avoir. Les gens trouveront ça normal. Et il y a longtemps que nous n'avons pas vu de médecin, énuméra-t-elle avec une impatience croissante. Pourquoi mets-tu en cause tout ce que je fais, au lieu de m'être reconnaissante, à moi aussi ?

— Je le suis, maman, mais...

— Alors fais exactement ce que je dis ! m'ordonna-t-elle.

Puis elle sortit pour aller manger un de ses en-cas bourratifs.

Le dernier mois fut le plus pénible. Chaque fois que j'avais une vraie contraction, maman se croyait obligée de m'imiter. Elle exécutait ses performances d'actrice avec un zèle quasi fanatique. Ses cris couvraient mes gémissements, que je finissais par étouffer. La douleur me faisait venir les larmes aux yeux, mais je ne le montrais pas. Elle alla jusqu'à se plaindre des coups de pied du bébé, qu'elle trouvait trop violents.

— Je n'arrive plus à passer une seule bonne nuit, à présent, prétendait-elle.

Il m'arrivait de penser qu'elle doutait de ma grossesse. Peut-être faisait-elle tout cela pour s'assurer qu'elle était bien réelle, qu'il ne s'agissait pas d'une tumeur, par exemple. On aurait dit qu'elle voulait en vérifier tous les symptômes, un par un.

Et le moment arriva où je perdis les eaux. J'étais sur le seuil de la cuisine, où maman chargeait le lave-vaisselle en gémissant tant et plus. Je hurlai :

— Maman !

Elle se retourna, vit ce qui se passait et alla téléphoner au Dr Cook. Puis elle m'aida à me recoucher en grommelant :

— Nous allons quand même sortir de là, finalement ! Respire, Grace. Souviens-toi de la respiration.

Elle me montra l'exemple elle-même, et je ne la quittai pas des yeux. On aurait dit qu'elle ressentait chacune de mes contractions, chaque douleur, chaque poussée. Elle ne portait plus d'oreiller sous sa robe, cette fois.

Le Dr Cook arriva. Il se précipita dans ma chambre, donna ses consignes à maman et se concentra sur mon accouchement. Le travail dura quatre heures et me laissa si épuisée que j'eus à peine conscience que c'était fini. Les cris du bébé me semblaient venir de très loin, mais il me le montra. C'était un garçon.

— Un beau petit bonhomme, commenta-t-il. Je vous avais dit de ne pas vous inquiéter, Jackie Lee.

Maman acquiesça.

— C'est vrai. Il est très beau.

— Comment allez-vous l'appeler ?

Le souffle me manqua. C'était à elle qu'il s'adressait, comme si l'enfant était vraiment le sien. Est-ce que tout le monde était devenu fou ?

— Je pensais lui donner le prénom de mon grand-père Linden, dit-elle en se tournant vers moi. Linden Montgomery. Nous en reviendrons à ce nom de famille, je préfère oublier celui de Scott. Qu'en penses-tu, Grace ?

J'approuvai d'un signe, la gorge trop serrée pour parler.

— Eh bien, maman et bébé se portent à merveille. Je reviendrai vous voir d'ici à quelques jours, promit le Dr Cook, en me regardant cette fois.

Je me renversai sur mon oreiller. Je m'attendais que maman dépose le petit Linden à côté de moi, mais elle sortit en l'emmenant dans ses bras.

— Il faudra mettre le berceau dans ma chambre, décida-t-elle. Au cas où. Quelqu'un pourrait passer près de la maison et regarder par la fenêtre.

— Mais il t'empêchera de dormir, maman !

Je voulais mon bébé près de moi. J'éprouvais un besoin irrépressible de l'avoir avec moi, de le tenir dans mes bras.

— Grace, ne commence pas à chicaner sur des détails ! Nous avons réussi, j'ai sauvé notre réputation. Remercie-moi et ne fais pas d'histoires.

Elle dut m'apporter le bébé pour le nourrir, mais pour cela aussi elle avait tout prévu. Elle s'était acheté un soutien-gorge rembourré, afin que sa poitrine paraisse gonflée de lait. Plus tard je la surpris au lit avec Linden couché contre ses seins nus, les lèvres sur un de ses mamelons, comme s'il suçait une de ces tétines qu'on donne aux bébés pour les calmer.

— Il doit avoir faim, non ?

Ce fut tout ce que je trouvai à dire. Maman ouvrit les yeux et me regarda comme si j'avais perdu la raison.

— Va te recoucher, Grace. Je sais quand il a vraiment faim ou pas, répliqua-t-elle.

Et elle rabattit sa couverture de telle façon que je ne puisse plus les voir, ni elle ni lui.

Quelques semaines plus tard, quand elle vint le rechercher après sa tétée, je refusai de le lui rendre.

— Non, maman, dis-je fermement. Laisse-le-moi.

Ses paupières battirent précipitamment.

— Comment ? Et pourquoi ça ?

— C'est mon bébé, rétorquai-je âprement.

— Mais si quelqu'un te voit avec lui...

— Et alors ? Je peux très bien le porter, c'est mon demi-frère après tout. Du moins, c'est ce que tout le monde croit. D'ailleurs mes stores sont toujours baissés, maman. Personne ne peut rien voir.

— C'est quand même dangereux, s'obstina-t-elle. Donne-le-moi. Je le remettrai à sa place pour qu'il puisse dormir.

— Non.

— Grace, n'abuse pas de ma patience. Tu ne vois pas ce que j'ai dû supporter afin de passer pour sa mère ? Tu crois que je vais risquer de compromettre tout ce que nous avons fait ?

— Ce que nous avons fait ? Tout ce qu'il te reste à faire maintenant, maman, c'est un régime, et tout ira bien pour toi.

Maman eut un petit rire de dérision.

— Un régime, vraiment ? Et ma réputation ? Ma vie ? Ma place dans la société ? Tu as pensé à tout ça ? J'ai porté ce fardeau et je le porterai toute ma vie, affirma-t-elle. Toi, par contre, tu peux retourner à l'université, trouver un nouveau soupirant, réussir ta vie. Maintenant donne-moi l'enfant, exigea-t-elle en tendant les bras.

Elle était prête à lui arracher un membre si je ne cédais pas, aucun doute là-dessus. Je cessai de résister et elle l'emmena, me laissant pleurer dans mon oreiller.

Les mois passèrent et Linden grandit, mais rien ne changea vraiment. Ce fut presque toujours elle qui le nourrit, quand il ne prit plus le sein. Chaque matin elle le baignait, l'habillait, et c'était elle qui lui achetait des vêtements. Elle l'emmena même chez le Dr Cook pour un bilan. Et moi dans tout ça ? Je restais confinée à la maison, à la regarder jouer sa nouvelle pièce, simple spectatrice reléguée dans les coulisses. Jamais je ne m'étais sentie aussi seule, aussi perdue. J'avais vraiment l'impression d'être une étrangère, une mère porteuse qu'on avait payée pour héberger le fœtus, mais qui n'avait rien de commun avec lui. Maman ne semblait rien remarquer. Elle était folle de Linden, maintenant, et s'irritait de plus en plus à la moindre chose que je pouvais faire ou demander.

Pendant ce temps-là, dans la grande maison, les nouveaux venus semblaient avoir pris le relais de maman et de Kirby. Les fêtes se succédaient sans cesse, et nous y étions toujours invitées, mais maman hésitait à s'y rendre. Elle avait honte de l'endroit où nous vivions et de ce qui nous était arrivé. La musique, les rires et les effluves de cuisine raffinée nous atteignaient quand même, malgré le soin que nous prenions à fermer nos portes et nos fenêtres.

— C'est comme si j'assistais à leurs soirées, de toute façon, marmonnait maman.

Et de temps en temps, quand elle en trouvait le courage, elle se risquait à aller y faire un tour.

Les Eaton avaient deux enfants, une fille nommée Whitney et un garçon, Thatcher. Le petit garçon était adorable. Mais sa sœur Whitney, très grande pour son âge, semblait toujours triste ou maussade. Ils ne s'approchaient pratiquement jamais de la villa. D'après maman, on avait dû leur dire que nous étions pareils aux intouchables de l'Inde, ou quelque chose dans ce genre-là.

J'étais si habituée à rester à la maison, j'avais tellement peur de m'en éloigner que je ne rencontrais jamais personne. Et je ne parlais à personne non plus, à part certains domestiques de la grande maison. Ils vivaient tous à l'arrière de la villa, ou au-dessus de nous. J'imagine que je devais être une sorte de curiosité pour eux, et surtout pour les enfants Eaton. Cela ne me tracassait pas. Rien ne paraissait m'ennuyer. Rien n'avait plus d'importance. Je mangeais, je dormais, je prenais soin de Linden quand maman me le permettait, si elle sortait ou avait autre chose à faire. Ma vie se résumait à cela.

J'avais vraiment le sentiment que le monde s'était refermé sur moi. Que même par les plus radieuses journées, les ténèbres me cernaient toujours, cercle d'ombre tracé autour de moi et dont je ne pourrais jamais sortir. Linden marchait, maintenant, maman me permettait de l'emmener sur la plage et de le laisser jouer dans le sable.

— Je suis ta vraie maman, lui murmurais-je quand elle ne pouvait m'entendre. Tu es mon bébé.

Parfois, il me regardait gravement, comme s'il comprenait. Je désirais tellement qu'il m'appelle maman. Je répétais le mot sans fin, et même quand il ne me regardait pas, je me disais qu'il percevait le lien qui existait entre nous ; qu'un beau jour il se mettrait à m'appeler maman, et qu'alors ma mère me le rendrait.

Cela n'arriva pas, et j'en pleurai soir après soir. Quelquefois, je m'endormais en pleurant. Je glissai d'un état de marasme dans un autre, mais l'ombre était toujours là. Le temps lui-même perdit toute signification pour moi. Il m'arrivait de ne plus savoir quel jour on était. Qu'est-ce que cela pouvait bien faire, de toute façon ? Qu'est-ce que cela changeait pour moi ?

— Tu devrais penser à reprendre tes études, me serinait maman chaque matin. Pas dans un établissement privé, bien sûr, mais nous pouvons payer l'université. Il faut que tu y retournes, sinon à quoi auraient servi tous mes sacrifices ?

Plus elle me poussait à m'en aller, plus j'avais peur. Ma voiture était vendue depuis longtemps. Je n'avais pas mis les pieds dans Worth Avenue, ni dans un supermarché ou un centre commercial depuis plus d'un an, mais je ne pouvais pas ignorer sa hâte de me voir partir. C'était comme si elle voulait être seule avec Linden, et que si je ne partais pas, elle ne pourrait jamais être sa vraie mère.

Je ne savais vraiment pas quoi décider. Cette pression constante me rendait encore plus nerveuse et sapait le peu de confiance en moi qui me restait. Il m'arrivait d'arpenter la plage pendant des heures en suivant la frange des vagues, ou de m'asseoir dans le sable et de regarder passer les bateaux, plongée dans une sorte de torpeur. À qui pouvais-je demander de l'aide ? En qui pouvais-je avoir confiance ? ne cessais-je de me demander.

Et puis, un soir, il fut là.

Debout sur la jetée, les bras enserrant mes épaules, je contemplais un luxueux paquebot, si proche que la musique et les rires parvenaient jusqu'à moi. Je l'imaginais rempli de passagers qui avaient échappé aux malheurs de la vie, et qui maintenant la savouraient dans une fête sans fin, ivres de joie sous le ciel étoilé.

— Je parie que tu voudrais être sur ce bateau, moussaillon, prononça une voix derrière moi.

Je me retournai. Papa était bien là, en grand uniforme, ses décorations scintillant à la clarté des étoiles.

— Papa !

— Salut, toi.

Je courus à lui, et il me serra contre lui comme il le faisait toujours.

— Je suis si seule, papa, et si perdue.

— Je sais, moussaillon. Ne te fais pas de souci, je serai là quand tu auras besoin de moi.

— J'ai eu un petit garçon, papa. Mais maman est si possessive qu'elle ne me permet pas d'être sa mère, même en secret.

— Laisse-lui le temps, dit-il de sa voix rassurante. Nous avons tous besoin de temps.

— Pourquoi es-tu parti, papa ? Pourquoi nous as-tu laissées ?

— Tu sais bien comment sont les choses pour un officier. Quand on l'appelle, il obéit. On ne discute pas les ordres, moussaillon. On accomplit son devoir, comme on a juré de le faire. Tu ne voudrais pas que je trahisse ma parole, tout de même ?

— Non, papa, mais tu m'as tellement manqué, j'ai eu tellement besoin de toi ! Je suis fatiguée, papa, si fatiguée. Ce n'est pas normal d'être aussi fatiguée à mon âge.

Il me sourit.

— Tu retrouveras ton souffle et tes forces, tu verras. Parle-moi donc de ton petit gars.

— Il est très beau, papa, et très intelligent. Si tu le voyais tracer des formes dans le sable ! Il observe les choses, puis il les dessine avec son doigt.

— C'est merveilleux, se réjouit papa.

Le paquebot s'éloignait de plus en plus, je n'entendais plus la musique et les rires. Il semblait glisser tout droit vers l'ombre, emportant toutes les étoiles avec lui. Je le regardai disparaître et me retournai vers papa. Il n'était plus là.

— Papa ? appelai-je, en quittant la jetée pour descendre sur la plage. Papa ?

Je marchai plus vite et appelai plus fort. Parvenue au bord de l'eau, je m'arrêtai. Je regardai autour de moi, et cette fois je n'appelai pas : je hurlai.

— Qu'est-ce qu'il te prend de pousser des cris pareils, Grace ?

Maman se tenait sur la terrasse, en robe de chambre et les cheveux relevés. La crème faciale qu'elle mettait tous les soirs luisait, dans la faible lueur de l'éclairage extérieur, tout comme avaient lui les médailles de papa.

— Eh bien, Grace ?

— J'ai vu papa. Il était là, j'ai parlé avec lui.

— De mieux en mieux, bougonna-t-elle en tournant les talons.

Je fouillai du regard la plage et la jetée, mais je ne vis pas trace de papa.

— Je l'ai vraiment vu, murmurai-je pour moi-même. Je sais que je l'ai vu.

Maman se faisait les ongles quand je rentrai dans l'appartement. Elle leva les yeux sur moi.

— Si tu ne commences pas à chercher un endroit où aller, j'y renonce, grommela-t-elle. Tu avais l'air d'une parfaite idiote sur cette jetée !

Elle se remit à s'occuper de ses ongles et j'attendis un moment, puis j'allai me coucher.

Au petit déjeuner, elle ne fit pas la moindre allusion à ce qui s'était passé la veille. Elle parla de ses travaux ménagers, une corvée pour elle, et des courses qu'elle avait à faire.

— J'ai presque peur de laisser Linden seul avec toi, conclut-elle.

— Pourquoi ?

— Tu recommences à te conduire bizarrement. Tu devrais reprendre ta thérapie, Grace.

— Je vais très bien, je t'assure.

— J'espère ! rétorqua-t-elle, une menace dans la voix.

Finalement, elle s'en alla, et je descendis avec Linden sur la plage. Tout était très calme, ce matin-là. Les Eaton se montraient rarement avant une ou deux heures de l'après-midi. D'après maman, c'était parce que leurs fêtes se prolongeaient jusqu'après le lever du jour.

492

Je me moquais bien de tout cela. J'étais heureuse de ne pas être dérangée, de ne pas me sentir observée de leur terrasse. Je m'assis dans le sable pour faire des mots croisés, tout en regardant jouer Linden.

— Tu avais raison, fit une voix familière.

Je levai la tête : papa était là. En tenue de vol, cette fois-ci, avec son casque sous le bras.

— C'est un très beau petit homme. Un peu comme moi au même âge, ajouta papa en riant. T'ai-je déjà montré des photos de moi quand j'étais petit ?

— Oui, papa. Je les ai toujours dans mon coffret.

— Eh bien, ressors-les et regarde-les encore. Montre-les à ta mère, ça lui fera plaisir. Je suis sûr qu'elle verra la ressemblance, affirma-t-il.

Puis il se tourna vers l'océan.

— Ça va souffler, aujourd'hui, on dirait. Je pars en mission, moussaillon. Je te confie le bâtiment, d'accord ?

Combien de fois ne m'avait-il pas dit ces mots en partant !

Je répondis par les mots rituels :

— Oui, mon commandant.

Il sourit et, deux doigts levés, me salua. Je rendis le salut et le regardai s'éloigner. Un instant, je crus le voir marcher dans les airs… et il ne fut plus là…

Linden avait les yeux fixés sur moi. Je lui souris.

— Laisse-moi te montrer comment on salue, tu veux ?

Cela me prit toute la journée, mais finalement je réussis à le lui apprendre. Je brûlais d'impatience de montrer le résultat à maman.

— Il a vu papa, lui aussi, annonçai-je dès son retour.

Elle tourna si vivement la tête que je me demandai si elle ne s'était pas dévissé le cou.

493

— Qu'est-ce que tu as dit ?

— Papa est venu sur la plage. Il m'a dit de ressortir ses vieilles photos, celles de quand il était petit. Il a dit qu'il ressemblait à Linden et que ça te ferait plaisir.

Maman me regarda fixement.

— Pourquoi fais-tu tout ça, Grace ? Essaies-tu de me convaincre que tu ne dois pas retourner en faculté ? Ou cherches-tu à éviter de t'engager dans la vie ? Pourquoi fais-tu tout ça ?

— Mais quoi, maman ? Qu'est-ce que je fais ?

Elle m'étudia quelques secondes de plus et secoua la tête.

— Je refuse de jouer à ce petit jeu avec toi, grommela-t-elle avant de quitter la pièce pour aller s'occuper du repas de Linden.

Je retournai dans ma chambre, ouvris mon coffret et en tirai les photos. Elles étaient étalées sur mon lit quand maman vint jeter un coup d'œil en passant.

— Regarde, maman. Linden ressemble vraiment à papa quand il était petit.

— Range ces photos, m'ordonna-t-elle. Tu es complètement ridicule.

Elle s'éloigna, mais je ne lui obéis pas tout de suite. J'avais le sentiment que papa voulait les revoir, lui aussi. Je les laissai dehors.

Et cette nuit-là, le son d'un rire étouffé m'éveilla. Papa était assis à mon bureau et regardait les photos.

— Tu avais raison, papa, dis-je en me levant pour allumer les lampes. Vous vous ressemblez.

— J'en étais sûr. J'aime surtout celle-ci, où je suis avec notre chatte Pluche. J'aurais voulu que tu la connaisses, tiens ! Elle me suivait partout comme un petit chien. Est-ce que je t'ai déjà parlé d'elle ?

Je souris d'attendrissement.

494

— Oui, papa. Très souvent.

— Je suis heureux que tu aies ressorti ces photos, moussaillon.

— Tu me l'avais demandé, mais maman ne veut pas le croire.

— Elle y viendra, cela prend du temps. Rappelle-toi bien ce que je dis : cela prend du temps. Il faut que je m'en aille, maintenant. Dors bien, dit-il en s'en allant.

À ma porte, une voix gronda :

— Qu'est-ce que tu fabriques ? Pourquoi es-tu debout avec toutes les lumières allumées ? Il est presque trois heures du matin !

Maman se tenait sur le seuil de la chambre, les mains plaquées sur la poitrine.

— Il regardait les photos, maman. Il vient juste de partir. Tu l'as vu ?

— Qui ça ?

— Papa.

Elle porta les mains à sa bouche et s'en alla.

— Recouche-toi ! cria-t-elle de sa chambre.

J'éteignis les lumières et regagnai mon lit. Le lendemain matin, toutes les photos avaient disparu. Je crus d'abord les avoir remises à leur place, et j'allai ouvrir le coffret. Elles ne s'y trouvaient pas.

— Maman ? appelai-je en allant la rejoindre à la cuisine, où elle donnait son petit déjeuner à Linden. As-tu vu les photos de papa ?

— Oublie ces photos, ça vaudra mieux.

— Mais...

— J'ai dit : oublie-les, Grace. Et arrête ça ! Arrête ça tout de suite ou je serai obligée de t'envoyer ailleurs. Je te jure que je le ferai.

Effrayé par la voix coléreuse de maman, Linden se mit à pleurer. Je demandai sans me fâcher :

— Qu'est-ce que je dois arrêter, maman ?

Elle ne répondit pas. On aurait dit qu'elle était sur le point de pleurer, elle aussi, et elle se détourna. Puis elle se maîtrisa, se remit à faire manger Linden et le consola.

J'avais l'impression, depuis quelque temps, de ne pas pouvoir ouvrir la bouche sans fâcher maman ou lui faire de la peine. Mieux valait me taire, ou parler le moins possible.

C'est le début de la disparition, pensai-je en me souvenant des propos d'Augustus. *On commence par cesser de parler, puis les gens cessent de vous entendre, quand ils ne vous entendent plus ils ne vous voient plus, et bientôt vous avez disparu.*

Peut-être était-il temps pour moi de disparaître.

C'était aussi l'avis de papa.

Il vint à moi cette nuit-là. Je m'éveillai et le vis assis à mon chevet. Cette fois encore il était en grand uniforme, toutes ses décorations sur la poitrine. Il me regardait, attendant que j'ouvre les yeux. Je m'assis lentement.

— Papa ? Pourquoi es-tu là ?

— Je suis venu te chercher, Grace. Je viens juste d'en recevoir l'ordre.

— Me chercher ?

— Oui, mon ange, dit-il avec douceur.

Il souriait, mais son sourire était empreint de tristesse, et non de joie. Je crus même voir des larmes dans ses yeux, et je n'avais jamais vu mon papa pleurer.

— Mais que va devenir Linden ? m'alarmai-je.

— Tout ira bien pour lui, rassure-toi. Il sera avec ta mère, et elle s'en occupera très bien.

Papa me dévisagea longuement, intensément.

— Tu savais que je viendrais te chercher un jour, n'est-ce pas, moussaillon ? Tu t'y attendais.

— Oui, papa. Je ne pensais pas que ce serait si tôt, voilà tout.

— Cela m'a surpris moi-même, reconnut-il, mais on ne discute pas les ordres, moussaillon. On les exécute. C'est ce qui fait notre force et nos succès.

— Dois-je emporter quelque chose, papa ?

Il secoua la tête et se leva. Je rejetai ma couverture et sortis de mon lit.

— Puis-je au moins dire au revoir à Linden, papa ?

— Bien sûr. Nous irons tous les deux.

D'un mouvement fluide et lent, comme si nous étions faits d'air, nous nous glissâmes dans la chambre de maman. Elle dormait profondément, le dos tourné vers nous. Linden était à côté d'elle dans son petit lit, couché sur le côté. Son souffle léger faisait doucement remuer ses lèvres.

— Je voudrais l'embrasser, chuchotai-je.

—- Ne le réveille pas, surtout.

Avec la même étrange lenteur, je m'agenouillai près de lui et posai mes lèvres sur sa joue. Je ne les y laissai qu'une seconde ou deux, puis je me relevai. Ses paupières battirent imperceptiblement.

— Parfait, approuva papa.

Je souris, regardai maman et suivis papa hors de la pièce. Je me retournai une dernière fois, avant de m'engager derrière lui dans le couloir qui menait à la terrasse. C'était une nuit venteuse, de hautes gerbes d'écume blanchissaient les brisants. De lourds nuages nous cachaient les étoiles.

— La mer va être mauvaise, m'avertit papa.

Derrière moi, le vent agita les stores jusqu'à ce que je referme la porte. Puis je suivis papa qui descendait

497

les marches, et nous nous éloignâmes tous les deux vers la jetée.

— J'ai un peu peur, papa, lui avouai-je.

Il s'arrêta et inclina la tête.

— C'est normal. Moi aussi, j'ai eu peur. Viens, m'encouragea-t-il en me prenant la main. Je serai à tes côtés jusqu'au bout.

— Merci, papa.

Nous poursuivîmes notre chemin jusqu'à la jetée.

— Tu ne t'en souviens peut-être pas, reprit-il, mais quand tu étais toute petite – guère plus âgée que Linden, en fait –, je t'ai emmenée sur les docks pour voir arriver un porte-avions. Tu croyais qu'il allait accoster, et pendant un moment tu as eu peur. Je t'ai prise dans mes bras pour te rassurer, et tu as été tellement émerveillée que tu as ouvert des yeux grands comme des soucoupes. Je ne pouvais pas m'arrêter de rire. Il y avait un orchestre à bord et il jouait l'hymne de la marine.

— Je crois que je m'en souviens, papa.

— « Parés à hisser, les gars, on lève l'ancre », fredonna papa. Tu chantais tout le temps ça, moussaillon.

— Je sais.

— Cela m'a brisé le cœur de partir sans toi. Je sais que c'est égoïste de ma part, mais quand j'ai reçu l'ordre d'aller te chercher, je m'en suis réjoui. Tu me pardonnes ?

— Je ne pourrai jamais rien te reprocher, papa. Jamais.

Il me sourit et nous avançâmes sur la jetée.

— Tu vois ce bateau, moussaillon ?

J'allais faire signe que non, puis je la vis. La chaloupe qui allait nous transporter jusqu'au magnifique porte-avions ancré au large.

— Allons-y, dit papa.

Nous marchâmes jusqu'au bout de la jetée. Une fois là, je voulus me retourner mais papa m'en empêcha.

— Ne regarde pas en arrière, moussaillon, pas maintenant. Attends d'être à bord, sinon ce serait trop dur de partir.

— Entendu, papa.

Une mouette arriva soudain en rasant l'eau, monta dans le vent et vira juste au-dessus de nous, le bec entrouvert et les yeux fermés.

Je serrai plus fort la main de papa et la sienne répondit à cette étreinte.

— Et voilà, nous y sommes, annonça-t-il. À présent, retourne-toi et salue.

J'obéis. Deux doigts levés, nous saluâmes ensemble, le regard fixé sur la maison. Maman était sur la terrasse, maintenant. Malgré la distance, je l'entendis crier :

— Grace ! Mais qu'est-ce que tu fabriques ?

— Ne réponds pas, me dit papa. Ils ne veulent jamais vous laisser partir. S'il ne tenait qu'à eux, nous ne partirions jamais en mission. Je ne peux pas le leur reprocher, mais nous ne pouvons pas céder non plus. Allons-y.

Ensemble, nous embarquâmes dans la chaloupe. Comme il faisait froid, tout à coup...

— Comme il fait froid, me lamentai-je.

Papa ne répondit rien.

— Papa, il fait si froid ! Pourquoi fait-il si froid ?

Où pouvait-il bien être ?

— Idiote ! Non mais quelle idiote ! entendis-je derrière moi, et un bras me ceintura solidement.

Le visage tout contre le mien, maman se débattait, crachait, suffoquait mais ne me lâchait pas. Les vagues nous ballottaient. Cela dura quelques instants, puis je sentis le sable sous mes pieds. Maman me tirait en criant. Tout était si confus dans ma tête... Quelqu'un d'autre était là, l'un des domestiques. C'était lui qui me tenait par la taille, à présent, et il me souleva dans ses bras comme un bébé. Puis il me déposa doucement sur le sable et s'affala près de moi, le souffle court. Je toussai et recrachai de l'eau salée. Maman était assise à côté de moi, et je la trouvais ridicule avec ses cheveux dégoulinants et sa chemise à moitié défaite.

— Pourquoi... as-tu fait ça, Grace ? hoqueta-t-elle. Pourquoi ?

J'eus l'impression qu'elle pleurait, mais ce n'était pas facile de faire la différence entre des larmes et l'eau qui ruisselait de ses cheveux.

— J'étais avec papa, répondis-je en toussant de plus belle. Il était venu me chercher. Je ne sais pas où il est, maintenant.

Je regardai vers l'océan. La chaloupe avait disparu, à présent, et le beau porte-avions aussi.

Papa était parti sans moi.

Une fois de plus.

Il était parti sans moi.

Épilogue

Je me souviens d'avoir pensé que maman convoquait tout le monde à domicile, décidément. Cette fois ce fut le Dr Anderson que je vis à mon chevet, tout comme j'y avais trouvé le Dr Cook, quelque temps plus tôt.

Je me souviens aussi de m'être étonnée qu'il me parle. Comment était-ce possible ? Il ne pouvait sûrement plus me voir, et il valait mieux m'abstenir de répondre. Il ne pourrait pas m'entendre. Je détournai les yeux.

— Votre mère me dit que vous avez beaucoup parlé de votre père, ces temps-ci.

De papa ? Évidemment, répondis-je en pensée.

— Vous l'avez vu, paraît-il. C'est vrai, Grace ?

Je fis signe que oui. Peut-être le docteur me voyait-il ?

— Vous pensiez qu'il voulait vous emmener avec lui ? C'est bien ça ?

Je me retournai vers le Dr Anderson.

— Oui, m'entendis-je répondre, et je sus que les autres aussi m'entendaient.

— Je suis sûr que vous l'avez mal compris, Grace. Il ne pouvait pas vouloir vous enlever pour toujours à votre mère et à Linden, tout de même ?

— Il ne pouvait pas faire autrement, docteur. C'étaient les ordres.

— Eh bien, les ordres peuvent toujours être annulés. C'était une erreur, Grace. Une simple erreur.

Je secouai vigoureusement la tête.

— Non.

— Elle recommencera, dit une voix plaintive.

Maman se tenait dans l'embrasure de ma porte.

— Nous devons faire quelque chose, insista-t-elle. Je ne peux pas passer ma vie à ne dormir que d'un œil. Sinon, c'est moi qui vais avoir besoin de vous, bientôt.

Sans se retourner vers elle, le Dr Anderson leva la main et me sourit.

— Reposez-vous un moment, Grace. Je vais m'entretenir avec votre mère et je reviens, d'accord ?

Je ne répondis pas. Il se leva, quitta la pièce et j'entendis leurs deux voix étouffées, celle de maman hachée par les sanglots. Puis le Dr Anderson alla décrocher notre téléphone. Je m'assoupis, et quand je rouvris les yeux il était revenu à mon chevet.

— Eh bien, dit-il avec un bon sourire, de nouveaux ordres sont arrivés, Grace.

Je levai les yeux sur lui. Était-ce vrai ?

— Vous êtes tenue de vous rendre dans un endroit où l'on pourra vous guérir. Cela devrait faire plaisir à votre papa, non ?

Je fis signe que oui.

— Je veux que vous preniez ces deux comprimés, Grace. Ils vous aideront à vous reposer jusqu'au moment de partir. D'accord ?

À nouveau, j'approuvai d'un signe. Il me donna les comprimés avec un peu d'eau et me soutint le haut du corps de sa main libre pendant que je les avalais. Puis il m'aida à reposer la tête sur l'oreiller et me sourit encore.

— C'est très bien, Grace. Vous êtes une bonne petite fille.

Je fermai les yeux.

L'après-midi était déjà bien entamé quand je les rouvris. Dans la cuisine, maman parlait à l'une de nos anciennes femmes de chambre, Luisa. Elle lui débitait une liste interminable de consignes, et la même formule revenait invariablement au début de chaque phrase. « Pendant notre absence... »

Qui donc allait partir ? me demandai-je avec surprise. Je tentai de me lever, mais je me sentis si faible que j'en tremblai. Je ne parvins qu'à m'asseoir sur mon lit.

Dans cette position, je pus voir les valises posées dans le couloir, juste à côté de ma porte.

— Maman ! appelai-je.

Est-ce qu'elle se préparait à partir avec Linden ?

Elle se montra aussitôt sur le seuil.

— Ah, tu es réveillée, tant mieux. La voiture sera là dans une heure, alors tu vas prendre une douche et t'habiller, Grace. Nous allons dans une clinique où l'on pourra t'aider, le Dr Anderson a tout arrangé. Le directeur est un de ses amis, l'un des meilleurs de la profession. Le Dr De Beers.

— Ah...

— C'est pour ton bien, et aussi pour le mien, crut devoir ajouter maman. Arriveras-tu à prendre ta douche et à t'habiller ?

— Je n'en suis pas sûre.

Je m'efforçai de me lever, et Luisa accourut aussitôt. Elle et maman m'aidèrent à me tenir debout et à gagner la salle de bains.

Quand je fus habillée, j'allai m'asseoir sur la terrasse et attendis. Le ciel était légèrement nuageux, une brise tiède soufflait de la mer. Je me souviens d'avoir pensé qu'il n'y avait pas de mouettes ce jour-là, ni de bateaux glissant à l'horizon. Le monde semblait s'être figé, les vagues elles-mêmes étaient bien plus calmes qu'à l'ordinaire. Tout paraissait attendre que quelque chose arrive, mais quoi ?

Linden sortit, s'arrêta soudain et m'observa d'un air bizarre. Il fit courir sa petite main sur la rambarde, et à nouveau leva les yeux sur moi.

— Toi aussi tu as vu mon papa, n'est-ce pas, Linden ? Tu as vu un officier de marine, tu l'as vu me saluer, n'est-ce pas ? Tu t'en souviens ? demandai-je, deux doigts levés.

Il sourit, mais son attention était surtout attirée par les craquelures de la balustrade. Les formes qu'elles dessinaient l'intriguaient. Il les suivait du doigt et les étudiait, comme si elles détenaient la clé d'un grand mystère.

Un homme en uniforme de chauffeur apparut, et maman sortit aussitôt pour lui donner ses ordres.

— Les valises sont prêtes, vous les trouverez dans le couloir.

L'homme hocha la tête, me jeta un coup d'œil bref et entra dans la maison. Quelques secondes plus tard, il en ressortait avec les valises. Linden paraissait très intrigué par sa personne. Il avait atteint cet âge où l'on est curieux de tout.

— Il est temps de partir, Grace.

Coiffée avec un soin tout particulier, maman portait l'une de ses toilettes haute couture, et quelques-uns de ses plus beaux bijoux. Je me levai, elle prit mon bras et me pilota jusqu'à l'escalier. Luisa était sortie, elle aussi, et se tenait au côté de Linden, qui nous observait en silence.

— Il faut que je lui dise au revoir, maman. Je devrais l'embrasser, tu ne crois pas ?

— Non, répliqua-t-elle avec sécheresse. Tu ne pourrais que le faire pleurer. Tu reviendras bientôt, je te le promets. Partons vite, ce sera plus facile pour tout le monde. Allez, viens ! ordonna-t-elle, et je descendis les marches.

La voiture était là, une berline noire. Près de la porte arrière, qu'il tenait ouverte, le chauffeur nous attendait. Je m'arrêtai net.

— C'est la voiture qui va nous conduire à l'aéroport, Grace.

— À l'aéroport ? Pourquoi devons-nous y aller, déjà ? J'ai oublié.

Maman grimaça d'exaspération.

— Nous allons en Caroline du Sud, énonça-t-elle avec une lenteur délibérée, en détachant les syllabes. Nous devons donc prendre l'avion. La clinique est là-bas et le Dr De Beers t'y attend. Tu vas guérir très vite et tu pourras rentrer à la maison, ajouta-t-elle, mais sans en paraître plus sûre que cela.

Ses paroles ressemblaient trop à une promesse, et pour moi les promesses n'étaient plus que des souhaits, à présent.

Nous poursuivîmes notre chemin jusqu'à la voiture.

Linden, pensais-je avec désespoir. Je m'en vais si loin, et sans même un au revoir. Ce n'est pas juste. Il s'étonnera de mon absence et il me cherchera, surtout le soir. Je ne serai pas là pour lui lire une histoire, et mon lit sera vide. Non, cela ne me semble pas juste.

Devant la voiture, je me retournai vers la maison. Luisa tenait Linden dans ses bras, tendait le doigt vers nous et lui disait de nous faire un signe d'adieu.

— Monte, Grace ! s'impatienta maman. Nous allons manquer l'avion.

Linden me regardait avec une telle intensité, maintenant ! Mon cœur pesa soudain comme une pierre dans ma poitrine.

— Grace.

Je libérai brusquement mon bras de sa poigne.

— Attends, dis-je tout aussi fermement.

Je levai lentement la main et, de mes deux doigts tendus, je me touchai le haut du front.

Linden me regarda, porta lui aussi la main à son front, et de ses deux petits doigts me rendit le salut.

Il l'avait vu.

Il avait vu papa, j'en eus la certitude...

Et je sus que je reviendrais.

Achevé d'imprimer
en Mai 2005
par Printer Industria Gráfica Newco, S.L.
pour le compte de France Loisirs Paris

Numéro d'éditeur : 42759
Dépôt légal : Mai 2005
Imprimé en Espagne